金學叢書
第一輯 14

吳 敢
胡衍南 霍現俊
主編

《金瓶梅詞話》女性身體書寫析論
——以西門慶妻妾為論述中心

沈心潔 著

臺灣 學生書局 印行

第一章　緒　論

　　《金瓶梅》是明代著名的長篇世情小說，雖被列為四大奇書之一，卻因受書中大篇幅有關性事的描繪所累，一直是部備受爭議的作品，以至於流蕩在中國古典小說的歷史長河中，若現若隱。然而，從另一角度看，《金瓶梅》卻也是第一部以家庭生活為中心的長篇小說，展示了明代社會生活的橫斷面，不僅有該時代社會風尚的真實摹寫，也有當時經濟狀況的客觀展現等等，如同一部布局繁雜的巨幅寫真，也因此被稱作是世情小說第一個高潮期的標的。[1]

　　《金瓶梅》沿襲了《水滸傳》中西門慶與潘金蓮相姦，合謀殺害武大，最後為武松報仇殺害的情節展開而來，作者以冷峻的觀照，描述西門慶從發跡到淫亂致死，以及對西門府興衰榮枯切實的描寫。不像《三國演義》、《水滸傳》、《西遊記》以帝王將相、傳奇英雄或神魔靈異為表現物件，而是擺脫傳統窠臼，將筆觸轉移至私人領域與市井生活，較其它作品更能直接反映專制時代[2]的現實情景，是經濟轉型、社會變遷之際所出現的「小說」暢行，而「大說」[3]式微的文化現象在通俗文學中的體現。

　　隨著研究逐漸深入，研究者從書中所涉及的眾生百態與生活方式等不同角度，觀照

1　魯迅在《中國小說史略》中提及：「當神魔小說盛行時，記人事者亦突起，其取材猶宋市人小說之『銀字兒』，大率為離合悲歡及發跡變態之事，間雜因果報應，而不甚言靈怪，又緣描摹世態，見其炎涼，故或亦謂之『世情書』也。」本書採取魯迅對於「世情書」的說法：指描摹世態人情，以反映世相為主的小說。魯迅撰：《魯迅小說史論文集》（臺北市：里仁書局，2006 年 9 月第四版），頁 161。而明中葉至清前期被視為世情小說第一個高潮期。向楷撰：《世情小說史》（杭州市：浙江古籍出版社，1998 年 12 月），頁 4。

2　中國自西周開始實行封建制度，使得人與人之間產生所謂貧富貴賤的階級觀念，這種現象一直到國父推翻滿清帝國，才結束這種壁壘分明的社會階級制度。而在明初時，封建結構約略分為皇室、貴族、官僚、紳商、平民（包括庶民、地主、農民、商人、佃農）、奴僕和倡優（賤民）、墮民。此一封建體制到了明朝中晚期產生了極大變化，社會組織因在上位者的耽溺，使得政治朝野皆貪瀆腐敗，地方上對於下階層人民都採取了巧取豪奪的手段，使社會秩序大亂。詳見馮爾康撰：《古人生活剪影》（北京市：中國社會出版社，1999 年 11 月），頁 210-211。

3　此處「大說」指的是相對於「小說」的一種話語現象，莊子曾說：「飾小說以干縣令，其於大達亦遠矣。」當中的「小說」指的是淺薄而不中義理的言論，並非我們所慣於理解的文體上的「小說」概念，但依舊可由此梳理出小道理，而「大說」指的便是崇高的志道言論。

《金瓶梅》的社會性及更深入的思想,才漸漸發現《金瓶梅》不僅是一部描寫人情人暖、世態炎涼與社會醜聞的社會小說,更藉由對於市井人物的大膽塑造,展現作者自身對人生、事物與環境細膩的觀察心得。然而,身體是人類賴以生存的單純實體,人生存於多變的社會、文化中,藉由文學表達自身情感、思想與想像,因此文學與人類身體的關係極為密切。[4]故本書題為「《金瓶梅詞話》女性身體書寫析論」,試圖以小見大,從文本中女性身體所有意無意展現出的權力與情欲兩大面向進行研究分析,因此本章先就研究動機、研究範圍及版本、研究方法與步驟,以及文獻探討四個部分說明,以建立本書的架構與凸顯研究目的。

第一節　研究動機與目的

《金瓶梅》躋身明代四大奇書之列,與其它三書不同之處,在於《金瓶梅》道盡人間醜態的如實描寫,將焦點放在家庭瑣事上,著眼於世俗男女的生活,繽紛世相盡收筆底,各式各樣的市井人生與風月情態皆網羅紙上,談的是現實的人生,觸及的是個人身體最自然的表現,以及生命生存的欲望與衝突,尤其創造了大量各有特色的女性人物,以她們與西門慶的關係作主軸,描繪出各人物的複雜形象與行為舉止,展現其內心的豐富思想,也凸顯西門府特有的女性世界:

> 《金瓶梅》在人物的組合上是以西門慶為原點,輻射整個晚明社會的方方面面。蘭陵笑笑生著力描寫的,是與西門慶關係最密切的家庭成員。可怪的是,由西門慶創建起來的偌大府邸中,既無他的父母、叔伯,又無他的兄弟、姐妹。圍繞在他身邊的,全是些「花枝招展,繡帶飄飄」的女人——妻妾、丫鬟、媳婦、奶子,以及妓女、暗娼、尼姑、媒婆等。[5]

從《金瓶梅》中的人物安排來看,作者有意創造一個女人國,在展現父權社會下女性生活的同時,也透露了她們與男性生存之道的相似之處,如西門慶為了錢財娶孟玉樓、李瓶兒,文本中諸多女性也為了財物,願意背上不倫的罪名,犧牲自己的身體。攀附權貴

4　鄭毓瑜:「身體就是一種論述,就是非口頭形式的語言。」可見身體與文學關係極為密切,因此研究文學並不能疏離對身體的關注,而是要能透過身體所提供的另一種思維模式來思考。鄭毓瑜撰:〈身體表演與魏晉人倫品鑑——一個體現自我的角度〉《漢學研究》,2006 年 12 月第 24 卷第 2 期,頁 71。

5　曾慶雨、許建平撰:《商風俗韻——金瓶梅中的女人們》(昆明市:雲南大學出版社,2000 年 12 月),頁 1。

不再只是男性的專利，西門慶拜蔡太師為義父，而文本中的李桂姐、吳銀兒不也是為了尋求有權勢的靠山，分別拜吳月娘與李瓶兒為乾娘，顯示女性世界的不容小覷。另一方面，《金瓶梅》也像是一面鏡子，反映出中國古代婦女的命運，即使如潘金蓮般的才色出眾，在封建宗法制度下，卻也無法逃離可悲的宿命。

　　人的存在就是身體的存在，這句話說明了身體是人在世存在不可缺少的主體，而身體不僅僅只是生物所共有物質性的身體存在，當中更具有許多社會文化思考的內涵。孔子以來論修身，主要是從外在儀容服飾與行為舉止等，多方面的以身體為體現修身的表現載體，所注重的是社會文化的身體，與身體內在的道德性。然《金瓶梅》卻一反傳統，以身體最基礎的肉體層面，層層推進另一個規訓於社會、文化的身體，從前所遵循的道德性已不復見，取而代之的是人類的原始欲望。文本中展示了各式各樣的女性身體，相同之處，在於她們以自己的身體為憑藉，依賴著西門慶的存在，決定她們在家庭與社會中的價值，以作為身體生存的手段；不同的是每個身體根據所在空間的不同，有著不同的遭遇，而遭遇的不同會鍛鍊出各個不同的身體，因此每個身體所涵涉的文化內涵，實際上具有其特殊性。因此若僅以性格與行為兩部分，對小說創作中的女性形象進行主觀的判定與評價，卻忽略其內心世界的需求與自我意識，是極不公允。是故本書藉由《金瓶梅》中的身體書寫背後的社會文化意涵，將「欲望」與「權力」作為主要觀照的面向，在看清人生的真相與人性弱點後，另覓新路再次理解《金瓶梅》之所以能成為「奇書」的因素，試圖以更全面、平等的角度，從女性人物靜動態的身體表現，進行從身體自我本身到文化與社會的全面探索，以尋求女性「身體」在文本中的詮解，思考女性「身體」存在的意義與追尋的目標，以凸顯其在《金瓶梅》中的地位及其研究意義與價值。

　　本書以「身體」作為研究的主題，「權力」與「情欲」作為研究的路徑，對文本中各個身體的思索與感受進行挖掘工作，除了可以不同面向解讀文本，探尋其不同的價值，更期盼能達到下列目標：

　　一、《金瓶梅》是一部個體自覺意識抬頭，注重身體享樂的社會風氣下所產生的作品，身體作為行動的載體，婦女的自我表現幾乎等同於身體的呈現，是故本書觀察在社會文化劇變的時代下，審視文本中的女性是如何運用與理解自己的身體並分析之。

　　二、《金瓶梅》展示了父權社會中失衡的兩性關係與不平等的婚姻制度，男性擁有經濟、社會、家庭、文化，甚至是房事的宰制能力，女性則是被宰制的對象，在桎梏與禁錮下，難以開創生命價值。而本書試圖以《金瓶梅》所展現的女性身體為切入點，利用實質的身體相關敘述整理、分析，探討她們是如何看待自身的身體與所採取的生存方式、如何達到生存目標，進而歸納出女性身體與權力、欲望的關係。

　　三、提及《金瓶梅》中的女性身體，不可避免地讓人直想到那些令人血脈賁張的性

描寫，然而本書不究及性描寫本身是否合理與必要性，而是根據「性」所透露出身體相關的線索，探討西門慶眾妻妾的身體，在文本中傳遞了怎樣的訊息與意義。

四、本書將《金瓶梅》中家庭場域所呈現私密情欲的表現，視為一種性話語，提供讀者對文本中的性活動有另一種認識，以產生多樣化的解讀，而這類性話語，意外開創出另一種解讀身體的途徑，找出人類物質性與社會環境彼此相互決定的部分過程與特徵。

以上諸點研究目標皆相互關聯，身體作為一個實有的存在，展示於非單純、非物理性的空間中，接受各種文化制度的洗禮，因此身體不僅僅是一個私密的存在，而是隨時隨地要接受他者的目光，滲透了多種文化內涵與社會關係。因此期盼本書分析文本的成果，能呈現出中國晚明社會文化中的身體意識，並藉此檢視與反思對於父權社會下所呈現的女性身體思考向度，以及對於人本價值的追求，又具有何種標的性之意義。

第二節　研究範圍與版本說明

一、研究範圍

《金瓶梅》以一個家庭的日常生活、興衰榮枯為焦點，向外輻射到廣闊的空間和眾多的領域，對於社會各層面的人進行一定精微的藝術描寫，裡頭人物眾達百餘人，本書依研究需要，將討論的人物範圍定調於西門慶的妻妾。其理由在於：本書將身體視為一種存在，也是與他人溝通最具體的管道，因此身體隨時處於應機性的不斷變動中，透過瑣細的身體訊息的傳達與變化，可以挖掘其中所流露的意義。而身體既然作為一種存在，必得在空間中尋找一個立足點，兩者須同時達成才各具有實際意義。根據空間的異同，各個身體的作用、思想的建構與抉擇也有所不同，使空間不再是原來物質性的靜止空間，而是空間與身體在互動中所形成具個別意義與身體意涵的空間。[6]

西門府是《金瓶梅》中主要的活動場域，展示了妻妾與不同女性群相的所有作為與喜怒哀樂，當中更可見女性身體往往是不同意識形態交相指涉的文化操演空間，由於《金瓶梅》所敘述的女性群相過於廣泛，有集中論述的困難，加上本書以西門慶為主要核心，將身體的議題聚焦於權力與情欲上，最具直接關聯性的就是具有合法性地位的妻子與經過正式迎娶的小妾，因為妻與妾同被囊括在妻妾倫理制度的框架中，兩者在家庭中

6　換句話說，「空間」與「身體」的關係是形影不離的，沒有「空間」就無法達成、確認「身體」的實質存在；若沒有「身體」，「空間」也僅能算是一種物質性、自然的地理形式，而不具特別意義。傅耀珍撰：《明代豔情小說研究》（新北市：花木蘭文化出版社，2008年9月），頁87。

所展現權力的制衡關係，凸顯長久以來中國傳統下女性在不平等婚姻制度下的悲哀，因此妻妾們掠奪資源的表現，是本書所欲論述的。

此外，「夫為妻綱」、「在家從夫」長久以來被女性奉為綱常的規範，女性在家中的地位和權力必屈居於男性之下，而同樣身為女性，「妻」與「妾」的地位還是有著尊卑之別。在一夫多妻制中，女性的生存欲和男性的占有欲相互交織，是故將範圍縮小至妻妾的身體表現中，將她們對於身體的理解認知與作為，放大於家庭、社會，甚至是文化關係中，以窺探她們對於該時代思潮的認同與反叛。然而《金瓶梅》所表現的，不僅僅是妻妾對西門慶的依附，其他各種社會地位不同的女性，也憑藉著自己的身體向西門慶展現依附心理，因此本書為聚焦、凸顯主題，將討論範疇集中於西門慶的妻妾，並視實際分析所需，必要時會輔以其他女性為參照，藉以印證女性身體的社會時代性，以及作為凸顯妻妾身體特殊性的旁證。故本書也略為涉及明代社會的史料範圍，如婚姻史、家庭史等，以明代的思想背景窺探《金瓶梅》中女性身心理的生活與經歷、思想為研究範圍。

二、版本說明

由於書中有許多對身體與性行為過於露骨的描寫，使得《金瓶梅》長久以來被視為「淫書」，為官方所查禁，遺失許多重要的文本，造成版本研究的困難，[7]一直到現在，在世人的心目中，它仍是一部極具爭議的作品。關於《金瓶梅》的作者，迄今仍是未破解的謎，然本書不論及作者真實身分，僅依照研究需要選擇合適的版本。

大致說來，《金瓶梅》可分為詞話本與說散本，詞話本就是現今所說的「萬曆本」，主要是《新刻金瓶梅詞話》；而說散本又稱「崇禎本」，主要是《新刻繡像批評金瓶梅》與另一種類型的「張評本」，即《張竹坡批評第一奇書金瓶梅》。[8]歷來對於《金瓶梅》的研究，學者多以這兩個系統為研究依據，本書以「身體」為研究重點，見《金瓶梅》通過身體書寫展現女性的生存意識與身體欲望的不可抵擋，以西門慶妻妾的身體在日常

---

[7]　從許多晚明人的筆記、書信的支持與毀罵中可見，《金瓶梅》在付梓刊印前應有很長一段時間是以抄本面貌出現，屬於大眾消費性的說唱文學，從文本中常出現「看官聽說」也可印證，如第七回：「看官聽說：『世上這媒人們，原來只一味圖撰錢，不顧人死活。無官的說做有官，把偏房說做正房。一味瞞天大謊，全無半點兒真實。』」等。在輾轉抄錄的過程中，文人將之改編為供案頭閱讀的說部，因此出現了文人本與藝人本兩大系統，可說明《金瓶梅》大致上的成書經過，但因流傳過程中，難免有遺失、訛誤的情況發生，造成版本系統的演變。

[8]　「張評本」雖屬「崇禎本」的一種，卻又有相異之處，「崇禎本」是《金瓶梅》版本流變中的一個環節，是依據「詞話本」寫成，而「張評本」又據以改易，並加入評點。王汝梅撰：《新刻繡像批評金瓶梅·前言》（臺北市：曉園出版社，1990年），頁1-2。

起居中的動靜態施展為討論依據,自然也包括對文本中性行為的整理分析,由於「崇禎本」是針對「詞話本」加以刪削更動而來,不僅改變了作為「詞話本」特色的說唱形式,更刪改了大量的韻文敘述與性交描寫,使得兩種版本所呈現的美感與思想意識也大不相同。[9]而「繡像本」遭受相當程度的破壞,會影響本書研究所需要的例證資料採樣,因此對於研究版本選擇,主要以里仁出版社刊行的《金瓶梅詞話》為研究對象的基礎。

里仁刊行的《金瓶梅詞話》選擇以日本大安本為底本,並曾以《新刻繡像批評金瓶梅》與《皋鶴堂批評第一奇書金瓶梅》兩種版本進行校對,先後更參考各個學者豐厚的研究成果進行校訂,[10]完整性較高,較少錯誤,也更接近原著,較崇禎本更具有市井小說的現實性格,更能反映晚明時代的身體文化,以及市井小民對於身體的價值觀,故若以此版本加以整理、分析,必能有更全面、確切的研究成果。為求敘述方便,本書逕以《金瓶梅》稱之。

第三節　研究進路與綱要

本書主要探討的是由身體所顯發出來,權力與情欲、身體間的深層關聯。權力與情欲為身體行為與生理面向的具體焦點,因此藉由分析文本中女性身體的動靜態書寫,觀察權力與情欲如何對應身體與心理行為,並透過兩者二分的分析方式解構身體的意義與功能,以凸顯作者所想表達經由該時代社會影響下的身體觀。為了強化身體、權力、情欲三者間的關係,一開始必須先將本書的論述方向以及所能相應的理論根據一併作個交代,並說明為什麼要採用「身體」面向作為研究方法與理念。

一、研究進路

(一)身體

「身體」是人存在的自我實體,具有多重意涵:其原始義是指純然生物性之「肉體」

9　胡衍南從《金瓶梅》的兩種版本梳理出兩種世情小說的寫作模式,其一是詞話本與《續金瓶梅》、《醒世姻緣傳》間的承繼關係;其二是繡像本與《林蘭香》、《紅樓夢》間的發展關係。又提到田曉菲對於兩種版本主旨的說法,田曉菲認為詞話本如同一個道德寓言,警告世人貪財貪淫的惡果,而繡像本強調的是萬事萬物的痛苦與空虛,期盼能喚醒讀者對生命的自我反省。胡衍南撰:《金瓶梅到紅樓夢——明清長篇世情小說研究》(臺北市:里仁書局,2009年2月25日),頁10-32。

10　有關里仁書局所刊行的夢梅館校本《金瓶梅詞話》的校訂過程可參考該書的前言。蘭陵笑笑生原著,梅節校注:夢梅館校本《金瓶梅詞話》(臺北市:里仁書局,2007年11月),頁1-6。

存在，如《說文解字》對於「身」字的解釋是「躬也，象人之身」[11]，可見其實在性；又由此客觀的存在進而體悟到相對於「他者」而象徵「我」所具有的「主體」性，如《爾雅》所訓：「我也」，又疏：「身自謂也」。[12]提及「身體」議題，中西方對「身體」各有其不同的見解，而研究中國的文學作品，當然必須先將「身體」置於中國文化思維中加以關切，不追尋西方理論將身與心二分的身體觀，但也不否認西方對於身體理論的思考提供本書一種思考路徑。

「身體」的自然性是屬於「身體」最基礎的層面，是人類賴以生存的物質基礎，也是我們建構世界以及與萬事萬物相處的主要媒介，若僅把「身體」當作是肉體，就是對「身體」的降格，因為「身體」是具有多層次性的，隨著時空、民族、地域、性別的不同而有不同的認知，在自然的生理差異之外，更有其他文化因素存在。從社會文化理論的觀點來看，「身體」的意涵是社會文化所給予的，人的身分、地位乃由人為所界定；而社會文化也是透過「身體」所建構，中國傳統便根據性別來建構男性的父權，創造一個以男性為主的社會。「身體」作為承載一切訊息的載體，與社會文化間既存在「共時」性關係，也存在「歷時」性的關係，後者隨著時代的不同，烙印在「身體」上的社會文化價值也隨之改變，時時刻刻接受或抗拒新舊的社會文化訊息。日常生活中，「身體」受到各種制度的牽制，無論語言方面或是禮儀規範、不同的文化價值觀等，都已內化於「身體」內，如某些社會以肥胖的「身體」代表貴族階級的實力、權力與富裕的象徵，但其實在不同文化裡，對肥胖的概念也不一樣，但這些概念成為生存於該文化社會中的人生存的主要行為依據，影響人的判斷力、價值觀、甚至是對情感的認同觀，在人們據此生活、繁衍的同時，社會文化也不斷地在運作中調整與改變。

而在中國傳統的身體觀中，人類的「身體」被視為承受「氣」的作用場域，藉由「氣」的運行分化使「增衍」出更為複雜的階級差序與社會關係，建構出文化知識體系。[13]楊儒賓更指出，「身體」的精神化，也就是欲望、衝動的昇華是因道德而必要的；身心一體是涵養有成之後的情境，而且身心一體的「身體」是道德化的身體，在存有的層面上，「身體」與意識不是異質的，而是氣的兩種不同的表現，因此身心毋寧是一體的兩面，[14]述說了中國傳統身體觀的特殊性。

---

[11] 東漢許慎撰，清段玉裁注：《說文解字》（臺北市：萬卷樓圖書公司，2002 年 8 月），頁 392。

[12] 十三經注疏整理委員會整理：《十三經注疏‧爾雅》（北京市：北京大學出版社，2000 年 12 月），頁 27。

[13] 劉苑如撰：《六朝志怪的常異論述與小說美學》（臺北市：中央研究院中國文哲研究所，2002 年 12 月），頁 69。

[14] 楊儒賓、何乏筆主編：《身體與社會》（臺北市：唐山出版社，2004 年 12 月），頁 3-38。

儒家更認為「身體」是實踐「禮」之所在，並未全然排斥生理性的「身體」，[15]而是透過「身體」的行為活動實踐而成就「身體」存在的價值與意義，「身」與「心」展示的是優先性的問題，並非如同西方論述中的二元對立。而《金瓶梅》著重描寫身體本能的情欲衝動，顛覆了中國傳統心靈重於身體的價值觀，所創造的女性「身體」，各個展示出其「身體」的功能性與複雜性，在同一個大空間中以「身體」尋求個人的生存，以自己的思維適應宅內的人事物，黃俊傑指出，就認知模式言，「身體」是一種思維方法；就政治運作來看，「身體」又是一種權力符號，[16]可見人賴以生存的「身體」顯示「身體」的問題不僅僅是個體的問題，應被置於更大的社會文化框架中加以審視，本書將以「身體」與「社會－文化」互構之概念，及中國文化特有視域下對於「身體」的定位，視「身體」為權力作用的場域，以解釋女性「身體」在西門府中「身體」的展演，並從「身體」的狀態表現與功能具體加以分析。

「身體」是現代研究的焦點之一，目前國內對於「身體」研究多聚焦於思想領域，如「身體」與政治、「身體」與感知、「身體」的越界、性別「身體」的不同，甚至是「身體」所引發的消費型態等，期盼能借重國內思想領域對於「身體」的研究成果，以作為論文研究的架構與研究進路的參照與啟發。總括來說，本書對「身體」的論述含括三個層次：

1. 生理的層次。如：疾病、性欲。
2. 行為的層次。如：藉由服飾來表達身體跟行為、社會認同上的關連性。
3. 「身體」與權力。如：以「身體」的外觀象徵階級高低與權力大小。[17]

以「身體」自然屬性過渡至中國傳統所認為「身體」的社會屬性，尤其傳統體制對女性「身體」的控制，大都是通過對女性生理「身體」貶抑實現的絕對支配，在「身體」被壓抑控制的過程中，烙印上傳統文化的種種印記，使「身體」不僅是自然的存在，也是一部活歷史，包含著豐碩的社會歷史內容。因此在說明形軀「身體」表現的同時，本

15　《孟子·盡心》：「口之於味也，目之於色也，耳之於聲也，鼻之於臭也，四肢之於安佚也，性也，有命焉，君子不謂性也。仁之於父子也，義之於君臣也，禮之於賓主也，智之於賢者也，聖人之於天道也，命也，有性焉，君子不謂命也。」十三經注疏整理委員會整理：《十三經注疏·孟子》（北京市：北京大學出版社，2000 年 12 月），頁 463。孟子認為口目耳鼻的愛好是基於本性使然，不否認生理性身體的存在，而是進一步以實踐性的身體涵蓋了生理性的身體。

16　黃俊傑撰：〈中國思想史中「身體觀」研究的新視野（評楊儒賓《中國古代思想中的氣論及身體觀》）〉，《中國文哲研究集刊》，2002 年第 20 期，頁 541-563。

17　非洲撒哈拉沙漠西部的毛裡塔尼亞，地處阿拉伯世界和西部非洲的接合部，歷史悠久，主要民族是摩爾人，他們衡量新娘美醜的標誌，是憑著女生身體各個部位的肌肉是否發達來判斷的，身體越胖則越受寵愛。

書也試圖將「身體」推展至社會文化面向，藉此追尋身體的深層價值意涵，以證明「身體」同時也是文化塑造的客體與符號，看社會文化與歷史記憶如何銘刻於「身體」之上。人的一生同時扮演著許多不同的社會角色，「身體」因而有許多不同被認知的方式，而所有角色皆須經由「身體」被認識，再藉此建構更廣大的社會關係網絡，藉由個人身體的展演與人與人之間的身體距離，分析當中的社會秩序，而以上三點所敘述的不僅是一個持續相推進的過程，其中更存在著因果關係。

(二)權力

我們所生存的世界，看似是由許多不相關的身體所組成，但事實上，在各種不同的社會關係中，人人都為「權力」所籠罩，甚至可以說，「權力」的關係構成了我們日常生活中的所有領域，因為它是一種支配力與影響力，可以展現對人的身體與思維的控制。「權力」在被討論的過程中，主要有三種較具體的形態[18]：

1. 將「權力」視為一種所有物：探討「權力」的轉移問題。

2. 「權力」是互動模式的結果：從維持社會秩序的角度來論。

3. 「權力」是一種統治者被統治者之間的網絡：將「權力」視為一種貫穿所有人的關係。

以上從不同面向探討「權力」，而本書所論及的「權力」範圍較為廣泛，是以支配與被支配的影響力而論，主要以人與人之間的社會關係為主，但又不否認在支配與被支配的過程中，「權力」的轉移與互動的結果也會被涵蓋於其中，因此將西門慶視為主要的「權力」中心，探討女性身體在「權力」中心下如何運作。而實際上，家中還有各個大大小小的「權力」中心相互衝撞著，最明顯的就是在妻妾爭寵的戰爭中，妻妾各自組成不同的對戰聯盟，伴隨著情勢的變化而改變聯盟對象，如潘金蓮一入門便拉攏吳月娘來打擊李嬌兒與孫雪娥；門外的妓女，如李桂姐與吳銀兒，也以拜乾娘的方式爭權奪利，可見不分地位貴賤，人人皆被涵蓋於「權力」之中。

過去多是談論「權力」對人的宰制，或是人對於「權力」的反抗或解放，現今學者開出另一條研究的康莊大道，追尋身體與「權力」或是人跟「權力」關係的另一種可能方式，這方式主要來自於傅柯（Michel Foucault，1926-1984）的觀點。[19]「權力」不能只看作是某個主體所能行使的力量，或是單被視為所有財產的一種。「權力」應是無所不在，存在於一切具有差異性的關係中，藉由人與人之間所發生的比較關係中，無時無刻的被激發出來。因此他並非單純從思想文化上解釋「權力」，而是從另一條軸線來看宰制跟

18　周慶華撰：《身體權力學》（臺北市：弘智出版社，2005 年 5 月），頁 9-11。

19　《身體與社會》，同註 14，頁 176。

反抗的關係，認為「權力」大部分是透過對於身體的規訓進行對於身體的宰制，而這種規訓與宰制並非透過哲學思想，而是直接透過「權力」作用於身體的影響來進行。女性身體受到男權視域下倫理道德的壓迫，她們的存在無不受到婦德內化於身體的影響，此處特別以傅柯《規訓與懲罰》中的「微觀權力論」為論述依據，探討西門慶眾妻妾的身體是如何受到父權體制的支配，以及「權力」如何操作於他們的身上。

「微觀權力論」是從「權力」最細微的機制入手，並加以層層往上的社會分析方法，傅柯提出：

> 人身也直接涉及政治領域；權力關係直接控制著它、籠罩著它、給它烙上標記、規範著它、折磨著它、強迫它完成某些任務、遵守某些裡絕以及發出某些符號。這種對人身的政治控制，按照一種複雜的交互關係，與對人身的經濟使用緊密相關。人身基本上是作為生產力而被賦予權力和支配關係的。但是，另一方面，只有在它被納入某種依附體制中時，它的結構才可能成為勞動力。只有當人身既具有生產性又具有依附性時，它才能變成一種有用的力量。這種依附狀態不只是通過強制的或意識形態的工具所造成的，它也可以被估量、被組織起來，被具體地設想出來。它可能是很微妙的，既不使用武器，也不藉助於恐怖，但依然具有某種物質結構。……在某種意義上，國家機構和各種體制所關涉的是一種關於權力的微觀物理學，其有效領域在某種意義上是介於這些重大的運作與具有物質和力的人體本身之間。[20]

傅柯認為研究「權力」不應該從「權力」的核心出發，因為「權力」並非是一種上對下的宰制與壓迫，而是一種滲透性的方式，因此應該利用聚焦的方式，從「權力」所延伸影響到最細微末節的角落開始往中心推演，也就是自下而上的分析方式，而人的身體正是社會的最小因子，是「權力」規訓的對象，也是主體鍛鍊的工具[21]，是最適合不過的分析起點。因此通過「權力」作用於身體的微觀分析，可印證傅柯所言，「權力」不再是一種物質力量，而是可通過社會規範、政治措施來改造人的身體、介於權力與人生命之間的規訓力量，因此根據「權力」的無限生產性，人類應做的不是壓抑它的生產，而是應給予適當規範的發展。

此外，「權力」以各種不同的型態運作，在不知不覺中進入了我們的生活與身體，進而操作我們或被我們所操控，成為一種對他人或自己的約束力量，但當被約束者不願

---

20 傅柯撰，劉北成、楊遠嬰譯：《規訓與懲罰》（臺北市：桂冠圖書公司，1992 年），頁 24。

21 傅大為提及權力是透過主體來鍛鍊與規訓自己的身體。《身體與社會》，同註 14，頁 178。

被控制而產生脫序的行為，就必須施予懲罰，因此傅柯更認為「權力」藉由嚴密的凝視與監控機制，使人在「權力」的制約中，被規訓為馴服的心智與身體，各種幽微的身體控制，也藉由這些看不到的權力操控而得以運轉。對於懲罰，傅柯則認為要消除肉體的痛苦，將肉體的痛苦轉為身體自由的被剝奪，因為懲罰的真義在於是其否能達到懲戒後的預期效果，而非以懲罰手段的強烈為依歸，規範化的裁決才能達到一定的懲戒效用，因此本書試圖從這個角度，探討《金瓶梅》中女性身體所受到的懲罰，是否有其效用，並從懲罰手段等的不同，分析其原因何在與凸顯不同身體所被給予的待遇。

(三)情欲

《金瓶梅》充斥著許多「欲望」的描寫，「欲望」是由人的內在生起，此種內在是生機不斷，若刻意阻止這種情感的躍動，無形中就等於是對自己生命的壓抑。仔細思考《金瓶梅》中對於「欲望」的描寫，便可以發現背後有種種因素把持著「欲望」的生成，而男女之間的「情欲」在其中扮演了舉足輕重的角色。因此本書試圖從「身體」的多方面向處理《金瓶梅》中的「情欲」問題，在此所認定的「情欲」乃包含了「性欲」、「性行為」、「性描寫」，所謂「性欲」指的是男女肉體的欲念想望；「性行為」指的是男女性交合以及與此密切相關的性愛語言和肉體接觸行為，也是男女性欲的外化，而「性描寫」包含了「性欲」以及「性行為」的描寫。

《金瓶梅》中的「情欲」表現也是具有多重意涵性，展現了人若處於本能境界的生存狀態中，基本欲望會驅使身體為生存或享受而奮鬥，因為性的欲求不僅僅是生理上的衝動，而是包含一系列相關的組成成分，如潘金蓮的「情欲」不滿不只是生理的部分，不知足與不安全感才是不合理欲望的本質，不合理的欲望乃根植於缺乏，根植於人的不安全感和焦慮感，他們迫使人產生仇恨、妒忌或屈從。《金瓶梅》看似秩序井然有理，但當我們將倫理道德、友情家庭一一解體，便可看穿表層假象底下那被欲望層層包圍的真實，該書從「性」的角度表現人欲的迷亂，其重要性不可言喻，因此從各種不同角度觀照《金瓶梅》中的「情欲」描寫，可挖掘、再現市民社會的世態，甚至發現在「情欲」描寫背後還有更多欲望的生成。

二、研究綱要

本書一共分為五章，觀察對象以西門慶的妻妾為主，以各個身體所衍生的情欲與權力的相關角度，輔以其他西門府內外的女性作參照，說明《金瓶梅》中女性身體所展現的生存處境與生存方式所凸顯的身體觀，以及與中國晚明社會文化中所呈現父權社會下的女性身體意識作一反思。研究步驟主要以第二、三章為文本層之分析，藉由關注小說表現的現象，由身體靜態及動態書寫所「體現」的訊息分別切入，身體靜態表現可作為

權力與情欲的符號,而身體動態則可作為權力與情欲的行為表徵,透過兩種分析方式交叉觀察不同面向下的身體與情欲問題,作為第四章深層意涵、價值論述之依據,讓文本層之分析論述可落實於身體深層意涵中的詮釋。

第一章為「緒論」,提出研究動機並說明研究目的,以及對研究面向與議題做一個提示與理論說明,並對前人對於《金瓶梅》的研究成果作一回顧。

第二章為「身體的靜態書寫」,以西門慶的妻妾所呈現的服飾與身體靜態相關描述作分析,以權力與情欲作為論述途徑,尋求作者表現於作品中的身體觀。首先,服飾是經由人文界定的身體語言,在中國傳統文化中,不論在性別或階級身分中,都可作為區別的象徵,而女性對於人為所賦予服飾的象徵義都有一定的執著與期許,因此藉由對於妻妾們的服飾整理敘述,聚焦於服飾所被寄託的社會意涵加以分析,從權力的觀點與情境問題分析服飾的符號意義與作用。第二個部分主要從身體靜態的呈現為主,集中於肉體描寫,如女性樣貌與身材如何加強為身體資本,以加強身體功能性的敘述依據。

第三章為「身體的動態書寫」,由女性身體的動態表現強化權力與情欲的論述,依照人物地位階級的不同作區分,透過思想與互動關係的分析,看她們如何透過身體表現展現、追求權力,甚至是身體處於權力之中該如何自處。另一部分,以文本中的情欲書寫為主軸,看身體如何表現情欲,以及作者如何透過敘事方式的不同凸顯女性身體的特殊之處。在結語部分更將身體、權力與情欲三者作一連結,探討三者是如何相互作用。

第四章為「金瓶梅的女性身體觀」,透過不同面向的身體表現,分析當中所展示的情欲、權力,本章將進一步解讀出其深層意涵以歸納其身體觀。認為《金瓶梅》女性身體觀主要表現了身體的功能論與本能論,女性身體本能包含了快感的追求,以及追求過程中將本能放大的身體越界表現,同時死亡也是身體本能的一種,《金瓶梅》以性與死的交織作為批判縱欲的主要論述;另一方面文本中女性所透露出的身體功能,乃憑藉著身體求生存,在家庭資源的掠奪中,凸顯出各個身體的不同,以及她們如何面對欲望與現實間的適應與衝突。第三個部分則是將女性身體置於男權視域中,提出女性身體何以降低為附屬地位,成為男性的附屬品,以及男性如何以權力規訓、懲罰女性身體。而在種種不平等的待遇中,女性如何突破自我與他人眼光,展現出自我的身體意識與追求自身欲望。

第五章為「結論」,綜觀前述,從《金瓶梅》中西門慶妻妾的身體表現所凸顯的情欲與權力問題,建構其身體觀乃著重於身體的功能論與本能論,更進一步探討以此思考身體定位,以及其背後的社會與文化意涵。

第四節　前人研究成果回顧

　　《金瓶梅》因書中充斥著過多露骨的性描寫，而被認為是部「淫書」，在清代時屢遭禁燬，進而被視為「禁書」。然而自一九二○年代以來，關於《金瓶梅》的研究蜂擁而出，風潮所至，甚可比擬「紅學」[22]之盛況，所造成的風潮也被謂之「金學」，在大陸地區促發許多學術研究團體的成立，如聊城地區的部分學者，特地挑選《金瓶梅》與聊城地區有特殊地緣關係的山東臨清為背景，自動組織《金瓶梅》學會，更在一九八八年成立了中國《金瓶梅》學會籌備委員會，由劉輝擔任主編，吳敢、黃霖擔任副主編，集合多名知名的金學研究者，專門發表有關《金瓶梅》的研究成果，更在一九九○年元月創刊，每年出版《金瓶梅研究》一輯，如今黃霖成為主編，刊物也進行到了第十一輯，可見《金瓶梅》研究地位始終不墜。

　　臺灣雖然沒有專門的《金瓶梅》研究團體，但以《金瓶梅》為主題的專書、期刊論文、學術論文也為數不少，尤其在二○一二年八月曾在臺灣臺北、嘉義、臺南召開「《金瓶梅》國際學術研討會」，許多研究者共襄盛舉，討論新的研究視角、研究方法以深化《金瓶梅》的研究，為臺灣的《金瓶梅》研究開創一個新風貌。[23]而本書主要以臺灣地區的著作為主，其中專書部分也旁及不少大陸地區的著作。

一、專書

　　吳敢以時間斷代與研究團體作為架構，整理出二十世紀《金瓶梅》海內外的研究發展與變化，顯示過去多專注於作者、作品版本時代的考證與史料的關注，如今已轉向社會風俗、藝術文化等多元化議題。[24]而學術研究是個複雜的工作，每個學者的思路、修養與方法的不同，所做的貢獻也不一樣，研究出的成果也未必是個定論，但其所花的心血與過程是極具價值的，以下就三個部分對有關《金瓶梅》研究的專書做一回顧：

(一)綜合考證研究

　　關於《金瓶梅》相關的作者、時代、版本考證等，已有不少專書論文的整理與歸納分析，但由於此論題並非在本書的探討重心內，故在此不贅述，僅敘述本書所參考的相關研究專書。過去出版了許多作者、版本與成書時代考證研究的選編著作，如魏子雲一

22　《新刻繡像批評金瓶梅·前言》，同註8，頁12-15。
23　陳益源主編：《2012臺灣金瓶梅國際學術研討會論文集》（臺北市：里仁書局，2013年4月）。
24　吳敢撰：〈20世紀《金瓶梅》研究史略〉，《古典文學知識》，2002年5月，頁61-70。

系列的《金瓶梅的問世與演變》[25]、《金瓶梅原貌探索》[26]與《小說金瓶梅》[27]等,構成一思想體系與立論之點,雖然主題脫離不了原書考證的討論,但卻不時提出考證的新證據與說法,其研究成果不容小覷,其中《小說金瓶梅》更著眼於大陸方面的《金瓶梅》研究,以詞話本為主,進一步囊括各種學術研究問題,如婦女、情色、現實、版本等,更收錄了與其他學者論評、答辯的篇章,將作者本身的研究歷史客觀的呈現出來,展示其在《金瓶梅》的研究上又向前跨進一大步。

除此之外,吳晗等著的《論金瓶梅》[28]也選編出二十九篇研究成果,依照性質分為思想藝術、版本評點、時代作者與語詞史料四個部分,呈現《金瓶梅》研究論題的大面向;徐朔方編、沈壽亨譯《金瓶梅西方論文集》[29]與王利器編《國際金瓶梅研究集刊》[30]更收錄了海內外學者的研究,成果極為豐碩;日本也有由齊魯書社編輯的《日本研究金瓶梅論文集》[31];潘承玉《金瓶梅新證》[32]也以作者研究為主旨,為了證明《金瓶梅》乃出於徐渭之手,旁徵博引了許多細緻的文化相關分析,為文本揭示了不同的觀照方式與體驗。但截至目前為止,有關《金瓶梅》的成書與作者的說法,仍莫衷一是,眾說紛紜,而近四十年來,學者已將注意力轉向《金瓶梅》文本本身,如藝術內容、寫作方法、文化研究、時代風俗,甚至開始結合當代學術視野的審美趣味與多元議題,顯示《金瓶梅》的可研究性與經典價值。

(二)人物作品內容

人物形象研究方面,早期已有許多學者將人物略分為「淫婦」、「惡人」等類別,並主觀的加入濃厚的道德色彩,或是將女性視為勇於擺脫傳統父權,對現實環境進行抗爭的人物。其中魏子雲便有不少詳盡的論述,如《金瓶梅散論》[33],將書中重要的女性角色,如潘金蓮、李瓶兒等人的行為舉止、言語性格等加以討論;鄭慶山《金瓶梅論稿》[34]回歸文本分析,將焦點置於《金瓶梅》的諷刺功能,也專注於人物的藝術描寫與分析;

25 魏子雲撰:《金瓶梅的問世與演變》(臺北市:時報文化出版事業公司,1981 年)。

26 魏子雲撰:《金瓶梅原貌探索》(臺北市:臺灣學生書局,1985 年)。

27 魏子雲撰:《小說金瓶梅》(臺北市:臺灣學生書局,1988 年)。

28 吳晗、鄭振鐸等撰,胡文彬、張慶善選編:《論金瓶梅》(北京市:文化藝術出版社,1984 年 12 月)。

29 徐朔方撰、沈壽亨譯:《金瓶梅西方論文集》(上海市:上海古籍出版社,1987 年)。

30 王利器主編:《國際金瓶梅研究集刊》(成都市:成都出版社,1991 年 7 月)。

31 黃霖、王國安編譯:《日本研究金瓶梅論文集》(濟南市:齊魯書社,1989 年)。

32 潘承玉撰:《金瓶梅新證》(合肥市:黃山書社,1999 年 1 月)。

33 魏子雲撰:《金瓶梅散論》(臺北市:臺灣商務印書館,1980 年)。

34 鄭慶山撰:《金瓶梅論稿》(瀋陽市:遼寧人民出版社,1987 年 11 月)。

以人物、作品內容方面作詮釋的有張業敏《雙姝怨對金瓶梅——金瓶梅作品賞析》[35]、霍現俊《金瓶梅新解》[36]、程自信《金瓶梅人物新論》[37]、黃霖《黃霖說金瓶梅》[38]、陳清華《金瓶梅典評》[39]等等,對於主要小說人物所表現的性格、行為、思想等加以討論,藉由人物的分析,找尋人物自然率真的本性,凸顯女性的生存處境與因應生存的方式,彰顯了兩性不平等的社會待遇。

(三)藝術文化

以主題與藝術手法作深入探討者,有孫述宇《金瓶梅的藝術》[40]、周中明《金瓶梅藝術論》[41]、吉林大學中國文化研究所編《金瓶梅藝術世界》[42]與李建中《瓶中審醜——金瓶梅「色」之批判》[43],其中《瓶中審醜——金瓶梅「色」之批判》聚焦於「色」之研究,多角度的布局建構,從社會學、心理學、審美學等不同角度觀照,挖掘出《金瓶梅》中「性」的內在意義,最後更以「醜中見美」作結,提出《金瓶梅》的美學價值與貢獻。此外,有更多學者注意到《金瓶梅》中的文化現象,如尹恭弘《《金瓶梅》與晚明文化——《金瓶梅》作為「笑」書的文化考察》[44],對晚明社會的各種文化、家庭倫理等進行討論;陳東有《金瓶梅文化研究》[45],不僅討論了《金瓶梅》中文化時空背景,提出該書呈現的是運河經濟文化與商業的小社會,更著眼於文本所呈現的美學意義,轉向對文本藝術本體的思考,以文化背景為前提,闡釋了《金瓶梅》的美學價值;而甯宗一認為每一部「金學」著作都是一個過渡性文本,其藉由《金瓶梅可以這樣讀》[46]重新審視《金瓶梅》,提供了以審美價值論與典型人物論兩大方向解讀方式,不僅凸顯《金瓶梅》的價值,更藉以審思現今社會的腐敗墮落。

---

35 張業敏撰:《雙姝怨對金瓶梅——金瓶梅作品賞析》(臺北市:開今文化事業公司,1993 年)。

36 霍現俊撰:《金瓶梅新解》(石家莊市:河北教育出版社,1999 年 1 月)。

37 程自信撰:《金瓶梅人物新論》(合肥市:黃山書社,2001 年)。

38 黃霖撰:《黃霖說金瓶梅》(臺北市:大地出版社,2007 年 6 月)。

39 陳清華撰:《金瓶梅典評》(西安市:陝西師範大學出版社,2008 年 9 月)。

40 孫述宇撰:《金瓶梅的藝術》(臺北市:時報文化出版事業公司,1978 年)。

41 周中明撰:《金瓶梅藝術論》(臺北市:貫雅文化事業公司,1980 年)。

42 吉林大學中國文化研究所編:《金瓶梅藝術世界》(長春市:吉林大學出版社,1991 年)。

43 李建中撰:《瓶中審醜——金瓶梅「色」之批判》(臺北市:文史哲出版社,1992 年)。

44 尹恭弘撰:《《金瓶梅》與晚明文化——《金瓶梅》作為「笑」書的文化考察》(北京市:華文出版社,2001 年 5 月)。

45 陳東有撰:《金瓶梅文化研究》(臺北市:貫雅文化事業公司,1992 年 11 月)。

46 甯宗一撰:《金瓶梅可以這樣讀》(北京市:中國文史出版社,2009 年 9 月)。

二、期刊論文

在期刊論文方面，就作者研究來說，魏子雲除了有一系列的專門著作外，更有不少與大陸學者論辯的文章，如〈《金瓶梅》這五回〉[47]反駁潘承玉對文本第五十三回至第五十七回的真偽見解；陳柏衡〈《金瓶梅》論源〉[48]也曾提出《金瓶梅》作者為王世貞的說法，諸如此類。有關文化思想主題的探討，魏子雲〈《金瓶梅》婦女的財色世界〉[49]確切描寫了女性所處的生活環境，並以此作為性格發展的依據；鄭明俐〈欲海無涯，唯情是岸——《金瓶梅》的情與欲〉[50]為「情」、「欲」兩者正名兼畫界，認為「思無邪」是言情，而「發乎情而止於欲」，提出「情」的重要也分析了部分人物「情」與「欲」的表現；李志宏〈論《金瓶梅》的情色書寫及其文化意味——以潘金蓮的情欲表現為論述中心〉[51]也寫出文本中女性於欲海中載浮載沉、無法自拔的可悲；林景蘇〈西門慶與西門府中的性王國〉[52]描寫了以西門慶為主軸所擴及的性王國，從個人性需求的角度觀看人際所產生的威脅與危機衝突；胡衍南〈《金瓶梅》非淫書辯〉[53]提出文本中性描寫的藝術價值，具有真實刻畫市井生活樣態的效用，其〈《金瓶梅》「世情小說」論〉[54]，更提出一套《金瓶梅》究竟是否為世情書的見解；陸雪芬〈飲食·男女——論《金瓶梅》中的食欲與色欲〉[55]探討了人類原始飲食與性的本能，由此關注到真實人性權力欲望的擴張表現。除此也有關注於女性生活的物質需求，如張金蘭〈「誰把纖纖月，掩在湘裙摺」——試析《金瓶梅》中的三寸金蓮〉[56]，將該時代女性最重視的貼身用品——蓮鞋，先從物質面做介紹，再從關係面與文化層面深入探究其對女性的影響與功用。

---

[47] 魏子雲撰：〈《金瓶梅》這五回〉（《中外文學》，1994 年 4 月第 27 卷第 11 期）。

[48] 陳柏衡撰：〈《金瓶梅》論源〉（《中國文化大學中文學報》，1995 年 7 月）。

[49] 魏子雲撰：〈《金瓶梅》婦女的財色世界〉（《聯合文學》，1986 年 3 月第 2 卷第 5 期）。

[50] 鄭明俐撰：〈欲海無涯，唯情是岸——《金瓶梅》的情與欲〉（《聯合文學》，1990 年 8 月第 6 卷第 10 期）。

[51] 李志宏撰：〈論《金瓶梅》的情色書寫及其文化意味——以潘金蓮的情欲表現為論述中心〉（《臺北師院語文集刊》，2002 年 6 月第 7 期）。

[52] 林景蘇撰：〈西門慶與西門府中的性王國〉（《南師學報（人文與社會類）》，2003 年第 37 卷第 2 期）。

[53] 胡衍南撰：〈《金瓶梅》非淫書辯〉（《淡江大學中文學報》，2003 年 12 月第 9 期）。

[54] 胡衍南撰：〈《金瓶梅》「世情小說」論〉（《淡江大學中文學報》，2004 年 6 月第 10 期）。

[55] 陸雪芬撰：〈飲食·男女——論《金瓶梅》中的食欲與色欲〉（《中正大學中國文學研究所研究生論文集刊》2004 年 5 月第 6 期）。

[56] 張金蘭撰：〈「誰把纖纖月，掩在湘裙摺」——試析《金瓶梅》中的三寸金蓮〉（《中國古典研究》2001 年 6 月第 5 期）。

　　有關《金瓶梅》的期刊論述非常豐富，以上敘述僅是本書主要參考的部分，無論是考證、人物、情色文化、歷史社會、物質文化等方面，都是《金瓶梅》研究的重要範疇，隨著日益多元的研究路徑，研究視野也慢慢轉向女性本體以及議題化、細節化的論述，相信能在這些源源不絕的研究成果中，還給《金瓶梅》應有的價值與本貌。

三、學位論文

　　近年來《金瓶梅》的研究更加多元化與議題化，同時配合當代的研究視野，出現不少與女性本體相關的研究，如女性服飾等，彰顯了文本以男性為中心的社會框架下女性表現的獨特性。本書在此主要針對臺灣近十年來，《金瓶梅》研究中較值得注意的數篇學位論文，根據類別的不同，以出版年排序作一略述，以便了解目前臺灣對於《金瓶梅》的研究概況。

(一)主題研究

　　馬琇芬，《從婚姻、嫉妒、性欲看《金瓶梅》中的女性論》[57]。以《新刻繡像批評金瓶梅》為主要依據，認為《金瓶梅》是父權時代下的產物，先以「婚姻架構」下，女性的「地位」、「貞操」、「貞節」探討女性如何透過權力獲得寵愛與尊嚴，以保障自己的生存空間，再以「嫉妒心理」分析女性之間的衝突，以強化女性人物表現的原由。另外也從文本中性欲描寫探討女性人物的行為，分為「藉色求財到以色市寵」、「性壓抑到性放縱」、「性眷戀到性變態」三部分，對女性作一個性心理的深層研究，最後歸納文本中女性的生活情況，以「自主意識的蒙昧」與「男尊女卑的迷思」來探討女性的價值觀，整體而言，馬琇芬從社會現實入手，對於《金瓶梅》是以男性角度刻畫女性形象，利用女性的角度詮釋文本中的女性人物，顧及女性人物的生活背景與情況，呈現了以男性為中心的社會框架下，女性情緒、表現的獨特性，並給予客觀的解讀。

　　洪正玲，《《金瓶梅詞話》之原型研究》[58]。以事物的原始型態立論，以心理學的角度探討《金瓶梅》中「飲食」、「性欲」與「死亡」三大原型主題，認為飲食與性欲是欲望的原型，而死亡更是生命的原型。因此從西門府中的飲食敘述探討飲食所反映的心理與性格，更說明了食欲與性欲的關聯。其次從性書寫的意義到性心理的探討呈現性欲主題，再以性與死亡的關聯與《金瓶梅》文本所透露的死亡線索與死亡分析，凸顯作

57　馬琇芬撰：《從婚姻、嫉妒、性欲看《金瓶梅》中的女性論》（高雄市：中山大學中國語文學系研究所碩士論文，1996年）。

58　洪正玲撰：《《金瓶梅詞話》之原型研究》（臺北市：國立臺灣師範大學國文學系研究所碩士論文，2000年）。

者的死亡觀,由此發現死亡不僅僅只是因果報應的體現,更蘊含了更多的文化思想,結論更以文本中人物在「飲食」、「性欲」與「死亡」交織的陰影籠罩下,呈現現實人生的悲哀與生存的弱點。洪正玲藉由原型的探討提供另一種詮釋文本的方法,也開啟《金瓶梅》可供研究的多元議題。

全恩淑,《《金瓶梅》中婦女內心世界研究:欲望與現實之間的掙扎》[59]。將社會背景視為婦女各種欲望產生的根源,更進一步分析出《金瓶梅》中的婦女都希望透過西門慶的關係來實現自己的欲望,但由於本身的自卑感與父權制度下婚姻架構的矛盾,以及西門府中各種人際關係與權力衝突,讓她們在實現欲望的過程中部斷地產生衝突與挫折,全恩淑一方面進一步分析女性們挫折產生的因素,一方面也看見女性為了適應衝突與挫折,往往將自身行為合理化,以責備、威脅的方式補償自我的自卑感。因此認為女性是傳統時代中的犧牲品,更多是因為面對現實、欲望間的衝突與矛盾時,她們只能在裡頭掙扎、妥協,尋找自我生存的契機。藉由全恩淑的研究,更可以體會到笑笑生對女性生活與內心世界的精采敘述,都可看作是她們為求生存而與現實、欲望妥協、掙扎的過程,但《金瓶梅》是父權時代下的產物,若能將父權下女性世界的描述更加深刻化,深入研究文本所站的立場,對於婦女內心欲望與生活現實研究也會趨於完備。

藍桂芳,《從成長背景探索《金瓶梅》婦女心理與行為》[60]。主要透過文本中特殊的社會背景,如明代女教的推行、貪財好色的時代風氣來掌握女性的心理與行為。大致分為三部分:先從傳統女教的角度探討《金瓶梅》中的主婦角色,再從環境與生活經歷探討妾婦們的背景,以作為她們性格思想變化的參照,最後針對文本中的婢女、僕婦等社會下層的人物表現,看她們如何在惡劣的生存條件下,與社會風氣隨波逐流地追逐物質的享受,更關注到《金瓶梅》中的妓女,探討她們的心理與行為發展,進一步凸顯《金瓶梅》中妓女的特色。此論文主要說明的是女性們無法逃離傳統社會所給予的限制,除了受傳統禮教下不公平的兩性關係與婚姻制度外,女性們為了在惡劣的環境中求生,被迫成為厚顏無恥、薄情寡義的形象,雖然對婦女的成長背景與行為影響多有研究,但似乎沒有顧及到笑笑生創造女性世界的動機與目的,忽略了女性試圖從傳統體制中破繭而出的過程與辛酸,如此一來,給予人物的評價也可能有失偏頗。

---

59 全恩淑撰:《《金瓶梅》中婦女內心世界研究:欲望與現實之間的掙扎》(新竹市:國立清華大學中國語文學系研究所碩士論文,2001 年)。

60 藍桂芳撰:《從成長背景探索《金瓶梅》婦女心理與行為》(彰化市:國立彰化師範大學國文系在職進修研究所專班碩士論文,2002 年)。

　　梁欣芸，《《金瓶梅》「男女偷情」主題研究》[61]。首先將文本中男女偷情故事的必備條件與模式等作一番整理，再跳出文本從其他相似的作品中的評論，對《金瓶梅》男女的偷情故事加以探討，並以明代豔情小說為輔，探討明代社會風氣如何影響笑笑生構思男女偷情的情節，企圖藉由這些歸納分析找出文本所反映的時代社會風貌，最後以「性、權力與死亡」、「悲憫情懷與善惡批判」、「男女偷情的差異與超越」論述該論文的研究成果，可惜未深入於文本之中，忽略了《金瓶梅》中男女偷情的背景因素，導致未能凸顯《金瓶梅》與其他豔情小說偷情情節架構的不同。

　　林淑慧，《從「性別文化」看《金瓶梅》中的「情」與「義」》[62]。先以場域的觀點探討《金瓶梅》中有關情義在各領域的權力展現，凸顯在社會角落中，情義道德淪喪所呈現出的人性扭曲的真實面，藉以瞭解《金瓶梅》在這種以個體自覺意識抬頭、著重身體享樂為主的社會裡所產生的文學創作，對傳統價值的解構所衍生出情義觀念轉變，和傳統父權思想如何操縱性別階級的事實作探討。並探討在以男性為中心意識形態影響下，對兩性方面的書寫，如何呈現在傳統情義文化觀點上。更就《金瓶梅》裡所呈現出來的「女情」，試圖分析出有別於傳統作品裡男性的認知和操作下所呈現出來「女情」，以還原「女情」的真實面貌。林淑慧探討了傳統情義文化的轉變和父權思考架構下，兩性性別差異如何對情義文化產生影響，藉以思考傳統作品如何以男性眼光創作出女性人物形象，讓讀者能暫時忘卻這些女性的刻板印象，轉而去欣賞女性人物也有多情多義的一面。

　　王碩慧，《從性別政治論《金瓶梅》淫婦的生存》[63]。先說明文本中的「淫婦」定義與世情小說的「淫婦」問題後，進一步介紹《金瓶梅》中的「淫婦」任務，從「性別」差異的角度切入，探討這些被稱為「淫婦」的女性的生存處境與方式，並將兩性關係作一說明。接著以支配與被支配的角度，以及婚姻制度內外作區別，分析兩類女性人物的生存，進一步說明婚姻制度內的女性在丈夫的主導下過著較有保障的生活，但婚姻制度外的女性必須尋找可依附者以確保自己的生存資源。而王碩慧藉由兩種人物的分析凸顯與女性在性別政治下的生存方式，並給予「淫婦」一個客觀的解讀，最後站在女性的角度作結，說明女性在性別政治支配下的不合理。

61　梁欣芸撰：《《金瓶梅》「男女偷情」主題研究》（臺中市：國立中興大學中國語文學系研究所碩士論文，2004 年）。

62　林淑慧撰：《從「性別文化」看《金瓶梅》中的「情」與「義」》（臺北市：臺北市立教育大學應用語言文學系研究所碩士論文，2005 年）。

63　王碩慧撰：《從性別政治論《金瓶梅》淫婦的生存》（高雄市：國立高雄師範大學國文教學碩士班論文，2005 年）。

王婷瑋，《性與死：《金瓶梅》的主題探討》[64]。主要從《金瓶梅》的情節入手，探討內部性與死的聯繫並分析意義何在。特殊之處在於以西門慶為代表的陽具力量與以妻妾作代表的陰性力量的施展手段，探討文本中性別與權力的對峙狀態，說明西門府內一夫多妻制的欲求失衡。其次條列出《金瓶梅》中性與死亡相互影響的情形，提出兩者關係的三種模式：「接續」（性→死，死→性）；「對立」，傳宗接代所象徵的永恆生命；「並生」，也就是欲仙欲死的性刺激。探討了《金瓶梅》中死亡之於性的影響與價值，說明死亡不僅是懲戒，也是「意淫想像的中斷」，此研究對於死亡情節與文本呈現的死亡觀有一番討論。然而人物的終點是《金瓶梅》最關心的事情，此篇缺少文本中死亡意象的整理，藉由死亡意象的文本研究，我相信更能將此主題落實於文本，甚至加深《金瓶梅》的教育作用。

(二)人物研究

莊文福，《《金瓶梅詞話》人物形象研究》[65]。以典型人物為主要研究對象，敘述《金瓶梅詞話》對於人物的刻畫技巧，以理解文本中某些典型人物之所以能長留讀者腦海的因素，另一方面更欲突出人物所呈現的社會意義，認為人物塑造之成功所仰賴的不僅是作者的寫作技巧，更大因素是能藉由典型人物的刻畫將背後所隱含的社會意義表現出來，以展現該時代社會的世情世相，而凸顯作者的創作主旨。除此之外，更以《續金瓶梅》與《金瓶梅》作人物的比較對照，分析其傳承關係、技巧優劣，以及人物形象的意義異同，藉此彰顯《金瓶梅》對後世小說的影響。

潘嘉雯，《《金瓶梅》人物論》[66]。以小說人物為研究主題，並以分析文本的方式探索西門府人物的性格特質與內涵，從他們的行為經歷了解他們的生存態度，藉此窺探她們的內心世界，整體而言，雖然呈現了人物各式各樣的面貌與面對生命的態度，但敘述的深刻度不足，無法彰顯具有社會價值意義的論點，因此脫離不了早期學者所做人物研究的範疇。

(三)文化研究

張金蘭，《金瓶梅女性服飾文化》[67]，以女性以及其生活相關的服飾切入，從服飾

---

64 王婷瑋撰：《性與死：《金瓶梅》的主題探討》（臺中縣：靜宜大學中國語文學系研究所碩士論文，2006 年）。

65 莊文福撰：《《金瓶梅詞話》人物形象研究》（臺北市：中國文化大學中國語文學系研究所碩士論文，1997 年）。

66 潘嘉雯撰：《《金瓶梅》人物論》（新竹市：玄奘大學中國語文學系研究所碩士論文，2005 年）。

67 張金蘭撰：《《金瓶梅》女性服飾文化研究》（臺北市：國立政治大學中國語文學系研究所碩士論文，1999 年）後出版為《《金瓶梅》女性服飾文化》（臺北市：萬卷樓圖書公司，2001 年 3 月）。

的外在表現入手，找出《金瓶梅》對於現實生活及文化現象的反映，探討明代社會現實及經濟發展情形。更凸顯服飾的符號意義，從人物性格與服飾間的交互作用討論服飾的內在意涵，將女性的階級地位呈現服飾與身分地位的關係，又以潘金蓮、李瓶兒、龐春梅三人為例，旁及其他女性，論述服飾與性格的關係，最後更論述服飾史與社會風氣的關聯性。以《金瓶梅》中女性服飾所反映的文化現象為依據，思考《金瓶梅》是否能夠成為明代生活的參考史料。然而張金蘭試圖藉由《金瓶梅》中女性服飾所呈現的文學性，探討作者人物塑造的動機與方式，但筆墨仍多停留在服飾與社會文化、史料的互證上，對於人物性格與服飾的內在意涵的描述仍不夠深刻、全面，然不可否認的是，藉由女性服飾文化的研究，也提供研讀《金瓶梅》另一個思考的角度與關心女性人物的機會。

胡衍南，《食、色交歡的文本——《金瓶梅》飲食文化與性愛文化研究》[68]。先對《金瓶梅》中的飲食排場與晚明富貴人的飲食用度作一參照，再從飲食情境進入《金瓶梅》的文學藝術中，藉此分析刻畫人性的藝術效果。接著論述《金瓶梅》中的性愛描寫，先提示晚明社會的性享樂趨向，再藉由文本中飲食與男女互動關係的描寫，將肉體比擬為食物，印證時代社會的性享樂風氣，最後將焦點轉向晚明社會中極具消費能力的商賈與士人，從生活情調窺探他們享樂的動機與意趣，以探尋他們的生活主張與實踐。胡衍南大膽地從人類文化發展的基礎——飲食與情色，討論小說內容與探討其文學藝術的功能，以及當中所蘊含的社會文化意蘊，不但突破了《金瓶梅》食色文化的研究侷限，更凸顯了飲食與性愛描寫的寄寓功能。

李曉萍，《《金瓶梅》鞋腳情色與文化研究》[69]。以情色、禮物與巫術三個面向進入三寸金蓮的研究中，首先說明鞋腳與情色的關係，提示了對於女性身體的變態審美觀念的來源，更進一步說明三寸金蓮成為女性性感的象徵，以及女性為了符合男性的審美觀，努力使自己符合美的標準，甚至在婚姻中也不例外，尤其在《金瓶梅》中，小腳更為西門慶與潘金蓮的偷情戲碼揭開序幕，蓮鞋在兩人間更扮起了調情作用，證明三寸金蓮跟情色之間的密切關係。李曉萍更進一步說明笑笑生有意藉由金蓮及其附屬物的串聯，將三寸金蓮與欲望、權力與死亡串聯在一起，如潘金蓮與宋慧蓮的爭奪中，金蓮成了權力的象徵等等。李曉萍藉由女性鞋腳情色的文化討論，打開了《金瓶梅》中女性身體與情色、文化研究的新視野。

---

[68] 胡衍南撰：《食、色交歡的文本——《金瓶梅》飲食文化與性愛文化研究》（新竹市：清華大學中文研究所博士論文，2001 年）後出版為《飲食情色金瓶梅》（臺北市：里仁書局，2004 年 4 月）。

[69] 李曉萍撰：《《金瓶梅》鞋腳情色與文化研究》（臺中縣：靜宜大學中國語文學系研究所碩士論文，2002 年）。

　　由以上熱烈的學術討論，可見《金瓶梅》研究已經累積了不少成就，且學者漸能以寬容的胸襟來理解文本中備受批判的人物，漸漸走向研究的多元化與議題化，脫離從前濃厚的意識型態批判，更開始專注於女性人物的表現上，無論是對女性服飾或是食色交歡、文化藝術等，都有一定豐碩的成果，提供後輩另一種研讀《金瓶梅》的新視角，更能給予人物一個客觀的評價與關懷。但從中也可以發現對於人物的探討多著重在其思想背景，少從最基本的身體立論，以小見大，本書不否認前人將女性的生存問題多歸咎於傳統禮教與生長背景中，但身體所提供的本能、功能與意涵更是出現社會差異對待的根源，因此本書從「身體」的角度切入，探討在不公平的社會對待中，女性身體的處境與因應的自處方式。

第二章　身體的靜態書寫

第一節　遮蔽性的服飾

馬歇爾‧麥克盧漢提出：「衣服是皮膚的延伸」[1]，點出服飾之於人類身體不可或缺的重要性，更指出服飾和身體的文化關係。服飾是一種時代文化、社會經濟活動的產物，肉眼所見的材質、款式、色彩、紋樣等，在任何場域皆能化作各種不同的標誌象徵與符號，之中對服飾的關注實際更包含了一種權力的隱喻，不僅表現出時代的審美觀，更折射出社會、文化經濟的時代特徵。作為身體的修飾符號，服飾也可以表現出人的身分地位與文化教養、情感欲望，展現出個人精神氣質，人與人交往時第一眼所見的服裝儀容，便是印象的評分標準之一，因此常見許多小說以服飾的精細敘述，作為人物出場的介紹與第一印象。如《紅樓夢》中，賈寶玉第一次出場時：「頭上戴著束髮嵌寶紫金冠、齊眉勒著二龍戲珠金抹額，一件二色金百蝶穿花大紅箭袖，束著五彩絲攢花結長穗宮縧，外罩十青起花八團倭緞排穗褂，……項上金螭纓絡，又有一根五色絲縧，繫著一塊美玉。」[2]（第三回）以上敘述已襯托出賈寶玉身分的非同一般，也帶出其得名的美玉，就服飾的款式與顏色，也能猜出他是個未諳世事的少年。

《金瓶梅》中對人物服飾的描寫不下百處，展示了明代的服飾風尚與個人特質，從〈附錄一〉來看，文本對於西門慶妻妾的服飾描寫得尤其詳細盡致、爭奇鬥豔，如第十四回寫孟玉樓與潘金蓮：

> 丁香色潞紬雁唧蘆花樣對襟衫襖兒，白綾豎領，妝花眉子，溜金蜂趕菊鈕扣兒，下著一尺寬海馬潮雲、羊皮金沿邊挑線裙子；大紅緞子高底鞋，妝花膝褲，青寶石墜子，珠子箍。

---

[1]　馬歇爾‧麥克盧漢撰，何道寬譯：《理解媒介》（北京市：商務印書館，2001 年），頁 161。

[2]　《紅樓夢》第三回，林黛玉初次看見賈寶玉的穿著表現。曹雪芹、高鶚撰：《革新版彩畫本紅樓夢校注》（臺北市：里仁書局，1984 年 4 月），頁 52。

從頭飾、面飾、配飾、服裝、鞋履等描述中，展示了該社會的服飾風貌，光是服飾質料、顏色與精緻度就可凸顯人們求新、求好、求美的炫耀態度。

此外，從〈附錄一〉所依據場合而整理的服飾表現，可清楚感受到作者對於人物服飾的刻意描寫，在同一個場合中，尤其在社交場合上，往往能以服飾凸顯地位的不同，如第十五回中，只有吳月娘是「大紅妝花通袖襖兒」，其餘小妾都是「白綾襖兒」，在家中也不例外，如第十四回中，只有吳月娘是「大紅緞子襖」，孟玉樓與潘金蓮都是「丁香色潞紬雁啣蘆花樣對襟衿襖兒」，皆以服色彰顯吳月娘的不同地位。因此本書以整理文本中西門慶眾妻妾的服飾表現為基礎，從服飾能凸顯身分地位的功能，探討其中與妻妾服飾差異間的對應關係，藉以印證該人物在西門府中的地位，以作為後文女性身體所凸顯的情欲與權力問題意識之依據。

一、就階級地位觀之

西門府中階級制度明顯，大致上可分為正室、妾、婢、僕婦，少數妓女在西門府中也具有不小的影響力，如分別認吳月娘與李瓶兒為乾娘的李桂姐與吳銀兒。然而，除了吳月娘之外，其餘女性的身分都極為複雜，如潘金蓮原為武大郎之妻，又成為西門慶的妾，從〈附錄一〉可知，潘金蓮最初僅是簡單「白夏布衫兒，桃紅裙子，藍比甲」的普通打扮（第三回），嫁給西門慶後卻是穿金戴銀，不同一般，擅於賣弄風騷的潘金蓮，在第一回中只能以一對金蓮作為勾引男性的工具，但在第十五回中，卻以嫩指展示自己的美，「露出那十指春蔥，帶著六個金馬鐙戒指兒。」可見風光不同當年，其服飾表現的變化不僅表現出西門府的財力，也展現其地位的改變。

其他如龐春梅、宋惠蓮、如意兒、王六兒等地位較卑下的奴婢、僕婦，也都因為同時是西門慶的情婦，特殊身分讓她們的穿戴也呈現出去樸從豔的風尚，表示以服飾標明地位尊卑的制度已遭破壞。因此不論身分，西門府中的女性幾乎都穿金戴銀，讓人霧裡看花，分不清主子奴婢，但若仔細比較，還是可以在一片僭越風氣中，從服飾表現觀察她們如何藉服飾凸顯、保護自己的地位。而本書將焦點置於妻與妾的服飾表現上，笑笑生在描寫妻與妾的服飾時，特別說明吳月娘的不同，凸顯妻與妾地位的高下之別，如第十四回中，潘金蓮過生日時的穿戴：

> 丁香色潞紬雁啣蘆花樣對襟衿襖兒，白綾豎領，妝花眉子，溜金蜂趕菊鈕扣兒，下著一尺寬海馬潮雲、羊皮金沿邊挑綫裙子；大紅緞子高底鞋，妝花膝褲，青寶石墜子，珠子箍。

與孟玉樓是一樣的打扮，但笑笑生特地寫「惟月娘是大紅緞子襖，青素綾披襖，紗綠紬

裙，頭上戴著髻，貂鼠臥兔兒。」用「惟」字凸顯正室的地位，更以服飾表現作為外化人物心理的手段，在小說結構與情節推展中發揮不少功用，以下以服飾類別一一敘述：

(一)首服類

「首服」就是頭部的裝飾，包含髮式與飾品，「髮式」指的是頭髮的式樣，而飾品包含極廣，髮飾、面飾、耳環皆歸入此類。中國人認為人首是全身最高的位置，人們在互動時往往第一眼觀察到的便是頭部，而頭髮又高居人首，使得頭部的裝飾較其他部位需要更多的莊重感，成為人們精心裝扮的重點，亦代表人的尊嚴，更成為人們重要的審美標準。[3]

1.髮式

「髮式」主要指髮髻的樣式，中國古代女性以長髮為美，在進入梳髻時代後，髮色、長短疏密以及髮髻的樣式、髮飾皆為衡量美貌的標準，連鬟名、髻名也加以美化，如：雲鬟、同心髻、墮馬髻等，[4]「鬟」是指髮作環形而中空，潘金蓮在初登場時便多次有作「雲鬟」的打扮，如第三、四回西門慶見潘金蓮「雲鬟疊翠」、「雲鬟半嚲」。此外，髮髻對女子更具有辨識身分的功用，一旦成人結婚便必須將頭髮挽起，因此髮髻的種類可說是大有學問。在文本中出現頻率較高的是「銀絲鬏髻」與「一窩絲杭州攢」。「一窩絲杭州攢」屬於女性家常的髮式，是明代女性較為流行的一種髮型，不似髮髻一樣緊密，打扮起來較為隨性、嫵媚，為防止頭髮散亂便加一小網固定之，此網便稱「攢」，使用身分大多為妓女，如西門慶到李家找桂姐，便是「家常挽著一窩絲杭州攢」（第十五回）；到鄭家找鄭愛月，也是「頭挽一窩絲杭州攢」（第七十七回）；為增加嫵媚的誘惑力，潘金蓮在花園中與西門慶嬉鬧也有使用（第二十七回），其餘妻妾沒有使用過此髮型，而據其使用對象來看，多為以色事主的妓女，故也烘托出潘金蓮的風流。

以形制來看，一種是以真髮摻上部分假髮盤起作髻，較常見的有「丫髻」、「雲髻」、「高髻」等；另一種便是全部以假髮製成的「鬏髻」，不分貧富貴賤，多為妻妾所戴，倘若僕婦有使用鬏髻，也絕對是最普遍的黑鬏髻。而在西門府中，「銀絲鬏髻」是西門府中妻妾居家常用的髮式，如第四十回，潘金蓮特意「把鬏髻摘了，打了個盤頭揸髻」，為的就是裝丫鬟以希市愛，因此在她要換回原有身分時，又戴上了「銀絲鬏髻」，證明兩種髮型所象徵地位的差異。附帶一提，由於「銀絲鬏髻」是主子的身分象徵，因此在第二十四回中，宋惠蓮不顧身分，央求西門慶做個「銀絲鬏髻」給她，而西門慶也許諾她用八兩銀子「往銀匠家替你拔絲去」，暗許她與妻妾使用相同的「銀絲鬏髻」，無疑

3　葉大兵、葉麗婭撰：《頭髮與髮飾民俗》（瀋陽市：遼寧人民出版社，2000年3月），頁24。
4　《頭髮與髮飾民俗》，同前註，頁25。

是默認宋惠蓮地位的提升,而從西門慶怕吳月娘怪罪更可證明,「銀絲鬆髻」在西門府中女性眼中所象徵的地位。

除此之外,價值較高的「金絲鬆髻」僅出現於第二十回李瓶兒的手中,可見其財力雄厚,然當時礙於眾妻妾們僅穿戴「銀絲鬆髻」而不好使用,因此拿與銀匠打成其它飾品,可見李瓶兒自知大小禮分,肯捨棄等級較高的黃金而與其他妻妾同戴較廉價的「銀絲鬆髻」。在文本中也可見奴婢有其專用的髮式,如第四十回中,潘金蓮為取媚眾人,放下身段使用不符合身分的「盤頭楂髻」,假扮丫鬟逗得眾人哄堂大笑,這算是為了某些目的所進行的服飾異化。孫雪娥原來也只是個陪嫁丫頭,文本中也提到因為她頗有姿色,西門慶與她帶了鬆髻,排行第四,名義上確實拉抬了她的地位,但備受忽視的她,實際地位卻比龐春梅還要低下,當她由西門府的小妾成為酒家丫鬟時,髮式又轉變為「盤頭楂髻」,代表身分地位的降格。

2.飾品

文本中對於髮飾、頭飾的敘述十分豐富多采,女性會在髮髻上插上各種飾品如簪、釵等,不僅具有裝飾作用,也有固定頭髮的效果。根據材質與樣式表現的不同,也投射出地位權力的高下。若以材質區分,部分以金銀或是昂貴獸皮製成的飾品,使用者以妻妾為主,如第七十五回吳月娘的髮上便插著六根「金頭簪子」,但金簪兒可說是西門府中不分貴賤的常見髮飾,因為西門慶常以金簪兒做為性報酬,如意兒與賁四嫂都因此有這種較昂貴的簪子,相較起來,「梳」也是《金瓶梅》中的常用髮飾,可以插在髮髻上做裝飾,在第二回中潘金蓮便以「六鬢斜插一朵並頭花,排草梳兒後壓」亮相,第二十回也見李瓶兒有「金纍絲松竹梅歲寒三友梳背兒」,因為梳子的製作精美,價值不菲,故不見奴婢使用。

此外又有包頭式的頭飾,會隨著季節的不同決定採用的質料,且多在上頭裝飾金銀或珠翠類的寶物,如額帕、珠箍,冬天則會用各種名貴獸皮做成箍,並以所用皮毛的種類加以命名,如「貂覆」、「臥兔兒」等等,因為獸皮稀少,價格昂貴,多為妻妾與妓女在重要場合上使用,在書中便見眾妻妾與鄭愛月兒等妓女常使用「臥兔兒」、「海獺臥兔兒」,沒有奴婢使用「臥兔兒」的情形。常見的包頭式頭飾還有「珠子箍兒」,是將珠子鑲嵌在抹額勒上的頭箍,先將頭箍套於額上,再以其他花翠裝飾或是戴上鬆髻,這種裝扮在明代中上層婦女中較為常見[5],如第七十五回,西門慶的妻妾到應伯爵家吃滿月酒,皆頭戴「白鬆髻珠子箍兒」,有時也見於地位較高的婢,如龐春梅、賁四嫂,[6]可

5　《頭髮與髮飾民俗》,同註3,頁71。

6　第七十八回龐春梅見潘姥姥時便戴著「羊皮金沿的珠子箍兒」,第七十四回受西門慶寵愛的賁四嫂

見地位較低的人利用非正當的手段得到與自己身分地位不符的飾品，藉以展示自己地位的不同，在文本中屢見不鮮。順帶一提，龐春梅在成為守備夫人後，穿戴不同往昔，對飾品更是講究，第九十五回中，她向薛嫂要了兩副「大翠重雲子鈿兒」、一副「九鳳鈿銀根兒」、「一個鳳口裡啣一串珠兒，下邊綴著青紅寶石金牌兒」，吳月娘看了讚不絕口，她卻嫌不夠時尚，無法襯托自己的身分，可見笑笑生將服飾對於社會地位的象徵與外化人物性格的功能發揮得淋漓盡致。

　　較為特殊的是鳳釵與鳳冠，兩者所表現的地位權力意涵較為強烈，其中「鳳釵」在文本中出現多次，質料多為金銀，以鳳的意態昂然為裝飾，代表地位的宣示，使用者為吳月娘與當了周守備正室夫人的龐春梅，可見「鳳釵」為正室的標記；在《金瓶梅》中也出現妻妾戴「冠」的情形，按《中國衣冠服飾大辭典》「冠」條云：

> 婦女亦有戴冠者，但多為花冠。如秦漢時宮女戴芙蓉冠子，唐時戴蓮花冠，宋時戴花冠等，但這些均為美飾裝扮需要，唯有鳳冠才被作為禮服的標誌，表明后妃命婦的身分。[7]

在文本中比「銀絲鬆髻」更高級的是各種「冠」，這是官宦人家的正室夫人才能享用的特權，也可說是古代貴族婦女的一種帽子，[8]樣式華麗，是身分的象徵，如第三十五回眾妻妾到吳大妗子家作客，各個皆頭戴「珠翠冠」，第七十五回到應伯爵家喝滿月酒時，吳月娘獨戴「白縐紗金梁冠兒」，其餘小妾僅有「珠子箍兒」，凸顯吳月娘的正室身分，此外書中也常提及潘金蓮至房中「摘去冠兒」，但未見妓女與奴婢有戴「冠」的情形，龐春梅最後也是在成為守備夫人後才戴了「金梁冠兒」，甚至在第九十七回陳經濟的婚禮上使用「珠翠鳳冠」，可見身分地位在服飾上是表露無遺的，甚至可以說，服飾的展示就是身分地位的示現。

　　此外，珍珠與翡翠是故事中女性常用首飾的簡稱，笑笑生常以「珠翠堆盈」、「珠翠堆滿」等較為籠統的形容詞描寫書中女性使用頭飾的情形，一個家族的富貴氣派，除了可從服裝的材質、樣式觀察得知外，飾品的多寡與精緻與否也是標的之一。在《金瓶梅》中，無論家庭聚會或社交場合，不分尊卑皆可見女性對飾品的講究，第十五回眾妻妾外出賞燈，笑笑生特地寫潘金蓮「露出那十指春蔥來，帶著六個金馬鐙戒指兒。」一戴便是六個戒指，是她進入西門府後才有的富貴裝扮。文本以耳飾與頭飾的出現次數較

也是使用「勒著藍金銷箍兒」。

7　周汛、高春明撰：《中國衣冠服飾大辭典》（上海市：上海辭書出版社，1996 年），頁 34。

8　張金蘭撰：《《金瓶梅》女性服飾文化》（臺北市：萬卷樓圖書公司，2001 年 3 月），頁 47。

為頻繁，耳飾以「墜子」與「環子」居多，孟玉樓、潘金蓮等最常使用的是以寶石作成的墜子，如「青寶石墜子」、「紫夾石墜子」，或者是形狀較為特殊的「金燈籠墜子」，而吳月娘最常用的是環子，如「二珠環子」以及以國外珠寶製成的「胡珠環子」，李瓶兒在第二十回中也戴了一副特殊的「紫瑛金環」，然而，耳飾的使用並不受到地位身分的限制，在第四十二回李瓶兒過生日，便見西門府四大女婢龐春梅等人戴著「寶石墜子」與「金燈籠墜子」，而「胡珠環子」因是國外進口、較為新穎，具有一定財力的人才有辦法得到，如龐春梅也是在嫁入周守備府後才有「胡珠環子」，一般人家如王六兒、如意兒、賁四嫂與婢女則都是使用「丁香兒」，顧名思義便是與丁香大小差異不大而得名的耳飾。

(二)服裝類

一個三妻四妾的家族中，藉由妻妾服飾與待遇的不同，能明顯表現出地位等級，在許多場合便可看出吳月娘與眾妾的差異。為了參加與喬親家結親的一場宴會，兩日內便要為妻妾們趕製三十件上等衣裳：

> 先裁月娘的：一件大紅遍地錦五彩妝花通袖百獸朝麒麟補子緞袍兒，一件玄色五彩遍地錦葫蘆樣鸞鳳穿花羅袍；一套大紅緞子遍地金通袖麒麟補子襖兒，翠藍寬拖遍地金裙；一套沈香色妝花補子遍地錦羅襖兒，大紅金枝綠葉百花拖泥裙。其餘李嬌兒、孟玉樓、潘金蓮、李瓶兒四個，都裁了件大紅五彩通袖妝花錦雞緞子袍兒，兩套妝花羅緞衣服。孫雪娥只是兩套，就沒與他袍兒……（第四十回）

由引文可知，西門府的生活揮霍無度，除了妻妾有新衣外，又為隨行的西門大姐及四大女婢裁製衣服共十七件，可見奢侈之極。吳月娘得到兩件袍兒，兩套襖兒，兩件裙子，而眾妾僅得一件袍兒與兩套普通的羅緞衣服，最不受注目的雪娥則只有兩套衣服，沒有袍兒。

就樣式而言，袍服由內衣變外衣，因為形制日漸講究，袍上的裝飾日漸精美，紛紛施上重彩與紋飾，使袍服晉升為禮服的一種。孫雪娥得不到袍服，且從文本中可知，凡妻妾們參加社交活動，很少看見她的蹤影，即使在西門府中的宴會，也大都在廚房裡行走，很少有機會與妻妾們同坐，如在十四回李瓶兒參加潘金蓮的生日宴會，見到孫雪娥的妝飾少於其他人，加上她「回廚下照管，不敢久坐」，可見其雖同是西門慶的小妾，但實際地位可說是亦妾亦婢，不被重視。但在李瓶兒的生日宴會上給大家各一對「金壽子簪兒」，表示在她的眼中，孫雪娥的地位與其他妻妾是一樣的，展現出李瓶兒的知禮大方，免去得罪人的麻煩。

潘金蓮以身體為主要資本在西門府中爭寵固位，努力追求華美的儀表，而服飾的包

裝是美貌鬥豔不可或缺的物質條件，文中多處以服飾來對比李瓶兒的富貴與潘金蓮的窮酸，李瓶兒有數不清的新鞋、衣裳，潘金蓮卻窮得連買汗巾都需要李瓶兒替她付錢，讓潘金蓮既羨慕又嫉妒，因此常為了衣服頭面與大家鬧得不甚愉快，如第四十六回，吳月娘率領眾妾外出吃酒遇雪，吩咐玳安回家拿皮襖給大家穿，唯獨潘金蓮沒有自己的皮襖，只能拿人家當的舊皮襖，因此心裡不服氣的道：「有本事，到明日問汗子要一件穿，也不枉的。」李瓶兒死後，便死盯著她那件昂貴的皮襖，經過一番周旋終於如願以償，卻也引起吳月娘的不悅，道：「他見放皮襖不穿，巴巴兒只要這皮襖穿。早時他死了，他不死，你只好看他眼兒罷了！」對西門慶溺愛潘金蓮而不滿，原本自己最有資格、權力取走這件皮襖，卻被潘金蓮奪去，甚至還作了被奪紅袍的夢，可見她在意此事的程度。

從圖像印記與服色來看，吳月娘所用的是「百獸朝麒麟補子緞袍兒」與「麒麟補子襖兒」，而其他小妾所用的都是「錦雞緞子袍兒」，凸顯她的地位是最高的。若就服色來看，明代規定民間婦女不得使用大紅、鴉青與象徵皇權的黃色，就算是禮服也只能穿紫色、綠色或桃紅等間色或其他的淺色服裝，只有命婦能使用大紅，[9]但《金瓶梅》中女性所使用的服色卻以違禁的各種紅色最多，其他如粉紅、銀紅、錦紅等也不少，尤其吳月娘所用的大都是紅色系的服飾，特別是大紅色，可見大紅可以顯現在家族中與眾不同的地位，如第二十四中，只有吳月娘穿「大紅遍地金通袖袍兒」，其他小妾則是「白綾襖兒」；在第四十三回的外出場合，她也穿「大紅五彩遍地錦百獸麒麟緞子通袍袖兒，腰束金鑲寶石鬧妝；頭上寶髻巍峨，鳳釵雙插，珠翠堆滿；胸前繡帶垂金，項牌錯落；裙邊禁步明珠。」其他小妾僅以「粉妝玉琢，錦繡奪目」帶過，可見在某些特定場合，還是要突出她身為正室的尊貴，不僅顏色上有所不同，在款式上也有顯著的差異。就連僕婦賁四娘子在元宵節晚上也穿著大紅襖在門口邀請潘金蓮等人到家中，其目的無外乎是炫燿自己的時尚，提高自己的身價。

《金瓶梅》中最特別的是女性身體與服飾的交易關係，奴婢地位卑下，一般十來歲的丫鬟大約可賣個五兩銀子，但光看李瓶兒的皮襖便值六十兩，因此奴婢的身價可說是低的可憐，且因工作需要，服飾顯得較為樸素簡單，但一旦與西門慶有所牽扯後，便明顯表現出普通奴僕與受寵奴僕在物質生活上的差異，[10]先以僕婦宋惠蓮來說：

9　「（洪武）五年令民間婦人，禮服惟紫絁不用金繡，袍衫止紫綠桃紅及諸淺淡色，不許用大紅鴉青黃色。」張廷玉撰：《明史》，卷67，〈輿服三〉（北京市：中華書局，1995年3月），頁1650。

10　王六兒與西門慶通奸，好處是可趁機滿足服飾方面的需求，甚至明白地告訴丈夫：「到他明日，一定與咱們多添幾兩銀子，看所好房兒。也是我輸了身一場，且落他些好供給、穿戴。」（第三十八回）利用身體交換物質享受；如意兒也是如此，不但金赤虎與金頭銀簪兒都落在自己頭上，「討意白紬子，做披襖兒與娘穿孝，西門慶一一許他。瞞著月娘，背地銀錢、衣服、首飾甚麼不與他。」

> 出來時同眾家人媳婦上灶,還沒什麼裝飾,猶不作在意裡。後過一個月有餘,看
> 了玉樓、金蓮打扮,她把髮髻墊的高高的,梳的虛籠籠的,把水鬢描的長長的。

(第二十二回)

受到豪華奢侈風氣的影響,宋惠蓮出現與別人比較、模仿的情形,社會心理學家菲斯汀格指出,一個人對自己的評價是通過「與他人的能力和條件的比較而實現」[11],而模仿是指個人受控制的社會刺激引起的一種行為,一般以再現他人的外部特徵和行為方式為特點,並同時具有一定的合理的情緒傾向性。[12]她試圖將這些豪華貴氣轉移到自己身上,就是要炫耀自己以提高自我價值,又見其變本加厲地穿戴不符合自己身分的服飾,可見她藉由服飾的展現,炫耀自己的地位,以服裝展示作為奴婢身分與地位的僭越。

然而本書所要凸顯的,不只是急於提升地位的低層階級女性會有如宋惠蓮般的比較與炫耀心態,即使是位居小妾的潘金蓮也是如此,在第五十二回中,她以性交的手段,央求西門慶送她一條李桂姐也有的「玉色綾挑羊皮金挑的油鵝黃銀條紗裙子」,因為她看到李桂姐穿得好看,抱怨「他們都有,只我沒這條裙子」,這也是一種模仿、比較的心態,更多次以自己的身體為手段進行交易,可見不論身分地位,服飾的功能完全超越遮身避寒的需求,變成另一種「物質條件」,襯托美色,提高身分價值的必需品,由「人穿衣」畸變為「衣穿人」,變為由服飾主導身體,相形之下,身體的內涵完全隱沒在服飾之下,表面上是美不勝收的服飾描寫,實際上,越是華美的服飾越能讓讀者感受其下所遮掩的醜惡行徑。由此可知,藉由服飾的描寫可以幫助揭示人物的身分地位、凸顯人物性格與展示社會環境,而服飾的描寫也會隨著小說寫實性人物、個性化的發展逐步推進,笑笑生便是以服飾間的比較來輔助女性們之間的權力、地位的鬥爭。

二、就情境觀之

(一)一般家庭、聚會情境

服飾雖是人體之外的物質,卻有豐富的內涵,更具有展示身分地位的作用,根據服飾所在的場景與描述對象的不同,也可挖掘出文本中的另一種女性服飾觀。就群體的服飾表現來看,猶如一場時裝秀,美不勝收,受到消費型態的改變,不論身分,女性從頭飾到鞋腳毫不馬虎,常常珠翠滿頭,服飾內容極其奢靡,時常看見女性們製作新衣、納鞋、訂作汗巾,追求時髦的打扮,表現出西門府的闊綽。另一方面,女性們都想藉由華

甚至要風得風,要雨得雨,又自恃得寵。

11 華梅撰:《人類服飾文化學》(天津市:天津人民出版社,1995 年 12 月),頁 362。
12 《人類服飾文化學》,同前註,頁 362。

麗的裝扮壓倒群芳；從制度上來看更是大都僭越禮分，不合於法，如第二十四回元宵節的家庭聚會，吳月娘不僅端居上座，與西門慶同列，在打扮上也與眾妾不同，只有她一人穿著「大紅遍地通袖袍兒」與「貂鼠皮襖」，而眾妾都只是「錦繡衣裳」與「白綾襖兒」。人人都想以服飾引起注意以炫耀自己的獨特，但仔細一看，吳月娘的打扮有違當時法制，在當時還只是庶民妻子的身分，卻穿上五品以上官員的命婦才有資格穿的大紅色服裝，這段寫作細節雖表達笑笑生對妻妾間尊卑有序小心翼翼的維持，卻也提示了該時代社會制度崩壞的真實情景。

除了妻妾與妓女能名正言順的有華美裝扮外，其餘地位較卑下的女子只能尋求其他不正當的管道，文本中常見女子與西門慶勾搭成奸，多半是為了物質生活，所謂的物質生活大都以華麗的服飾為主，如宋惠蓮、王六兒、如意兒等，各個都有嚐過這種甜頭。[13]其中要特別指出的是宋惠蓮在第二十四回的表現，她特意將腳上的鞋踢落，引人注意，目的就是讓人發現她穿著兩雙鞋，還是套著潘金蓮的鞋，以展示自己有雙更嬌巧的小腳，與潘金蓮比較的意味濃厚，將主子的鞋子套在外面，更隱含踐踏、凌替之意，也就是主奴關係的顛覆，[14]無怪乎潘金蓮急於拔除這個「眼中釘」。就連已是小妾的潘金蓮也時常利用身體達成某些目的，如第四十回中，她向西門慶抱怨其他妻妾都有衣裳，唯獨自己能換穿的選擇始終還是那幾件，要求西門慶為她置新衣。

服飾是約定俗成且格式化的表現，最顯著的就是紅色系服飾與代表尊貴身分的圖像印記，使用者多為正室夫人用以凸顯地位身分，以家常與社交場合來看，身為正室的吳月娘無疑是妻妾中最受注目的焦點，多以大紅色的服飾出場並有資格戴冠，表現自己在西門府中無人可比的地位並以此自滿。然而作者多次以妻妾集體的服飾表現凸顯妻妾之間的矛盾，如李瓶兒初嫁入西門府宴客時的情景：

> 大紅五彩通袖羅袍兒，下著金枝綠葉沙綠百花裙，腰裏束著碧玉女帶，腕繡上籠著金壓袖，胸前項牌纓珞，裙邊環珮玎璫，頭上珠翠堆盈，鬢畔寶釵繡半卸。紫瑛金環，耳邊低掛；珠子挑鳳，髻上雙插，粉面宜貼翠花鈿，湘繡裙越顯紅鴛小。
> （第二十回）

身分是最小的妾，卻因受寵而穿上大紅色的袍兒，占盡風頭，讓賓客無不阿諛奉承，卻

---

13 如意兒在第六十七回便「討蔥白紬子，做披襖兒與娘穿孝，西門慶一一許他。瞞著月娘，背地銀錢、衣服、首飾甚麼不與他。」多次對西門慶有服飾上的要求；受西門慶寵愛的龐春梅也在第四十一回要求製作新衣，甚至要求要有與西門大姐一樣的「大紅遍地錦比甲兒」。

14 王瓊玲、胡曉真主編：《經典轉化與明清敘事文學》（臺北市：聯經出版社，2009 年 8 月），頁113。

也使得只能在後壁聽覷的眾妻妾吃味,吳月娘的悒怏不樂,不僅是其所專屬的大紅色系服飾被奪,更是身分地位受威脅的一種情緒表現。

順道一提,龐春梅成為守備夫人後與吳月娘首次見面,對吳月娘而言是多麼難堪,誰料想龐春梅也有這麼風光的一天,吳神仙曾算出她「主早年必戴珠冠」,意指成為官夫人,當時吳月娘信誓旦旦的說:「就有珠冠,也輪不到他頭上!」並趕她出西門府,想不到這一趕便趕出了守備夫人來,光看她的穿著:

> 粉妝玉琢,頭上戴著冠兒,珠翠堆滿,鳳釵半卸,上穿大紅妝花襖兒,下繡著翠藍縷金寬欄裙子,帶著玎璫禁步,比昔不同許多。但見:寶髻巍峨,繡鳳釵半卸。胡珠環耳邊低挂,金挑鳳鬢後雙插。紅繡襖偏襯玉香肌,翠紋繡裙下映金蓮小。行動處,胸前搖響玉玎璫;坐下時,一陣麝蘭香噴鼻。膩繡粉妝成脖頸,花鈿巧貼眉尖。(第二十九回)

從頭到腳換了個人似的,比起吳月娘當家時所用的服飾更加氣派。相對的,吳月娘等人在此時已家道中落,因此笑笑生並未對她們當時的穿著有所發揮。

(二)吸引異性目光的情境

在《金瓶梅》中,許多女性為求得西門慶喜愛而裝扮自己以增進身體魅力,尤其當情景轉至閨房時,又是另一種截然不同的畫面。一切衣著、裝飾、言行舉止,所有附著於人體外的一切,皆能充分表達出內心的感受,並使對方有所感染,為吸引異性注意,女性大多表現出性感一面。性感可說是一種刺激反應的過程,當女性在該情境中展露自己的體態曲線,加上撩人的舉止,是極易引起男性生理的衝動與心理反應。因此本書根據女性的內衣類與鞋類來說明,觀察原為女性的隱私部分,如何轉變為獻媚男子不可或缺的工具。

1.內衣類

服飾隨其式樣的不同各有其魅力,有時若隱若現,有時極具挑逗性,其時尚的變換也是永無止境,其中內衣文化是女性私密空間中的悄悄話,原應含羞而內斂,但明代中葉以後,社會風氣日下,浮靡奢華、縱情酒色成為當時最佳的形容詞,反映在《金瓶梅》中,可見書中女子有穿暴露內衣,甚至常有不穿內衣的情形。在明代社會禁錮於「存天理去人欲」理學思想的背景下,服裝竟有另一番背道而馳、截然不同的展現。從《金瓶梅》中的女性內衣,不僅讓讀者窺見明代市井生活中隱密的一面,更使讀者了解女性對於內衣所期待的作用與功能。然而文本中的女性內衣無法涵蓋所有明代女性的內衣樣式,在此僅歸納出文本中所提及的「扣身衫子」與「抹胸兒」做分析。

「衫」是一種大袖單衣,多以輕薄的紗羅為之,單層不用襯裡。晚唐五代後,婦女穿

衫的情形較為普遍，而在明代以前，女性的「衫」以寬鬆為主；明代之後出現一種輕薄、窄袖合身，剪裁較能夠使女性曲線畢露的「扣身衫」，以作為內衣使用。第一回笑笑生對潘金蓮十多歲時的描述：「描眉畫眼，傅粉施朱，梳一個纏髻兒，著一件扣身衫子。」便寫出一個嬌娜多姿、小小年紀便利用服裝來展現自己嫵媚身姿的形象，給人好故作媚態的印象，與她接下來的性格發展不謀而合。而第二回西門慶頭次遇見潘金蓮，見其「露賽玉酥胸無價」，也是因為她所著的又正是「毛青布大袖衫兒」，若隱若現的露出「抹胸兒重重鈕扣」；第三回〈西門慶茶房戲金蓮〉也見她穿的是「白夏布衫兒」，可見潘金蓮對於「衫」的情有獨鍾，有意展現自己的性感以吸引目光，更因如此，她大膽地站在簾子下眉目嘲人，雙睛傳意。《警世通言·蔣淑貞刎頸鴛鴦會》也有類似的敘述：「卻這女兒心性有些翹蹊，描眉畫眼，傅粉施朱。梳個縱髻頭兒，著件扣身衫子，做張做勢，喬模喬樣。」[15]可知這類穿著已成為部分婦女的癖好。甚至有更為大膽的裝束，由於當時的衫多採對襟形式，一些女子特地將外衣的領口敞開，將貼身衣物顯露於外供人欣賞。「衫」在日常生活中雖可算是居家常服，但在《金瓶梅》中，作者有意將類似穿著表現於潘金蓮的身體之上，為的就是凸顯其不安於室的個性，藉由服飾表徵的不同與其他妻妾作一區別。

「抹胸」是明代女性內衣的一種。清代徐珂《清稗類鈔·服飾類》載：

> 抹胸，胸間小衣也。一名袜腹，一名抹肚。以方尺之布為之，緊束前胸，以防風之內侵者，俗謂之兜肚。[16]

換言之，「抹胸」是遮蓋於女子胸前用以護體、護乳的貼身衣物，作用類似於現代女性所著的上身內衣──「胸罩」。笑笑生提及女性上半身的貼身衣物多用「抹胸」一詞，如形容潘金蓮、西門慶初次相遇時的穿著：「抹胸兒重重鈕扣」（第二回）、潘金蓮在閨房裡「只著紅綃抹胸兒」（第二十八、第二十九回）以及李瓶兒重病，斷氣時身上「只著一件紅綾抹胸兒」等；此外，也有用到「挂腰」之稱，如西門慶與如意兒行房時「恐怕凍著他，取過他的抹胸兒替他蓋著胸膛上。」而婦人道：「這挂腰子還是娘在世時與我的」。（第七十五回）然就西門慶的妻妾而言，笑笑生也僅對潘金蓮與李瓶兒的抹胸有敘述，且所敘述的場合大都在臥房之中，顏色也是以紅色為主，每種顏色有其不同的象徵，而紅色使人聯想到是喜慶與熱情，不難解釋「抹胸」在書中出現的場合與顏色的配合。若以花紋式樣來看，笑笑生對於「抹胸」的描寫便少了滋味，除了潘金蓮的「抹胸兒重重鈕

15　馮夢龍編：《警世通言》（臺北市：建宏出版社，1995年3月），頁483。
16　徐珂撰：《清稗類鈔》，卷91，〈服飾類〉（臺北市：臺灣商務印書館，1966年6月），頁92。

扣」，描述抹胸上有釘上多枚鈕扣，其他僅用「抹胸兒」帶過，並無詳盡的描述。

2.鞋類

《金瓶梅》用了不少筆墨描述女性的腳，小腳是女性身體中最神祕的部位，而它神祕的禁區不僅止於「裸足」，還擴及鞋襪等附屬物，使蓮鞋成為女性專屬神祕的特有物品，對蓮鞋的式樣更是十分講究，甚至在《金瓶梅》中，對蓮鞋的描摹遠比小腳赤裸的描述更為詳盡。而本書所關注的是文本中的女性多以穿紅色繡鞋為主，紅色賦予人一種熱情似火、活潑的感覺，從中國文化來看，往往與鮮血、青春甚至是性愛聯繫在一起，因此新婚時色尚大紅，從禮服至新房佈置，皆以喜氣洋洋的紅色為主，作為調情信物的繡鞋也幾乎為紅色。西門慶便專愛紅色蓮鞋，第六回寫西門慶與潘金蓮兩人在房內玩耍，「西門慶脫下他（潘金蓮）一只繡花鞋兒，擎在手內，放一小杯酒內，吃鞋杯耍子。」可見繡鞋在《金瓶梅》中也被視為挑逗性遊戲的一種。此外，當時的鞋子多半由女性親手縫製而成，在第二十九回便花了不少篇幅描述潘金蓮、李瓶兒、孟玉樓做鞋的情境，展現三人各自不同的審美趣味，潘金蓮與李瓶兒要做「大紅緞子白綾平底鞋兒，鞋尖上扣繡鸚鵡摘桃」，而孟玉樓認為自己的年紀不適合紅鞋，僅要做雙「玄色緞子鞋」，但看她在第七十五回中與西門慶行房時，破例穿上「大紅綾子繡鞋兒」，可見紅繡鞋被視為極具性魅力的色鞋。

《金瓶梅》中描述各式各樣的蓮鞋達二十多種，本書依鞋跟形狀分，有「平底鞋」與「高底鞋」兩種，書中出現較多的是在鞋後跟暗藏木塊的高底鞋，且對於蓮鞋的描繪頗為細緻，鞋名也頗詩情畫意，大多會將蓮鞋的種類、款式、顏色與質地介紹出來，如第八十三回，潘金蓮說要替龐春梅做雙「滿臉花鞋兒」，在第七十八回吳月娘與如意兒分別穿著「紫遍地金扣花白綾高底鞋兒」與「紗綠潞綢白綾高底鞋兒」，從第六十二回潘金蓮的敘述中，更得知吳月娘最愛「大紅遍地金鸚鵡摘桃白綾高底鞋兒」，從鞋名不僅可看出做鞋的面料，材質與顏色以及紋飾的圖案特點，也可以知道各人物喜愛的不同。

(1)高底鞋

高底鞋盛行於明清時期，為舊時纏足婦女所著，受到視覺效果影響，木製鞋底高厚能使腳指豎定，讓足型顯得更為嬌小，且能改變婦女的姿勢，因身體重心變化而產生蹣跚的步履，更能凸顯身形之美，增添風情，如同詩人所吟詠的「蓮步」。《金瓶梅》提及妻妾的鞋約有二十幾處，以高底鞋為多，其餘平底鞋多為「睡鞋」之用途，就連僕婦、妓女穿的也是高底鞋，如如意兒的「蔥白緞子紗綠高底鞋」（第七十四回）、李桂姐的「大紅素緞白綾高底鞋」（第五十二回），可見書中女人為追求美觀，皆以穿著高底鞋為主。第二十九回寫到潘金蓮要做一雙「大紅光素緞子白綾平底鞋兒，鞋尖兒上扣繡鸚鵡摘桃。」作為睡鞋之用，而李瓶兒說要做一雙一模一樣，但是為高底的鞋子，不知情的孟玉樓便

點明：「你平白又做平底子紅鞋做甚麼？不如高底鞋好看。」可見高底鞋的流行乃是女性為了增其魅力。然高底鞋也是有其壞處，便是容易因重心不穩而跌跤，如第二十五回打鞦韆一段，潘金蓮便因為穿著高底鞋打鞦韆而重心不穩，「只聽得滑浪一聲」，差點滑了下來。

(2)平底鞋

平底鞋多以布帛製成，較為輕便，是家常穿的鞋子，文本中出現較少，不見西門慶的妻妾有，但可見於王六兒腳上，如「老鴉緞子紗綠鎖線的平底鞋」（第四十二回）、「大紅潞綢白綾平底鞋」（第七十九回）。而平底鞋另外也能作為在閨房內出現的「睡鞋」，又稱「棉鞋」、「臥履」、「換鞋」，顧名思義，是古代女人睡覺時為防止裹腳布鬆開的鞋子，一般是以紅色綢緞製成，軟平底，鞋底及幫均施彩繡，較講究的會以珠玉裝飾或灑上香料。[17]近人徐珂在《清稗類鈔》提到：「睡鞋，纏足婦女著以就寢者，蓋非此，則行纏必弛，且藉以使惡臭不外洩也。[18]」「睡鞋」除了禦寒、裹足的功能外，更可以用來取媚於枕席間[19]。程世爵《笑林廣記・睡鞋詞》：「嬌紅軟鞋三寸整，不下地，偏乾淨。燈前換晚妝，被底鉤春興。玉人兒輕翹，與我肩相并。」正是對紅睡鞋作用的最好描繪。[20]

文本中出現的「睡鞋」次數僅約五次，且全是針對潘金蓮的「睡鞋」敘述，並無提及其他妻妾，其中略帶提過的有第五十一回「春梅床頭取過睡鞋來，與他換了。」第七十二回「換了睡鞋」與第七十三回「坐換睡鞋」，皆是潘金蓮換上「睡鞋」準備與西門慶交歡的重要步驟。而第二十八回中，潘金蓮因先前丟失了睡鞋，尋回後怪奴才弄髒了她的鞋子，勉強穿了「紗紬子睡鞋」，提跟子是大紅色的，讓西門慶嫌怪不好看而允諾再做一雙「睡鞋」給她，甚至表明：「親達一心只喜歡穿紅鞋兒，看著心裡愛。」點出西門慶喜愛紅睡鞋的特別癖好，因此在第五十二回，潘金蓮在閨房中等候西門慶的到來，「換了雙剛三寸、恰半釵大紅平底睡鞋兒。」即使裸露身體，她仍不忘穿上睡鞋，而西門慶見她赤著身子坐在床沿，又穿著他愛的大紅睡鞋，「淫心輒起」，不僅與第二十八回所提及西門慶的癖好做對應，更證明「睡鞋」有取媚男性的作用。

人的注意力無法同時聚焦於全身，即使脫得赤條條，也需要有一個能引起注意的起始點，再讓注意力隨著時間的不同而改變，這便是潘金蓮所使的手段。順帶一提，潘金

17　錢金波、葉大兵等編：《中國鞋履文化辭典》（上海市：上海書店，2001年10月），頁29。

18　葉夢珠撰：《閱世編・冠服》（臺北市：木鐸出版社，1982年4月），頁103。

19　《閱世編・冠服》，同前註，頁88。

20　陳詔撰：《金瓶梅小考》（上海市：上海書店，1999年12月），頁221。

蓮與孟玉樓的小腳並無大小之分,但笑笑生對於孟玉樓的小腳敘述僅在西門慶提親時「驗證」過,且對於吳月娘、李瓶兒小腳的敘述更是寥寥無幾,可見就金蓮之爭而言,也僅有宋惠蓮與潘金蓮較有看頭,也因此發生潘金蓮失鞋,秋菊誤尋得宋惠蓮的鞋兒而遭毒打,潘金蓮更以剁碎宋惠蓮鞋兒的激烈手段來表達不滿,因為對於潘金蓮而言,「金蓮」的地位可是不容侵犯。

除此之外,在男女相戀、情愛的場景中,絕對少不了信物的傳遞,信物展示的是不可替代的形式兼物質作用,被賦予愛情的信念,因此情人之間以互贈信物表達愛意是自古皆有的事。在《金瓶梅》中除了男歡女愛的肉欲外,更出現不少互贈信物、私相授受的情節,而所贈送的內容,包括頭髮、簪子、汗巾、香囊、扇子等。其中以頭髮與汗巾、簪子最為普遍。在「身體髮膚,受之父母」的觀念下,頭髮顯得比其他信物更加珍貴,第十二回便有西門慶為取悅李桂姐,向潘金蓮索取一縷青絲,從潘金蓮的無可奈何,加上哀求西門慶歸還頭髮的舉動,可知道頭髮的重要性。此外,在第八十二回,潘金蓮送了陳經濟一方汗巾,裡頭裏著一個精緻的香袋,香袋放了安息香與玫瑰花瓣之外,也有一縷青絲等,讓陳經濟歡喜不盡,可見以頭髮表情達意的功能強大。

而簪子也常在相授的場景出現,如潘金蓮與琴童相好的信物就是兩支普通簪子(第十二回)、李瓶兒送西門慶的金壽字簪兒(第十三回)、潘金蓮在給西門慶上壽時,更在一根並頭蓮瓣簪兒上刻情詩以表情意,而西門慶在兩人首次雲雨後,也在王婆的指使下送了潘金蓮一根金頭銀簪。無論信物的貴重與性質,所象徵的都是自己身體的一部分。而在虛情假意的《金瓶梅》中,絕大部分的信物都是相奸的事實證明。而這些愛的禮物往往成為證據,反而發生許多插曲,如西門慶在琴童身上找到專屬潘金蓮的錦香囊葫蘆兒,導致兩人私情差點被揭發;而潘金蓮見陳經濟手上有孟玉樓的簪子,也誤認為是兩人間的信物而打翻醋罈子,可見信物可作為吸引異性目光之外的小插曲,但不正當互贈信物的舉動往往就像一顆不定時的炸彈。

三、小結

《金瓶梅》著力描寫服飾表現,將服飾的內在意涵表現得極為細膩,服飾雖是身體外的物質展現,反映的卻是當時的環境與社會、經濟條件,更具有「分尊卑,別貴賤」的功用,以反映當代的政治、社會制度、服飾風尚,以及個人穿著心理等總總,可說是物質與精神文化的雙重表現。[21]在《金瓶梅》中,社會經濟的蓬勃發展,讓人們進一步對物質生活有所追求,在服飾上極為講究,無論是樣式、質料等,皆透露出奢侈的風氣。

21　《《金瓶梅》女性服飾文化》,同註8,頁270。

因此在社交場合上，女性的穿著無一不展現出奢靡之姿，以展示自家財力與突出自身的社會地位為首要，對於法令所立的穿著規定，大都拋諸腦後，講求的是穿金戴銀，滿頭珠翠，一個奴婢的身價還遠不如一襲華麗的衣裳，不論階層，社會官民的生活，皆為僭越之風所籠罩。

但當鏡頭聚焦於西門慶妻妾的身體時，隱約可見到服飾的約束力量，根據場合與時機的不同，眾小妾看似遵守著禮儀規範，以凸顯吳月娘正室的地位，實際上卻也是想盡辦法爭奇鬥豔，甚至如同潘金蓮以身體換取裝扮的物資，同時也得到吸引丈夫、與其他女性相互較勁的工具，因此服飾也成為西門慶與眾妻妾之間溝通的一個重要媒介。當服飾作為吸引異性之用時，妻妾們對於服飾的態度便以西門慶的眼光為標準，極盡所能的將自己的身體裝飾到能夠得到取悅西門慶的資格。根據〈附錄一〉對服飾的整理，使本書能更進一步對應到服飾與人物性格的關係，其中最突出的便是潘金蓮，從一出場便喜愛穿著扣身衫子，以及作者特別對其抹胸的敘述，表現她豪放重欲、好展露性感的個性。

第二節　敞開性的肉體

「身體」是人所必定擁有，且任何生物皆以「身體」展示其行為，但在特定意義上，我們不僅僅是「身體」，因為在正常的情況下，人類的自我意識與食衣住行的需求也須依賴身體的被體現來表達或滿足，因此我們可說是同時「作為」身體。然而在這過程中，身體的定位不斷在物質性與社會性中徘徊不定，但能確定的是：身體是物質的生命有機體，是具體、穩固、可掌握的，但它不僅只是物質的事實，更是一種無法把握的精神意識的體現。前文從服飾描寫一睹西門慶各妻妾所表現出的身分地位與獨特性格，凸顯人類的身體便是著衣的身體，社會世界是著衣的身體的世界，[22]服飾儼然成為一種身體的外在符號，不需言語、動作即可作為抓取該人物身分地位、價值取向，甚至性情特徵的線索之一。

相對於遮蔽性的敞開性身體，赤裸的肉體原是最原始、普遍的個體，但在各種文化的鼓吹影響下，各國各族有其對身體的審美與規範，赤裸的肉體幾乎在所有的社會情境中不被接受。簡單來說，沒有經過修飾、裝扮的身體，是不能暴露於大眾之下，否則將被視為妨礙風化，甚至因此受到懲罰。即使在現代較為開放的思想風氣下，漸漸有所謂的「裸體」藝術，如刺青、裸畫出現，甚至以天體進行藝術創作，但並不代表現今社會

22　喬安妮・恩特維斯特爾撰，郜元寶等譯：《時髦的身體——時尚、衣著和現代社會理論》（桂林市：廣西師範大學出版社，2005年4月），頁1。

能夠接受毫無裝飾的身體出現在大眾面前,多少還是會有較保守的批評聲浪出現。然而如何春蕤所言:「人類哪一個不是光溜溜的來到世上?[23]」身體是我們維持生命,展現自我的本體,也是與萬事萬物交感的中介,卻在歷史文化中,被以不文明的理由抬升服飾的地位,掩蓋了身體的光芒,甚至反客為主的將裸露身體視為可恥之事,或是以色情、罪惡的態度看待性器官,這些都是嚴重的偏見。然本書不否認身體與肉欲快感間的關係,僅試圖以客觀的角度描述《金瓶梅》中的女性身體,以作為探索敞開性肉體的書寫對《金瓶梅》中西門慶眾妻妾施展權力與欲望的參照。

　　中國文學受傳統思想的影響,往往會迴避對身體的表述,尤其在描寫女性時,最多僅觸及其面貌、手、服飾,鮮少會提及胸、乳、軀幹,甚至是更私密的部位,如後蜀牛嶠〈菩薩蠻〉:「玉樓冰簟鴛鴦錦,粉融香汗流山枕,簾外轆轤聲,斂眉含笑驚。柳蔭烟漠漠,低鬢蟬釵落。須作一生拚,盡君今日歡。[24]」以豔麗的辭藻與暗示的手法描摹女性的姿態與生活。而〈附錄二〉乃依照身體部位整理出文本對於眾妻妾所作的身體描寫,發現《金瓶梅》對女性身體的表述,不僅隔著一層服飾展現身材曲線,更藉由意淫的想像來描摹女體,最經典的莫過於西門慶初見潘金蓮:

> 黑鬒鬒賽鴉翎的鬢兒,翠彎彎的新月的眉兒,清冷冷杏子眼兒,香噴噴櫻桃口兒,直隆隆瓊瑤鼻兒,粉濃濃紅豔腮兒,嬌滴滴銀盆臉兒,輕裊裊花朵身兒,玉纖纖蔥枝手兒,一捻捻楊柳腰兒,軟濃濃粉白紑臍肚兒,窄多多尖趫腳兒,肉奶奶胸兒,白生生腿兒。更有一件緊揪揪、紅縐縐、白鮮鮮、黑綑綑,正不知是甚麼東西!(第二回)

當西門慶一見到潘金蓮的花容月貌後,竟在想像中把她剝得一絲不掛,不僅出現胸部、白腿,甚至以「正不知是甚麼東西」指出陰戶,全身上下盡收眼底,足見潘金蓮的魅惑力可從面貌、身形擴展至全身。對好淫的西門慶而言,僅是一面之緣也能讓他往較深層的生理欲望做聯想,直達女性的私處,讓肉體有了最淋漓盡致的展現。

　　《金瓶梅》中有許多露骨、過分渲染、粗俗誇張的性描寫,性描寫可說是對身體的澈底敞開,對於男女的身體、性器官、身體的反應,以及性愛情、動作、方式、過程等也有細節化、直白的敘述,如西門慶與潘金蓮、如意兒相姦時的情景:

> 交頸鴛鴦戲水,并頭鸞鳳穿花。喜孜孜連理枝生,美甘甘同心帶結。一個將朱唇

23　何春蕤撰:〈天生我體,自在面對〉《蘋果日報》論壇,2005 年 9 月 26 日。
24　後蜀趙崇祚輯:《花間集》,卷 4(北京市:北京圖書館出版社,2003 年 6 月中華再造本),頁 4。

緊貼，一個粉臉斜偎。羅襪高挑，肩膊上露兩彎新月；金釵斜墜，枕頭邊堆一朵烏雲。誓海盟山，搏弄得千般旖旎。羞雲怯雨，揉搓的萬種妖嬈。恰恰鶯聲，不離耳畔；津津甜唾，笑吐舌尖。楊柳腰，脈脈春濃；櫻桃口，微微氣喘。星眼朦朧，細細汗流香玉顆；酥胸蕩漾，涓涓露滴牡丹心。直饒匹配眷姻諧，真個偷情滋味美！（第四回）

西門慶那話粗大，撐的婦人（如意兒）牝戶滿滿，使往來出入，帶的花心紅如鸚鵡舌，黑似蝙蝠翅一般，翻覆可愛。西門慶於是把他兩股，扳抱在懷內，四體交匝，兩相迎湊，那話進沒至根，不容毫髮。婦人瞪目失聲，淫水流下。西門慶情濃樂極，精邈如湧泉。（第七十八回）

以上兩段引文是性愛畫面的完整呈現，笑笑生將雙方的性器官與肢體動作、情緒描述的極為真實，不僅提及唇、臉、舌、雙腳、柳腰等部位，甚至有對女性陰部的描述，如曾將如意兒陰戶的顏色、形狀與陰毛形容成鸚鵡舌與蝙蝠翅，猶如一則動畫般；在大鬧葡萄架的場景中，西門慶將潘金蓮的雙腿分別拴於架上，也見其「牝戶大張，紅鉤赤露，雞舌內吐。」（第二十七回）潘金蓮的陰部樣態一覽無疑，與其他作品中的含蓄、象徵、點到為止的描寫有明顯的不同。

　　以同時著名的小說《紅樓夢》第五回為例，賈寶玉在太虛幻境中成婚，當中一處香閨繡閣裡，有位鮮豔嫵媚似寶釵；嫋娜風流又如黛玉的女子，而寶玉「恍恍惚惚，依著警幻所囑，未免做起兒女之事來……至次日，便柔語繾綣，軟語溫存，與可卿難解難分。」兩人在夢中有陽台巫峽之會，行雲雨之事，但過程描寫並無《金瓶梅》如此露骨，多了一層美感與想像空間。而《金瓶梅》中雖然有不少淫具助陣，但這些如一的性交方式與細節化的描寫已表現出明顯的程式化，對西門慶而言，代表的是女性身體無所差異。然而，性描寫與淫穢的描寫不同，我們應該換一角度，不以倫理道德的眼光看待這部著作，應以研究的態度重新審視這些作者對於性生活與肉體毫無忌憚的大膽敘述，因此本節將聚焦於欲望的身體與生病的身體，再據以梳理出《金瓶梅》所展示敞開性女體的表現以及意涵。

一、欲望的書寫

　　《金瓶梅》將女性身體與性緊密地結合在一起，性是生物的本能，在正常情況下，身體都會被這層欲望所控制，因此本書將妻妾的身體歸為有欲的身體，因為即使是看似無欲無求的孟玉樓，或是謹遵婦德操守的吳月娘，都分別在第七十五回與第二十一回與西門慶行房中，對西門慶撒嬌「你疼心愛的去了」，或是表現出欲迎還拒的態度，各自呈

現她們對性事上的快感享受與期盼。孟玉樓為了追求物質保障的生活而壓抑欲望,反而在嫁給李衙內後,兩人每日在房間廝守,效魚水之歡,可見其欲望的正常發洩;吳月娘則為了所謂的綱與德,只得犧牲、壓抑自身情感,靠著吃齋唸佛消除欲望,卻又多次私下展現出妒意,如第七十五回與潘金蓮合氣,但在大眾面前潑醋的情況就較為少見,可見她的自我壓抑也不過是在傳統認知中轉化為自我約束的力量,但有時也會無法克制地爆發出來。「『身體』是感性的存在之域,它是一個實體性的所在。身體之在離不開性。對身體在體性還原,也就是對欲望敞開,義理的懸擱。[25]」說明作為感覺性質的身體與性、欲望三者間密不可分的關係。

李瓶兒曾以西門慶與蔣竹山相較,使西門慶轉怒為喜,只因她道:

> 他拿什麼來比你?你是個天,他是塊磚;你在三十三天之上,他在九十九地之下。……你就是醫奴的藥一般,一經你手,教奴沒日沒夜只是想你。(第十九回)

引文中「藥」的服用自有它的特殊背景,就是將人的存在定位於身體的需求與當下的滿足上,象徵欲望追求與性的不可分,同時也是對身體的敞開作一個提示。幾千年來的禁欲傳統使人們談性色變,床笫之事,是男女之間的隱私,有關身體較為私密的言論也不得公開討論。然而在近幾年中,有關「性」的話題是大家所關注的,雖在研究方面不斷從社會文化、心理方面去揭露「性」的深層意涵、背景等,但女性的肉體卻在媒體大眾的炒作下,往往被與「性」畫上等號,女性身體的地位遭矮化、物化,原有內涵也被「性」所掩蓋而披上一層「有色」的色彩。

《金瓶梅》對女性身體的描繪,映入眼簾的是許多堆金砌玉的美女樣貌,除了服飾的華麗外,更著重於身體的裸露性,[26]女性人物幾乎都有令人稱羨的外貌,對西門慶來說,各個像是散發春情的媚藥一般,能使他的性欲一觸即發,因此本書將文本中的女體歸為欲望的女體,女體的美在被展示的同時,男性會融入欲望當中,讓女性身體走入色情身體的定義。[27]閱讀過《金瓶梅》的讀者,對於西門慶的審美觀應多少會感到好奇不解,因為其對「美女」的定義似乎過於寬泛且不定。就妻妾來看,潘金蓮的身材美貌,就連

---

25 馮文樓撰:《四大奇書的文本書化學闡釋》(北京市:中國社會科學出版社,2003 年 5 月),頁 314。

26 本書所言的敞開性的肉體與裸露性,是相對於外有服飾的身體而言,包含性行為中所凝視的肉體展現。

27 柯夫曼將女性身體分為:陌生的、色情的、審美的身體三種,認為男人觀看女人身體的目光在這三種身體中徘徊不定。柯夫曼撰,謝強、馬月譯:《女人的身體,男人的目光》(臺北市:先覺出版社,2002 年),頁 157-216。

吳月娘都暗自讚嘆、嫉妒不已，如前文所言，從西門慶頭一次見到潘金蓮時的慌亂與想像，可見她的魅力所在，其餘如孟玉樓、李瓶兒都有一定的優勢在。但觀察吳神仙對李嬌兒的敘述：「生的肌膚豐肥，身體沉重」、「額尖鼻小；肉重身肥」，似乎找不出她足以吸引男人的魅力；而孫雪娥雖然同吳月娘一般是「五短身材，體態輕盈」，卻也僅是頗具姿色、額尖鼻小，也許正因如此，讓名義上皆為西門慶的小妾有著受寵程度的差異。因此本書整理出西門慶眾妻妾在文本中的赤裸性身體展現與敘述視角，為了不打斷某些敘述，依序分為整體敘述與身體其他部位的敘述。

(一)女體的表現

1.白皙的肌膚

陳東原在《中國婦女生活史》中說：「裸體美向來是不甚講究的，大多數只重一個『白』，別的沒有什麼。」[28]肌膚尚白首先表現在《金瓶梅》中女性臉龐的描寫，最常用的詞彙便是「粉妝玉琢」，第十一回西門慶見潘金蓮與孟玉樓，作者形容為「粉妝玉琢」；第十七回蔣竹山見李瓶兒也是「粉妝玉琢」；第二十一回吳月娘雪夜祈禱被西門慶發現，燈前看到她也是越顯出「粉妝玉琢銀盆臉」，在在表現出她們顏面的白淨之美。文本更透露西門慶對女性肌膚的白皙有特別偏好，而肌膚白皙的最佳首選便是李瓶兒，作者對於李瓶兒的「白」，多次加以強調，從女婢玉簫以及潘金蓮、孟玉樓等人的敘述來看，她確實有著「一身白肉」、「瑩白的皮肉兒」，甚至在與西門慶行房時，他也多次表示就偏愛她那「雪白的屁股兒」，甚至在李瓶兒病故後搭上如意兒，道出：

> 你達達不愛你別的，只愛你這好白淨皮肉，與你娘的一般樣兒，我摟著你，就如
> 同摟著他一般。（第六十七回）

顯示出面對不同嬌媚形貌、體態的女性，西門慶獨對有白淨肌膚的人有著難以言喻的著迷，這種喜好是無可厚非的，但對潘金蓮來說，卻是足以與她爭奪過夜權的條件之一，有著西門慶所喜愛的白皙肌膚變成一種身體優勢，促使她積極的採取應對方法，不嫌費事地改變自己的身體：「暗暗將茉莉花蕊兒攬酥油定粉，把身上都搽遍了，搽的白膩光滑，異香可掬」（第二十九回），果然成功引起西門慶的注意，更諷刺西門慶愛使用茉莉花肥皂洗臉，無怪乎臉洗得比李瓶兒的屁股還白[29]。從孟玉樓的白腿也可印證西門慶的喜好，笑笑生並無特別凸顯孟玉樓的樣貌，僅提及臉上有些麻子及身上有麝蘭香撲鼻，

28　陳東原撰：《中國婦女生活史》（臺北市：河洛圖書出版社，1978 年 9 月），頁 222。
29　第二十七回提到：「西門慶道：『我等著丫頭，取那茉莉花肥皂來，我洗臉。』潘金蓮道：『我不好說的。巴巴尋那肥皂洗臉，怪不的你的臉，洗的與人家屁股還白！』」

算是天然俏麗，但西門慶獨愛的是她那兩條「白生生腿兒」，甚至道出：「就是普天下婦人選遍了，也不及你這等柔嫩可愛。」（第七十五回）可見西門慶對於女性的關注，不論其地位身分，除了考量其面貌長相之外，更注重的是各種身體不同的差異，這種差異性所形成的不同感覺和多元快適，是他真正的興趣所在。[30]

2.以食物喻女體

食色是人之本能，笑笑生用盡心思利用藥材與食物來比擬女性身體，[31]結合人的兩大欲望，如第八十二回陳經濟與潘金蓮在堆放生藥香料的房間裡偷情，作者用了一首〈水仙子〉來說明性交過程：

> 當歸半夏紫紅石，可意檳榔招做女婿。浪蕩根插入蓽麻內，母丁香左右偎。大麻花一陣昏迷，白水銀撲簇簇下。紅娘子心內喜，快活殺兩片陳皮。

將令人面紅耳赤的私處描寫用更有趣的方式表達，利用蓽麻與大麻花來比喻女性的陰毛，以母丁香與陳皮比喻女性的陰唇，將性交活動寫得更生動有趣。除此之外，又常將食物比喻女性身體，賦予其「性」聯想的空間，如羊肉比擬的就是如潘金蓮一般淫蕩的婦女，因此當羊肉相關的菜餚出現在貪吃好色的男人面前，便帶有「性」的喻意。[32]

當西門慶摸見潘金蓮那無毳毛的陰部時，作者形容「猶如白馥馥、鼓蓬蓬發酵的饅頭，軟濃濃、紅縐縐出籠的果餡，真箇是千人愛萬人貪一件美物。」（第四回）以牝戶的樣態與剛出籠的饅頭相喻，凸顯了牝戶的白皙，正投西門慶對白皙肌膚之所好，「鼓蓬蓬」與「軟濃濃」也說明了牝戶之柔軟，而「美物」所指的自然是與饅頭相同「可口」的女體，以及所嚮往「食用」後的快感。笑笑生也曾以「白麵蒸餅」形容鄭愛月兒的陰部潔淨無毛[33]；以「棉瓜子」來比喻如意兒身子的白淨[34]；以「白麵」來形容潘金蓮的肚臍眼兒等等。另一個重要部位便是胸部，笑笑生多以「酥胸」概括女性的胸部，第二回中以「露賽玉酥胸無價」形容潘金蓮的胸部，[35]玉酥指的是潔白酥軟，因此每當形容

30　《四大奇書的文本書化學闡釋》，同註25，頁316。

31　胡衍南曾對《金瓶梅》中飲食與性愛間的互動、隱喻作一研究，認為兩者在《金瓶梅》中所呈現的是一種互動的狀態，不僅以食物喻美體，更在交媾過程中穿插美酒佳餚。《飲食情色金瓶梅》（臺北市：里仁書局，2004年4月），頁94-203。

32　《飲食情色金瓶梅》，同註31，頁196。

33　西門慶見鄭愛月兒脫衣裳，作者形容：「肌膚纖細，北淨無毛，猶如白麵蒸餅一般，柔嫩可愛。」（第五十九回）

34　西門慶看如意兒：「見老婆身上如棉瓜子相似……你原來身體皮肉也和你娘一般白淨。」（第六十七回）

35　詞話本是「露賽玉酥胸無價」，而說散本是「露菜玉酥胸無價」，在此不論是「露賽」或是「露菜」，

女性胸部時，笑笑生都會用「酥胸」一詞，如第七十五回孟玉樓與西門慶行房時，便形容她有著酥胸、香乳、粉項與白生生的小腿兒；第十三回迎春偷窺西門慶與李瓶兒行房，窺見李瓶兒「靈犀一點透酥胸」，也說明她胸部的白淨柔嫩。

　　以食物比喻女性身體也是物化女性的一種方式，將秀色可餐的女體比擬為食物，讓西門慶情有獨鍾的，不僅僅是對於白皙的視覺享受，更包含了柔嫩、棉軟等觸覺反應，[36]在進行性活動時更猶如享受美食般的愉悅與飽足，女體成了可享受的東西，也成為快樂的工具，在被物化的同時也被推向色情化的極致。

3.重要性徵：金蓮

　　「女人身體的這一部分是嚴格的禁區，就連最大膽的藝術家也只敢畫女人開始纏裹或鬆開裹腳布的樣子。[37]」可見小腳被視為女子身上的隱密部分，將其保護在裙內而不敢外露，不得為丈夫以外的男性所窺見，這種小心翼翼的程度，乃因小腳意味著一種「性」的聯想，更被視為女子最突出的性特徵，既有炫耀自身的意涵，更有吸引挑逗異性的目的，以神祕性增強對異性的吸引度，成為男性欲偷窺的目標。《金瓶梅》在描寫女性容貌時，必提及人人為之瘋狂的「三寸金蓮」，因此小腳在《金瓶梅》中別具意義，尤其對潘金蓮而言，更是重要的身體資本，從她對蓮鞋的重視也可呈顯她對小腳的在意程度。小腳被認作是性器官的外延，並假借聯想與幻覺，注入更豐富、幽邃神祕的性意識內涵。[38]笑笑生往往將小腳視為女性姿容的重要部分展現給讀者，在描寫女性的具體形象時，大部分會先將她們的小腳渲染一番，如潘金蓮出場時，只用了兩句話：「自幼生得有些姿色，纏得一雙好小腳兒。」（第一回）先提示「小腳」作為她勾引男子的身體資本。嫁與武大後，每日在簾子下賣弄風騷，晾著小腳勾引浮浪子弟；在第二回中又以西門慶的視角看潘金蓮的小腳，就連她嫁進西門府時，吳月娘又是「從頭看到腳，風流往下跑；從腳看到頭，風流往上流。」（第九回）顯示出眾的小腳對於潘金蓮整體美的重要意義，[39]尤其她的名字——「金蓮」也具有象徵小腳的意涵，也許這是作者的有意為之。[40]

將焦點放在酥胸的比喻上。

36　《飲食情色金瓶梅》，同註31，頁194-203。

37　高羅佩撰，李零、郭曉惠等譯：《中國古代房內考》（上海市：上海人民出版社，1996年），頁286。

38　徐海燕撰：《悠悠千載一金蓮——中國的纏足文化》（瀋陽市：遼寧人民出版社，2000年3月），頁47。

39　吳存存撰：《明清社會性愛風氣》（北京市：人民文學出版社，2000年6月），頁200-201。

40　其實「金蓮」的意涵遠大於名字本身，宋惠蓮本名也是「金蓮」，進入西門府後因與潘金蓮名字相同，不好稱呼而被迫改為「惠蓮」，看似普通的改名動作，卻隱藏著深刻的意涵。宋惠蓮那雙比潘金蓮更嬌巧的小腳，是與潘金蓮鬥爭的資本、緣由，所爭的不僅僅是名字，而是另一個象徵性感

　　對於孟玉樓的出場，笑笑生僅以兩句：「湘裙下露一雙小腳，周正堪憐。」（第七回）媒婆更在說媒時掀起她的裙襬以驗明「小腳」，這對與潘金蓮無大小之分的金蓮，[41]著實讓西門慶看了十分欣喜；至於吳月娘與李瓶兒的小腳，作者尚未多提。至於地位低下的僕婦、奴婢為了方便工作，甚少有裹小腳的情形出現，除了龐春梅因受潘金蓮喜愛，替她裹了腳又讓她減輕工作量，但事實上若不是自幼便開始裹小腳，其效果是有限的，因此在潘金蓮出場時，作者特意說明她是「自幼」便裹了小腳。而文本在敘述小腳之美時，皆不忘再加上「尖尖趫趫」，或如同第七十七回中，敘述鄭愛月兒的小腳「猶如新月，狀若娥眉」等類似形容詞，而潘金蓮帶有醋意的批評其小腳：

> 你們這裡邊的樣子，只是忒直尖了，不向俺外邊的樣子趫。俺外邊尖的停勻，你裡邊的後跟子大。（第五十八回）

足見她對自己小腳的信心滿滿，擁有完美小腳是多麼令人自豪的天生條件。第二十三回中的宋惠蓮也是如此，當西門慶得知她的小腳比潘金蓮更小巧玲瓏，便驕傲地回答：「拿甚麼比他，昨日我拿他的鞋略試了試，還套著我的鞋穿。」因此受西門慶關注而遭潘金蓮的嫉妒與陷害，顯示小腳、繡鞋已成為當時女性勾心鬥角、爭風吃醋的原由與工具。

　　「小腳是女性性感的中心，在中國人的性生活中起著極為重要的作用。[42]」裹足的婦女，因小腿肌肉萎縮，走路時使力在臀部和大腿上，使臀部大腿肌肉更加發達，也讓高聳搖曳的臀部更具有性的魅力；一般也認為裹小腳能增強婦女陰部肌肉的收縮力，讓男人在性行為中有如與處女行房的感覺，也讓婦女增高性行為的刺激性；此外，小腳平日以裹布厚厚保護著，到了閨房之中被解開來，那柔嫩纖細的肌膚遭揉弄撫摸時，感受會比一般人更加刺激，清代李漁在談及小腳時也說：

> 瘦欲無形，越看越生憐惜，此用之在日者也。柔若無骨，愈親愈耐撫摩，此用之在夜者者也。[43]

> 與之同榻者，撫及金蓮，令人不忍釋手。覺倚翠偎紅之樂，未有過於此者。[44]

小腳的「金蓮」涵意，背後又決定著受寵程度與地位。

41　潘金蓮入門時將大家一抹兒看進心裡，而她對孟玉樓的注意：「惟裙下雙彎，與金蓮無大小之分。」（第九回）

42　高羅佩撰，吳岳添譯：《中國豔情：中國古代的性與社會》（新北市：風雲時代出版公司，2004年）。

43　李漁撰：《閒情偶寄·聲容·手足》（臺北市：明文書局，2002年8月），頁98。

44　《閒情偶寄·聲容·手足》，同前註，頁98。

上段從視覺、觸覺解釋小腳對男性的性意義，下段則認為撫摸小腳是令人陶醉的性接觸。在《金瓶梅》中便可清楚看見鞋腳與性的聯繫，顯示三寸金蓮在女性之間逞盡威風、占足鋒頭，可歸功於其能寵於男性的緣故。因此，關於失寵的孫雪娥與李嬌兒，笑笑生曾提及孫雪娥未纏過的「大腳」，對李嬌兒的腳更是隻字未提，對照兩人受寵的程度，不難理解一部分原因是由於性事上無法讓西門慶滿意，以及缺少那雙能讓男人情欲滿足的纖小金蓮。對西門慶而言，小腳直指於性，而文本情境與西門慶對小腳的癡迷程度，不但受男主人鼓吹誇讚、女性炫耀自豪，在男性眼中更成了完美女人的必然標誌，一方面展現了「女為悅己者容」，一方面也透露出女性的可悲，因為女體美醜的標準不僅在男性身上，明清兩代的男性將三寸金蓮視為女性的至美，更著眼於「性」當中，雖表現出不同的時代審美觀，卻也窄化了女體所能展現的內涵。

(二)女體的凝視

在敘事作品中，敘述者與故事是一種最本質的關係，不同的講述方式會引起讀者不同的閱讀反映和情感效果。[45]在全知敘事的基礎上，以西門慶的獵豔過程為主，利用不同人物的視角對其所接觸的女體進行描繪，而文本中觀看女體的視角大致可分為三種：西門慶的視角、作者的視角、女性人物的視角。之所以特別把西門慶的視角提出歸為一類的原因，在於他將女體視為一件「美」的事物，對於女體的目光永遠處於貪婪、飢渴中，從來不是純粹的審美，而是在性與美之間，跳脫審美而直接指向性的部分，柯夫曼表示：

> 男性看美的目光並不是冷漠的，不是純粹的凝視。在平常性與性之間存在著某種模糊意義，而女性的第三種身體使之更加曖昧。[46]

先舉出文本中三處西門慶看女體的例子：

對象	原文	反應與後續行動	結果
潘金蓮	黑鬒鬒賽鴉翎的鬢兒，翠彎彎的新月的眉兒，清泠泠杏子眼兒，香噴噴櫻桃口兒，直隆隆瓊瑤鼻兒，粉濃濃紅豔腮兒，嬌滴滴銀盆臉兒，輕嬝嬝花朵身兒，玉纖纖蔥枝手兒，一捻捻楊柳腰兒，軟濃濃白麵臍肚兒，窄多多尖趫腳兒，肉奶奶胸兒，白生生腿兒。更有一件緊揪揪、紅縐縐、白鮮鮮、黑裀裀，正不知是什麼東西！（第二回）	「先自酥了半邊。」找王媽幫忙牽線。	喪夫後成為第五個小妾

45　羅綱撰：《敘事學導論》（昆明市：雲南人民出版社，1999 年 7 月），頁 158-159。

46　《女人的身體，男人的目光》，同註 27，頁 191。

李瓶兒	人生的甚是白淨，五短身材，瓜子面皮，生的細彎彎兩道眉兒。（第十三回）	「不覺魂飛天外，魂散九霄。」隔牆密約偷情	喪夫後成為第六個小妾
王六兒	生得長挑身材，紫膛色瓜子臉，描得水鬢長長的。……淹淹潤潤，不擦脂粉，自然體態妖嬌；嬝嬝娉娉，懶染鉛華生定精神秀麗。兩彎眉畫遠山，一對眼如秋水。檀口輕開，勾引得狂蜂蝶亂；纖腰拘束，暗帶著風情月意，若非偷期崔氏女，定然聞瑟卓文君。（第三十七回）	「心搖目盪，不能定止。」後找馮媽媽牽線	勾搭成奸

笑笑生不遺餘力的側重於女性外貌，但實際上是以女性的風流外貌指向其放蕩的本性，如同西門慶首次看到潘金蓮時，不僅將她想像為一絲不掛，腦海中更浮現出她私處的樣子，將讀者引向感官刺激中，可見他心中所想就是以「性」的成分居多，在面對李瓶兒與王六兒二人時，卻也是見其「美」而嚮往「性」的層面，最後終能得手，然而西門慶在見到藍氏時，更是「不見則已，一見魂飛天外，魂散九霄，未曾體交，精魄先失。」（第七十八回）一樣是「心搖目蕩，不能禁止」。作者甚至以「餓眼將穿，饞涎空嚥，恨不能就要成雙」來形容他性欲高張的反應，可見西門慶看待女體的態度是建築在尋找性解放的基礎上，僅停留在欲望的層面上，對他而言女體就像物品一樣，中意的就收買使用，女體之美的意義蕩然無存，只有色情卻不見審美作用的身體。

而女性視角中的身體，除了被視為藝術品欣賞外，更多是加入嫉妒、比較的態度來對待同是身為女性的身體，甚至有時從女性視角中看到的不是美的身體，而是醜陋的身體，如潘金蓮對於王六兒的描述：

> 一個大摔瓜長淫婦，喬眉喬樣，描的那水鬢長長的，搽的那嘴唇鮮紅的，倒像人家那血毯……一個大紫膛色黑淫婦……。（第六十一回）

將自身對王六兒的偏見投射至對方身體，其中所內含的就不只是觀看身體，而是對王六兒受寵於西門慶有所不滿，是另一種對潛在威脅的反抗；而如意兒在第七十五回中描述潘金蓮：「好模樣兒，也中中兒的紅白肉色兒，不如後邊大娘、三娘白淨肉色兒。」看似平凡無奇的比較敘述，然言語背後也隱藏著如意兒對潘金蓮的不滿，因為在如意兒與西門慶有染後，潘金蓮不斷地向她找碴，如在第六十七回中，潘金蓮打聽到如意兒與西門慶睡了一夜，便向吳月娘打起小報告，不料吳月娘冷淡對待，不予理會，因此在第七十二回借棒槌一事，讓兩人的關係降到冰點，潘金蓮也趁此以小妾的身分示威，甚至上演起全武行，如意兒一找到機會當然也是要暗損潘金蓮一番。

相反的，吳月娘初次看潘金蓮時則是以欣賞心態居多，並自嘆不如的道：「今日見

了果然生的標致，怪不的俺那強人愛他。」而當時的潘金蓮卻是把家中妻妾一抹兒都看到在心裡，論權勢她比不上吳月娘，論財富也比不上孟玉樓，論資歷也是比不過李嬌兒，唯一能作為資本的就是她的身體，當女人沒有權力而成為社會的弱勢者，女人的美麗，往往是由巨大深沉的苦難所淬鍊凝結出來的。[47]因此潘金蓮比一般女性更用盡全力地在生活舞臺上擺動自己的身體，也可發現從潘金蓮的視角所見的女體，多帶有比較意味的成分在，說明肉體本可作為女性爭寵的主要資本。

　　文本中使用最多的是人物敘事視角，作者常化身為小說中的某位人物來觀看女體，而讀者必須通過此反映者其性格與眼光看待小說的其他人物和事件，才更有身歷其境之感，也就是以上所述西門慶的視角與女性的視角。但作者也不時跳出小說中人物的視角，存在於一個與小說人物世界不同的層面，有時以詩詞的形式來描繪女性美麗的身軀：

> 動人心紅白肉色，堪人愛，可意裙釵。裙拖著翡翠，紗衫袖挽泥金攛，喜孜孜寶髻斜歪。恰便似月裡姮娥下世來，不枉了千金也難買！〈沉醉東風〉（第四回）

> 紗帳輕飄蘭麝，娥眉慣把簫吹，雪白玉體房幃，禁不住魂飛魄蕩。玉腕款籠金釧，兩情如醉如癡。〈西江月〉（第十回）

以上兩段引文皆為作者對潘金蓮的身體描寫，詩詞的形式讓女體別有一番美感，增加讀者想像的空間。除了以欣賞玩味的態度表達出對女體的嚮往外，有時更公開的傳達出自己的聲音並加以闡釋，在首回描述潘金蓮的經歷時，連帶描述了她的美貌與風流，但也附加說明她「裝張作勢，喬模喬樣」，可印證往後她所發生的種種事件，如第十三回中，李瓶兒與西門慶私通被發現時，潘金蓮故作大方，替兩人保守秘密，但卻又用另一種柔情攻勢要求西門慶跟她交待所有與李瓶兒的相處經過，包括房事。[48]

　　作者對女體的發揮，大都可作為西門慶下手前的預告，潘金蓮、李瓶兒、宋惠蓮、王六兒、賁四嫂等無一不是。除此之外，大多行房情景中肉體呈現，除了有意以故事人物偷窺的前後因果作敘述外，其他大多以作者的視角而言，且以敘述肌膚的雪白為主，光「雪白玉體透簾幃」便對潘金蓮用了兩次，對李瓶兒用過一次，更進一步將性器官描繪成用來廝殺的東西，使得性器官成為獨立於身體之外的生命體，試圖將交歡的情形比擬為兩軍對壘，然而在縱情縱欲的最後是兩敗俱傷，性器官的衰亡更直接造成生命的殞落。

---

47 林芳玫撰：《權力與美麗》（臺北市：九歌出版社，2005年7月），頁148。
48 又如笑笑生形容在潘金蓮剛入門時：「每日清晨起來，就來房裡與月娘作針指、作鞋腳。凡是不拿強拿，不動強動。跟著丫頭趕著月娘一口一聲只叫大娘。快把小玩意兒貼鍊幾次，把月娘喜歡的沒入腳處……」（第九回）急力討好吳月娘，卻又私底下挑起吳月娘與西門慶的爭執。

二、病態的書寫——美體的顛覆

笑笑生不僅極力刻畫《金瓶梅》中女體的誘惑力,更以「常」與「異」的方式,對比出兩種身體的差異與下場,在文本中,能激發出男性性欲的女體是常態的女體;而病懨懨的女體則是文本中的異態表現,本書在此不以西門慶的角度分析其是否耽溺於女性病體,因為由分析文本可知,西門慶並不太理會生病中的女子,而是被動的給予關懷,如第七十五回孟玉樓嘔吐不止,西門慶也是在吳月娘的告知下,探視孟玉樓。因此本書從女性本體出發,看女性病體如何被敘述以展現作者的身體觀。

(一)李瓶兒的病體

笑笑生除了對女體的美麗有鉅細靡遺的刻畫之外,對於女體的病態也描述的貼切入微。官哥兒的不幸夭折讓李瓶兒悲痛萬分,茶飯不思,哭啞了嗓子,潘金蓮卻依舊挑釁、謾罵,讓她只能暗自掉淚,正因受了暗氣,加上心中悲傷、暗惱,漸漸精神慌亂,神魂顛倒而演變為重病,醫治無效而棄世。笑笑生對於李瓶兒的身體描述,除了讚嘆她皮膚白皙可稱第一之外,便多聚焦於她身體的病態:

> 哪消半月之間,漸漸容顏頓減,肌膚消瘦,而精彩丰標無復昔時之態矣。正是:肌骨大都無一把,如何禁架許多愁!(第六十回)

> 形容消瘦,下邊流之不只,哪消幾時,把個花朵般人兒,瘦弱得黃葉相似,也不起炕了,只在床褥上鋪墊草紙。恐怕人嫌穢惡,叫丫頭只燒著香。西門慶見他胳膊兒瘦的銀條兒相似……(第六十二回)

> 王姑子揭開被,看李瓶兒身上肌體,都瘦的沒了。(第六十二回)

> 眼眶兒也塌了,嘴唇兒也乾了,耳輪兒也焦了,還好甚麼。(第六十二回)

短短三回中,因為婦女病加上心理壓力,李瓶兒從一個白皙健康的美人消減為一個乾黃瘦癟的可憐人,原本如雪藕般的玉腕兒,也在病榻時瘦得像根銀條,花容月貌雖猶在,但笑笑生特意將她的病體形容的極為醜惡,不僅臥室充滿惡臭,需要以薰香掩蓋腐敗的氣息,她的床褥也必須不斷更換草紙,自己都怕前來探視的人會嫌惡她「屋裡穢惡」,[49]這無疑是對李瓶兒美體的顛覆。

相較於李瓶兒形如枯槁的病體,吳月娘、孟玉樓與宋惠蓮也曾以病態之姿出現,但

---

49 第六十二回中,西門慶要求留守在李瓶兒身旁,卻被李瓶兒以「屋裡穢惡,薰得你慌」的理由給拒絕了。

笑笑生並未多作說明，如形容第七十五回的孟玉樓只說明其嘔吐不止；吳月娘動到胎氣給任醫官把脈時，不僅盛裝打扮，面貌卻也是依舊動人：

> 五短身材，團面皮兒，黃白淨兒；模樣兒不肥不瘦，身體而不短不長；兩道春山月鈎，一雙鳳眼纖長；春笋露甄妃之玉，朱唇點漢署之香……。（第七十六回）

比起李瓶兒生病時的模樣，吳月娘可說是毫無病態，小題大作；在形容宋惠蓮生病時，也僅以「黃著臉兒」來說明。然而翻開《紅樓夢》，可發現秦可卿同是得婦女病，[50]但曹雪芹也僅敘述她瘦了，並無其他骯髒醜陋的描寫部分。配合《金瓶梅》「因果輪迴，報應不爽」的主題，李瓶兒在病榻中屢見花子虛前來索命，如西門慶所言：「夢是心頭想」[51]夢是一種特殊的心理現象，李瓶兒因對花子虛懷著愧疚之心，身感罪孽深重，體弱氣虛加上心病，加速身體的消亡，抱著被懲罰的恐懼離開人世，可見作者描述李瓶兒之死的用心，有意將其病魔纏身的過程與痛苦描摹的淋漓盡致，讓她的死亡過程更加生動，也帶給讀者警惕：在世即使是如何的美貌絕倫，死後仍僅是枯骨一具。

《金瓶梅》中另一個病狀悽慘的身體便是龐春梅，她不僅在潘金蓮的同意下被西門慶收用（第十回）；就連發現潘金蓮與陳經濟私通時，也被下令和陳經濟「睡一睡」，她二話不說就脫下湘裙，讓陳經濟收用（第八十二回），都算是被動的表現。然而成為守備夫人的她，頗得丈夫周秀的寵愛，生活優裕，卻又大喇喇的與陳經濟、周義私通，在陳經濟被殺害、周秀死於前線後，笑笑生描述她的生活：

> 淫情愈盛，常留周義在香閣中，鎮日不出。朝來暮往，淫欲無度，生出骨蒸癆病症，逐日吃藥，減了飲食，消了精神，體瘦如柴，而貪淫不已……。（第一百回）

從一開始吳神仙看龐春梅是「五官端正，骨格清奇」（第二十九回），周守備看龐春梅則是「生的比舊時月發標緻，模樣兒又紅又白」（第八十六回），但在短短幾回卻因病變成「體瘦如柴」（第一百回），死在姦夫身上，作者懲淫的主旨呼之欲出，也總結了象徵金、瓶、梅這一類女性的死亡，東吳弄珠客曰：

> 諸婦多矣，而獨以潘金蓮、李瓶兒、龐春梅命名者，亦楚檮杌之意也。蓋金蓮以

50　《紅樓夢》第十回〈張太醫論病細窮源〉：「此病是憂慮傷脾，肝木忒旺，經血所以不能按時而至。」第十一回從鳳姐口中敘述秦氏的病體，也僅言：「就瘦的這麼著了！」、「臉上身上的肉全瘦乾了。」《革新版彩畫本紅樓夢校注》，同註2，頁171-172、頁180。
51　吳月娘告知西門慶夢見潘金蓮奪其紅袍，西門慶安慰之：「不打緊，我到明日替你尋一件穿就是了。自古夢是心頭想。」（第七十九回）

奸死，瓶兒以孽死，春梅以淫死，較諸婦為更慘爾。[52]

簡單來說，潘金蓮算是間接死在淫欲上，而李瓶兒也是因為淫欲而死，龐春梅更是直接死在性交過程中，證明性能帶來肉體的歡愉，卻也促成肉體的衰亡。

(二)病態的纏足

三寸金蓮在《金瓶梅》中的地位不容忽視，雖然只是女性身體頗具美感的一部分，卻因內含了男性審美觀的極致與性愛的象徵，讓三寸金蓮成為潘金蓮、宋惠蓮爭寵的利器。纏足雖可說是一門身體藝術，帶來女性走路時柳腰款擺、婀娜多姿的活動美感，實際上卻富有濃厚的病態成分，也就是足部的極度毀形，裹足後的小腳周圍會長滿了皺褶的細皮嫩肉，因此被當作是女性生殖器的擬態。但在備受男性關注的前提：女性得心甘情願承受肉體上巨大的痛苦與行動不便，更得成為男性的掌中玩物，如同西方女人束緊腰身的作法，都是該時代的畸形審美觀的盲從者，也是該時代男人玩物的犧牲品。

不可否認的是，纏足是一種性別壓迫與病態的女性美觀念：

> 在男性中心社會，尤其是處於男權極度膨脹的狀況下，男性的審美趣味也因此也成了當時女人們的趣味。她們絕大多數人意識不到纏足所蘊含的性別壓迫，而是隨波逐流地也把纏足視為女性之美的極致，為了這種美的標準，她們心甘情願地接受了肉體上的痛苦折磨，也心甘情願地放棄自己的行動自由，所謂「小腳一雙，眼淚一缸」，並不完全詮釋出於被迫，她們更多地把它看成是為美而做的犧牲。[53]

纏足是一種靠身體、精神成全的經驗，將女性的雙腳自幼加以纏束，形成三、四寸，甚至兩寸的弓足，初纏之日便注定得伴隨著交織的哭喊與淚水，步入疼痛與摧殘身體的世界裡，一日也不得鬆懈的咬緊牙根、照顧與保養，是一個永無止境的過程，[54]擁有嬌巧的小腳，是她們努力實踐的唯一目標，而這種身體上自甘被箝制的痛苦，正如同「楚王好細腰，國人多餓死」[55]，處於主宰地位的男性，隨心所欲地左右著女性身體，將自己的審美興趣轉化為女性的追求，而女性所追求的不僅是美麗所能帶來男子的目光，更多是地位、性、文化、金錢等自我增值或享樂的需求，纏足就是糾纏在這種種人性欲望的追求中。因此對於女子想要表現的整體自我外觀而言，可說是具關鍵性的地位，使得原

52　東吳弄珠客撰：〈金瓶梅序〉，收於《金瓶梅詞話》（臺北市：里仁書局，2007 年 11 月），頁 4。

53　《明清社會性愛風氣》，同註 39，頁 245。

54　《鏡花緣》第三十三回與三十四回描述林之洋在女兒國被迫裹腳的經過，是交織著血淚的鮮活例證。李如珍撰：《鏡花緣》（臺北市：文化圖書公司，1991 年 1 月），頁 235-245。

55　〔清〕王先慎撰：《韓非子集解》（北京市：中華書局，1998 年 7 月），頁 42。

本只是以取魅男性為目的的小腳，也成為爭奇鬥豔、求得生存的重要籌碼。

三、小結

在所謂男女之大防，道德禮教禁錮森嚴的中國古代封建社會裡，竟出現一部膽大率真，充滿原始人性強烈渴求的巨作，將女體從頭至腳，從公開可見的面部至隱密的私處，無一不被細膩的刻畫出來，這種將身體澈底敞開的敘述方式，讓《金瓶梅》背負了「淫書」之名。然本書專注於女體的寫實性，從視覺上美與醜的觀點分別說明欲望的身體與醜惡的身體，尤其在欲望的女體上，從女體的靜態展示可明白妻妾們的身體資本何在，如李瓶兒有令人稱羨的白皙肌膚，潘金蓮也有傲人的三寸金蓮，笑笑生甚至花了不少篇幅在這小小的「金蓮」上，除了呈現「金蓮」之於「性」的聯想，以及西門慶的特殊癖好，更由此延伸出許多權力糾紛，因此可以說：天生的身體資本往往也是爭端的源頭。

對於女體的書寫，笑笑生更利用不少以食物相喻的方式，讓女體成為令人垂涎的佳餚，誘發異性享用的欲望，但當女性成為可供享受的食物，同時也可說是女體的被物化。而不同的人物視角所描繪出的女體也各有不同，女性多以主觀與利害關係「評斷」對方，而西門慶則是用有色眼光，跳脫審美的欣賞直達性欲望的想像，讓女體之美停留在刺激性欲的層面上，藉由作者的視角反而能得到更多言外之意，預示著未來情節的發展。身體是欲望生成之所，如「金蓮」被視為女性突出的性特徵，在男性關注下，必須殘害自身以符合男性的審美觀，才能維護自己的生存權力，因此潘金蓮極力維護自己的小腳在西門府中的地位。一旦欲望毫無節制，或是阻擋他人追求欲望的機會，便會危害自身，根據人物所種的因不同，皆有各自慘烈的下場，藉由女性病體醜惡的描述，也呈顯出笑笑生戒淫的創作題旨。

第三節　結　語

一、遮蔽性身體：欲掩彌彰的欲望所指

服飾所牽涉的學問很多，[56]不論是從心理學或是社會學的角度去探討眾妻妾的服飾

56　如服飾心理學與服飾社會學，前者側重於單體著裝者的心理狀態與極微妙的心理活動，以及每一著裝者單體又同時兼有著裝形象受眾的心理反應；後者研究的是社會的人加上衣服配飾甚至包括化妝以及隨件而構成的著裝形象，必須同時具備「社會的人」、「對服飾有自覺的創造和選擇意飾」以及「在社會群體中能產生互感作用」三項條件。華梅撰：《服飾社會學》（北京市：中國紡織出版社，2005 年 3 月），頁 1-8。

表現，都能挖掘出書中所展現的服飾意涵，並將背後因素指向權力與欲望。隨著服飾的日益繁複，成為社會交往中顯示地位高低的重要性變得越來越為人們所認知，服飾與地位本來都是客觀的存在，當兩者結合並加入許多人為主觀的意識，便會成為另一種意義。

(一)財富多寡的顯露

　　服飾形之於外，人們在互動時，整體外觀便是最顯而易見、無所遁形的個人特質，儉與奢必然都會藉由服飾的表現而展露無遺。雖然明王朝大力提倡崇尚簡約，甚至訂定了不少條文法令遏止豪奢的風氣，如洪武三年便規定女性的首飾需用銀鍍，金耳環要用金珠，釧鐲要用銀，[57]但到了明朝末年，卻不分地位、貴賤，有錢者任其華美，雲緞外套處處可見。在《金瓶梅》中，不論身分皆打扮的極為華麗，某次孟玉樓、潘金蓮、李瓶兒帶領宋惠蓮等人到街上賞燈放花，笑笑生形容「月色之下，恍若仙娥，都是白綾襖兒，遍地金比甲。頭上珠翠堆盈，粉面朱唇。」（第二十四回）路人見之皆以為出於公侯之家，可見其華麗程度。服裝本身具有的一些元素是可以經由知覺而感受到，如絲綢代表華麗高貴，釋放出的服飾訊息就是此人的財富地位，對西門慶而言，其財富是可依憑妻妾們華麗服飾的物質表現而大行炫耀，而地位高低與財富多寡在世人眼中恰成正比，因此才被誤認為出於公侯之家。

　　個別而言，從孟玉樓、潘金蓮、李瓶兒三人未嫁入西門府前的穿著來看，孟玉樓是：

> 環珮叮咚，藍麝馥郁……上穿翠藍麒麟補子妝花紗衫，大紅妝花寬欄，頭上珠翠堆盈，鳳釵半卸……二珠金環，耳邊低掛；雙頭鸞釵，鬢後斜插，但行動，胸前搖響玉玲瓏；坐下時，一陣麝蘭香噴鼻。（第七回）

而李瓶兒是：

> 金鑲紫瑛墜子，藕絲對衿衫，白紗挑線鑲邊裙；裙邊露一對紅鴛鳳嘴，尖尖趫趫立在二門裡臺基上，手中正拿一隻紗綠潞油鞋扇。（第十三回）

相較於兩人的富貴扮相，潘金蓮則顯得稍微寒酸，僅是「上穿白夏布衫兒，桃紅裙子，藍比甲。」（第三回）飾品類尚未多見，只見「金頭銀簪子」，配合家世來看，可知服飾是財力的最佳表徵。在西門府中，眾妻妾喜愛花時間、金錢在服飾與身體外觀上，因此常見眾妾們在納鞋與訂做汗巾，在第五十一回中，潘金蓮與李瓶兒央請陳經濟幫忙買汗巾，潘金蓮無財力只能訂做兩方汗巾，李瓶兒則是大方的拿出銀子替她付，甚至多出來的錢也不收回，直接再訂兩方汗巾給西門大姐，可見李瓶兒的闊綽。眾人在為去世的李

57　《明史·輿服三》（北京市：中華書局，1995年3月），頁1650。

瓶兒挑揀服飾時，作者道：

> 拔步床上的第二個描金箱子裡，都是新做的衣服。揭開箱蓋，玉樓、李嬌兒尋了
> 半日，尋出三套衣裳來……李嬌兒聽了，走來向他盛鞋的四個小描金箱兒找，約
> 百十雙鞋……扯開坐廚子尋，還有一大包，都是新鞋。（第六十二回）

由以上兩段引文可推算李瓶兒雄厚的財力，相較於潘金蓮被攆出西門府時，月娘「打點
與了他兩個箱子，一璋抽替桌兒，四套衣服，幾件釵梳簪環，一床被褥，其餘他穿的鞋
腳，都填在箱內。」昔日得寵的小妾，如今卻得到如此落魄的下場，多半也是由於當初
嫁入西門府時身無長物。服飾為非語言的溝通方式，其意義的產生會先取決於服裝本身
的特質和所處社會情境的影響，再取決於本身的個人特質，換句話說，就文本的服飾表
現來看，作者所賦予的第一印象是物質層面：服飾的華麗與樣式之多，使讀者先看到的
是西門府的豪奢，其次再以服飾背後的象徵意涵表現個人特質，甚至是目的展現，過渡
至文化、社會層面。

(二)財力地位的展示

　　服飾是人與社會的中介物，既可遮蔽人體，更可延伸出人類的精神需求，與社會、
文化都有密切的關係。依常理判斷，身上穿戴服飾的數量或精緻度與人物在該情境中的
重要程度成正比，若地位越低，對於人物的身體修飾便會越少，相對來說，擁有財富與
權勢的人物，便有能力在服飾上大做文章，表示服飾也具有階級、身分與地位的象徵意
涵。笑笑生先藉由服飾的物質層面鋪陳妻妾間的地位高下，再藉由因服飾而起的爭執以
提高服飾對於文本的重要性，並更進一步使之化為權力的象徵符號，勾勒出各種衝突。
如吳月娘因潘金蓮先得到李瓶兒的皮襖而發怒，又因夢見潘金蓮奪其紅袍而擔心不已，
顯示在某些情境中，服飾表現就像你爭我奪的戰利品，不僅顯示穿著者的優越感與地位，
也凸顯出另一爭奪者的不滿與受威脅感。換句話說，服飾不僅僅是一樣實品，更是一種
符號或象徵，其背後的意義是來自周遭社會環境的文化系統，而非固有的本質。作者不
厭其煩地對服飾作如此細膩的描寫，是刻意通過女性們對於服飾的追求，展示服飾下所
掩藏的醜惡，更可藉此窺探女性之間的利害關係與凸顯個人性格特徵。

　　在西門慶發病前幾天，吳月娘曾作了一個預言性的夢：

> 敢是我日裡看見他王太太穿著大紅絨袍兒，我黑夜就夢見你在李大姐箱子內尋出
> 一件大紅絨袍兒，與我穿在身，被潘六姐劈手奪了去，披在他身上。教我就惱了，
> 說道：「他的皮襖你要的去穿了罷了，這件袍兒你又來奪！」他使性兒，把袍兒
> 上身扯了一道大口子，吃我吆喝，和他罵嚷，嚷著就醒了。不想是南柯一夢。西

門慶道：「不打緊，我到明日，替你做一件穿就是了。」（第七十九回）

夢中的紅袍可說是先前她所得不到李瓶兒皮襖的轉型，皮襖被潘金蓮奪去的事始終讓她耿耿與懷，因為失去的不僅是物質上的皮襖，身為正妻的她無法得到丈夫完整的愛，握有的權力變成她唯一的慰藉，但因丈夫的偏愛，讓身為正室的她竟搶輸一個小妾，更能說是權力上的失落，「自古夢是心頭想」便說明這個夢反映了「正妻」與「寵妾」的地位之爭，顯示潘金蓮在吳月娘心中占有舉足輕重的威脅地位，也多少刺激她在西門慶病故後，開始真正的施展她固有的權力。

此外，不同材料做的鬏髻暗示著不同的社會內容，家境一般的女性只能戴用頭髮編的鬏髻。像是西門慶第一次看到潘金蓮，就是頭上戴著黑油油頭髮鬏髻，有錢人家的婦女才有能力使用銀絲鬏髻，甚至是金絲鬏髻，因此宋惠蓮滿懷希望西門慶能給她編銀絲鬏髻。孟玉樓得知後竟跑去與潘金蓮進行挑唆，讓潘金蓮再次去挑撥西門慶，完成家庭內陰謀活動的一次典型運作，因此犧牲了一條人命，可見一頂鬏髻的影響力足以左右一個人的生死，說明這作為一個女子的社會地位象徵是多麼重要。

(三)身體魅力的釋放

兩性相悅而發明服裝的心理現象，也是愛美心理的另一種延伸，因為這種為了求愛求偶而裝扮自己的動機，主要目的是為了增加身體魅力去取悅對方。[58]在《金瓶梅》中，女性們除了藉由肢體語言的勾動外，更以服飾的穿搭使自己的身體更具吸引力，如某次西門慶扶潘金蓮到房中：

> 脫去上下衣裳，著薄襯短襦，赤著身體，婦人只著紅紗抹胸兒……。睨視婦人，雲鬟斜軃，酥胸半露，嬌眼乜斜，猶如沉醉楊妃一般……（第二十八回）

這種似露非露的遊戲，常在潘金蓮與西門慶獨處時的場景中出現，深懂男人心理的潘金蓮用盡各種手段，使西門慶又愛又寵，她的一顰一笑、一舉一動更讓陳經濟神魂顛倒，從《金瓶梅》種種魅惑的情節來看，可得知身體的表現並不是以裸露來達到，而是藉由一定的裝束、服飾的有心經營才能呼喚出的另類性感，以裝束誘入對身體的關注，涉及模糊性，是欲望的根源。[59]就內衣來說，不僅具有修飾身體的功用，還有明顯或不明顯

58　王宇清對服飾的起源作一個結論：「服飾的起源有三：其一是自衛；其二是愛美；其三是兩性相悅；其狀如鼎之足，三者同存而並立。」王宇清撰：《中國服飾史綱》（臺北市：國立歷史博物館，1978年10月），頁31。

59　潘建華撰：《雲縷心衣——中國古代內衣文化》（上海市：上海古籍出版社，2005年7月第一版），頁23。

的情色誘惑力。另一方面，在中國古代，小腳被看作是女性身體最大的隱私處，自然被穿鑿附會成了女性性感的中心，[60]而笑笑生藉女人的蓮鞋加以發揮，展現當時社會的風土人情，刻畫人與人之間的關係，塑造典型人物的性格，在小中見大，原為女性的隱私部分，轉變為獻媚男子不可或缺的工具。

二、敞開性身體：無限誘惑的欲望符號

《詩經·衛風》：「碩人其頎，衣錦褧衣。齊侯之子，衛侯之妻，東宮之妹，邢侯之姨，譚公維私。手如柔荑，膚如凝脂，領如蝤蠐，齒如瓠犀，螓首蛾眉。巧笑倩兮，美目盼兮。[61]」用一連串的譬喻手法描繪女性外貌之美，別有一番趣味與美感。然綜觀《金瓶梅》中的身體描寫，卻是具有強烈感官享樂的遊戲意味，除了社交場合上各個花枝招展的身體外，我們看到的是不具美感與情愛的描寫，以及諸多不加掩飾、毫不含蓄的性交場景中，充斥著許多「動物」般的身體，除了平日可見的面貌，更加入了不少身體的私密處的特寫，荀子曾說：「飢而欲食，寒而欲暖，勞而欲息，好利而惡害，是人之所生而有也。[62]」就人類生理上的欲望而言，本無對錯善惡之別，但文本處處可見不正常的性關係，原本可節制的欲望變得無窮無盡。因此本書將女體歸類為欲望的女體與生病的女體，分析文本中女體的品質與女體病態的異同性。

(一)欲望的書寫

身體作為生物性的自然存在，是一個有形的實體，是可以讓他人認識「我是誰」的依據，在這之中也提供了「認同」的基礎，跨足到身體的文化性與社會性，更可被視為權力的支配媒介。而《金瓶梅》中的女性將自己的身體視為地位爬升、滿足物質生活欲望的主要工具，她們為了目光而尋找目光，不斷展現自己的美，不失時機地利用其他被正式允許的手段來吸引他人，讓目光投向自己，以提高身分或達成目的。而文本無疑是以西門慶為主體，將女體納入自己的視線中，以獵豔的目的來發洩自己的欲望，因此所有偷情的事端往往都是從西門慶以色眼見了婦女的美貌開始，從頭至腳一一收入目光之中，目光焦點從容貌、身軀體態等衣物覆蓋外的身體，再目不轉睛的看起更細微的部分，強大的窺視欲，往往讓他們千方百計窺視覆蓋於衣物下的女性身體，可見性欲不單純是

60　纏足同時也被認為是男性產生情欲的部位之一，女性若是願意在男性面前亮出小腳，便意味者兩人之間存在著特殊的性關係。《悠悠千載一金蓮──中國的纏足文化》，同註38，頁70-71。

61　十三經注疏整理委員會整理：《十三經注疏·毛詩正義》（北京市：北京大學出版社，2000年12月），頁261-264。

62　出自《荀子·性惡》。王先謙撰：《荀子集解》（北京市：中華書局，1988年9月），頁434。

生理的衝動，它還需要加上文明的修飾與個人大量的想像。[63]而文本中最多的便是將白皙的肌膚與私處比擬為食物，食物是人生存所必須，將女體與食物相比擬，提昇了女體在文本中之於人的重要性，而此等重要性是建立在性方面的欲望享受上，強調的是身體生理性的感官功能，無論是對肌膚、金蓮或是私處的描寫，最後都能指向性的一端，因為《金瓶梅》正是以女體為載體維持各個情節的運作。

從文本分析可發現眾女子中，笑笑生獨獨極力地誇耀金蓮的美貌，如杵作何九，見了潘的模樣，心裡自忖道：「我從來只聽得人說武大娘子，不曾認得她。原來武大郎討得這個老婆在屋裡，西門慶這十兩銀子使著了！」（第六回）；第八回中更敘述替武大念經的眾和尚「見了武大這個老婆，一個個都昏迷了佛性禪心，一個個都關不住心猿意馬，都七顛八倒，酥成一塊」、「見了武大這個老婆喬模喬樣，都記在心裡。」面對潘金蓮，就連和尚都情盪心慌，打鼓搖磬變成一場鬧劇，就連唸經都錯把「武大郎」唸成「武大娘」，可笑至極，可見不論何九或是原應清心寡欲的和尚，見了她皆不免為之傾倒。就連同是女性的吳月娘見之都認為此人「從頭看到腳，風流往下跑；從腳看到頭，風流往上流」，正因潘金蓮的確頗有姿色，使她能夠用盡這方面的本錢，到處「眉目嘲人，雙睛傳意。」不但證明也突出表現她那與生俱來的魅惑力。就故事脈絡來看，無權無勢又無錢的家庭背景，只能靠自己的本錢——美麗與青春，加上狠毒惡劣的自衛手段，讓她開創自己生命的新樂章，卻也因此落入萬劫不復的深淵中。

反觀王六兒那種紫膛色瓜子臉的「姿色」又是如何讓西門慶一見傾心？第九十八回中何官人見到王六兒時，便料想她一定好風情，如同第三十七回引文所言：「暗帶著月意風情」，指的是她媚態絕佳，李漁《閒情偶寄·聲容》便說明媚態對於女子的重要：「女子一有媚態，三四分姿色，便可抵過六七分。[64]」男人寧願選擇有三四分姿色而有媚態者，也不願選擇有六七分姿色而無媚態者，潘金蓮之所以能迷倒許多男子，也是由於她兼具媚態與姿色。縱使如此，她仍不斷地突破自己的魅力，運用手段提升自己的身體品質，加上風月事上的配合，足以想見潘金蓮的用心。

笑笑生擅用全知敘事的人物觀點作敘述，根據性別的不同，觀看女體的方式與目的便有所差異；根據人物的不同，觀看女體的心態與心情也天差地別。對女體的凝視是《金

63　王溢嘉撰：《性·文明與荒謬》（臺北市：野鵝出版社，1996年6月），頁15。

64　《閒情偶寄·聲容部·選姿》：「媚態之在人身，猶火之有焰，燈之有光，珠貝金銀之有寶色，是無形之物，非有形之物也。惟其是物而非物，無形似有形，是以名為尤物。尤物者，怪物也，不可解說之事也。凡女子，一見即令人思之而不能自己，遂至舍命以圖，與生為難者，皆怪物也，皆不可解說之事也……」說明媚態對於女子的重要，而潘金蓮是兼具姿色與媚態的尤物。《閒情偶寄·聲容部·選姿》，同註43，頁99。

瓶梅》中一個重要的橋段，引發了各種不同的情節與結局，對於眾人對於潘金蓮身體的凝視，透露出她的美麗與風情，但西門慶的欣賞心態與女性的欣賞心情便有不同，西門慶想到的是「性」，因此不顧一切的娶她進門，引發一連串的事件；而女性的欣賞心情是「醋勁」的表現，引發了西門府中爭美奪寵的情節。這種欣賞是不分身分貴賤，因為西門慶對於王六兒等下人的身體凝視，依舊聚焦於「性」上，使得西門府內呈現妻妾與奴婢、僕婦甚至是妓女爭寵的畫面，其中又以潘金蓮與宋惠蓮、如意兒等的爭執最為明顯，故有如意兒批評潘金蓮的皮膚不夠白皙，潘金蓮批評王六兒的長相身材，又批評鄭愛月的小腳不夠精緻的情節。自然給予每個人一個身體，一個具有理智思考能力的身體，照理說心靈是需要依附身體才能有所行動，沒有心靈的主宰，身體便是死的，而《金瓶梅》中的女性，卻是將自己的身體依附於別人的眼光生存，在與人比較的同時，無意中也矮化了自身價值，因此書中的女體表現，是有行動卻無靈魂的一種「死物」的表現，而不同的凝視方式便是各個女體展現的開端。

(二)病體的書寫

　　自然賦予人類繁衍後代的性能力，在觀念的逐漸變化下，人類想從當中得到的卻只是肉體的歡愉與精神的舒暢。而「性」也許可以是「純然的想像」，但若真要得到性的歡愉就必須依附「官能」而存在。如果認為性就是「官能享受」，而刻意追求一波高過一波的享受，那麼無止盡的欲望終有一天會摧毀有限的血肉之軀，[65]如同李瓶兒與龐春梅的下場。性與死亡的關係非常密切，性可以是繼起生命的手段，死亡也是每個身體所必須經歷的，而性裡隱含著死亡的陰影，如同《金瓶梅》楔子的詩：「二八佳人體似酥，腰間仗劍斬愚夫，雖然不見人頭落，暗裡叫君骨髓哭。」在第七十九回中，西門慶先與王六兒行房，回家後又在潘金蓮的淫欲逼迫下，吃了過多的胡僧藥而大戰三百回合，潘金蓮是「五換巾帕」，他則「精盡繼之以血，血盡出其冷氣而已」，果真是油盡燈枯，髓竭人亡。

　　而李瓶兒的病與性交絕對脫離不了關係，對照她與西門慶說的「醫奴的藥」根本就是一大諷刺，她的死可說肇始於她心目中的「藥」。而龐春梅的死，毫無疑問地是由於她的「淫欲無度」，「一泄之後，鼻口皆出涼氣。淫津流下一窪口，就嗚呼哀哉，死在周義身上」，與西門慶都是在極盡歡愉後而亡。因此《金瓶梅》中女性的病徵與死亡，「性欲」可說是始作俑者，潘金蓮死於性欲的追求中，而龐春梅死於性欲的不知節制，而李瓶兒是受性欲牽連而來的婦女病，笑笑生讓讀者看見女性最為美麗風光的時刻，卻也用最不堪的方式見證她們的死亡。

65　《性‧文明與荒謬》，同註63，頁18。

就「金蓮」而言，本書將生病的女體定義為「非常態」，因此將小腳文化納入其中，小腳對於女性身心的傷害是不可抹滅的，為了將小腳纏成符合「瘦、小、尖、彎、香、軟、正」這七個要訣，為了男人眼中婀娜多姿的美儀美態，古人造就了這一個極不人道的風俗，帶來女性難以想像的痛楚與一輩子的行動不便，然而，在《金瓶梅》中所看到的不是「金蓮」所帶來的痛楚，就連龐春梅接受潘金蓮替她裹小腳時，作者並沒有特別敘述龐春梅的身體感受，只隱約透露裹小腳後地位的提升，是另一種變態的自豪感，因此文本著重的是因「金蓮」而起的紛爭，表現上是爭寵固愛，但所象徵的是還是權力、地位的爭奪。就生理而言，裹足是一個破壞健全的腳掌，造成殘缺與遺憾的行為；卻在文本中成為勾引男性的祕密武器，甚至是女性一生幸福的依據。

中國傳統文化對身體的態度，立足於儒家文化看待身體的觀念，以倫理道德的立場，將對身體的關注置入社會文化的場域，造成對於純生理身體範疇的忽略。一旦失去文化的界定，成為祖裎赤裸的身體，除了視覺效果的不同外便相差無幾，模糊人與人之間的差異性，僅是一個普遍、與動物無異的軀殼。在《金瓶梅》中遭人非議的是那些直露的肉體描繪，除了透過人物的著裝行為表現真實人格、地位外，更聚焦於擺脫衣飾束縛的「身體資本」，且無論是服飾的展現，抑或身體赤裸的呈現，在文本中皆可指向自我價值的彰顯，換句話說，身體的外在表現與所能給予的視覺衝擊對女性而言，是體現自我欲求與張揚個性的主要手段與方法。在每個光鮮亮麗的女體背後，都有個不為人知的故事。《金瓶梅》透過這些人物的命運沉浮來展現社會世相，藉由人際交往中的感情趨向與行為表現，引發更多文化性的思考。在晚明大倡物質生活的影響下，以「禮」為中心的文化模式急遽敗落，女性的處境與價值觀也隨之而改變，加上肯定人欲的思潮興起，女性對於自身身體的期待與想法有了大轉變，對於士大夫「去人欲」的觀念無疑是一大衝擊。

赤裸的肉體對西門慶來說都是平等的，在閨房或其他私密場合中，並不會因為身分地位的高低而有所差別，而肉體的價值，也許是一個名分、房子或幾套衣服，然一旦穿上衣物，走出私密場合，無疑是將身分差異的禮節規範覆蓋在身上。原在文本中大喇喇呈現出來的性交活動，在此時也必須轉為無聲無息的地下情。身體的品質對女性來說是攸關生活與命運，女性的人生價值可說是寄託於身體價值之中，利用身體去實現更高的人生目標，而《金瓶梅》中的女性將身體的價值就建築於美貌與風月手段上，藉以找尋人生的幸福與情欲的滿足，一旦受男人垂愛，便無所不用其極的把握住眼前所有，以挑逗刺激性欲為主，用盡方法吸引對象。因此除了美貌外，還得依靠服飾的搭配使身體更引人注目，服飾是人類身體的外延，在《金瓶梅》中，描述許多美不勝收的服飾與追求，究其原因，人人所在意是服飾所帶來的社會文化意涵與裝扮身體的魅惑力，如此看來服飾的重要性相對提升了不少，女性被物化的身體除了美醜之別外，是毫無差別的趨向平

等，而服飾是不斷地隨著時尚改變，不論貧富老少皆為之瘋狂，浸淫在服飾所能帶來的自豪感當中，但在自我滿足之前，首要滿足男性的欲望，供男性觀賞、選擇、使用、評價，到最後女性身體已物化為一種供人玩賞的藝術品。而《金瓶梅》中的女性幾乎都很樂意利用身體交換利益，看不見西門慶強迫任何人，都是以利誘之，無怪乎文本中所呈現的女性身體，往往讓人聯想到情色與性欲，使得女體的地位更加低落，僅供勞動與享樂爾爾。

　　從《金瓶梅》的身體靜態分析可發現它提供部分涉及社會背景的基礎材料，藉由對身體主體的靜態刻畫，將服飾寫得炫彩奪目，將肉體描述的美麗無暇，而服飾與肉體間相輔相成的關係，不僅顯現女性身體的多變化性，更伴隨著其他女性間相處的摩擦問題出現。以小腳來說，從第二十三回「潘金蓮竊聽藏春塢」到第二十四回「經濟元夜戲嬌姿」、第二十八回「西門慶怒打鐵棍兒」至潘金蓮憤而剁鞋，這部分情節的開展都是以小腳、蓮鞋為引線，足見兩者在《金瓶梅》中的份量。一方面也以此作為女性身體的資本，提示了《金瓶梅》中嬌奢淫逸的氣息，與人人追求著肉體的享樂性，這些與笑笑生的創作時代脫離不了關係，因為「小說可以存在的理由，就是它確實企圖再現人生，可以大膽地說現實（具體記敘的堅實性）的氣息，在我看來，似乎是小說的最高德性。[66]」若作品無法反映現象與變遷，展現出其批判性，便稱不上佳作。「人情以放蕩為快，世風以奢靡相高」的社會現狀必非偶然形成，在下章作動態書寫的分析，闡述身在其中女性身體的處境之前，必須先述及明代的社會風氣以作參照。

　　明代至正德、嘉靖中後期以後，經過了一百多年的休養生息，經濟有了很大的發展，尤其是商品經濟的發展，已經超過從前任何一個時代，特別是在江南的某些城鎮裡，手工業部門已經出現資本主義的萌芽，與經濟相對應的就是享樂文化的盛行，以及在文化思想領域中興起了一股啟蒙思潮，強調個人的重要，肯定人情和人欲的合理性，反映至意識型態的領域，整個社會充斥著任情縱欲、驕奢淫佚的風氣，不僅是對道學禁欲說教的一種極端性反抗，也是對傳統婚姻關係和家庭生活的一種突破和補充，若從歷史背景、思想上著眼，可發現這是一個可還原欲望的進路，但本書認為從歷史背景開出的道路不應該只從思想上來看，尤其中國自古以來就是個以男性為主的社會，幾千年以來，對女性設定了苛刻的道德禮教標準，女性被強迫在社會裡充當道德和三綱五常的代言者，被強迫以生命去實踐某種人生理念，僅能以沉默和壓抑去表現己身生活，至明代中後期的女性又為何會有如此大的改變，甚至被表現在小說當中，這是值得探討的。

66　此為《明代小說史》引用亨利‧詹姆斯之言，齊裕焜撰：《明代小說史》（杭州市：浙江古籍出版社，1997年6月），頁13。

第三章　身體的動態書寫

　　身體是人安身立命的物質基礎，也是可以證明自我存在的確定實體，所展現的是每一個體的獨特性。身體更是人生存的媒介，人類身體的特殊性在於具有思考能力，讓生存不僅是為了生理上的欲望滿足，而是能透過身體對我們所生存的世界加以理解，發揮生命之所以可貴的最大價值。加拿大學者約翰・奧尼爾提及：

> 身體是一種物質／生理（physical）客體，就像我們週遭的其他客體一樣。這樣的話，我們的生理態身體（physical body）就可以被撞擊、敲打、輾壓乃至摧毀。不過，即使在我們這麼說的時候，我們的語言也是和活生生的身體（lived body）相殊離或異化的。所謂活生生的身體，就是溝通性的身體呈現，我們對此無法無動於衷，無論是在我們自己身上，還是在他人身上，我們都能有所體認（O'Neill, 1989）。[1]

人是群居的動物，我們以身體為媒介擁有世界，也讓世界擁有我們。就生理層面而言，我們受限於某些行為，如人是不可能張開雙手就能遨遊天際。然一旦透過身體去實現某些非實際、物質性的行為，如思考、溝通，便能呈現出更多的意蘊，甚至超越身體自身而影響到其他的身體，因為我們作用自己身體的同時，也正不斷地遭遇到他人的身體。

　　身體在不斷碰撞的過程中，有意出示的表情姿態是身體應機性的動態表現，以挾著情緒的方式向人強烈宣示身體在其中的媒介意義與背後隱藏的相關影響、支配作用與被作用的企圖。[2]從《金瓶梅》可觀察到女性為了生存，在物欲橫流的環境中載浮載沉，看似對自己的身體充滿自信與憧憬，卻又從她們的所作所為中顛覆了這些看法。在她們利用身體換取生存保障時，也意味著失去了身體的自主權與掌控權，原有的自信在一切活動中轉變為自信全失的被制約。是故本章利用「肉體社會」[3]的概念，也就是身體在社會

1　另一個譯者張旭春將「溝通性身體」翻譯為「交往性身體」。〔加〕約翰・奧尼爾撰，李康譯：《身體五態——重塑關係形貌》（北京市：北京大學出版社，2010 年 1 月），頁 4-5。另一個譯本為張旭春譯：《身體形態——現代社會的五種身體》（瀋陽市：春風文藝出版社，1999 年 6 月），頁 3。

2　《身體權力學》（臺北市：弘智出版社，2005 年 5 月），頁 63。

3　所謂的肉體社會，是指一個社會的主要政治與個人問題都集中在身體上並通過身體得以表現。引自〔英〕布萊恩・特納撰，馬海良等譯：《身體與社會》（瀋陽市：春風文藝出版社，2003 年 1 月），頁 1。

中的如何展現，將西門府視為主要被敘述空間，以女性身體為主體，分析女性與社會周遭的互動關係，包括個人的意志行動與人際社會的互動，顯現出個人與家庭內部問題，以權力與情欲兩大面向為主題，觀察女性身體在這個空間中的展現。

第一節　身體的權力書寫

　　人所生存的空間中隱藏著無形的權力網絡，權力是一種影響力或支配力，它所連結的網絡貫穿所有人，而身體在這之中扮演著作用與被作用的角色，往往受到自然法則的影響與限制或受到個性主導而行動。就小說文本分析而言，每個人物對特定的人事物大都會抱持某種特別的信念，並內含主觀評價在內，這就是一種態度的表現，[4]而態度也有可能具有預測行為的作用，[5]並具體表現在人物的喜怒愛樂與言行舉止上，皆有其複雜的心理因素，周慶華言：

> 姿態是指人的輕力的肢體動作，為體格的「應機」性的動態表現。它在絕對有意的出示中，必然要成為兼涉心理性的權力場域和生理性的權力場域的媒介範疇。[6]

由此可知，人的情緒是夾帶於舉止活動中而表達於外，當中包括了姿勢、手勢、眼神、表情、聲音的腔調、語言等藉由身體展現使對方感受到其態度走向，因此身體可說是行為環境的一部分，藉由各種聲貌儀容所傳遞的身體訊息表現，可構成對社會行為意義的詮釋，展現在故事中便成為作者所能提供人物形象與情節發展的重要線索，讀者可以從人物的言行舉止與心理活動來窺探其內心世界與個性，還可以藉由觀察與他人互動的磨合程度，探索其背後的複雜因素。

　　張竹坡認為《金瓶梅》所寫的人物，生機靈趣，有血有肉，「有是生龍活虎，非要木偶人者」[7]，身體作為表意符號，從儀表的服飾、相貌身材到舉止行為、身體姿勢、面部表情等，所代表的是該特定個體所處的社會地位與展現的社會行為。因此本章透過身體的動態書寫，著重於人物的行為舉止分析權力的施展，也印證人物每一個表情細節幾乎與故事發展環環相扣。西門慶的納妾因素，只在財色，雖已妻妾成群，卻還有諸多情

4　「藉著態度，我們可以瞭解個人在社會中採取真實或可能發生行為的意識過程，亦即態度具有預測行為的作用。」也就是說，當我們確認某人對某事的態度，多半可進一步猜想對方的心理狀態，甚至是舉止行動。徐光國撰：《社會心理學》（臺北市：五南出版社，1999 年 9 月），頁 109。

5　《社會心理學》，同註 4，頁 110。

6　《身體權力學》，同註 2，頁 63。

7　轉引自《瓶中審醜——金瓶梅「色」之批判》（臺北市：文史哲出版社，1992 年），頁 86。

婦，有時甚至在妓院流連十天半個月，使妻妾們永遠處於「內憂外患」中，爭歡取寵的
事件不斷上演，在潘金蓮入門時，作者便敘述：

> 這婦人一娶過門來，西門慶家中大小都不歡喜。看官聽說：世上婦人，眼裡火的
> 極多。隨你甚賢慧婦人，男子漢娶小，說不嗔，及到期間，見漢子往他房裡共床
> 共枕歡樂去了，雖故性兒好煞，也有幾分臉酸心窄。（第九回）

家中已有一妻二妾，現在又多個姿色絕佳的潘金蓮，讓她們備感權力地位受到威脅，自
然是不歡喜。而李瓶兒出現後，爭寵過程更有白熱化的趨勢，她的多金美貌，加上又生
了西門府中第一個男娃，正室雖依舊握有大權，卻也擔心母憑子貴，姬妾間的權力架構
依受寵程度有了大變動，人人為求自保便有一連串的反擊動作，在這種情況下，身體的
呈現方式多為監督或被監督，[8]且往往涉及旁人，以作為反擊的棋子，縱使妻妾間依舊表
現親暱，看似風平浪靜，但人人心知肚明：所謂的友好氣氛，都是極為表淺的，部分說
巧不巧的事件可說都是有心人的操作。因此本節根據妻妾身體的動態展示，僅就小說書
寫層面觀察正室權力如何展現與姬妾的應對，以及當面對權力掌控權與被控制的時候，
不同人物的反應與差別，以作為下一章女性身體觀的論述依據。

一、妻──吳月娘的正房架勢

(一)對象為西門慶

　　身為西門慶明媒正娶的繼室，吳月娘的地位必在眾妾之上，可仲裁家中的大小事，
也身懷觀諫丈夫的權力。作者賦予她深受禮教薰陶的背景，柔順且服從丈夫，即使丈夫
風流成性，也僅能擺出謹守婦德的姿態，但這種看似包容的心態，是建築在剝奪女性快
樂的基礎上。吳月娘也曾規勸西門慶多行善事，少拈花惹草，西門慶卻認為這是女人家
的醋話，[9]使吳月娘對於他的風流爛帳是無力可管，反而讓西門慶誇其「我家大娘子最好

8　各個妻妾，甚至是與西門慶有一腿的女性，都有身體被監督或是監督他人身體的情況發生，最明顯
　　的莫過於潘金蓮對所有女人，尤其是對李瓶兒、宋惠蓮的監視，從面貌身材至床帷之事，甚至日常
　　生活中的一言一行。表現出身體充斥著永無止境的戰爭，如同獅子攫兔般觀察四周、伺機而動，一
　　有機會便加以打擊，如第三十一回琴童藏壺與第四十三回失金之事，都是潘金蓮自認可以攻擊李瓶
　　兒的機會。

9　吳月娘：「哥，你天大的造化，生下孩兒。你又發起善念，廣結良緣。豈不是俺一家兒的福分？只
　　是那善念頭他怕不多，那惡念頭怕他不盡。哥，你日後那沒來回，沒正經，養婆兒，沒搭煞，貪財
　　好色的事體，少幹幾樁兒也好。償下些陰功與那小的子也好。」西門慶卻笑著回答：「娘，你的醋
　　話兒又來了。卻不道天地尚有陰陽，男女自然配合。今生偷情的、苟合的，都是前生分定，姻緣薄
　　上註名，今生了還。難道是生剌剌搊搊胡扯歪斯纏做的？咱聞那佛祖西天，也止不過要黃金鋪地。

性格」（第二回）、「房下自來好性兒，不然我房裡怎生容的這許多人兒。」（第十三回）

在父權社會下，女性本無太多管束丈夫的權力，這兩段讚賞的言語間接道出女性的悲哀，只能在無奈接受下，維護自己的地位。孟子曰：「女子之嫁也，母命之，『往之汝家，必敬必戒；毋違夫子。』以順為正者，妾婦之道也。[10]」說明為妻者不得違背丈夫，除了必敬必戒外，更要懂得順從，即使吳月娘看不慣丈夫的放蕩行為，如第十四回李瓶兒送奸赴會，[11]與西門慶兩人「相談甚歡」，作者也直言：「風流茶說合，酒是色媒人。」吳月娘見兩人言頗涉邪，也只能悶著離開；甚至得助紂為虐，在兩人私通時，幫忙偷運送財物，流連妓院、與他人有苟且之事也無法阻止。[12]

吳月娘的寬容讓漢子始終對她保持尊重，在生意經營上做決策時，會徵詢她的意見，雖在愛情中不被寵幸，但在社交場合上，她能以正室之姿，帶領姐妹外出應酬，可見就夫妻之名而言，她仍保有正室的待遇。吳神仙曾相其「女人必善持家」，在李瓶兒要寄放財物時，全靠她想出兩全其美的方法，雖是偷雞摸狗的勾當，但只要能助夫理財，手段的正當與否似乎非她所在意的，兩人在生意經營上可說是夫唱婦隨。且吳月娘對官場周旋之事也頗有一套，從翟謙買妾的事件可看出她頗有心計，[13]因此西門慶在這方面的商量對象往往是吳月娘，說兩人是夫妻關係，不如說是合作夥伴還來的恰當。話雖如此，「賢淑」的吳月娘仍竭盡本分，但因其規勸西門慶淫樂，加上對男人的心思不如人，尤其在潘金蓮入門後更屢遭設計[14]，讓夫妻倆的關係時常處於水深火熱中。

第二十一回吳月娘掃雪烹茶被西門慶撞見，可見其姿態高低的變化，為了李瓶兒入

陰司十殿，也要些楮鏹營求。咱只消儘這家私，廣為善事，就使強姦了常娥，和姦了織女，拐了許飛瓊，盜了西王母的女兒，也不減我潑天富貴！」（第五十七回）

10 《十三經注疏·孟子·滕文公》（北京市：北京大學出版社，2000年12月），頁193。

11 從很多線索都可看出李瓶兒與西門慶間不尋常的關係，如吳月娘曾看見潘金蓮與李瓶兒頭上有相同的金字壽簪兒，李瓶兒表明是第一次見到潘金蓮，潘金蓮卻有李瓶兒送簪子，可見事有蹊蹺，加上李瓶兒口裡說吃不下了，卻不動身離去，更吩咐丫鬟拿出要伺候西門慶的飯菜點心，又擺了一張桌子，連吳大妗子都識趣的先行離開，而晚間當西門慶問吳月娘要打發他在哪兒歇宿時，吳月娘更沒好氣地說不如去和潘李兩人一起睡，表示吳月娘心裡早有底。

12 魏子雲認為整部小說中堪以情論者僅有吳月娘，凡是賢妻良母，蓋均有深情於主夫者。他認為觀看吳月娘的一生，應屬於一位有情義的妻子。〈《金瓶梅》婦女的財色世界〉，《聯合文學》第2卷第5期（1986年3月），頁33。張贇贇也認為吳月娘深愛著西門慶，評其為陰險的主婦是不公的。張贇贇撰：〈試分析《金瓶梅》中的女性形象——以月、瓶、梅、蕙為例〉，《古典文學研究》，基礎教育版，出版年不詳，頁93-94。

13 翟謙是巴結蔡太師最重要的引路人，當西門慶愁著如何交待買妾一事時，是吳月娘教他如何應對，結果也讓翟謙非常滿意，間接幫助西門慶的官運一路攀升。

14 如第十八回中，潘金蓮拿李瓶兒之事挑撥西門慶與吳月娘；第四十三回中，為了失金一事，潘金蓮也設法利用李瓶兒得寵挑撥兩人……等諸如此類。

門之事，加上潘金蓮的加油添醋，讓西門慶對她非常不諒解，兩人反目不言，但吳月娘私底下還是吃齋求神保佑丈夫回心轉意，低姿態的表明所作一切都是為了西門府，此舉動被西門慶撞見後，吳月娘姿態變化：

表面：冷戰鬥氣（高姿態）
爭執 ↗ ↘ → 西門慶撞見（高姿態） → 西門慶求歡（高姿態） → 性交過程（平等）
私下：雪夜燒香（低姿態）

本書對姿態高低的定義，意指一個人對於該態度對象的行為表現，具有接納或排斥意涵在內，高姿態傾向對於態度對象的排斥反應，而低姿態則傾向於對於態度對象的接納反應。在吳月娘被西門慶發現私下雪夜祈神之事後，她的第一個舉動是「倒唬一跳，就往屋裡走」，便是不願與西門慶交談的排斥姿態；在西門慶深深與她作揖，深表尊敬之意，但吳月娘正眼也不瞧他一眼，表示西門慶的腰身不夠軟，因此折跌腿裝矮子地跪了下來，並死纏爛打欲化解兩人之間的不快，吳月娘才願意和他喫茶。接著西門慶求歡又被吳月娘拒絕，只得再次使出死纏之計，半推半就下開始性交，但在性交過程中，西門慶又是低聲央求其叫聲「達達」，而吳月娘「口呼親親不絕」，可見在一場性事後，兩人已冰釋前嫌。與其他人遇事時苦苦哀求、阿諛辯解的態度相比，吳月娘無降格以求，能堅持氣節。但也許是因為正室的身分，握有極大的權力，才讓她無所畏懼，敢與西門慶冷戰鬥氣。

(二)對象為妻妾——捍衛正統身分

吳月娘自幼受到傳統儒家思想的影響，言行舉止較符合封建禮教女性那種平和寬容、持重寡言及無才便是德的形象，[15]正因如此，其社會閱歷與頭腦反應不及他人豐富、靈敏。她唯一有的是合法性的正室地位所賦予的權力，但卻不時表現出盲目自大的態度，如潘金蓮在入門時故作親熱的攏絡巴結，深得吳月娘的心[16]，以至於在第十一回潘金蓮激打孫雪娥時，不明究理地偏坦潘金蓮。第二十回中，西門慶的幫閑吹捧李瓶兒，妓女

15　依吳月娘平日所表現，表面上是個不可多得的賢內助，但張竹坡：「《金瓶梅》寫月娘，人人謂西門氏虧此一人內助。不知作者寫月娘之罪，純以隱筆，而人不知也。何則？良人者，妻之所仰望而終身者也。若其夫千金買妾，為宗嗣計，而月娘百依百順，此誠關雎之雅，千古賢婦人也。若西門慶殺人之夫，刦人之妻，此真盜賊之行也，而其妻不涕泣而告知，乃依違期間視為路人，休戚不相關，而且自以好好先生為賢，其為心尚可問哉……」更進一步評吳月娘是奸險好人，只關注自身眼前的利益。黃霖編：《金瓶梅資料彙編》（北京市：中華書局，2004年1月），頁72。

16　「過三日之後，每日清晨起來，就來房裡與月娘做針指，做鞋腳。凡是不強拿，不動強動。跟著丫頭趕著月娘一口一聲只叫大娘。快把小意兒貼戀幾次，把月娘喜歡的沒入腳處，稱他做六姐，衣服首飾揀心愛的與他，吃飯吃茶和他同桌兒一處吃。」（第九回）

唱出「如鸞似鳳夫共妻」、「永團圓世世夫妻」的曲兒，她惱在心中，僕人拿拜錢見她，又是正眼不看地大罵，待吳大舅來相勸，才哭了起來。對她而言，展現在眾人眼前的應是至高無上、剛勇堅毅的身體，但如今卻因李瓶兒而受冷落，礙於面子只得百般忍耐，展現應有的氣度，一旦走進私人場域，才會展現出更真實的自己。而她分不清李瓶兒是故意吹噓或是被動的接受，將氣一股腦兒出在她的身上，再三受到挑撥，正是因為潘金蓮握住她自傲虛榮的心理。[17]

對於妻妾間的利害關係，吳月娘一開始便作了錯誤的選擇，這當中包含了討好與利用，歡欣沉溺於潘金蓮的取悅中，讓她坐大的後果便是衝突一發不可收拾，在與潘金蓮爭吵的最後，只能將氣勢用在自己是名正言順的妻子，實際上她也不過是被潘金蓮利用的對象。第七十五回中，吳月娘無意造成潘金蓮受孕失敗，一怒之下不顧身分當眾斥責吳月娘，造成兩人第一次的大衝突，[18]文中更提及她「紫漲了雙腮」，不顧臨月的身子，表現出鮮少的大怒態度，可見言語的撞擊對身體也是有一定性的傷害，而對吳月娘來說，似乎面子比身體更為重要。無論如何，小妾並無批評正室的權力，但今日卻遭潘金蓮公然挑釁，讓她壓抑已久的新仇舊恨一傾而出，[19]這些自我壓抑都是在自我認知中所轉化的一種明哲保身的手段。

吳月娘將身體的價值置於貞節與社會地位上：

自身：正室——明媒正娶——名正言順——至高無上的身體——貞節該被尊敬
其他：小妾—— 再嫁者 —— 不正經 ——低等失格的身體——無貞節而看不起

正室的尊嚴與權力是吳月娘安身立命之本，為了捍衛正統身分，當有人越分超界，紛爭便會一觸即發，強化她身為正室的意識與貞節的驕傲，甚至不顧小妾面子，在眾人面前

---

17 尹恭弘認為李瓶兒是最溫文懦弱的小妾，應該是可以和大家和平相處，卻因為吳月娘的自傲與虛榮，對李瓶兒始終心懷芥蒂，甚至在李瓶兒去世後，對於西門慶的撫屍痛哭感到不以為然，道出：「人死如燈灰，半響時不借。留的住他倒好！各人壽數到了，誰人不打這條路而來？」可見她並不是十分同情李瓶兒。《《金瓶梅》與晚明文化——《金瓶梅》作為「笑」書的文化考察》（北京市：華文出版社，2001 年 5 月），頁 174。

18 「你不浪的慌？你昨日，怎的他在屋裡坐好好兒的，你恰似強汗世界一般，掀著簾子，硬入來叫他前邊去，是怎麼說？漢子頂天立地，吃辛受苦，你拿豬毛繩子套他，賤不識高低的貨，俺們倒不言語，只顧敢人不得趕上！一個夜禳兒，你悄悄就問漢子討了穿在身上，挂口兒也不來後邊題一聲兒！都是這等起來，俺們在這屋裡放水鴨兒？就是孤老院裡，也有甲頭，一個使的丫頭，和他貓鼠同眠，慣的有些摺兒！不管好歹，就罵人。倒說著你，嘴頭子不伏個燒埋！」（第七十五回）

19 主要有三件事：潘金蓮的強攔漢子、李瓶兒的皮襖與被寵壞的龐春梅，都是吳月娘長期累積而來的情緒壓抑。

諷刺再嫁女子的不貞。[20]因此當陳經濟戲言孝哥像是他與吳月娘生的，侮辱其貞節，吳月娘聽了「半日說不出話來，往前一撞，就昏倒在地。」（第八十六回）並在孫雪娥的唆使下，怒打陳經濟並將之趕出家門，種種動作都是為了捍衛自己的貞節與地位，這是權力透過身體的表述方式之一。因此，透過種種衝突的描寫，可見吳月娘的婦德與原則，平時與眾人和平相處，遇到紛爭總是當和事佬將大事化小，但在涉及主奴、妻妾的尊卑秩序問題時，便有意識的保護自己。[21]某次潘金蓮向吳月娘賠罪時，不僅磕了四個頭，更口頭上承認吳月娘是天，自己是地，[22]可清楚看到妻與妾身體的差別，正室的身體如尊貴的天，妾的身體則屈於正室之下，兩者之間自然有地位與權力的差別，潘金蓮明白即使她備受寵愛，但正室所擁有的力量並非她能抗衡的。

（三）對象為奴僕與其他

階級是身體的權力媒介的向度之一，是人為的階層級次，在社會與文化因素的建構下，奴僕依附於主人之下，失去個人自由、尊嚴、社會權力，甚至是身體的自主權。對待外人總是和藹有禮的吳月娘，卻常表現出濃厚的主從意識，在西門府中對待西門慶以外的人多半採取高傲的姿態，常以主子的身分斥責下人與小妾，如某次孫雪娥與宋惠蓮爭吵，她僅罵：

> 你每都沒些規矩兒！不管家裡有人沒人，都這等家反宅亂的！等你主子回來，看我對你主子說不說！（第二十六回）

吳月娘不懂得以自己的身分介入幫忙排除紛爭，只利用主子地位威脅兩人停止爭吵，似乎有眼不見為淨之意，在第四十五回李桂姐央留夏花兒，她也是將氣出在玳安身上，罵他是「慇懃欺主的奴才」。以正室權威維持家中秩序是應當的，但她僅知道正視自己的權力，卻不明白如何有效運用，若她懂得挺身主持公道，分清是非黑白，也許能減少家中大大小小的麻煩事。

從某些情節也可以觀察到吳月娘對奴僕的無情，第四十四回夏花兒因偷藏金元寶而遭西門慶鞭打，吳月娘不但不阻撓，私下問清始末後，更冷眼的批評這小丫頭賊頭鼠腦，不似外表上憨實可愛。[23]此外，從她與李桂姐的互動也可觀察出她的無情與機心，表面

20　吳月娘：「我當初是女兒填房嫁他，不是趁來的老婆！那沒廉恥趁漢精便浪，俺們真材實料不浪」（第七十五回）

21　《金瓶梅人物新論》（合肥市：黃山書社，1999年1月），頁57。

22　潘金蓮更說道：「娘是個天，俺每是個地。娘容了俺每，俺每骨禿扠著心裡。」（第七十六回）

23　但某些時候吳月娘又展現出她的同情，在第二十六回中勸西門慶別將來旺轉送官府，結果反而惹來一頓罵；在宋惠蓮首次自縊時也極力安慰，但當吳月娘知道事情始末，是宋惠蓮與西門慶偷情造成

上兩人極為熱絡,但實際上各懷鬼胎。李桂姐拜她為乾娘是為了借用西門慶當官後的權勢,尋求保護;而她是為了滿足虛榮心,加上李桂姐當時得寵於西門慶,收她為義女無疑能讓關注焦點又回到自己身上。滿口道德貞節的吳月娘,竟收一個年紀與自己相仿的妓女為乾女兒,真是耐人尋味。且從某次賀宴上,太監要從李桂姐身上尋求刺激,吳月娘不僅不替她緩頰,還回答:「左右是個內官家,又沒什麼,隨他擺弄一回子就是了。」(第三十二回)可見其對李桂姐缺乏真心的關懷,甚至打從心裡認定妓女是個玩物,不同於李瓶兒對吳銀兒的真情流露。

吳月娘不僅以階級地位區分自己與小妾的身體價值,對於地位卑下的奴僕及其他階級的人物也是如此,她仰賴這種對於身體比較式的區別來確保自己的權力,而權力的延伸也反過來凸顯身體的地位價值。但也因為如此,她始終處理不好自己的人際關係,連最親近的玉簫也因為醜事被潘金蓮發現而被迫出賣她;玳安也曾形容吳月娘平時性情溫厚,但若被惹惱,便無法冷靜理智的看待事情而不分青紅皂白的遷怒他人,因此常受挑撥。[24]無怪乎她沒有一個如同龐春梅與潘金蓮情如姐妹的交心人物,在權力爭奪戰便缺少許多助力。

二、妾婦

(一)孟玉樓的圓融避嫉

1.對象為西門慶──有主見的身體

笑笑生將筆力集中在潘金蓮、李瓶兒與吳月娘身上,孟玉樓的地位較為次要,描寫也較片斷零碎。在西門慶提親時,她「望上不端不正道了個萬福,就在對面椅上坐下」,表現的不卑不亢,縱使張四說出各種理由阻撓這門親事,她依舊堅定地要主宰自己的命運,並一一加以辯駁。[25]觀察她嫁與西門慶的主因,原來是審時度勢的理性、現實化選擇,[26]看上的是對方的權勢與財勢,不似潘金蓮與李瓶兒是受情欲驅使。入門後,身處於險惡環境中,卻能夠處之泰然,巧於周旋,以現實人生的思考態度求得適意的生活。

的,態度即有一百八十度的大轉變,當宋惠蓮與孫雪娥發生爭執,吳月娘也只僅是罵了兩人一頓。

24　玳安:「雖故俺大娘好,毛司火性兒。一回家好,娘兒們親親噠噠說話兒。你只休惱狠著他,不論誰,他也罵你幾句兒。」批評吳月娘的脾氣不佳。(第六十四回)

25　張四告知西門慶是會打老婆的班頭,孟玉樓辯:「男子漢雖利害,不打那勤謹省事之妻。我在他家,把得家定,裡言不出,外言不入,他敢怎的?為女婦人家,好吃懶做,嘴大舌長,招是惹非;不打他,打狗不成?」而後,張四「見說不動這婦人,到吃他搶了幾句的話,好無顏色,吃了兩盞清茶,起身去了。」(第七回)

26　第七回中,張四道:「我見此人,有些行止欠端,在外眠花臥柳。又裡虛外實,少人家債負。只怕坑陷了你。」即使張四對西門慶有種種不堪的指責,她還是執意嫁給西門慶。

對西門慶的冷落也不多加抱怨，且往往能隨機應變提出一些適度的建議，甚至替潘金蓮向西門慶求情，[27]西門慶往往也聽信於她，凸顯她的明智圓通。在西門慶去世後，更再次展現其獨立意識，欲實現自我價值，採取主動的態度，嫁得此生的好歸宿。大部分女性將自己的身體視為工具性的欲望展現，在欲望不斷被提昇的影響下，身體反而被茫茫欲海所淹沒，失去本真的身體。對孟玉樓來說，即使偶有酸葡萄心理，如第七十五回對西門慶道：「俺們不是你老婆，你疼心愛的去了！」又說：「可知你心不得閑，可知有心愛的扯落著你哩！把俺們這僻時的貨兒，都打到贅字號聽題去了，後十年掛在你那心哩！」抱怨西門慶不公平，讓其他女性只能處於擺佈於他的地位，雖偶有抱怨，但由於她內在的自我性強，自覺只有克制主體私欲的無限膨脹，才是讓身體回歸本真、安身立命的要點。

2.對象為妻妾——避禍的身體

　　作者經由楊姑娘的嘴裡道出孟玉樓「平日有仁義，好溫克性兒」（第七回），懂得察言觀色與拿捏分寸，藏起大部分的屈辱與不滿，慎言慎行，不似潘金蓮易招惹是非。[28]但因為常與潘金蓮同進同出，受其形象影響所累，被認為兩人是同一鼻孔出氣，使她不似李瓶兒有眾人誇獎，[29]為了保身而小心遊走於妻妾關係之間，始終站在緊張關係的平衡點上，加上不明爭的性格與少淫少妒，使她免於捲入爭寵的漩渦中，也鮮少與人發生爭執。身體不僅被當作權力運作的場域，更可擴展為社會運作的場域。若將西門府視為一個失控的空間，置於當中的身體便必須設法控制所處的環境，甚至必須賦予社會結構與規範應有的重要性，但當外部環境並非人力所能改變，就僅能回頭以規束自己身體的方式來適應社會。

　　人類是活生生且有意象性的身體主體，始終實際地適應世界。[30]孟玉樓在充滿嫉妒氛圍的大家庭中，採取「明哲保身」的適應方式。就交往來看，她明白妻妾之間的權力傾向，在府中與潘金蓮交情最深，深知潘金蓮善妒的個性，兩個始終維持良好的關係，

27　在第十二回中，孟玉樓打聽到潘金蓮私僕受辱，便自告奮用替潘金蓮勸解西門慶。

28　在第七十四回中，孟玉樓過生日，潘金蓮卻霸占了西門慶，連吳月娘都表現出不滿，「心中就有些惱」，反而是孟玉樓勸她放寬心：「姐姐，隨他纏去！恰似咱每把這件事放在裡頭，爭他的一般。可是大師父說笑話兒的來頭，左右這六房裡由他串到。他參心中所欲，你我管的他？」但從第七十五回孟玉樓對西門慶的抱怨，可知她多少還是有點吃味。

29　在李瓶兒去世後，作者利用多次描寫敘述她的為人，可見其人緣極佳。而大部分人認為孟玉樓與潘金蓮要好，李桂姐便曾經對李嬌兒說道：「你看看孟家的和潘家的，兩家一所狐狸一般，你原鬥的過他了」（第四十四回）

30　Chris Shilling 撰、國立編譯館主譯：《身體三面向——文化、科技與社會》（新北市：韋伯文化國際出版公司，2009 年 8 月），頁 81。

但仔細探究文本，她對於潘金蓮的不滿言行，反而大都採取迴避態度。第十一回中，潘金蓮與孫雪娥不快，欲向孟玉樓探問敵情，見她只淡淡的說：「姐姐沒言語」以迴避紛爭，暫緩潘、孫之間的衝突，更未得罪任何一方；李瓶兒生子時，潘金蓮在旁搧風點火說起這孩子非西門慶親生骨肉的可能，表現的極為嫉恨，甚至詛咒「仰著合著，沒的狗咬尿包虛喜歡！」（第三十回），見她越說越過火，孟玉樓僅低頭不作聲，因為她懂得適時的迴避對自己才有利。

但在某幾回當中，她卻一反平日裡言不出，外言不入的態度，向潘金蓮道出吳月娘的不滿：

> 大姐姐好不說你哩！說：「如今這一家子亂世為王，九尾狐狐狸精出世了，把昏君禍亂的貶子休妻，想著去了的來旺兒小廝，好好的從南邊來了，東一帳，西一帳，說他老婆養著主子，又說他怎的拿刀弄杖，成日作賊哩，養漢哩，生生兒禍弄的打發他出去了，把個媳婦又逼臨的吊死了。如今為一隻鞋子，又這等驚天動地反亂。你的鞋好好穿在腳上，怎麼教小廝拾了？想必吃醉了，在花園裡和漢子不知怎的錫成一塊，纏掉了鞋！如今沒的遮羞，拿小廝頂缸，打他這一頓，有不曾為甚麼大事。」（第二十九回）

這段話果然惱火了潘金蓮，而孟玉樓見情勢不對，欲平息她的怒氣，但也只能央求其保密，以免自己惹禍上身，但擅於看人心思的孟玉樓，怎可能不知道潘金蓮咽不下這口氣，看似無意的對話，也成功強化了潘金蓮與吳月娘間的矛盾與衝突。在第十八回中，西門慶因李瓶兒先嫁蔣竹山而拿眾婦人出氣，罵了句「淫婦們閑的聲喚，平白跳甚麼百索兒？」孟玉樓道：「罵我們也罷，如何連大姐姐也罵起淫婦來了？沒槽道的行貨子！」這句話暗諷吳月娘自詡為正經貨，但在西門慶眼中都是一樣，無疑加深吳月娘與西門慶間的芥蒂。由此可知，孟玉樓以自約的方式適應西門府中的權力鬥爭，但受到權力、欲望所驅使的身體，有時展現出的力量難免會衝出她可掌控的界線，若身體完全沒有受到適當的管制，勢必會產生衝突。

充當和事佬也是避禍求生的一種方式，可以讓對方產生該身體無具威脅性的看法。孟玉樓多次成功扮演和事佬的角色。在第七十五回中，當西門慶與孟玉樓枕上綢繆時，吳月娘的行為讓誤了王子期的潘金蓮非常不滿，衝突一觸即發，而孟玉樓深知事情的來龍去脈與自己脫離不了干係，便極力撮合兩人和好，[31]以免潘金蓮將矛頭指向自己，翻

---

31 在第七十六回中，孟玉樓對著月娘說：「娘，你是個當家人，惡水缸兒，不恁大量些……你手放高些，他敢過去了；你若與他一般見識起來，他敢過不去。」勸解月娘憑她的地位是不需要跟金蓮計

臉不認人，因此勸潘金蓮忍氣吞聲向吳月娘認錯，可見她做人處事的方針，處處嚴慎，如此溫和圓融的個性，讓她在妻妾鬥爭激烈的西門府中能全身而退。

3.對象為奴僕與其他

在第二十三回中，宋惠蓮觀看主子們擲骰兒，仗著與西門慶有肉體上的關係，竟不顧輩分地插嘴，揚聲說道：「娘！把長么搭在純六，卻不是天地分？還贏了五娘。」又道：「我看三娘這么三配純五，只是十四點兒，輸了。」有意展現聰明才智，而這種口氣不敬的態度，想必已將自己視為妻妾的姊妹。既不知情也不領情的孟玉樓，難得為人所惱，生氣罵道：「你這媳婦子，俺們在這裡擲骰兒，插嘴插舌，有你什麼說處？」指責宋惠蓮有什麼資格在這裡說嘴。這個情節展現主奴階級的對立，階層較低的身體是沒有在此與妻妾活動的權力，然細讀文本，並未發現孟玉樓有採取高姿態對待奴僕的表現，因此對她來說，各種身體應各在其位，各司其職，一旦受到挑釁或是對方不守分際，才會反擊以保護自己。

(二)潘金蓮的由嫉轉恨

1.對象為西門慶——力求靠山

潘金蓮正視自己身體的目的，不僅為了性愛的追逐，也為了爭取自己的生存權，因此在西門府那嚴苛的生存戰爭中，需要奪寵才能脫離從前被轉賣的命運。[32]文本中可看到她與西門慶對於性欲的要求幾近瘋狂，西門慶的寵愛不僅是爭取權力地位與物質享受的重要關鍵，也是強烈性欲的主要寄託，兩人的關係便是身體與權力交換的最佳例證。她不但利用風月手段的控制方式，「無非只要牢籠漢子他不往別人房裡去」(第三十三回)，也盡可能提供漢子一個「自在」的空間，明初人江盈科《雪濤小說》裡仍有舊說：「妻不如妾、妾不如妓、妓不如偷、偷著不如偷不著。」[33]表現出她的「善解人意」，更因此贏得漢子的喜愛，[34]而潘金蓮卻往往趁機要求掌握西門慶與她們相交的情況，以達監控目的，才能在不損己的情況下馬上提出應變方法。最經典的莫過於對李瓶兒的監控，連風月事都不放過；而後西門慶勾搭宋惠蓮，更偷聽到她中傷自己、處處與她做比較，[35]

較；另一邊也對金蓮好言相勸：「有勢休要使盡，有話休要說盡。凡事看上顧下，留下而防後纔好。」

[32] 潘金蓮在九歲父親死後，便被賣到王昭宣府上當樂妓；十五歲時，王昭宣死後又被轉賣給張大戶，卻在此時被收用，因姦情被發現，又被轉送給武大。

[33] 明江盈科撰：《雪濤小說》(臺北市：國家圖書館，清順治丁亥四年(1647)兩浙督學李際期刊本)，卷數與頁數不明。

[34] 甚至因此拿到好處，第十三回中，西門慶便歡喜的說：「我的乖乖的兒，正是如此！不枉的養兒不在局金溺銀，只要見景生情，我到明日梯己買一套妝花謝你。」

[35] 在第二十三回兩人行房之時，宋惠蓮道：「只顧端詳我的腳怎的？你看過哪一小腳的像我來，沒雙鞋面兒。那個買與我雙鞋面兒也怎的？看著人家做鞋，不能夠做！」而西門慶回答：「到明日替你

便啟動了復仇機制，但也可以明白潘金蓮這種看似吃醋的行為，實際上也是一種自衛的手段。

　　由於潘金蓮無財產、地位、子嗣，唯一能在妻妾鬥爭的漩渦中取勝的本錢，就是自己的肉體，也正好投西門慶所好，在潘金蓮得知李瓶兒房中安著一張螺鈿廠廳床之後，也叫西門慶花六十兩銀子替她安一張螺鈿有欄杆的床，[36]從笑笑生對於新床所進行的細緻敘述，可見其價值。尤其在敘述之後，緊接的是潘金蓮「赤露玉體」，躺臥在床上色誘西門慶，不禁讓人聯想，她利用身體換取這張高價值的新床，在玉體與新床紗被的相互掩映下，瀰漫著一股虛榮妓性的氛圍，更可見潘金蓮的得寵確實得力於自己的身體，雖然無法從根本上改變自己的地位，但起碼保有西門慶對她（身體）的迷戀，連西門慶自己都說：「怪油嘴，這一家雖是有他們，誰不知我在你身上偏多。」依照西門慶的喜好來翻譯這句話，也可以說是「在眾多女人中，我最愛的還是妳的『身體』。」而潘金蓮對西門慶的態度，是以奚落、數落的打情罵俏方式，讓西門慶又愛又恨，因此她比一般人更懂得這方面分寸的拿捏。

　　對於西門慶，越是積極努力希望得到他的垂愛，便須採取更加遷就容忍的低姿態，反向爭取自己的生存空間。但有時也是要風得風的數落西門慶，第十三回中，她撞見西門慶與宋惠蓮的私情，大罵他是「賊沒廉恥的貨」，高姿態的要求掌握兩人行動，想藉此在一定程度上監管兩人，若事情超出她所能掌控的，便把吳月娘搬出來規勸他，畢竟正室比其他姬妾多一點勸諫丈夫的權力。在第十八回中，潘金蓮無意招惹已得知李瓶兒嫁蔣竹山的西門慶，因此被踢了兩腳，而後在與西門慶同房時，又撒起嬌來，勾起他與吳月娘間的不快，而潘金蓮「見漢子偏聽於己，自以為得志」，她利用身體來交換西門慶所能賦予她在西門府中的寵愛與自由度，以及肉體的滿足與心理上的快意，但對西門慶的依賴性也相對變大，反而讓身體陷入無止境的循環制約中。[37]

買幾錢的各色鞋面。誰知你比你五娘腳兒還小！」可見宋惠蓮利用自己的「小腳」取得西門慶的注意，甚至告訴西門慶說曾經套著潘金蓮的鞋穿，表明自己勝過潘金蓮，顯示出「小腳」是她最引以為傲的肉體資本。此外，當她窺見潘金蓮與陳經濟暗中勾搭，結伴賞燈時便故意勾引陳經濟，又用計吸引眾人目光，再次道出曾套著潘金蓮鞋子之事，炫耀自己的小腳才是西門府的第一，讓潘金蓮難堪，也顯示出她是有意與潘金蓮作比較。然而她身曉自己的種種長處，卻無時無刻花心思賣弄，所引起的不僅是主子對她的注意，更引起其他不必要的衝突與紛爭。

36　出現於第二十九回中，且對於新床的描述不僅如此，還有「兩邊槅扇都是螺鈿攢造，樓臺殿閣，花草翎毛。三塊梳背，安在床內，都是松竹梅歲寒三友。裡面掛着紫紗帳幔，錦帶銀鉤，兩邊香球吊掛。」

37　兩人初識時，西門慶幾天不見人影，潘金蓮便六神無主，待西門慶一到，又阿諛奉迎，流露出心中的擔憂與恐懼；嫁入西門府後，若西門慶幾天不進房，也是表現出她的嫉妒、緊張與焦慮。如第二

2.對象為妻妾——具攻擊性的身體

　　對於人際關係中的攻擊行為,可解釋為在某種情境和條件下,一定刺激所引發的攻擊行為,所強調的是個人的社會文化環境。或是個人經驗學習所得或心理所促成[38]。在一夫多妻的制度下,因無法均分丈夫的關愛,勢必會有衝突發生。潘金蓮是兼具悍妒特質的著名人物,「妒」多用於女性,指涉於兩性之際對於其他婦女的排擠偏狹心態,具有強烈的排他性。潘金蓮深知自己置身於男歡女妒的情色角鬥場中,必須懂得察顏觀「色」,故一入門便將每個人的地位、性情甚至面貌身材「一抹兒都看在心裡」(第九回),暗忖自己的排行,以勝利之姿加入爭寵鬥勝的戰局。即使潘金蓮對於自己的天生優勢充滿自信,但只要有人有更勝於她時,便嫉妒萬分,展現排擠其他女性與獨占丈夫的行為,並不計手段的贏得勝利。因此在論述她與妻妾間的關係時,「嫉妒」是她的最佳形容詞,是非皆由嫉妒而起,且會將嫉妒情緒毫不保留的表現出來。如第三十回李瓶兒臨盆之際,笑笑生刻畫出潘金蓮的妒心,[39]做為日後置官哥於死地的鋪陳。潘金蓮即使將嫉妒的不滿壓抑下來,也會轉移至別處發洩,甚至產生攻擊行為,秋菊無疑是她最佳的出氣筒。[40]

　　潘金蓮在妻妾中的身體表現:

在潘金蓮利用身體魅惑西門慶以求取生存權的同時,她的身體卻在另一處傷害他人,最為人所詬病的就是設計官哥致死,又在李瓶兒失去優勢後,加以嘲諷挖苦,每日抖擻精

　　十回,西門慶與李瓶兒新婚,一連在她房中歇了數夜,只有潘金蓮惱的不得了。

[38]　另一基本的解釋論點便是由於人的本能或驅力。《社會心理學》,同註4,頁80。

[39]　如第三十回描述:「那潘金蓮見李瓶兒待養孩子,心中為免有幾分氣。在房裡看了一回,把孟玉樓拉出來,……說道:『耶喋喋!緊著熱喇喇地擠了一屋子裡人,也不是養孩子,都看著下象胎哩!』……正說著,只見小玉抱著草紙、綳褲併小褥子兒來。孟玉樓道:『此事大姊姊預備下,他早晚臨月用的物件兒,今日且借來應急兒。』金蓮道:『一個是大老婆,一個是小老婆,明日兩個對養,十分養不出來,零碎出來也罷。俺們是買了個母雞不下蛋,莫不殺了我不成?』又道:『仰著合著,沒的狗咬尿包虛喜歡。』」

[40]　秋菊雖與春梅同為潘金蓮房裡的奴婢,但待遇卻有天壤之別,秋菊出現的場景,少不了有挨耳光與殺豬式的哭叫聲。「秋菊在小說中共出現二十多次,幾乎每次都在經受血肉交逆的折磨,而折磨她的,主要來自於主子潘金蓮與同儕春梅。潘金蓮對她的打罵,主要是發洩自己的情緒;春梅欺負她,則是藉此抬高自己的地位與身價。可憐的秋菊成了別人私欲下的犧牲品,終日在蹂躪中做活計。」《《金瓶梅》人物論》(臺北市:玄奘大學中國語文學系研究所碩士論文,2005年),頁69。

神,百般稱快,以指桑罵槐的方式,譏笑李瓶兒,[41]表現極為尖酸刻薄,也讓人懷疑潘金蓮是否以虐待他人為興趣。當「被嫉妒者」所處的優勢消失,「嫉妒者」仍不斷對「被嫉妒者」大加打擊,是基於一種虐待的人格特質,[42]這種對於李瓶兒精神上的虐待,所造成的痛苦不少於肉體虐待,而潘金蓮以如此不知節制的報復行為霸占西門慶,只為了保護自己,尋求安全感。

　　潘金蓮所想要的是藉由身體的占有與被占有,提高自己的位階性,所帶來的邊際效益便是情欲滿足與獲得權力、自由度,甚至是對他人身體的控制權,但當她面對吳月娘,卻礙於尊卑地位無法與她正面抗衡,為穩固自己的地位,還是只得先爭取其信任,[43]而善於觀察利害關係的潘金蓮,多次利用挑撥離間的手段,讓李瓶兒、吳月娘與西門慶三者關係更趨複雜,以坐收漁翁之利。在西門慶與李瓶兒偷情被潘金蓮窺知時,她趁機提出遊戲規則讓西門慶口頭應了,爾後他果真要娶李瓶兒,潘金蓮雖爽快的答應,卻話鋒一轉:「倒只怕人心不似奴心,你還問聲大姐姐去。」(第十六回)吳月娘不出所料地提出理由刁難,相形之下,讓西門慶較喜歡「通情達理」的潘金蓮,更把未能及時娶到李瓶兒的責任推到吳月娘身上,甚至罵其是「不賢良的淫婦」,讓兩人的關係降至冰點,[44]潘金蓮則在旁稱快。以「失金」事件為例,原本要挑撥西門慶與吳、李三人關係,[45]卻反遭一頓罵:

> 誰教你惹他來?我倒替你捏兩把汗。若不是我在跟前勸著,綁著鬼,是也有幾下子打在身上……不見了金子,隨他不見去,尋不尋不在你。又不在你屋裡不見了,平白扯著脖子和他強怎麼!你也丟了這口氣罷了!(第四十三回)

41　第六十回中潘金蓮便指著丫頭罵到:「賊淫婦!我只說你日頭常響午,卻怎麼今日也有錯了的時節?你斑鳩跌了蛋──也嘴答谷了。春凳折了靠背兒──沒的椅了。王婆子賣了磨──推不的了。老鴇子死了粉頭──沒指望了。卻怎的也和我一般!」

42　《從婚姻、嫉妒、性欲看《金瓶梅》中的女性論》(高雄市:中山大學中國語文學系研究所碩士論文,1996年),頁64。

43　第九回:「過三日之後,每日清晨起來,就來房裡與月娘做針指、做鞋腳。凡事不拿強拿,不動強動。跟著丫頭趕著月娘一口一聲只叫大娘。快把小意兒貼戀幾次,把月娘喜歡的沒入腳處,稱呼他作六姐,衣服首飾揀心愛的與他,吃飯吃茶和他同桌兒一處吃。」潘金蓮先討好婦女中地位最高的吳月娘,是抬升自己地位的最快方法。

44　吳月娘最忌諱的便是被罵「淫婦」二字,她以遵從婦德為無上的榮耀,因此西門慶罵她是不賢良的淫婦,是會嚴重傷害到她的自尊心。

45　西門慶先將金子拿給官哥把玩,卻無意丟失一錠金子,潘金蓮聞訊後馬上到吳月娘那搬弄是非,對西門慶加以調侃,說他沒有把金子交給掌管錢財的吳月娘,反而拿到李瓶兒裡,根本無視吳月娘身為主家夫人的地位,而吳月娘心理多少也有些不平衡,卻礙於西門慶在跟前不好發作,待西門慶離開後便將怒意轉向潘金蓮來發洩。

也只有正室有權力教訓小妾，罵得潘金蓮啞口無言。在第四十一回中，潘金蓮在西門慶與吳月娘之間插話，被西門慶訓斥一頓：「賊淫婦，還不過去！人這裡說話也插嘴插舌的，有你甚麼說處！」從潘金蓮紅著臉，抽身出門的舉動，便可知道，妻妾地位界線分明，就連西門慶在此時也是偏向吳月娘。[46]前代小說中的「妒婦」不乏其人，但主要都是妻對妾的嫉妒與摧殘，但在《金瓶梅》中，潘金蓮不甘屈於卑賤的地位，利用身體竭力爭取平等地位與權力，公然挑戰倫理與妻妾制度的條規和正室相抗衡，但在肉體是平等的情況下，我們更能看到潘金蓮試圖衝破身體階級性的「努力」。

3.對象為奴僕——盛氣凌人

身為正室的吳月娘擺出高姿態對待下人，於理還說的去，因為她是除了西門慶之外，集威權於一身的人物，但身為小妾的潘金蓮對待奴僕頤指氣使更勝於正室，氣勢上就有點超過了。拿秋菊來說，不時要吃潘金蓮的棍子，精神肉體上都受了傷害，甚至被作為對李瓶兒指桑罵槐的替身，也難怪秋菊不時想找出潘金蓮的把柄。但對於龐春梅，一方面是由於西門慶計畫性的要收用她，潘金蓮便順水推舟的取得西門慶信任，也藉此討好龐春梅，相較於對秋菊的凌虐手段，潘、龐兩人的位階雖是主僕關係，但感情情同姐妹，無形中也賦予龐春梅不同於一般奴婢的權力，第七十五回中，龐春梅擅自把歌女申二姐趕走，大罵：「臉上與這賊瞎淫婦兩個耳刮子纏好！他還不知道我是誰哩！」而郁大姐道：「他原不知道咱家深淺。他還不知把你當誰人看成。」大家都知道龐春梅是小妾的女婢，但當中「不知」的雙關意涵，指的是龐春梅背後的靠山，讓她有狂傲的本錢，這些都是潘金蓮所默許的。[47]自認身體位階性比上不足，比下有餘的潘金蓮，以主人的個人意志，無限制、為所欲為的支配關係來對待下人，表現出對於他人身體的控制欲，而秋菊與春梅的遭遇只是一體之二面，她對秋菊是懲罰管教的方式，待春梅是以溫和柔順的手段，[48]作者借玳安之口敘述下人心中的潘金蓮：

> 你老人家是知道，她想的起那咱們來哩！她一個親娘也不認得，來一遭，要便搶的哭了家去。如今六娘死了，這前邊又是她的世界。（第六十四回）

46　這個橋段在第二十三回，孟玉樓罵宋惠蓮的情況是相同的，在小妾與奴僕間，可見兩者地位的懸殊，在小妾與正妻之間，同樣可見妻妾之間的地位之別，因此就算深受主子寵愛，卻也無法脫離人人心中那套傳統體制的束縛。

47　第七十五回中，當吳月娘知道申二姐被趕走的始末，便有幾分惱，並抱怨潘金蓮，更跟西門慶告狀，誰知潘金蓮與西門慶都護著龐春梅，讓吳月娘更不是滋味。

48　一方面也是因為秋菊與春梅兩人個性上的差異，作者在第十回就以一段話作對比：「原來春梅比秋菊不同，性聰慧，喜謔浪，善應對，生的有幾分顏色。西門慶甚是寵他。秋菊為人濁蠢，不任事體，婦人打的是他。」讓兩人的遭遇表現兩極化。

可見主子們爭權奪力的事情，也成為奴僕茶餘飯後的話題，大家心中的潘金蓮就是個利用身體美貌換取撒野權力的女人，難怪下人對她有如此評價。

(三)李瓶兒的得寵與軟弱

1.對象為西門慶——色誘財誘的身體

性是最強烈的本能，潘金蓮對性的渴望表現在霸攬漢子的行為上，李瓶兒則表現在改嫁的過程中[49]，若她是有情有義於西門慶的女人，也只是基於她感激西門慶曾經給她一番風狂驟雨的享受而已，[50]因此她不僅將錢財雙手奉上西門慶，連個人最後僅有的私有財產——身體與心，也毫無保留的奉獻給他，就算會傷害到自己的身體，都還是允諾西門慶的任何要求[51]，且婚後的她盡身為妻子該有的責任，只可惜西門府中的緊張關係讓她斷送性命，臨終前對西門慶更是牽掛不已，規勸其：

> 你家事大，孤身無靠，又沒幫手，凡事斟酌，休要一衝性兒。大娘等，你也少要虧了他。……你又居著個官，今後也少要往那裡去吃酒，早些兒來家，你家事要緊。比不的有奴在，還早晚勸你。奴若死了，誰肯苦口說你？（第六十二回）

可看出她對西門慶的真情真義，不似潘金蓮投其所好的為了權欲。無論是西門慶或是曾占有李瓶兒身體的人，從他們的占有欲、征服欲與主宰欲的實現，可見李瓶兒的身體已不自覺地完全物化。首先，無論是梁中書或花太監，都視其為私產、玩物，未正視她的真實情感與需求；而西門慶是人財兩得，婚後的聚餐上，李瓶兒花枝招展，裙帶飄飄，身體就像是藝術品般的供人欣賞，而賓客也給足了西門慶的面子，稱讚不已。此外，她更為西門慶帶來一筆財富，有聚財功用，更留有子嗣，實現女子傳宗接代的功能，在男權社會下，也可謂道盡了女性身體的工具性。

附帶一提，李瓶兒在進入西門府、成為母親之後，她對性的渴望不復從前，甚至因母性而引發了對性的拒性，一方面是因為她的身子早已不堪使用，從〈附錄三〉來看，李瓶兒對男女情愛之事似乎已無所求，在進入西門府後，性交的筆墨減少，甚至在生子後，將西門慶讓到別人的房裡。可見李瓶兒在產前與產後的性格變化的根源，在於她成為人母後，只渴望孩子平安，因此官哥的死對她來說確實是一大打擊，因為上天剝奪了她的人生目標，故在李瓶兒人生的後半場，西門慶扮演的只是心靈上的慰藉罷了。

---

[49] 她先是給梁中書作妾，卻因為「夫人性甚嫉妒」，因此「只在外邊書房內住」；後來嫁給花子虛，卻又是被花太監霸占；再嫁給蔣竹山，卻沒料到他是個「中看不中吃蠟槍頭、死王八」，因此遲遲在性事上得不到滿足，直到遇見了賜予她「狂風驟雨」的西門慶。

[50] 〈《金瓶梅》婦女的財色世界〉，同註12，頁30。

[51] 如第二十七回有了身孕，與第五十回經期未淨卻還是願意當西門慶的洩欲工具。

2.對象為妻妾——招嫉的身體

李瓶兒進入西門府後的生活，大致上可分為：入門、生子、死亡。從她過去的婚姻中，可看見她自私與潑辣的一面，不擇手段放縱自己的身體欲望與追逐夢想中的婚姻生活，入西門府後卻一反常態，成為溫柔體貼又無私的絕佳形象。[52]不論因素為何，她將身體展現作為獲得眾人認同的計畫，在第二十一回中，她打扮如神女般的美麗，豪華的穿戴讓全身閃耀著內宦之家出身的氣派，卻讓吳月娘心理不平衡，[53]加上潘金蓮的挑撥，讓吳月娘醋意大起，妒火中燒。[54]在她身體力行，努力求得認同時，對於自身所處的環境抱著過多的信任，但她的努力不僅凸顯了自己的優勢，無形中也激起妻妾們對自身的危機意識，而產生對李瓶兒的敵意。另一方面，她始終看不透潘金蓮的「設計」與其它妻妾的心思，一味沉浸於表面上的家庭和樂中，處於被動的低姿態，直到官哥出生，才意識到和樂底下暗藏的波濤。

入門後，李瓶兒與西門慶行房的描寫明顯銳減，而官哥的出生讓她母憑子貴，引起大家不滿，吳月娘的立場更是矛盾，而潘金蓮正好藉此加以發揮，[55]讓吳月娘心生芥蒂，更挑撥兩人關係，[56]還好仰仗西門大姐化解誤會。李瓶兒先前在梁中書家作妾，因正室的嫉妒而受欺負，讓她以順從、忍讓的態度面對妻妾之間的矛盾與衝突，表現出她在家

---

[52] 張贇贇認為其性格大變的原因，其一為進入西門府後真正感受到家的溫暖，因此壓抑性情，維護家庭夢；其二是效仿吳月娘，有取代正室的野心〈試分析《金瓶梅》中的女性形象——以月、瓶、梅、蕙為例〉，同註12，頁95。而本書認為比起過去對花子虛與蔣竹山的態度，她轉變的最大原因是在性需求上遇見對的人，加上生子所引發的母愛，以及多金等優異的條件使她招人嫉妒，為保身與孩子而轉變性情，因此一反常態是因為對象與情況的不同，類似從前在梁中書家作妾，以壓抑順從的態度面對妻妾間的矛盾與衝突。

[53] 從吳大舅勸吳月娘與西門慶和好時，吳月娘說了一段內心話：「他有了他富貴的姊姊，把我這窮官兒家丫頭，只當忘故了的算帳。你也不要管他，左右是我，隨他把我怎麼的罷！」可作為吳月娘嫉妒李瓶兒的因素之一，便是李瓶兒的富有。

[54] 在同一回中，潘金蓮聽見歌女唱「永團圓，世世夫妻」，便「提醒」吳月娘：「小老婆今日不該唱這一套，她做了一對魚水團圓、世世夫妻，把姐姐放到那裡？」讓她心生芥蒂。

[55] 未有官哥之前，吳、李兩人並無太多交情，但依據禮法，官哥得認吳月娘為嫡母，此時兩人的感情才較為熱絡，但第五十三回中，吳月娘無意偷聽到潘金蓮對孟玉樓說：「姐姐好沒正經！自家又沒得養，別人養的兒子，又去漚遭魂的掐相知、呵卵脬。我想窮有窮氣，賤有賤氣，奉承他作甚的？他自長成了，只認自家的娘，那個認你！」讓吳月娘怒在心上，回房立刻拿出薛姑子給她的生子靈丹，暗忖著生子計畫。

[56] 潘金蓮：「李瓶兒背地裡好不說姐姐哩，說姐姐會那等虔婆勢，喬作衙，別人生日，喬作家，管你漢子吃罪了，進我屋裡來，我又不曾在前邊，平白對著人羞我，望著我丟臉兒，教我惱了，走到前邊，把他參趕到後邊來，落後他怎的也不在後邊，還往我房裡來了，他兩個黑夜說了一夜梯己話兒，只有心腸五臟，沒曾倒與我罷了。」（第五十一回）

庭內的壓抑與消極的態度,對於潘金蓮接二連三的挑釁,毫無招架之力,只能忍氣吞聲。如第四十一回潘金蓮對著秋菊指桑罵槐,而「李瓶兒這邊分明聽見指罵的是他,把兩隻手氣的冰冷,忍氣吞聲,敢怒而不敢言。」而她的隱忍和委屈求全卻犧牲了自己的孩子,對官哥之死只能默默承受,更需忍受潘金蓮每日抖擻精神的百般稱快,甚至一次又一次將漢子讓給她,第四十四回:

> 他也不論,遇着一遭也不可止,兩遭也不可止,常進屋裡看他。為這孩子來看他不打緊,教人把肚子也氣破了。相他爹和這孩子,背地咒的白湛湛的;我是不消說的,只與人家墊舌根!誰和他有甚麼大閒事,寧可他不來我這裡還好。第二日教人眉兒眼兒的,只說俺們什麼把攔着漢子。為甚麼剛纏到這屋裡,我就攛掇他出去?

李瓶兒為了息事寧人,寧可讓出漢子,這也是一種在一夫多妻家庭內共同生活的生存方式,第六十一回再次寫到他硬把西門慶推給潘金蓮後,「止不住撲簌簌從香腮邊滾下淚來,長吁了一口氣」,感嘆自己當初為了滿足身體欲望,一心貪圖「醫奴的藥」,如今要受多少委屈,身體也早已不堪負荷,無力改善現狀,就只能獨自等待身體的消亡。

　　作者將李瓶兒之死寫得悽楚至極,一方面是招嫉所致,一方面也因自己是帶罪之身,不像潘金蓮毒害自己的丈夫,還能不受良心譴責,喪子之痛與花子虛的陰影揮之不去,讓她身心重創,加上受到潘金蓮不斷的刺激,鬱悶成疾,但始終不曾作過反擊,甚至在如意兒抱怨潘金蓮時,更要她別計較[57],可見李瓶兒已放棄了這個活生生的軀殼,心中想的只是如何消解罪惡,讓靈魂有所依歸。而作者所創造出那血淋淋的死亡畫面,讓讀者有感於人欲之惡,[58]她那招嫉與罪惡結合的身體,除了讓讀者大罵其「淫婦」外,留下更多的是同情之心。尤其在她嚥氣後,妻妾對西門慶所表現的真情流露,[59]皆心生不

---

[57] 第六十二回中,王姑子等人在李瓶兒那批評潘金蓮,李瓶兒:「我已是死去的人了,隨他罷了!天不言而自高,地不言而自卑。」

[58] 一般研究者將李瓶兒的死歸結於縱欲,王婷瑋認為:「李瓶兒不顧身體出血的舊疾而與西門慶張燈觀手卷,曲盡乎飛之樂,暫且不論對西門慶的感情多深,至少《金瓶梅》作者以手卷、血崩等暗示性的象徵物為李瓶兒為何身陷血汙的下場做了鋪陳——簡單來說就是性的過度導致死亡的來臨。」《性與死:《金瓶梅》的主題探討》(臺中縣:靜宜大學中國語文學系研究所碩士論文,1997年),頁64。

[59] 在李瓶兒嚥氣前,西門慶甚至不斷尋求偏方,期望救回李瓶兒,在吳月娘提議買副棺材做準備後,西門慶卻說要再去請道士來家中,再去看棺材,表明不想放棄一絲希望,讓吳月娘氣罵道:「你看沒分曉,一個人的形也脫了,關口都鎖住,勺水也不進來,還妄想指望好!咱一壁打鼓,一壁磨旗。幸的他若好了,把棺材就捨與人,也不值甚麼!」(第六十二回)可見吳月娘的鐵石心腸。

滿，[60]尤其吳月娘冷淡不悅地回道：

> 哭兩聲兒，丟開手罷了！一個死人身上，也沒個忌諱，就臉搵著臉兒哭，倘或口
> 裡惡氣撲著你是的！他沒過好日子，誰過好日子來？各人壽數到了，誰留的住她！
> 那不打這條路兒來？（第六十二回）

潘金蓮更順勢說：「他沒過好日子，那個偏受用著甚麼哩！都是一個跳板兒上人。」（第
六十二回）講出妻妾們心中所想，西門慶對李瓶兒的專寵，長期冷落其他人，卻又說了漫
天大謊，大家固然很不是滋味，因此張竹坡評李瓶兒之死：「西門慶是痛，月娘是假，
玉樓是淡，金蓮是快。故西門之言，月娘便惱；西門之哭，玉樓不見；金蓮之言，西門
發怒也。[61]」表面上大家皆哀聲痛哭，但作者刻畫她們微妙的情緒與對話，展現她們內
心的想法。然而李瓶兒去世後，西門府中的權力結構再度起了變化：潘金蓮重拾專寵；
吳月娘維持主夫人的地位；孟玉樓繼續安穩的生活，但實際上李瓶兒的白皙肌膚在無形
中依舊影響眾人，其中如意兒的得寵便是一例，由於西門慶偏愛李瓶兒的白皙肌膚，在
李瓶兒病故後，西門慶勾搭上如意兒，直接道出：「你達達不愛你別的，只愛你這好白
淨皮肉，與你娘的一般樣兒，我摟著你，就如同摟著他一般。」如意兒與李瓶兒兩人神
似的身體特徵，讓李瓶兒身體所帶給潘金蓮的陰影又重新再起。

3.對象為奴僕

隨著地位的攀升，李瓶兒並無恃寵而驕，對人皆是溫和不計較，使錢也極為大方，
在她嚥氣後，從前所有的隱忍行為，僅換得少許人對她的緬懷與尊敬，作者借玳安之口
敘述下人心中的眾妻妾：

> 俺這過世的六娘，性格這一家子都不如他，又有謙讓，又和氣，見了人只是一面
> 而笑。……使俺買東西，只拈塊兒。……這一家子，哪個不借他銀使？只有借出
> 來，沒有個還進去的。還也罷，不還也罷。俺大娘和俺三娘使錢也好，只是五娘
> 和二娘慳各些。……雖故俺那娘好，毛私火性兒。一回家好，娘兒們親親噠噠說
> 話兒。你只休惱狠著她，不論誰，他也罵你幾句兒。總不如六娘，萬人無怨。又
> 常在爹跟前替俺們說方便而。隨問天來大事，受不的人殃。……只是五娘快戳無

60　在第六十二的後半回，吳月娘、李嬌兒、孟玉樓、潘金蓮看西門慶只顧哭，把喉音也叫啞了，態度
　也不好，又哭訴：「我的沒救的姐姐，有仁義好性兒的姐姐！你怎麼閃了我去了？寧可叫我門慶死
　了罷。我也不久活於世了，平白活著作甚麼！」、「天殺了我西門慶了！姐姐，你在我家三年光景，
　一日好日子沒過，都是我坑陷了你了。」引起眾人不滿。
61　《金瓶梅資料彙編》，同註15，頁177。

路兒，行動就說『你看我對你爹說』，把這『打』只題在口裡。」（六十四回）

李瓶兒對奴僕採取溫和的處事原則，西門府上上下下都喜愛她。拿她與眾妻妾作個性上的對照，就使錢的態度來說，以李瓶兒最為大方，就連潘姥姥也對迎春說：

> 你娘好人，有仁義的姐姐，熱心腸兒。我但來這裡，沒曾把我老娘當當外人看承。到就是熱茶熱水與我吃，還只恨我不吃。夜間和我坐著說話兒。我臨家去，好歹包些什麼兒於我拿了去，再沒曾空了我。不瞞姐姐妳們說，我身上穿的這披襖兒，還是你娘與我的！（第七十八回）

潘姥姥對於女兒的嫉妒小氣感到滿腹委屈，才與迎春道出這一段心事。若論及性格，吳月娘平日雖好，但陰晴不定，比不過李瓶兒。在李瓶兒斷氣的前一刻，作者利用不少篇幅敘述出她與家人生離死別的場面，不僅叮嚀吳月娘，更為自己身旁的奶媽、丫鬟一一安排妥貼，更為久未探訪的吳銀兒留下離別禮，足見她心思細膩。但如同在團體生活中，若有一人越發突出，不論其謙虛與否，皆會招嫉，而她的寬容忍耐讓潘金蓮更加得寸進尺，真心相待反而使她在權力惡鬥中喪命。

(四)李嬌兒的「愛財」與孫雪娥的「抗爭」

相較於潘金蓮易與眾人起正面衝突，孫雪娥與李嬌兒他人的關係似乎緩和許多，在詭譎的爭寵局勢中，孫、李二人的身體展演在文本中的重要性較不明顯，兩人皆無特別的優勢，僅能依靠拉攏正室以鞏固地位。李嬌兒雖是風月中人，但因風月功夫不如以往而受冷落，而她與西門慶之間的關係，常言道：「婊子無情，戲子無義」，對於人與人之間似乎也都是不真實的情感，只有錢財才是一切。第二十一回孟玉樓向李嬌兒索取平攤酒席的錢，她也是一再推託，直到孟玉樓使了性子，李嬌兒才緊張的拿了四錢八分出來，可見其視錢如命。當西門慶要梳攏她的親姪女李桂姐時，比起其他人的忿忿不平，她竟是「連忙拿了一錠大元寶與玳安，拿到院中，打頭面，做衣服，定桌席，吹彈歌舞，花攢錦簇，做三日，飲喜酒。」可見她們只認錢財，不認倫理。

尤其當李桂姐費盡心機牢籠西門慶的心，又討吳月娘的歡心，讓李嬌兒更是歡喜，因為這樣可以增加她的勢力，卻依舊無法奪回漢子歡心。在西門慶過世後，她偷了錢財一心要離開西門府，但與孟玉樓不同的是，她以吵鬧的方式讓吳月娘不得已的遷就她離開，藉由身體動作的展示迫使對方達成自己的目的。[62] 臨走前與虔婆仍不忘發揮愛財的

---

[62] 第八十回寫道：「這花娘惱羞變成怒，正尋不着這個由頭兒哩！一日，因月娘在上房和大妗子吃茶，請孟玉樓不請他，就惱了，與月娘兩個大嚷大鬧，拍着西門慶靈床子哭哭啼啼，叫叫嚷嚷，到半夜三更，在房中要行上吊。丫鬟來報與月娘。月娘慌了，與大妗子計議，請將李家虔婆來，要打發他歸院。」

本性，想要多撈點油水，因此她要了「遮羞費」、元宵與綉春兩丫頭，吳月娘直言：「你倒好，買良為娼。」相講了半日，只給她點衣服首飾，東西到手後，「變作笑吟吟臉兒」的拜辭西門府。[63]因此李嬌兒的身體無疑是為錢財所驅使，即便她討好主子，依附於正室之下，也都是為了錢財。

　　與李嬌兒不同的是，孫雪娥的目標不是錢財，而是試圖保護與發展自己的地位。她的地位連春梅都不如，當她與龐春梅起了衝突，罵其是仗勢欺人的「奴才」，卻被西門慶踢罵道：「你罵他奴才，你如何不溺泡尿，把你自家照照？」（第十一回）可見在西門慶心中，她的確是個奴才，雖名為四房，但因出身低賤，見識短淺，處世不夠圓融，處處低人一等。在姬妾中她是唯一必須在正規場合跪對吳月娘的人。[64]第七十五回妻妾們拜見西門慶時，也只有她需要給西門慶磕頭，保持主僕的禮節，證明她實際上還處於奴婢的地位，因此西門府中無人敬稱她為「四娘」，顯示她的地位是形同虛設，雖在廚房占有一席地位，卻也只能算是個「廚房領班」。

　　階級地位不但銘刻於人人的身體上，更烙印在大家心中，第二十一回中，孟玉樓提議妻妾們分攤酒席慶祝吳月娘與西門慶和好，她推說自己是「沒時運的人」；第二十三回中，吳月娘提議讓姐妹們輪流擺宴，問到孫雪娥時，更是「半日不言語」，等到要請她來參加時，又說：「你每有錢的，都吃十輪酒，沒的拿俺每去赤腳絆驢蹄」，讓吳月娘大罵：「他是恁不是才料處窩行貨子，都不消理他了，又請他怎的！」由此可看出她的自卑，自棄於妻妾行列之外。對孫雪娥來說，她對西門慶不進房中已習以為常，因此在某次西門慶與她歇了一夜後，便對洪四兒自稱四娘而引來眾人的譏諷[65]；尤其在宋惠蓮被西門慶收用後，驕縱的態度雖令孫雪娥不滿，卻不敢以妾之姿態面對身為僕婦的宋

63　作者在第八十回中也直言：「院中唱的，以賣俏為活計，將脂粉作生涯。早晨張風流，晚夕李浪子。前門進老子，後門接兒子。棄舊迎新，見錢眼開，自然之理！未到家中，搗打揪摶，燃香燒剪，走死哭嫁；娶到家，改志從良，饒君千般貼戀，萬種牢籠，還鎖不住他心猿意馬。不是活時偷食抹嘴，就是死後嚷鬧離門。不拘幾時，還吃舊鍋粥去了！」

64　第二十一回中，眾妾向吳月娘敬酒的情形：「良久，遞畢，月娘轉下來，令玉蕭執壺，亦斟酒與眾姐妹回酒。惟孫雪娥跪著接酒，其餘都平敘姐妹之情。」可見孫雪娥地位之下。

65　在第五十八回中，潘金蓮道：「沒廉恥小婦人，別人稱道你便好，誰家自己稱是四娘來？這一家大小，誰興你？誰數你？誰叫你是四娘？漢子在屋裡睡了一夜兒，得了些顏色兒，就開起染坊來了！若不是大娘房裡有他大妗子，他二娘房裡有桂姐，你房裡有揚姑奶奶，李大姐便有銀姐在這裡，我那屋裡有他潘姥姥，且輪不到往你那屋裡去哩。」而孟玉樓也幫腔：「你還沒曾見哩，今日早晨起來，打發他爹往前邊去了，在院子裡呼張喚李的，便那等花哨起來！」可見兩人將孫雪娥的舉動當作茶餘飯後的笑話來諷刺。

惠蓮，只敢私下與姘夫來旺抱怨，希望對方以宋惠蓮丈夫的身分壓制宋惠蓮，[66]以上兩件事反映出奴才期盼得寵又怕主子的矛盾心理。

由於西門慶另有所寵和整個家庭中幫派力量有所限制，孫雪娥始終未能改變自己的地位。[67]更因內心深存著自卑，以及對自己的遭遇感到不甘心，因此只能以發牢騷，甚至是伺機而動的方式進行報復，而她抗爭的方式是借助主子的勢力，在第十二回中，她與李嬌兒告發潘金蓮私通琴童，雖讓潘金蓮逃過一劫，但至少讓她吃了一頓馬鞭子。但在復仇的過程中，孫雪娥顯然做事不經大腦，她一心只想著要報復潘、宋二人，卻忘了自己與來旺也有姦情，導致在揭發這些事後反遭其殃，遭西門慶毒打，更「拘了他頭面衣服，只教他伴著家人媳婦上灶，不許他見人。」使自己的地位每況愈下。她唯一成功的，便是教唆吳月娘把陳經濟毒打一頓，趕出家門，再將潘金蓮變賣嫁人，「如同狗屎臭尿，掠將出去」，間接造成潘金蓮的慘死。然而，她並未放棄自己的生活理想，正值芳齡的她，主動與來旺私訂終身，試圖衝出身體所被賦予的奴性，追求自由，但她始終是個「沒時運的人兒」，在一連串事件發生後，不甘身體遭受凌辱，選擇讓身體以最激烈的方式解脫，孫雪娥的身體雖表現的是奴性，但銘刻在身體上的更多是抗爭所留下的印記。

孫、李雖不受寵，但兩人的重要性仍不容小覷。在妻妾權力的爭奪戰中，她們的角色功能定位在與潘金蓮為敵。潘金蓮入門後極力討好吳月娘引起李嬌兒的反感，在第十二回中西門慶留戀李家妓院，潘金蓮不滿的道：「十個九個院中淫婦，和你有甚情實？」讓李嬌兒懷恨在心，「從此二人結仇」。而無知的孫雪娥向來看不慣潘金蓮與春梅的盛氣凌人，多次產生爭執，見西門慶又偏袒她們，固然對她們也是咬牙切齒，一個只為錢財，一個在妾奴之間搖擺不定的兩人，在利益絲毫不衝突的情況下便成為聯盟陣線。

西門府中的權力角逐不僅是妻妾專屬的遊戲，幾乎不分性別、地位，人人都身在這個多變化的戰局當中。在這種詭譎的環境下求生存，越是地位低下的女性，便越需要找尋自己的聯盟對象，甚至得尋求主子的保護。因此在《金瓶梅》中，可以看到女性們各自畫分為不同的陣線，如龐春梅敢愛敢恨，深得潘金蓮的信任與寵愛，加上喜謔浪的她總能抓住西門慶的心，獲得優於其他女婢的特殊地位，而吳月娘則是深知龐春梅在家中無形的地位，隱忍不言，直到衝突爆發時，才戳破龐春梅受寵的不合法性。

66　第二十五回中，孫雪娥語帶揶揄地對姘夫來旺說：「你的媳婦子，如今還是那時的媳婦兒哩？好不大了！她每日只跟著她娘每夥兒下棋，搗子兒，抹牌頑耍。他肯在竈上做活哩！」又背地透漏宋惠蓮與西門慶勾搭之事。

67　《金瓶梅人物新論》，同註21，頁64。

　　宋惠蓮曾試圖要討好潘金蓮，為的就是想保有與西門慶不倫的關係，但實際上她也只是想藉由表面上的服從，等待真正獲得權力以反抗的時機，卻在過程中陷入生死的困境中。妓女李桂姐與吳銀兒也各自選擇自己能依靠的對象，[68]李桂姐是李嬌兒的姪女，又認吳月娘為乾娘，關係自然更上一層；吳銀兒在李瓶兒生子後也順勢的拜她為乾娘，喜上加喜的背後有許多權力關係的因素存在。看兩人順理成章在西門府的家庭聚會中，對奴僕頤指氣使：第三十二回李桂姐抖擻精神地命令玉簫與小玉，讓吳銀兒等人都不敢言語，原本同等地位的兩人，因李桂姐地位爬升為主子，具有指使吳銀兒表演的權力；第四十一回時，吳銀兒也拜了李瓶兒為乾娘，原本兩人對抗的局面擴展為四人，而吳月娘與李瓶兒在此處也淪為她兩人爭權奪利的工具。

三、小結

　　《金瓶梅》中的女性各有其形象的複雜性，讓人感到真實可信且耐人思索，透過人物的表現，審視之間的親疏厚薄與深淺恩怨，看似瑣碎的事件，卻有傳神點睛之效。身為一家之主的西門慶有權對府內所有女性做任何處置，女性身體無法逃離環境的支配，只能隨之身陷於權財色的交織網中不可自拔，權力被想像為一種來自外部的壓迫，讓被壓迫者屈從降級為較低等的人，而女性們將權力所產生的壓迫作用轉移至自己的身體上，壓迫自己存在所需依靠的身體，對她們而言，權力可提供許多物質條件與欲望滿足的軌道，也是人類存在所依賴的力量，但過程中所產生的利害關係才是最需要注意的。在此先歸納出幾個重點作為本節小結：

(一) 權力中心

　　權力是一種互動關係，不能僅看作是所有物，而身體與權力的關聯性，在於我們必須將身體置於權力關係的網絡中，提升其層次以擺脫生理性的制約，以此作為權力驅動的主力。而西門慶眾妻妾的表現，展示身體作為權力場域的同時，所有欲望與情緒皆在此生成且影響、支配他人，若將西門慶視為西門府的權力中心，整個西門府藉由權力中心可各自再分化成妻與妾、夫與妻、夫與妾及其他若干關係較小的權力網絡。身體本身就是權力的象徵，在《金瓶梅》中，身體越接近西門慶便等於越接近西門府的權力中心，而吳月娘居於正室的地位，理所當然應與丈夫同被視為權力中心，但財富與情欲對西門慶的吸引，造成李瓶兒與潘金蓮有進入權力中心的可能，因此三人糾葛不斷。

68　如同第三十二回中，應伯爵猜想李桂姐拜吳月娘為乾娘的目的：「她想必和她媽子計較了，見你大爹作了官，又掌著刑名，一者懼怕他勢要，二要恐進去稀了，假著認乾女兒往來，斷絕不了這門兒親。」因此他也進一步提議吳銀兒認已生子的李瓶兒為乾娘

李瓶兒帶給西門慶的不僅是情欲上的快樂，還有財富與子嗣，更因此成為西門慶的心頭肉。坐擁正室地位的吳月娘因潘金蓮的屢屢設計，讓夫妻倆的關係多次下降至冰點。但在吳月娘懷有身孕時，卻也能見到她對著西門慶撒嬌，仗著臨月身子的優勢，抱怨潘金蓮，故意用了兩次「心內發脹，肚子往下憋墜著疼，腦袋疼，兩隻胳膊發麻」，藉由身體的不適引起西門慶的關注，待任醫官來到，又不肯出門見人，惹得孟玉樓、大妗子都來相勸，才開始從容的「動身梳頭，戴上冠兒，玉簫拿鏡子，孟玉樓跳上炕去，替他掌捵子捵後鬢，李嬌兒替他勒鈿兒，孫雪娥預備拿衣裳。不一時，打扮的粉粧玉琢。」（第七十五回）更要西門慶進門催促，才肯停止這場鬧劇。如此勞師動眾，也是吳月娘利用自己身體、地位的優勢，換得眾人表面上的尊敬[69]，可見在西門府中，子嗣也能幫助女性靠近權力核心，因此潘金蓮也用盡心機想要懷孕，不料卻功敗垂成，對她來說是個很大的打擊。

潘金蓮企圖利用房事進入權力核心，儘管她以肉體征服了西門慶的情欲，甚至以掌握西門慶性事方面的動態，作為妻妾間寵愛與權力平衡的中心，氣勢看似更勝於吳月娘、李瓶兒，但西門慶遷就潘金蓮只是想要澆熄她的妒心，[70]因此家中的大小決策依舊輪不到潘金蓮插嘴。以第四十三回的失金事件來看，她先是跟西門慶要手裡的金子瞧瞧卻叫不回來，令她顏面掃地，因此在不見一錠金鐲後，她得不的風兒就是雨兒的在旁說風涼話，引來一頓罵；與喬家結親時，她也只能在旁乾瞪眼。

而其他三位小妾離權力中心尚有段距離，因為她們與西門慶之間僅存的是若有似無的夫妻關係。如李嬌兒，在其他小妾尚未入門前，從第三回西門慶的答話可知，她曾有機會被冊正[71]，但因西門慶另結新歡而與正室之位無緣。權力本身也是一種不斷在鬥爭關係的互動中被改變的遊戲規則，相較之下，弱勢一方必定會被迫遠離權力中心，[72]因此李嬌兒只得依附於正室之下。而孟玉樓起碼帶著不少嫁妝入門，對西門府算是有點貢獻，但她為求保身，潔身自愛，始終置身於妻妾間寵愛與權力中的平衡地帶。唯獨「貴」為四妾的孫雪娥，文本中完全看不到西門慶對她的呵護，至始至終處於最卑下的地位，

69　在第七十五回的衝突中，吳月娘口無遮攔的罵再嫁的人都是沒廉恥的趁漢精，連帶罵到旁邊的李嬌兒與孟玉樓，不免讓大家感到不滿，卻礙於她是正室，必須給予一定的尊重。

70　《瓶中審醜——金瓶梅「色」之批判》，同註7，頁38。

71　從第三回王婆道：「官人你和勾欄中李嬌兒卻長久」，而西門慶回答：「這個人現今已娶在家裡。若得他會當家時，自冊正了他。」可看出，吳月娘並不得西門慶歡心，因此出身妓院的李嬌兒是有可能被冊正的。

72　從第九回潘金蓮對李嬌兒的形容：「身體沈重，人前多咳嗽，上床懶追陪。」可知，一旦愛好風月的潘金蓮入門，性好漁色的西門慶怎可能將李嬌兒放在心上。

被離棄於權力核心之外，甚至連其他僕婦、妓女在西門慶心中的地位都高過於她。

(二)緊張的妻妾關係

從前女子的社會地位就是在家庭中的地位，吳月娘深深以自己正妻的身分為榮，在《金瓶梅》中，她每個動作都是以正妻的身分發號施令，管理家中事務。她管不了丈夫的縱欲與花心，僅能委曲求全換得穩固的地位，但由於她的包容心不足，無法服眾，一步步將自己變成孤家寡人。潘金蓮無疑要為妻妾間的緊張關係負最大的責任，若不是她好嫉妒、愛背後議論別人是非，《金瓶梅》的結局就得改寫了，為了獨占西門慶，她必須鞏固自己的力量、聯合他人，才能在激烈的戰爭中求得勝利。而無論改變李瓶兒性格的因素為何，單就她在西門府的種種表現，可發現她的確是眾妻妾不約而同所嫉妒的對象，因此遭潘金蓮一步步狠毒設計、陷害，甚至只是個滿周歲的孩子，也在權力試煉人性中無辜犧牲，藉由李瓶兒身體的逐漸消亡，刻畫出潘金蓮再度翻身的快感。但不管潘金蓮做了多少努力、耍了多少心機，仍在西門慶死後頓失靠山，終究敵不過具有合法地位的吳月娘。全身而退的只有不明爭的孟玉樓，可以在複雜的人際關係中巧妙周旋。西門府中看似親暱的女性關係，相信人人心中都有把衡量權力大小的尺，時時刻刻審度著情勢變化，窺探著權力不斷地在各女性的身體中生生滅滅。

(三)不分地位的友好

身體受到社會階級、地位與性別所建構，進而產生許多相互衝突的身體，不斷受到欲望與憎恨的驅使，若無法給予適當的管制，便會像潘金蓮一樣失控。妻妾中最無階級之分的是李瓶兒，除了具有不計較的溫和個性外，還能以一視同仁的對待各階層的身體，而她懂得收買人心才是使人懷念的主因，未嫁入西門府前便頻繁的給妻妾們送禮，連備受欺負的孫雪娥也有一份，可見她真的是不計成本地替自己鋪好入門之路。進入西門府後，在使錢方面也不如其他妻妾斤斤計較，藉由她與奴僕之間的關係可烘托出她與其他人的不同之處，尤其是她對吳銀兒的態度，與吳月娘、李桂姐之間的情感相比可就真實太多。奴僕是妻妾暗鬥的一大利器，因此潘金蓮拉攏龐春梅，威脅玉簫，討好玳安，都是有利用性質的友好；而吳月娘以主人之姿對待奴僕，讓自己少了助力，吃了大虧。對奴僕來說，他們的目標就是求得溫飽，因此深得主子的信任，無疑也是讓自己多了靠山，多了權力，也許是免責權，也許是如龐春梅一樣只作輕鬆的工作，無論如何，主子們的戰火往往會延燒至奴僕，權力的感染力，讓西門府的人在這權力網中無法置身事外。

(四)權力的形式表現

權力是一種發揮影響的特殊狀況，而身體必作為其中介，以行動、表情或言語等對他人產生影響作用，包括了最重要的於別人身上產生有意圖的和預期的效應。歸納西門慶中妻妾的相互身體動態表現，整理為下圖：

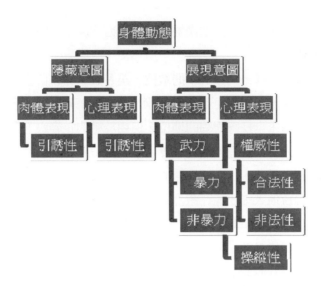

身體動態可從意圖的展現與否說明，再分別歸類為肉體表現與心理表現，且各自表明了權力影響的形式與相互關係。從文本中可發現妻妾們用各種不同方式、性質的手段產生各種影響，吳月娘、潘金蓮、孫雪娥、李嬌兒歸類為展現意圖的類別，而孟玉樓與李瓶兒歸類為意圖不明顯的範圍。以李瓶兒來說，無論對象的身分地位，皆讓她保有一定尊重的對待，使人在無意中對其產生好感，產生他人身體、心理的聚集靠攏。根據地位的不同，吳月娘利用個人權威、非暴力式的合法性方式影響西門府內的人事，而潘金蓮則以暴力性的使他人肉體、心理受難的方式證明自己的權力，但這種權力方式絕不是經過認同的非法性表現，另一方面她擅以「操縱」[73]、隱藏意圖的手段，達到迫害他人的目的[74]。西門府中的權力角逐不僅是妻妾專屬的遊戲，幾乎不分性別地位都加入這多變化的戰局當中，因此人際互動就像許多大大小小的權力競賽，關係隨時處於緊張的狀態，追求權力並無對錯可言，對某些愛掌權、好支配的人而言，追求權力只是她們的正常表現罷了，但在《金瓶梅》中常可見爭權方法的不當與濫用權威的後果，證明絕對的權力有時也具有絕對的破壞性。

---

73 凡是在不向對方明確說清自己所希望的反應的情況下，有意的並且成功地對對方的反應發生了影響，就都是操縱，這是範圍最廣泛的的權力形式之一。丹尼斯·朗撰，高湘澤、高全余譯：《權力——它的形式、基礎和作用》（臺北市：桂冠圖書公司，1994年），頁44-45。

74 如第二十六回中，潘金蓮見西門慶的心依舊放在宋惠蓮身上，便心生一計，哄騙、教唆孫雪娥與宋惠蓮發生爭執，導致宋惠蓮自縊身亡。

第二節 身體情欲的書寫

周慶華認為「情欲是指人的情色欲望，它在沒有特殊條件限制的情況下就等於一般所說的性欲。[75]」因此本書中的情欲大都指向性欲。《金瓶梅》以大量文字鋪排性愛場景，自流傳起便飽受批評，認為《金瓶梅》一書壞人心術、敗壞風俗，薛岡《天覺堂筆瑜》便言「此雖有為之作，天地間豈容此一種穢書，當急投秦火。[76]」但當然也不乏讚賞的聲浪，清代張竹坡就認為此書為「奇書」中的佼佼者，近人魯迅也言：

> 作者之於世情，蓋誠極洞達，凡所形容，或條暢，或曲折，或刻露而盡相，或幽伏而含譏，或一時並寫兩面，使之相形，變幻之情，隨在顯現……。[77]

可知《金瓶梅》也得到不少極高的評價。近年來受到性別、文化研究的發展影響，讓私密性的情欲、身體成為可被公開又不失嚴肅的課題，隱藏在其中的豐富文化與時代意義也相繼成為探討重心。

但大多數的研究單方面偏向時代與作者個體的探討，對《金瓶梅》中的情欲研究卻始終沒有回歸到文本上，[78]因此本書將情欲描寫作為文本中一個有機的整體來討論，進一步加深對小說的認識和理解，所欲關注的是在文本中，同樣身為「性」的載體的身體是如何被描寫展示。馮文樓曾以「身體」概念作為解釋性描寫的原點，將性描寫等同於「身體敘事」，並將身體視為自然的本真再現，提升至哲學的高度，認為身體解放就是自然之「理」，身體的快樂是合乎自然的原則，《金瓶梅》中的女性對自我身體的把握便成為對性欲的理解，且焦點集中於權力爭奪上。[79]

性行為是情欲抒發的具體表現，而情欲是人最直覺的本能與衝動，透露的是人的原始生命意義與追求的力量，必須與情節段落聯繫，置於一種特定的時空環境下才能構成意義，因為《金瓶梅》中的性描寫不但能真實呈現出情欲的化學作用，在性行為的表象下更隱含更多複雜心理與動機，是笑笑生刻畫人物性格心理、構架人物命運、完成藝術

---

[75] 《身體權力學》，註2，頁111。

[76] 《金瓶梅資料彙編》，同註15，頁325。

[77] 《魯迅小說史論文集》（臺北市：里仁書局，2006年9月第四版），頁162。

[78] 當代學者試圖從性描寫解釋《金瓶梅》，認為《金瓶梅》是以真實性交描寫的態度來反詰艷情小說的誇大色情描寫，都將研究目光對準《金瓶梅》的性筆觸，贊同《金瓶梅》的性描寫是站在日常真實的一面，以贊同《金瓶梅》所要進行的暴露手段，但依舊未抽離性描寫本身，以探討性描寫背後的深層意涵。

[79] 《四大奇書的文本書化學闡釋》（北京市：中國社會科學出版社，2003年5月），頁313-322。

目的的重要之筆，反應著作家的文化——藝術概念，是小說不可閹割的有機成分。因此本書試圖從女性對於性活動的態度與表現，梳理出該人物對於身體情欲的看法與需求，也利用某些敘事觀點探討婦女們情欲滿足與否的狀況。

一、敘事表現

追求感官本能的快感，是性行為存在的理由之一，由於性本能的需要，男女都會有性交的欲望，蒙昧時代由於意識文化落後，無法律與倫理約束，人們根據性欲的需要就近滿足，便出現亂倫雜交的現象，這是人類性文化的必經階段。[80]但在進入文明階段，受倫理綱常的規範，性本能的追求淪為一種負面解釋與受抑制的行為，在宋代「存天理，去人欲」的主張下，認為要將人類身體最真實的欲望與需求視為首要剋除的對象，但對欲望過度的壓抑，只會造成更大的反彈，因此在明代中葉以後，身體欲望的解放衝破了道德禮教，人人身處於抑欲與縱欲、道德與違反道德的天平上，在情欲追逐已氾濫成災的西門府中，婦女們的情欲表現也應是極端與矛盾，在此可分為性壓抑與性放縱兩個部分探討她們的情欲表現。

(一)性放縱

1.原欲性

潘金蓮可算是數百年來「淫婦」的代表，在《金瓶梅》中可見她極盡獻媚、爭寵、嫉妒、淫蕩之能事。[81]從小便被當作歌妓培養，招宣府中奢侈淫靡的生活方式對她深有影響，[82]尤其招宣府中的林太太更是原欲主導的人物，身為貴族的她，竟不顧身分地位，追求「性」的挑戰與刺激感。書中描述西門慶第一次走入王家正廳，眼中看到了招宣府中顯赫榮耀的一面：

> 文嫂導引西門慶到後堂，掀開簾櫳而入，只見裡面燈燭熒煌，正面供養著他祖爺太原節度，邠陽郡王王景崇的影身圖，穿著大紅團就蟒衣玉帶，虎皮校椅，坐著觀看兵書，有若關王之像，只是髯鬚短些。旁邊列著槍刀弓矢，迎門硃紅區，上節義堂三字。兩壁書畫丹青，琴書瀟灑，左右泥金，隸書一聯，傳家節操同松竹，

80　嵇建珍撰：《人類性文化縱觀》（南京市：南京出版社，1993年），頁37。
81　〈《金瓶梅》婦女的財色世界〉，同註12，頁28-29。
82　作者一開始敘述她的家世時，特別提到：「從九歲賣在王招宣府裡，習學彈唱，就會描眉畫眼，傳粉施朱，梳一個纏髻兒，著一件扣身衫子，做張做勢，喬模喬樣。」在第一回敘述王招宣府的部分不多，至文本第六十九回西門慶與林太太有不可告人關係時，作者對王招宣府才有點明確的敘述，與西門慶通姦的林太太，其為人與一派作風不難想像，而她的言行多少也會影響到潘金蓮幼小的心靈。

報國功勳並斗山。（第六十九回）

何等莊嚴神聖的廳堂，在西門慶進入後卻成為偷情之所，有種新興商人階級攻占沒落封建貴族的意味，使紅匾上「節義堂」三字蒙上一層灰，不禁讓人想像整個招宣府的淫靡之風，無怪乎在這種環境下成長的潘金蓮，小小年紀就會取悅他人，故作媚態。被張大戶收用後，被迫嫁給武大，又還得繼續服侍張大戶，毫無身體的自主權可言，武大滿足不了她的欲望，直到因緣際會碰到與她同道的西門慶，兩人出現的場景幾乎都脫離不了「性」，她毫無保留地以身體向西門慶做出「性」的投入與奉獻，兩人的結合無疑是建立在性欲上。

　　從前的潘金蓮在身體情欲上，無法得到絕對的滿足，嫁給西門慶之後，性欲在一次次的滿足中越加強烈，甚至到了無法克制、放縱的地步，她的欲求與獨占意識正好成正比，千方百計的誘惑丈夫，甚至依據西門慶的喜好來改變自己的身體，捨棄對自己身體自由的支配權力，把丈夫的喜好內化為自己的喜好，只為與丈夫夜夜春宵。第三十八回西門慶與李瓶兒在房吃酒，她便哭訴：「我的苦惱，誰人知道？眼淚打肚裡流罷了。」所謂的苦惱，便是占有欲與生理欲望的不得滿足，識趣的李瓶兒見她這等臉酸，便把西門慶趕進她房裡，而作者並不寫她的反應如何，而是聚焦於她欲望的發洩：「那婦人恨不的鑽入他腹中，在枕畔千般貼戀，萬種牢籠，搵淚鮫綃，語言溫順，實指望買住漢子心。」與她適才看似深情的表現天差地別。

　　作者用許多筆墨寫潘金蓮性欲高張的情形，在性活動當中，她多次扮演主動者，甚至在西門慶睡著時，將他吵醒要求交歡，如第七十三回中，潘金蓮進房時，西門慶方才與龐春梅雲雨收散，躺在床上呼呼大睡，而她「酒在腹中，欲情如火，蹲身在被底，把那話用口吮咂，挑弄蛙口，吞裏龜頭，只顧往來不絕。」自顧自地替西門慶口交，可見她的情欲力量是為一股全然無法克制的衝動所驅使，因此她毫不考慮地將西門慶弄醒，[83]甚至在西門慶留戀於妓院時，「捱一刻似三秋，盼一時如半夏」（第十二回）欲火難禁，不顧綱常貴賤地找小廝解決生理需求，一夜也挨不得；在西門慶出差時，巴不得要與陳經濟相姦，色膽如天怕甚事；在王婆家等待變賣時，更與王婆的兒子王潮兒刮剌上。[84]追求欲望的滿足似乎成為她人生首要目標，不受傳統道德的羈絆，而西門性的貪欲得病，

---

[83] 第十八回也可見潘金蓮將鼾聲如雷的西門慶吵醒：「回首見西門慶仰臥枕上，睡得正濃，搖之不醒。其腰間那話，帶著托子，鬖垂偉長。不覺淫心輒起……吮來吮去，西門慶醒了。……一發叫他在下盡著吮咂；又垂首玩之，以暢其美……那話隔山取火，插入牝中，令其自動，在上飲酒取其快樂……」也是趁西門慶熟睡時，利用口交引發他的性衝動。

[84] 第八十六回中，描述潘金蓮被帶到王婆家後，次日依舊打扮得極為妖豔，在簾下引人注意。

也是因為她只顧得自己的欲求是否能被滿足，不顧對方的身體是否能夠承受，唯恐藥力不足而連餵西門慶三顆胡僧藥，讓西門慶「精盡繼之以血」，走向死亡，令人大嘆「色」字頭上果然是一把利刃。

2. 目的性

《金瓶梅》中的女性以駭人的私欲震撼著每一位讀者，然而她們所追求的永遠都不只是「性」。[85]潘金蓮的日日追歡，不僅存在著原始性欲的衝動，也夾帶著自我認定的價值與物質需求的滿足。[86]由於她沒有財產、背景、地位、子嗣，唯有利用身體的「好風月」與「屈身受辱」才能得寵於西門慶。從與別人交往的過程中獲得報酬的人，有一種向別人提供繼續交往誘因的誘因，[87]處於附庸地位的女子，為了求財、求欲、求地位，會極力滿足男性那已膨脹的享樂欲望，相互放縱情欲，而妻妾中最無財無勢的潘金蓮，藉色不但是為了滿足自己那近乎瘋狂的生理欲望，放縱情欲之餘，有時也順口求點服飾、錢財，吃了一次甜頭後，更加極力巴結期盼獲得更多。因此當她一聽到西門慶往自己房裡，便「如同拾了金寶一般」（第三十三回）愛財之人，見財便笑，「金寶」具有欲與財的雙關意涵，作者以此形容極為貼切有趣。

以潘金蓮的原欲性和目的性縱欲來看：

	手段	身體主體意識	獲得	對等關係
原欲性	罔顧倫理道德	發現與覺醒	生理滿足	平等
目的性	無所不用其極	因依附而消亡	物質需求與心理滿足	下對上

無論情欲背後的目的性質為何，潘金蓮的手段都過於強烈，但從她不惜傷害別人身體的舉動，也更凸顯出她對於情欲的渴望與需要。女性身體長久以來處於依附、從屬的地位，種種生活、愛情、婚姻不自由的壓抑，與對情欲自主的覺醒驅使她們違背社會規範，正視自己的身體，話雖如此，當她們將身體視為換取其他利益的工具時，無疑又是將身體自主意識拋諸腦後，再度壓迫自己存在所需依靠的身體。

此外，李瓶兒在進入西門府前，也是一具被原欲主導的身體，卻在入門後搖身一變

---

85 如綜觀王六兒的一生，就像是一場交易；如意兒在李瓶兒身亡後，期盼有個安身立命之地，因此委身於西門慶，兩人在作為西門慶洩欲工具的同時，也的確解決了生計問題。

86 潘金蓮強烈的性需求有其生理之特殊處，當中也包含了從前對婚姻不滿的性壓抑與婚後與他人共事一夫的不滿，以及對自身家庭背景條件不足的自卑感等，本節只就文本表層論她本身性欲的驅使性，牽涉至他人的部分到第四章會統一作論述。

87 布勞撰，孫非等譯：《社會生活中的交換與權力》（臺北市：久大桂冠聯合出版，1991年2月），頁119。

為賢妻良母，《金瓶梅》中就屬李瓶兒從蕩婦到良妻的性格變異最值得考量，作者原先將她寫成一個潘金蓮式的人物，自私潑辣，由於寂寞難受，情欲不得滿足才會勾搭上西門慶，先是逼死自己丈夫，在活活氣死花子虛後，等不到西門慶的歸來，相思成災便招贅了蔣竹山，認為只有西門慶才能讓她體驗那狂風驟雨似的性愛活動，滿足她的性欲望，因此對西門慶說出：「你就是醫奴的藥一般，一經你手，教奴沒日沒夜只是想你。」（第十九回）可見西門慶在她心目中的需求與地位，以及她的施愛標準顯然是以性能力的強弱為轉移，為了身體的情欲誓死跟隨西門慶，更為了與西門慶的性能力作一對比，把蔣竹山形容成猥瑣無用的男人，與潘金蓮未進入西門府前的苦等相比，這部分正好可以說明李瓶兒貪戀西門慶賦予她身體的「快樂」更勝於潘金蓮。而《金瓶梅》中的性描寫往往是情欲分離，性行為的價值只停留在肉體滿足的層次，身體對他們來說只剩下性欲的需求，卻很少見到真情真愛的表現。

(二)性壓抑

笑笑生在首回便開宗明義的指出：

> 單說「情」、「色」二字，乃一體一用。故色絢於目，情感於心，情色相生，心目相視。恒古及今，仁人君子，弗能忘之。[88]

說明情欲是一種生理現象，作為人的身體本能，人人都有追求情欲的渴望，在沒有與男性平等的人格價值之中國傳統社會中，對情欲的正視，勢必會造成與傳統道德的衝突，或是在其他生存環境條件的脅迫下，作用於女性身上，就只有自我壓抑一途，因此本書略分幾點述之：

1.為婦德而壓抑

根據對女性在房中事不同的態度表現，西門慶對於女性性愛表現的喜愛程度也有所差異。在一夫多妻的家庭中，有關丈夫宿歇的安排是最難排解的問題，否則潘金蓮也不會雪夜彈琵琶訴幽怨，孟玉樓也不會泣訴於西門慶。從〈附錄三〉對於臨幸狀況的整理，可了解吳月娘念罵潘金蓮「把攔漢子、一夜沒有漢子不行」並非沒有依據，在批評潘金蓮的同時，吳月娘心中也有所期望，只是因婦德而壓抑。從文本看來，吳月娘並不熱衷於性生活，但對漢子被霸攔也有多次怨言，卻礙於自己的地位，必須展現出容得其他女人的氣度，多次隱忍不發作。雖是西門慶的正牌妻子，卻極少有與丈夫進行性活動的機

88　此段引文是笑笑生用來說明一隻詞兒：「丈夫隻手把吳鉤，欲斬萬人頭。如何鐵石，打成心性，卻為花柔？請看項籍并劉秀，一怒使人愁。只因撞著，虞姬戚氏，豪傑都休。」說明了再怎麼雄武的豪傑，都會因為自身情欲而屈居於女性的石榴裙下。

會。[89]文本透露出她想要清心寡欲，為眾妾婢作表率[90]，但事實如何則見仁見智，否則張竹坡也不會評其為「奸巧好人」。

在第二十一回中，西門慶回家後巧見妻子在雪中為自己祈禱，深受感動欲與她歡好，但吳月娘以禁欲的態度展現自己的清高，嚴辭拒絕。然身體一旦參與了性活動，吳月娘的表現也是「低聲晬嗶咂枕，口呼親親不絕。」前後態度截然相反，而這兩種態度正是她性心理之矛盾側面的真實外顯，也說明過度的性壓抑是有可能引起複雜且矛盾的心理反應。李建中以性心理學解釋，認為是由於身處在人欲橫流家庭中的吳月娘，受太多有色事體的影響刺激，性衝動無法正當發洩而造成「性過敏症」。[91]而她之所以無法發洩性欲，主因是她套著儒家倫理道德的「光環」，以賢淑婦女自居，掩飾自己的生理需求。由於恪守婦道，講究貞操，她多次拒絕來保的求歡，到泰山燒香許願時，差點遭到殷天錫強暴，極力反抗才保全貞節。然而一旦有正當機會可發洩性欲時，她也是像個正常女人般盡情享受身體所帶來的快感。當吳月娘承歡求子息，西門慶吃了胡僧藥後，雖然她嘴裡說的是「那胡僧這樣沒槽道的，唬人的弄出這樣把戲來！」心中想卻是「他有胡僧的法術，我有姑子的仙丹，想必有些好消息也。」（第五十三回）可見對她來說小妾與西門慶的性關係可以建築於遊戲上，但自己是明媒正娶的妻子，身負延續香火的重責大任，與西門慶的性愛活動便成為她的「工作」，滿足肉欲則是其次。

2.為明哲保身而壓抑

孟玉樓是位自重的女性，從不偷情養漢，也不會追究房事的分配不均，為了降低潘金蓮對自身的敵意，甚至願意放棄與西門慶相處的時間，在第十一回中，西門慶撞見潘、孟兩人在下棋，孟玉樓轉頭便要抽身往後走，擺明就是讓機會給兩人獨處。在第七十三回中孟玉樓過生日，西門慶沒有一如往常到壽星那歇宿，反而連兩日與潘金蓮共度春宵，她卻能若無其事的對吳月娘說：

> 姐姐，隨他纏去！這等說，恰似咱們把這件事放在頭裡，爭他的一般。可是大師父說笑話兒的來頭，左右這六房裡由他串到。他爹心中所欲，你我管的他？（第七十四回）

反而是她去安慰吳月娘。在第七十五回中，孟玉樓生病，在吳月娘「有意」的勸說下，[92]

89　就《金瓶梅》文本所提供的線索，吳月娘與西門慶同床共枕的紀錄約有九次，有性愛過程敘述的也僅有兩處。

90　《瓶中審醜——金瓶梅「色」之批判》，同註7，頁73。

91　《瓶中審醜——金瓶梅「色」之批判》，同註7，頁73-75。

92　林淑慧認為，吳月娘是在嫉妒潘金蓮的情況下，藉著替孟玉樓說話來宣洩心中不滿，算準了潘金蓮

西門慶終於願意到孟玉樓房裡，繼新婚之後，他從未如此溫柔對待過她，雖然她生性不淫，但就連這特殊的日子都被冷落，加上長期的壓抑，心中難免充塞一股難以壓抑的怨憤之氣，因此忍不住向西門慶訴說潛藏心底已久的哀怨，抱怨起「俺們不是你老婆，你疼心愛的去了！」可見她表面上與潘金蓮互通一氣，但對於她把攔漢子多少也有點不滿，卻僅在私下才敢透露出內心的真實情感，遭壓抑的情欲也終於有一次大宣洩的機會，可見她將情欲置於與眾妻妾和平相處的次等位置，對她而言，明哲保身才是最重要的，情欲是可以被壓抑的。

3.因母性而拒「性」

　　按理來說，李瓶兒以男性的性能力作為幸福的指標，婚後應是極力追求享受性愛的快樂，但在進入西門府後，卻看不見她的情欲高張，連性愛場面都減少許多，[93]尤其官哥的出生更激發了她的母性，搖身一變為賢妻良母，對性的渴望不復從前，不似潘金蓮總處於欲求不滿的狀態。一方面是因為嫁入西門府後，性的滿足使她的肉體與精神得到了昇華，是作者有意轉變人物形象，搖身一變為賢慧善良的女人，與潘金蓮的狠毒成為鮮明對比。[94]此外，李瓶兒入門不久便懷孕生子，是作者為增加府中妻妾間的矛盾所設的橋段，更重要的是因為她的身子早已不堪使用，對男女情愛之事似乎已無所求，甚至將西門慶讓到別人房裡。在爭寵過程中，她的身體不斷遭受折磨，更進一步將她的身體焦點放在死亡上，種種敘述與情節上的安排都是李瓶兒由縱欲走向無欲的可能。在死之前，卻讓讀者看見她的愛似乎已超脫肉體情欲上的愛，昇華為真情真愛，縱使她過去有千百個不是，此時她已成為《金瓶梅》中最純潔、真誠的女子，另一方面確實也證明在一夫多妻的婚姻制度下，因為權與性的分配不均，所引起的妻妾惡鬥幾乎是司空見慣的事情，儘管李瓶兒再大的肚量，也無法阻止其他虎視眈眈的女人，逃離這爭寵風暴。

4.性的疏離

　　李嬌兒、孫雪娥與西門慶行房的機會微乎其微，以孫雪娥來說，除了會掌廚與頗有姿色外，似乎沒有其他可炫耀的身體資本，也沒有任何風月手段，更不懂的巴結討好，

的行事，特地等她來叫西門慶時，才告知孟玉樓的不舒服，如果潘金蓮沒來，她就會趁勢將丈夫留在自己的屋裡，而潘金蓮果然不出所料的還是來了。林淑慧撰：《從「性別文化」看《金瓶梅》中的「情」與「義」》（臺北市：臺北市立教育大學應用語言文學研究所碩士論文，2005 年），頁104。

93　李瓶兒成為西門慶的第六個小妾之後，作者對二人性事的描寫極少，且多次的性描寫當中是幾乎要了李瓶兒的命，如西門慶為了試驗新淫具，強迫有孕的李瓶兒與他行房，在產後與經血未清時又哀求行房的機會，使她最後因沖了經血落下病根而死去。

94　魏紅豔撰：《《金瓶梅》身體文化研究》（西安市：陝西師範大學中文系碩士論文，2007年），頁41。

雖然是西門慶名義上的小妾,但不受寵的程度讓她內心無法平衡,壓抑情欲與來旺勾搭,只能在屈辱偷情中找尋身體的價值,造成對性的疏離,但從她明白自己的身體需求,試圖尋求慰藉看來,西門慶帶給她對性的疏離所產生的影響,還不如李嬌兒嚴重。

從夏花兒拾金的事件可看出李嬌兒將心思集中在金錢上。在淫風甚熾的《金瓶梅》中描寫了許多妓女,李嬌兒便是其中之一,特別之處在於她爬升為西門慶的小妾,但卻不見她與西門慶之間的情感與聯繫,也不抱怨得不到與丈夫同床共枕的機會,所在意的就只有金錢。如第四十四回中,她的丫鬟夏花兒因偷了西門慶的金子,讓人狠狠打了一頓,且遭李嬌兒教訓:「你就拾了他屋裡的金子,也對我說一聲兒!」在旁的李桂姐更明白說出:「你就拾了些東西,來屋裡悄悄交與你娘。就弄出來,他在旁邊也好救你。」兩人說出的話,不是教育丫鬟不要偷東西,而是偷了東西應該要拿給自己,這無疑是依循著妓女愛財的邏輯。因此在西門慶死後,李嬌兒捲款而逃,只因李桂姐的幾句話:「你我院中人家,棄舊迎新為本,趨炎附勢為強,不可錯過了時光!」(第八十回)可見李嬌兒作為妓女的身體本質與心態,就是以金錢為重而造成對性的完全疏離。

二、敘事手法

身體是人與自然、社會以及宇宙發生關係的中介。人透過身體感覺認識和把握世界,通過身體語言與他人發生最初的關係,甚至通過認識身體開始認識理解自己。由於《金瓶梅》以白話寫成,描寫性欲顯得更加露骨,但絕不能忽視笑笑生對於色情寫實文學的藝術成就,除了給一般大眾無與倫比的閱讀愉悅與想像快感,對於小說讀者而言,比起從前文學作品那種虛化的意淫想像給人的鏡花水月之感,[95]還不如將交媾場景與身體快感直接展現於讀者眼前來的真切實在。另一方面也能作為身體欲望覺醒的重要指標,藉由偷窺、潛聽的敘事手法,從竊聽者與偷窺者的眼耳中恣肆鋪陳,增加另一種描摹性活動聲態的審美趣味。

(一)以偷窺凸顯情欲的危機

張竹坡《金瓶梅讀法》曰:

95　在禮教束縛與道德觀念下,「性」向來只能在檯面下討論,然儘管一般士人無法光明正大地討論情色文化,卻仍在許多作品中顯露情色的痕跡。南朝梁簡文帝蕭綱所創豔情藻麗的「宮體詩」即為一例,如他的〈詠美人畫眠〉:「北窗聊就枕,南簷日未斜。攀鉤落綺幃,插捩舉琵琶。夢笑開嬌靨,眠鬟壓落花。簟文生玉腕,香汗浸紅紗。夫婿恆相伴,莫誤是娼家。」從夢中的笑靨、眠鬟壓住的落花與涼席印在腕上的印痕和紅紗裙透出香汗,都讓人進入另一層情色想像,如劉大杰所言,這是一種放蕩的描述,一層美麗詞藻的外衣裏著極其腐爛的靈魂。劉大杰撰:《中國文學發展史》(臺北市:華正書局,2005 年 8 月),頁338。

《金瓶》有節節露破綻處，如窗內淫聲，和尚偏聽見。私琴童，雪娥偏知道。而裙帶葫蘆，更屬險事，牆頭密約，金蓮偏看見。惠蓮偷期，金蓮偏撞著。翡翠軒自謂打聽瓶兒，葡萄架早已照入鐵棍。才受贓，即動大巡之怒。才乞恩，又便有平安之讒。調婿後，西門偏就摸著。燒陰戶，胡秀才偏就看見。諸如此類，又不可勝數。[96]

《金瓶梅》在說書人敘事的基礎上，利用人物視點敘事與客觀敘事，對相關事件進行敘述，而偷窺便是其中一種人物視點的敘事方式，文本中出現不少行房偷情的場景描繪，若通篇使用相同的全知視角模式，機械式的重複顯得令人厭煩，勢必要增添一些曲折過程以增添趣味，連結性描寫的時空因素，才能呈現背後的真實意涵，以下將文本中涉及妻妾性活動的情節整理如下：

回數	場景	偷窺者	被偷窺者	偷窺後果
8	武大家燒靈	和尚們	西門慶、潘金蓮	佛家醜態畢現
12	院中與小廝偷情	秋菊	潘金蓮、琴童	潘金蓮受罰，孟玉樓求情
13	西門慶爬牆偷情	迎春	西門慶、李瓶兒	迎春被西門慶收用
23	竊聽藏春塢	潘金蓮	西門慶、宋惠蓮	潘金蓮對宋惠蓮起殺意
27	翡翠軒與李瓶兒私語	潘金蓮	西門慶、李瓶兒	潘金蓮起嫉妒心，西門慶體罰潘金蓮
78	房中行房	秋菊	潘金蓮、西門慶	被春梅趕走
83	陳經濟幽會丈母娘	秋菊	潘金蓮、陳經濟、龐春梅	吳月娘不信

《金瓶梅》對偷窺場景、偷窺者與被偷窺者的設定，讓性描寫超越了單純的色情符號，產生不同的文本解讀意義。而偷窺的行為對於情節有種加強與轉折的作用，就偷窺者來看，對於男性的偷窺，特意設定了原應六根清淨的和尚，讓此橋段帶有一種娛樂的愉悅情緒，第八回中，和尚先是為潘金蓮的美貌給吸引，如色中餓鬼般的對她有所想像，進一步偷窺她與西門慶行房後，行房之樂的情景更在他們心中揮之不去，光看兩人人影，便想起兩人白日的勾當，和尚的表現無疑是對假佛學的嘲弄，更彰顯了充滿欲望與利益的眾生相，在看似繁華興盛的《金瓶梅》世界中，內裡竟是些貪婪、粗鄙與淫穢的人事物。

　　笑笑生對於偷窺者的設定主要為女性，以地位的不同說明，身為主人輩的潘金蓮偷窺正在翡翠軒交歡的西門慶與李瓶兒，無意中知道李瓶兒懷有身孕而增其妒意，在席上時故意只飲冰水、吃生果子，說：「不怕冰了胎」、「肚內沒閑事，怕甚麼冷糕麼？」（第二十七回）對李瓶兒冷嘲熱諷，更處心積慮地加以中傷。她也曾在藏春塢潛聽西門慶

96　《金瓶梅資料彙編》，同註15，頁67-68。

與宋惠蓮，意外聽到宋惠蓮對她的批評，當場「氣的在外兩隻胳膊都軟了，半日移腳不動」（第二十二回），從此之後心存芥蒂，至第二十六回宋惠蓮自盡，可說是快刀斬亂麻。對個性多疑的潘金蓮來說，偷窺是她保護地位的手段，加上她善妒的個性，讓讀者能預知她將會使出怎樣的手段來報復。浦安迪便注意到這種偷窺寫法多見於潘金蓮，不下八次之多，而且每每都具有加深情節的矛盾作用。[97] 以奴僕輩的秋菊與迎春來說，秋菊對潘金蓮的窺視是一再提到的情節，不但見其與琴童偷情，又見到她與陳經濟亂倫，具有監視潘金蓮的作用。因為每當潘金蓮的情緒一來，便會讓秋菊飽受折磨，所出現的場合必有殺豬似的哭叫聲出現，因此秋菊抓到機會便馬上想辦法讓她難堪。在第十二回中，她的確讓潘金蓮飽受一頓打罵，在第八十三回又撞見陳經濟、潘金蓮與春梅三人，但吳月娘偏聽不信，秋菊不顧皮肉之痛、不氣餒的揭發姦情，終於讓潘金蓮與春梅相繼被變賣，陳經濟也被逐出西門府。

　　迎春偷窺西門慶、李瓶兒與秋菊偷窺潘金蓮、西門慶的敘事手段，無疑是借下人之眼帶著讀者一同窺視主人行房，不同之處在於迎春曾被花子虛與西門慶收用；而秋菊因不受喜愛而未經人事。因此敘述迎春偷窺時，是她有意「悄悄向窗下用頭上簪子挺簽破窗寮上紙，往裡窺去」，加上作者特意說明她「今年已十七歲，頗知事體」，在窗外看的「不亦樂乎」，讓她得到偷窺的私密快感，並刺激對情欲的想望，表現出她的欲望與好奇，與秋菊偷看西門慶與潘金蓮行房的好奇心有些類似，但因為迎春曾嘗禁果，被刺激的欲望應比秋菊更多一些。因此一旦跳脫偷窺的場景，以讀者身分思考偷窺者的身分遭遇以及之所以產生此種舉動的原因，思考在男性作品中，使用女性人物偷窺性活動的背後，是否為特意製造機會挑起女性身體的情欲反應，以增加閱讀之外的趣味性。

　　由此可知，作為偷窺敘事的本身，重點不在被偷窺事件的有趣性，而在其背後隱藏著另一個目的與結果，可作為對身體的潛在的控制。因此作者對於性行為的時間地點不避忌，恣意濫行，如西門慶的白晝宣淫與秉燭房事、葡萄架與翡翠軒，皆有意無意的創造機會給第三者「欣賞」，間接在就偷窺者在其中所產生的意義，賦予了性行為生理體驗之外的現實涵義，且就讀者來看偷窺的原由，都會覺得這只是無意產生的行為，但在無意背後是作者的細心安排，讓這場性遊戲別具意義。當秋菊親眼見得潘金蓮的醜事，巴不得看她出糗；而潘金蓮偷窺所造成的結果都是激烈、極具殺傷力，因為她獲知的是自己地位的不保，在一場激烈的性行為周圍，瀰漫著一種被設局的詭譎氣氛，讓性行為

97　「這種寫法最多見於潘金蓮一人身上。在故事鋪敘過程中，我們發現她有過偷看（或至少是竊聽）的行為不下八次之多，而且每一次都使矛盾加劇、好處到手，終至引向更危險的下場。」浦安迪著、沈壽亨譯：《明代小說四大奇書》（北京市：中國和平出版社，1993 年），頁 107。

本身變成一個置人於死地的信息。可見經由偷窺的筆法技巧，能凸顯性描寫出現的必然性與意義。

(二)以臨幸篇幅凸顯女性情欲的滿足與否

　　笑笑生對於臨幸橋段的敘述，大可分為有實際過程與無實際過程，兩者又可以有無詩詞為輔作區分，兩者以外的「僅宿歇」的部分出現多次，對於有無性行為的發生雖然無法確認，但依舊可作為觀察家庭內部狀況的線索，以潘金蓮為例的區分標準如下：

	文本舉例
僅宿歇	就睡在金蓮床上。（第五十三回）
無過程	澡牝洗臉，兩個宿了一夜。（第五十三回）
無過程 以詞為輔	枕畔知情，百般難述……正是：鼓鬣游蜂，嫩蕊半開春蕩漾；餐香粉蝶，花房深宿夜風流。（第三十三回）
有過程	兩個并頭交股，睡到天明。婦人淫情未足，便不住只往西門慶手裡捏弄那話。登時把塵柄捏弄起來，叫道：「親達達，我一心要你身上睡睡。」一面趴伏在西門慶身上倒澆燭，摟著他脖子只顧揉搓。教西門慶兩手扳住他腰，扳的緊緊的。他便在上極力抽提一回，趴伏在他身上揉一回。那話漸沒至根，餘者被托子所阻不能入。……於是兩個玩耍一番。（第七十二回）
有過程 有詞為輔	令婦人馬爬在身邊，雙手輕籠金釧，捧定那話，往口裡吞放。西門慶垂首玩其出入之妙。……當下與西門慶品簫過了，方纔抱頭交股而寢。正是：自有內是迎郎意，殷勤快把紫簫吹。有〈西江月〉為證：「紗帳輕飄蘭麝，娥眉慣把簫吹，雪白玉體透房幃，禁不住魂飛魄盪。玉腕款籠金釧，兩情如醉如痴。才郎情動囑奴知，慢慢多唖一會。」（第十回）

統計結果如下：

※阿拉伯數字為出現回數

	吳月娘	李嬌兒	孟玉樓	孫雪娥	潘金蓮	李瓶兒
僅宿歇	21.55.58.75.79	46.76.69	12.14.19.21.33. 43.52.58	58.76.78	19.53.62.68.76	24.30.31.35.41. 54.58.59.59.61
無過程	53.55		7		9.11.12. 12.12.16. 39.40.53.53.28	71 ＊
無過程, 有詞					13.33	20
有過程			75		27.29.51.52.61. 67.72.72.73.74. 78.79	27.50
有過程, 有詞	21				10.18.28.29.72.	
備註	＊字代表為夢中					

　　由上表可知，西門慶出現於李嬌兒與孫雪娥房內次數是屈指可數，甚至根本沒有行房過程的敘述，如在第五十八回中，西門慶走入孫雪娥的房裡，純粹僅是因為各妻妾的房中都有客人，逼不得已，作者更直接點明，西門慶已有一年多沒進她房中來，打發安歇後，是一宿無話，可見兩人毫無交集。在第七十六回也是因受吳月娘的命令，只得往李嬌兒房裡歇一晚，同樣也是一宿無話，可見孫、李二人受冷落的程度，也可推想兩人情欲不得滿足。相較於其他四位妻妾，吳月娘的地位雖在眾妾之上，但她被臨幸的過程，與李瓶兒、潘金蓮相比，卻也是少之又少，而孟玉樓出現的臨幸次數也是寥寥無幾。對照作者所刻畫人物的形象，吳月娘與孟玉樓非重欲之人，對於愛尋求刺激、花樣的西門慶而言，兩人在性事方面算是「正經」婦女，讓他不感興趣，因此將焦點擺在潘金蓮身上，妻妾的總和次數還比不上她，無論蘭湯午戰或是葡萄架下的豔事都描述的淋漓盡致。

　　本書認為《金瓶梅》中的「情欲」涵括了自然、心理、社會三種屬性，依照正常的邏輯判斷，文本藉由自然生理性的情欲滿足，企圖達到心理與社會性欲望的目的，因此本書認為臨幸次數與女性情欲的滿足程度成正比，而臨幸篇幅更可凸顯女性在情欲、性事上的表現，以對應她們的性格以及與男性的互動，更可延伸作為家庭中女性權力結構的參照。如有關潘金蓮的性愛過程敘述可說是最為完整，讓讀者有感於她的「賣力」，不僅「賣力」滿足自身性欲，也「賣力」維護自己在西門慶心中以及家庭權力結構中的地位。此外，本書也關注到在文本中常有以「宿歇」、「睡過」等帶過的敘述，部分模糊的性行為，如第五十三回，西門慶將潘金蓮一手抱住，一手插入腰下牝部，兩人在澡牝洗臉後便「宿了一夜」，雖有煽情的描寫，但在此情境下是否有進行性活動，便是作者留給讀者想像的空白。筆者認為：第一、作者創作時有考量到性描寫賦予人物形象的影響，如上表所展示：以吳月娘、孟玉樓、李瓶兒三人的相關敘述為多，而對於潘金蓮與未入門前的李瓶兒多採用既精采又香豔的敘述，可見此部分敘述僅用「宿歇」一詞帶過，在這詞語背後所被賦予的意義當然就不僅僅如此，其所背負的是作者賦予文本與讀者間互動的使命。二來，作者顧慮到性描寫的整體篇幅，必須在被接受與不被接受之間恰到好處，若通篇都是寫實、逼真的行房敘述，相同的身體動作展演，不免會讓讀者感到厭煩，另一方面也企圖要把讀者的閱讀注意力轉移到文本的情節意義上。

(三)身體的凝視

　　《金瓶梅》對於女性身體的描繪大都停留在表面外相上，甚至是對私處不隱諱的描寫，多為原始動物性欲望的表露，能進一步引起讀者的感官刺激。在性愛過程中，女性身體成為情欲的躁動者，最常被放大凝視的是女子的陰戶、小腳與白淨的肌膚。如前文所言，作者以食物作為女體的比喻，呈現不同的視覺想像，也間接表現女性身體不斷被物化、糟蹋。不論男女，其生殖器官都會傳遞出「性」訊息，為了掩蓋「性」訊息，遮

羞布應然出現，以掩飾兩性的重要部位，有抑止性訊息傳遞的強度，一旦在私人場域展示出來，凝視者會對被凝視者產生控制，如同西門慶對於潘金蓮的指使性。在文本中，西門慶的凝視好比是主宰者的凝視，面對西門慶以純粹欣賞的態度來看待自身身體，女性多半藉由男性的凝視來設想自己的立身處境，甚至因此喪失自身的本性與特質，如第二十七回潘金蓮醉鬧葡萄架的過程中，更是女性極為私密的牝部被全面敞開，並像個標靶一樣供西門慶「投肉壺」取樂，種種被指使的舉動，顯示女性身體成為被男性觀望凝視，甚至是可以被男性為所欲為的對象。

　　《金瓶梅》中更出現多次女性小腳被凝視的畫面，[98]尤其在性愛過程中，小腳為不可缺少的助性器，因為小腳上肌膚的神經會對於痛覺、觸覺、溫冷熱特別敏感，被男性視為女性極為敏感的性感帶，一旦遭受刺激，女性的春情蕩漾便嶄露無遺，可見女性的足部已被建構為男性所期待的樣子。在文本中，潘金蓮與宋惠蓮的「金蓮」之爭，爭的是被西門慶的凝視權與凝視過後的甜頭，在滿足男性感官享受的同時，顯現了女性自身的動機需求，是一種充滿財色的私欲，因此潘金蓮在武大家時，日日站在簾下露出金蓮與酥胸，期盼藉由身體的被凝視，得到心理的快意，甚至是得到滿足性欲的契機，因此她也願意獻上身體每一個部分，讓西門慶尋求情欲的刺激；而宋惠蓮在與西門慶偷情時，故意讓西門慶注意到自己的小腳，更在元宵賞燈時，故意套上潘金蓮的鞋子，賣弄自己的小腳，為的就是吸引大家的注意，讓自己的鋒芒更勝於潘金蓮，以提升自己的地位，可見在《金瓶梅》中，身體的被凝視是極具權、欲意味的。

　　除了在醉鬧葡萄架中看見潘金蓮身體的全面敞開外，《金瓶梅》敘述不少女性身體被陽具插入的凝視畫面，第十八回潘金蓮與西門慶交媾過程中，龐春梅在床前執壺而立，並將蠟燭置於床背板上，使得女性陰部被陽具插入的動作畫面更為清楚，這也是潘金蓮為滿足西門慶能得到侵入他人身體的快感，視覺效果會進一步激發性興奮，使雙方達到更滿意的性交快感，但在過程中，女性身體完全化為一個在男性不斷利用陽具與凝視示威下的被征服者。在第十八回中，潘金蓮得知李瓶兒也喜歡以「後入位」的姿勢行房，加上她擁有一身無人能及的白皮膚，使得西門慶更加喜愛以騎馬的性愛姿勢看李瓶兒的白屁股，被視為雙重享受，因此為了不讓李瓶兒專美於前，潘金蓮利用加工方式奪回西門慶的凝視權，表現在第二十九回蘭湯午戰中，不但將身體擦得白膩光滑，異香可掬，又穿著西門慶最愛的大紅睡鞋，更在交媾時故意問道：「只顧端詳甚麼？」果然發現西門慶仍是垂首觀其出入之勢，潘金蓮的技倆果然成功。可見在行房中，女性身體的被凝視可作為增進閨房之樂的方式之一，而每個女性被觀看之處依其優勢而不同，越會以性

98　如西門慶對孟玉樓小腳的凝視（第七回），以及小腳作為與潘金蓮勾搭的橋梁（第三回）。

愛手段牽制西門慶的女性，這方面的敘述也就更多。[99]

（四）動作的放大

　　文本中大多數的性交場合都有對身體的細節化描繪，如陰部與陽具的交互作用，表現出程式化的敘事模式，使性事描述顯得大同小異，因此作者透過多種性展演的空間，以誇張的性器官、性交活動與性快感過程，甚至是性欲的極度滿足、淫聲穢語與部分非常態性交的形式（如春藥與淫器）來模擬性活動，撇開所有道德倫理的支配，以性欲的滿足建構出屬於身體的部分主體性。文本中也多次描述女性通過對性的自我折磨與被折磨來得到雙方快感與交媾目的，如口交、肛交、燒香等等，尤其以被虐式性愛探究女性身體之意涵，更能刻畫出女體的悲哀。每一場性愛活動幾乎都有一場前戲，且幾乎都離不開吃吃喝喝，因此作為性交的前戲，飲食過程中的勾搭調情便顯得十分重要，在酒過三巡後，就會是身體部位的親密接觸，如擁吻、愛撫，更會看到西門慶要求口交，接著才是正式進入交媾過程。

　　笑笑生極力刻畫女性為西門慶口交的情形，文本中就屬潘金蓮與王六兒最常替西門慶品簫，[100]尤其潘金蓮的嗜好就是替男人品簫[101]，女性可能是跪坐於陽具面前，用以被取代為陰道的櫻桃小口進行假性交，如第七十四回提及：

> （潘金蓮）用口替他吮弄那話。約吮夠一個時辰，精還不過。這西門慶用手按著粉頸，往來只顧沒稜露腦搖撼，那話在口裡吞吐不絕，抽拽的婦人口邊白沫橫流，殘脂在莖……又用舌尖舔其琴弦，攪其龜稜；然後將朱唇裹著，只顧動動的。西門慶靈犀灌頂，滿腔春意透腦，良久精來……

品簫過程與一般性交過程[102]的動作十分相似，將女性的雙唇替代為陰脣的使用功能，兩者帶給男性的愉悅程度有所差異，從西門慶對被品簫的耽溺，加上他必定垂首觀看自己被口交的動作，可將之歸咎於西門慶的父權心態，[103]因為口是一個神聖的器官，人類必

99　如意兒便可作為一個旁證，在第六十七會便稱讚她的肌膚與李瓶兒的一樣白皙，因此用身體打動了西門慶的心與身體，獲取不少好處。

100　李瓶兒也曾替西門慶口交，第十七回中：「（西門慶）令婦人橫柱於衽席之上，與他品簫。」

101　第十回：「（西門慶）明知婦人第一好品簫。」

102　一般性交過程如第七十三回：「婦人趴在身上，龜頭昂大，兩手攛著牝戶往裡放，須臾插入牝中，婦人用手攛定西門慶脖項，令西門慶亦扳抱其腰，在上只顧搖揉，那話漸沒至根。」或第五十二回：「在上頗作抽拽，只顧沒稜露腦，淺抽深送不已。」都是陽具插入陰部的動作。

103　在第十八回中，西門慶命潘金蓮品簫，「忽然想起一件事情來，叫春梅篩酒過來，在床前執壺而立。」潘金蓮恐怕丫頭看見，連忙放下帳子來，被西門慶數落李瓶兒喜歡這樣與他交媾，讓潘金蓮又不得不屈服。

須藉由它啃食食物以維持生命，藉由它傳達思想與外界溝通聯繫，但在《金瓶梅》中，口的作用卻離不開情欲方面，[104]女性利用品簫表達自己願臣服於男性，對潘金蓮而言更是一個霸攔漢子的技巧，甚至咽下西門慶的尿，讓漢子更是歡喜，而如意兒也學潘金蓮為西門慶喝尿，都只是為了爭寵，甚至潘金蓮在咽尿後，馬上跟西門慶討香茶來壓壓嘴裡的味道，可見兩人皆並非真心真意地想喝西門慶的尿，行為中含有極為不得已的因素，因此笑笑生直接評論此為「妾婦之道」。

《金瓶梅》中也出現不少次肛交行為，尤其西門慶透露李瓶兒喜好肛交，[105]更在第五十二回中要求與潘金蓮肛交：

> 令婦人馬爬在床上，屁股高蹶，將唾津塗抹在龜頭上，往來濡研頂入。龜頭昂健，半響僅沒其稜，婦人在下，蹙眉隱忍，口中咬汗子難捱。

在過程中可見潘金蓮的痛苦，因此當被提出肛交的要求時，西門慶一方面以利誘之，答應買套衣裳送她，兩個在性事中談起條件，一方面表示自己喜歡肛交，他和別人也是這樣子交媾。基於無奈與爭寵的必要，潘金蓮咬緊牙關照辦，從西門慶不顧潘金蓮「緊著人疼的了不的」，自顧自地發洩性欲時，潘金蓮也央求西門慶能早點結束這場痛苦的性交，而結束後西門慶更是「猩紅染莖」，可見潘金蓮受了莫大性折磨的痛苦，卻還是得蹙眉忍受，皆源於她身為妾婦的角色與自身背景，無依無靠的她只能求媚取歡，願意跪於男性膝前，成為男性之俘虜。

王六兒更是集李、潘兩人之所好，[106]以性痛苦引起興奮：

> （王六兒）蹲跪他面前，吮吞數次，嗚呧有聲。呧的西門慶淫心頓，掉過身子，兩個幹後庭花。龜頭上有硫磺圈，濡研艱澀，婦人蹙眉隱忍，半晌僅沒其稜……作顫聲叫：「達達，慢著些！往後越發粗大，教淫婦怎生捱忍？」（第三十回）

西門慶還用淫具對王六兒進行肛交，王六兒一開始雖「蹙眉隱忍」，但最後卻仍得到高潮，樂極情濃，還替西門慶吮呧乾淨，甚至在第六十一回中，讓西門慶燒其陰戶。[107]而

---

[104] 胡衍南藉由口的功能與隱喻說明嘴巴在《金瓶梅》中的重要地位，即使只是最普遍的飲食，也被視為是性交前戲的隱喻。胡衍南：《飲食情色金瓶梅》（臺北市：里仁書局，2004 年 4 月），頁 212-224。

[105] 第十六回：「原來李瓶兒好馬爬著，教西門慶坐在枕上，他倒插花往來自動。」

[106] 第三十七回：「原來婦人有一件毛病，但凡交媾，只要教漢子幹他後庭花，在下邊揉著心子繞過。不然隨問怎的不得丟身子。就是韓道國與他相合，倒是後邊去的多，前邊一月走不的兩三遭兒。」

[107] 在中國古代有的野蠻的性遊戲，就是《金瓶梅》中的「燒香」，也叫作「燒情疤」，意即在女體上烙下一個印記，一般烙在身體的私密處，比如雙乳間、小腹下或陰戶上，有的甚至直接烙在生殖器

第七十八回中，林太太的心口與陰戶也被燒了兩柱香，西門慶更將燒林氏剩下的三個燒酒浸過的香馬兒用在如意兒身上，如意兒的反應也是「蹙眉齜齒，忍其疼痛」。這些性虐待是暴力性的性行為，藉由性虐待動作的被放大，顯現西門慶對女性身體造成直接的傷害，而部分性虐待也是藉由作為物質交換條件而應然產生。在過程中女性拋棄對自己身體自由的支配、保護權力與自尊，無形中協助男性對女性身體的規訓，讓男性可輕易掌握女性的身體，且在此時，自然生理之欲掩蓋了社會性的差異，無論是身為貴族的林太太或是位居小妾的潘金蓮，面對西門慶是卻和僕婦或夥計的媳婦兒沒什麼差別。

(五) 交媾的敘述方式

《金瓶梅》讓女性真正「脫身而出」，一轉為大膽直露甚至粗俗的敘述，歷來不登大雅之堂的身體描寫，在這裡有最淋漓盡致的發揮。[108]擺脫了衣飾文化、社會文化的禁錮，還原為以生物本能為主、最自然、最具快感的身體，大多出現於性描寫中，讓人人於現實中欲窺視卻又不敢正視的身體描寫與讀者們「坦誠相見」。在性活動展開時，最受關注的就是身體的敞開將如何被描寫，因此作者用力的寫性交的過程與方法，除了白話敘述，文本中約有九處是以詩詞為輔，多見於西門慶與潘金蓮行房時，作者曰：

> 華池蕩漾波紋亂，翠幃高捲秋雲暗；才郎情動要爭持，稔色心忙顯手段。一個顫顫巍巍挺硬槍，一個搖搖擺擺輪鋼劍。一個捨死忘生生往裡鑽，一個尤雲殢雨將功幹。撲撲簪簪皮鼓催，嘩嘩礴礴槍對劍。叭叭嗒嗒弄響聲，砰砰拜拜成一片。下下高高水逆流，汩汩湧湧盈清潤。滑滑溜溜怎住停，攔攔濟濟難存站。一來一往□□□，一冲一撞東西探。熱氣騰騰妖雲生，紛紛馥馥香氣散。一個逆水撐船將玉股搖，一個艄公把舵將金蓮揝；一個紫騮猖獗逞威風，一個白面妖嬈遭馬戰。喜喜歡歡美女情，雄雄糾糾男兒願；翻翻覆覆意歡娛，鬧鬧挨挨情摸亂。你死我活更無休，千戰千贏心膽戰。口口聲聲叫殺人，氣氣昂昂情不厭。古古今今廣鬧爭，不似這番水裡戰。（第二十九回）

以表達較為抽象的詩詞表現，能使讀者有另一層想像的空間，也就是使用另一種較為隱

上。因為這些地方，若有非常親密的男女關係，否則一般是看不到的。尤其烙上這樣的印記，也是一種身體所有權的代表，對於這樣的要求，有的是男人先提出，有的是女人為了表示忠貞，自己先提出，但在《金瓶梅》中，「燒香」所代表的是欲望、占有心理和錢財印記。

108 張廷興提及，歷代詩詞歌賦中不乏表現男歡女愛的作品，但礙於文體的限制與審美要求，無法展開和完成性愛活動較為詳細全面的紀錄，更無法細膩分析性愛的心理與特點，而小說可以透過特有的刻畫手段與描寫，較為具體的展現人物的性活動。張廷興撰：《中國古代豔情小說史》（北京市：中央編譯出版社，2008 年 1 月），頁 35。

晦的方式喚醒讀者的性意識，使其更加自覺於身體欲望的存在。

作者更以誇張、有趣的打油詩將性活動比擬為戰場殺敵的景況，為了誇大性徵，甚至將性器獨立化或把人器官化，如第二十九回西門慶與潘金蓮兩人「一個顫顫巍巍挺硬槍，一個搖搖擺擺輪鋼劍。一個捨死忘生生往裡鑽，一個尤雲殢雨將功幹。」被形容成武器交戰的樣子，第十三回也以「戰良久，被翻紅浪，靈犀一點透酥胸；鬥多時，帳搖銀鉤，眉黛兩彎垂玉臉。」用「戰良久」比擬性行為的持久。第二十九回「你死我活更無休，千戰千贏心膽戰」，可見雙方矛盾心理是欲以身體情欲征服對方，更渴望對方能滿足自己。不可否認這類描寫是豔情小說的常態。[109]

但《金瓶梅》跳脫豔情小說的窠臼，將主題延伸至反映「獨罪財色」的思想，關注的是身體如何運作，性愛活動的背後不僅是性欲的驅使，而是伴隨著另一股改變兩人關係的力量，使「性愛活動」的意義複雜化，如吳月娘與潘金蓮的性愛活動包含求子因素，而求子不僅為了延續香火，更是為了鞏固地位；地位較低下的女性，其性愛活動便是為了提昇地位以滿足物質需求。當西門慶與潘金蓮的性愛活動如戰爭般的展開時，配合潘金蓮前後表現來看，如前文所列的第二十八回與第二十九回，前者是剛得知李瓶兒有喜，後者是有計畫的將自己的身體擦的雪白，「使西門慶見了愛他，以奪其寵。」可見其目的性，一旦性愛活動出現了目的性，會讓當事者加倍努力的表現，對女性來說，她們的賣力不僅是為了讓對方臣服於自己，也是為了提高對方對自己的依戀以達目的。

不似其他妻妾在當下的性欲望與興奮心理表現，較為平淡無奇。以孟玉樓與吳月娘在抒發情欲時的表現做對照：

> 西門慶不由分說，把月娘兩隻白生腿扛在肩膊上，那話插入牝中，一任其鶯恣蝶採，殢雨尤雲，未肯即休。正是：得多少海棠枝上鶯梭急，翡翠梁間燕語頻。不

---

109 張廷興認為，豔情小說以宣揚性愛快樂為宗旨，內容便有較多新奇與刺激的感官享受，十足展現出露骨、渲染、粗俗的特徵，刻畫手法直白，對男女的交往、身體與性器官反應、性愛表情與動作、性愛方式、頻率與過程等，都有極為誇張的描寫。如《巫山豔史》中的李生，在短短的十六回中，相繼與多人私通，最後全成為他的妻妾，共八人，且將性愛過程描述的極為詳細，第四回李生與翠雲行樂：「相摟相抱，並頭睡下，復將翠雲身體撫摩……公子淫心頓起，陽物昂然又舉……又幹起來……將龜頭抓著了花心，研研擦擦，弄的翠雲酥癢異常，淫波滋溢，汩汩其來……」這種令人心跳加快的景象至少有十六處以上，可見篇幅之大。陳慶浩、王秋桂主編：《思無邪匯寶第貳拾冊‧巫山豔史》（臺北市：臺灣大英百科出版社，1995 年 5 月），頁 58-59。《金瓶梅》之所以有被歸類為豔情小說之一，甚之被列為豔情小說成熟的標誌，便是因為它符合豔情小說的基本特徵，但又進一步擴展至家庭、社會層面等，因此不能將其侷限於豔情的範疇之中。《中國古代豔情小說史》，同註108，頁 34-43。

> 覺到靈犀一點、美愛無加之處，蘭麝半吐，脂香滿唇。西門慶情極，低聲求月娘
> 叫達達，月娘亦低幃睚枕，態有餘妍，口呼親親不絕。（第二十一回）

> ……那西門慶那裡肯依。抱定他一隻腿在懷裡，只顧沒稜露腦，潛抽深送，須臾
> 淫水浸出，往來有聲，如狗舔糨子一般。婦人一面用絹抹之，隨抹隨出，口內不
> 住的作柔顫聲……（第七十五回）

比起潘金蓮「行房如戰鬥」的場景，性行為中帶有相互「征服」的意味，兩人顯然是溫
和地享受著男人與女人之間最自然的關係，最單純簡單的性欲抒發，相較之下可發現潘
金蓮也是透過身體欲望的狂熱追求與滿足來實現自己身體的價值，而這些豔情小說主要
的寫作手法，超出了豔情小說僅是張揚性愛愉悅的意義，就女性的表現來看，可說是進
一步成為烘托《金瓶梅》主旨的表現手法。

三、小結

　　《禮記·禮運》有云：「飲食、男女，人之大欲存焉。[110]」愛欲與食欲一樣不可或
缺，而《金瓶梅》藉由食、性兩者的相互推展，渲染人的動物性本能，毫不掩飾地描寫
交媾行為。笑笑生對於《金瓶梅》中身體所展現的情欲線索，除了以食物比喻女體的可
口絕美，各式各樣的茶酒點心伴隨著一場場交媾的發生，也成為男女間風流的媒介，[111]
更凸顯晚明性享樂的趨向。在身體的情欲書寫上，笑笑生則是利用了臨幸次數、性愛描
寫篇幅、交媾的偷窺等敘事手法展示眾妻妾在性事上的不同表現，更以此凸顯她們對西
門慶在性事上的重要性。本書更以「性放縱」與「性壓抑」綜觀眾妻妾在情欲書寫上的
敘事表現，上述所言的性事表現也可作為本書對於敘事表現的論述旁證，如作為「性放
縱」代表的潘金蓮，無論是行房次數、性愛篇幅等都是最突出的，反觀孟玉樓為了明哲
保身而壓抑自身情欲，在性愛的表現上就略遜一籌。

　　探究「性放縱」的前因後果，證明《金瓶梅》中的男女之欲，主要追求的雖然是性
欲官能的滿足，但同時也能滿足個人精神需求，如潘金蓮願配一個如意郎君，[112]或是像

---

110 十三經注疏整理委員會整理：《十三經注疏·禮記》（北京市：北京大學出版社，2000 年 12 月），
頁 802。

111 有關飲食與性交的互動可參考胡衍南《飲食情色金瓶梅》，作為人類身體生物性的進食與交媾功能，
是否具有某些特殊的文化意義與時代的演變性，因此該書將各種美食佳餚與交媾過程的關係做一更
深層的探索。《飲食情色金瓶梅》，同註 104，頁 175-240。

112 潘金蓮曾彈唱〈山坡羊〉：「想當初，姻緣錯配，奴把他當男兒漢看覷。不是奴自己誇獎，他烏鴉
怎配鸞鳳對？奴真金子埋在土裡，他是塊高麗銅，怎與俺金色比？他本是塊頑石，有甚福抱著我羊

她與王六兒一樣為了滿足物質需求，展現男女之欲意識的盲目性。藉由笑笑生所做的身體情欲書寫，本書觀察到的是男女之欲的普遍性，以及不論縱欲目的，《金瓶梅》呈現的是性欲的無節制性。以家庭關係來看，「性放縱」與「性壓抑」也是造成妻妾關係不和睦的原因之一，此時身體所延伸承載的是另一層家庭的權力關係。由此可見《金瓶梅》中的情欲與權力是關係是密不可分的，而「性放縱」與「性壓抑」兩種不同的下場，更是作者透過縱欲亡身的結局表現對於這些縱欲濫淫人物的不滿與批判。

第三節　結　語

　　人類的身體生物性其實大同小異，但其所具備的社會、環境條件卻有很大的差別，每個身體的發展階段皆能表達出不同的社會經驗與遭遇。作者利用言語突出人物的性格，小說語言之美，最容易使人受到對生活的逼真摹寫，令人有如見其人，如聞其聲，如臨其境的審美感受。[113]小說中的對話書寫不僅是作者獨特風格的展現，也是刻畫人物的利器，言談中會透露自己的想法，表現個性的優缺點。《金瓶梅》中的人物幾乎都有著個性化的語言，如潘金蓮的尖酸刻薄與諷刺，[114]孫雪娥的無知與不識大體[115]……等，營造了這些人物的立體深度。檯面下作為妻妾權力之爭的文本，《金瓶梅》中有許多心理上的描寫，且往往較易於表達她們真實的個性，潘金蓮便常暗思如何奪回漢子的寵愛，如何設計陷害、排除異己；吳月娘也想著如何保全自己的地位，這些在在從文本中所透露的心理活動為讀者所得知，更藉此發現人物內心世界的複雜與微妙，不能僅以嫉妒心態概括她們的內心世界，必須接近她們的生活，認清她們所處的「現實」與衝突，才能

脂玉體？好似糞土上長出靈芝。奈何？隨他怎樣，倒底奴心不美！聽知，奴是塊金磚，怎比泥土基？」表明以自己的姿色與伶俐，應該可以嫁到一個更好的丈夫，在見到武松後，便一廂情願的希望有段姻緣，最後更是如願嫁給西門慶。

[113] 魏飴撰：《小說鑑賞入門》（臺北市：萬卷樓圖書公司，1999年），頁223。

[114] 第五十七回寫到，潘金蓮偶然聽見吳月娘與李瓶兒在討論官哥長大作官的遠景，禁不住地破口大罵：「沒廉恥，弄虛脾的臭娼根，偏你會養兒子哩！也不曾過三個黃梅，四個夏至，又不曾長成十五六歲，出幼過關，上學堂讀書，還是水的泡，與閻羅王合養在這裡的，怎見的就作官？就封贈那老夫人？」又如六十回李瓶兒死了兒子後，潘金蓮幸災樂禍地道：「賊淫婦，我只說你日頭常晌午，卻怎麼今日也有錯了的時節……老鴇子死了粉頭，沒指望了。卻怎的，也和我一般。」這種尖銳、忌妒性的刻薄話語，便是潘金蓮特有的說話方式。

[115] 在第十一回中，孫雪娥被西門慶踢罵了一頓之後，被西門慶都聽見其抱怨，又吃了幾拳，但沒學到教訓，搞不清楚現今情勢，馬上與吳月娘告狀，反被潘金蓮將了一軍，又被西門慶毒打一頓，可見孫雪娥的無知，不知道如何保護自己。

把握住她們藉由身體在各情境所展現出的行為與背後隱涵。

心理活動的表現大都涉及肢體動作，動作的刻畫能展現人物的性格與形象特點，使其鮮明化，人物的一舉一動都顯示其在社會中所處的特殊地位，以及該人物的獨特性格與在特定場合下的心理狀態。[116]孫雪娥曾諷刺潘金蓮走路無聲，藉以映證潘金蓮好窺探他人隱私的特點；作者也花了功夫描摹她妝飾身體的動作，強化她搶攔漢子的手段。甚至有些情緒是可以形之於外，作者對於吳月娘與潘金蓮憤怒心理的描寫便很深刻，前者是氣的兩腿都軟了，無法思考；後者卻是充滿有活力的發洩在奴婢身上，甚至借題發揮，由此也可看出個性所造成反應的不同。藉由身體動態的展現，大致上可從幾個方向作結：

一、身體如何變為權力的對象

約翰·奧尼爾揉合了人類身體所具有的「生理性」與「溝通性」的雙重性[117]，使身體重新獲得新的價值標準，更包含著深刻的社會內容，因此人類的身體也可說是社會的身體，在我們通過身體去思考社會的同時，也不斷地被社會影響，甚至通過社會對我們的身體有所反思，而其中思考與影響、被影響的就是人們互動模式中，你來我往的權力網絡與被權力作用的自身及模式。

權力以不同方式作用於身體，若從身分地位來看權力的運作，首先會發現權力所被證明的合法性，一個人或團體若要施展其權力的前提就是要有高人一等的地位，且這個地位是必須有制度或習俗作為保證，使人信服。[118]吳月娘是西門慶的合法妻子，她所擁有的權力自然能在合法化的基礎上運行，然而實際狀況的複雜性是：被控制的人往往表面上承認控制者對自己的影響力，卻也不斷想推翻其背後的合法性。中國家庭社會對於「權威」系統是非常重視，妻以夫為綱，妻又作為家中其他女性的表率，而權力最明確的展現方式，即是行使「支配權」，擁有越多的支配權，代表其權力的範圍越大。西門慶是西門府中權力的集中點，只要受其寵愛的女性，大都能突破現實的社會地位，因為女性多以身體換取接近西門府權力核心的通行證。若以女性群體來看，具有正室地位的吳月娘的確是擁有最多權力的人，從服飾、座位、行為表現都可看出她是女性中權力的集中點，大家對她又敬又愛，但實際對她的態度是：「假尊敬，愛靠山」，因此吳月娘是被相繼攏絡巴結的對象，讓潘金蓮一入門便急於討好。

一層層的階級制度表面上雖維持了家庭的和諧與秩序，卻也是迫害女性的無形殺

---

116 葉朗：《中國小說美學》（臺北市：里仁書局，1994 年），頁 88。

117 《身體五態──重塑關係形貌》，同註 1，頁 4-5。

118 翟學偉撰：《中國社會中的日常權威》（北京市：社會科學文獻出版社，2004 年 1 月），頁 32-33。

手。[119]為了爭奪權力，總有人無所不用其極的除去心中的絆腳石，即使對權力無所用心，人與人之間的交際關係總是複雜的牽扯著，只要身處權力爭奪的場域中，身體便已陷入其中，時時刻刻遭受他人生心理上的碰擊。地位固然可以予人權力，但權力似乎阻隔了人與人之間的情誼，也容易使人沉淪。[120]在文本中可以看到留有子嗣是傳統婦德所要求，在李瓶兒得子後，相較於潘金蓮的冷漠，吳月娘拿出滿腔熱情，對於官哥的疼惜之情不輸西門慶，展現對香火延續的關心，私底下弄來生胎符藥，成就延續西門府香火之事；而潘金蓮也試圖求子以保地位卻功敗垂成，只得不斷製造衝突與矛盾；李瓶兒灑金以服人，謙恭有禮的對待所有人以獲好評；孟玉樓選擇深陷虎口，站在潘金蓮身邊以求保；孫雪娥與李嬌兒時時刻刻等著抓住潘金蓮的把柄伺機回擊。不論地位、手段，最後能討西門慶歡心的，就是贏家。因此藉由身體動態的分析，的確可以看到身體做為權力爭奪的媒介，同時也成為權力施展的對象，在這過程中，卻也要經歷各種身體的滿足與死亡等過程。

二、性欲作為身體與權力的中介嵌結點

「性欲在佛洛伊德的精神分析學中是一個『潛在』的媒介，也就是說，凡是超常的言行舉止，佛洛伊德都把它當作是性欲的變種，這樣性欲就變成是最優位或最先性的權力媒介。[121]」性欲是正常的生理需求，但當性欲超出生理欲望所能控制而形成某種更為強烈的心理欲望時，便轉而指向權力欲求。換句話說，身體同時具有生物屬性與社會屬性，更可說是生物屬性（情欲）與社會屬性（權力）的中介點。因此對性欲的追求同時也包含了權力的期待。在《金瓶梅》中，潘金蓮、宋惠蓮、王六兒與如意兒是最了解也是最會利用自己身體的人物，要生存得先意識到身體的存在，且要滿足身體需求，而身體的欲望需求又非得靠身體本身去爭取，表現在文本中，除了與西門慶進行性行為外，描寫最多的便是潘金蓮如何用打情罵俏的獨特方式與西門慶溝通。在性事中，女性多處於被支配的地位，當被支配者有所求時，會接受所有屈辱以達成目的，因此她們對西門慶所提出性事上的要求大都願意配合，潘金蓮甚至自願為西門慶咽尿，讓西門慶大悅，甚至意猶未盡，教如意兒也如法炮製，而如意兒果真照做以討到西門慶的歡心。[122]

119　《從婚姻、嫉妒、性欲看《金瓶梅》中的女性論》，同註42，頁22。

120　《從婚姻、嫉妒、性欲看《金瓶梅》中的女性論》，同註42，頁24。

121　《身體權力學》，同註2，頁111。

122　第七十二回中，潘金蓮虛情假意的對西門慶說：「我的親親，你有多少尿？溺在奴口裡，替你咽了吧！省的冷呵呵的熱身子你又下去，凍著倒值了多的。」而後食髓知味，在第七十五回也叫如意兒照作，讓權力占有欲極強的西門慶聽了果然非常歡喜。「在動物性行為上，『尿』是一種動物體味

《金瓶梅》作者也直言：

> 大抵妾婦之道，蠱惑其夫，無所不至。雖屈身忍辱，殆不為恥。若夫正室之妻，
> 光明正大，豈肯為此！（第七十二回）

身為小妾的潘金蓮，若不安於自己的身分，就只得為了爭取寵愛與權力地位而屈辱至此，甚至不停尋找性愛方式的創意。第七十二回中，潘金蓮替西門慶改良淫具的用法，激情過後，便馬上開口要李瓶兒的皮襖；第七十五回中，如意兒也是在行房過後，得到西門慶所贈的金赤虎；宋惠蓮更是連親吻都不忘索取好處；王六兒也是藉由此道拿足房子、金子。女性在性愛的重要時刻索討物質所需，乃由於西門慶樂於在此中達到一種施予的虛榮，女性對身體的展現也因此成為性欲的兜售。[123]反之，其他如孟玉樓、李瓶兒安於自己的身分地位與物質生活，便不需委屈自己，讓原本應處於平衡的性欲、身體與權力，失重於性欲與權力，反而將作為生存價值基礎的身體拋諸腦後。

三、情欲追求的目的

飲食與性是人皆有之的兩大欲望，但性的追求卻比食欲的滿足遠不知複雜多少，食欲的滿足，是個體可單獨完成，而性欲的追求，多半需要一個現實或想像的對象，或是牽涉到其他追求性欲的過程中所衍伸出一系列的問題。[124]本書以交媾對象為西門慶，分析妻妾們的交媾行為，除了滿足自身的情欲需求外，還具有何種特殊的目的性，以及無法得到正常性欲抒發時的追求行為。因李嬌兒重財，孫雪娥不受重視，而孟玉樓追求的是生活上的安穩，故在爭寵戰中，不似潘金蓮不擇手段的利用性愛贏得寵愛。面對爾虞我詐、時時醞釀著山雨欲來風滿樓氣氛的環境，孟玉樓清心寡欲，第十一回中，西門慶看到她與潘金蓮在花園下棋，她一見到西門慶便轉身要走，表明她不爭男人的態度，安身立命才是首要的。雖然在第七十五回有與西門慶交媾的描寫，但也僅是真實呈現其生理方面的需求與快感的滿足，並不見有其他目的，此外也可從她在西門府中不爭寵、少

的留存，具有領域占領與宣告的意味。動物界習慣以自己的排泄物留置所行之處，為的就是以此味道向其他動物宣告疆域的動作。如果一個女性願意把男子身上最低賤的排泄物留在身上，不正象徵著一種無條件效忠專屬之意？」林景蘇：〈西門慶與西門府中的性王國〉，《南師學報（人文與社會類）》第 37 卷 2 期（2003 年），頁 33。

123 第七十五回中，如意兒也是在行房過後，告訴西門慶迎春要將頭飾給他，向西門慶討個金赤虎給她帶，而西門慶直接叫銀匠拿金子另打兩件給她與迎春，宋惠蓮更是連親吻都不忘索取好處，王六兒更是房子金子都拿足了。

124 《瓶中審醜——金瓶梅「色」之批判》，同註 7，頁 72。

嫉妒的態度，發現她所追求的是建立在相互愛慕與平等尊重的婚姻，一種在一定程度上超越傳統婦女婚姻悲哀的嚮往，因此最後如願嫁給李衙內後，作者主要敘述的是兩人如膠似漆的感情，在人欲橫流的《金瓶梅》中，這是少見的真實情感。由於文本中少有所孫雪娥、李嬌兒、孟玉樓三人對於情欲方面的描寫，故將筆墨著重於吳月娘、潘金蓮、李瓶兒三人之上：

吳月娘在傳統教育下，事事以婦德作為準則，甚至以此為榮耀，雖不時表現出漢子被把攔的不滿，有機會就聽經宣卷，企圖從宗教中得到情緒的安撫與解脫，但從她歡天喜地的利用求子偏方與雪中拜斗焚香祈願上天「祈佑夫早早回心，不拘妾等六人之中，早早嗣息，以為終身之計，乃妾之素願也。」（第二十一回）可見她念茲在茲的是為夫家傳續香火，「不孝有三，無後為大」的傳統觀念，對她而言是一種無形的壓力，但李瓶兒已在第三十回中為西門府添上男丁，吳月娘卻又在計畫下使用薛姑子的「種子靈丹」與王姑子的「頭胎衣胞」，與西門慶交媾，承歡以求子息時，更在心中暗忖：「他有胡僧的法術，我有姑子的仙丹，想必有些好消息也。」可見她對性的期望除了在於生育功能外，潘金蓮一席嘲諷之言[125]，讓她燃起宣示主婦地位的想法，情欲在此時也成為吳月娘重拾尊嚴的利器。

潘金蓮是《金瓶梅》中性放縱的代表，除了原欲性的追求享樂外，更多是想藉由與西門慶緊密的性關係，得到在家中顛寒倒熱的權力，以及更豐富的物質享受，借欲歛財，因此她也萌生起生子的渴望，與吳月娘一樣設計生子機會，卻功敗垂成。相較於妻妾所表現出的情欲目的，地位較為卑下的女性，目標較為明確一致，不是錢財就是地位，因此可以看到如意兒不斷迎合西門慶的癖好，甚至身上被安了三個燒酒浸的香馬兒，表現出又苦又樂的矛盾反應；王六兒對西門慶也是百依百順，極盡所能地迎合他的嗜好，不僅與西門慶一樣喜愛肛交，看到西門慶喜歡根上束著淫托子，就用自己的頭髮做了一個淫具給他，迎合男人的手段並不亞於潘金蓮，[126]對於西門慶的要求她們是欣然接受，才能經常受到臨幸。然而身為小妾的潘金蓮居然也有以性事人的舉動，多次藉由性交向西門慶討好處，對於被要求肛交反應是「在下蹙眉隱忍，口中咬汗子難捱。」（第五十二回）西門慶主動要送她服飾，她覺得不夠，還要求另外一條裙子；更在交媾過程中討李瓶兒那件價值六十兩的皮襖，威脅著不繼續交媾動作，讓當時箭已繫在弦上的西門慶不得不

---

125 第五十三回中，吳月娘無意中偷聽到潘金蓮對著孟玉樓嘲笑她替李瓶兒養孩子，是奉承李瓶兒的舉動，讓吳月娘怒生心上。

126 甚至在第六十一回中，對西門慶說：「我的親達，你要燒淫婦，隨你心裡揀著那塊只顧燒，淫婦不敢攔你，左右淫婦的身子屬了你顧的那些兒了。」

答應（第七十四回）。

　　妻妾中只有潘金蓮有在床上屈身忍辱、「交易」的習慣，可見即使她的身分比一般女性高一等，實際作為卻與那些姘婦、妓女無差別。就性的權力關係而言，女性們的順從可解釋為滿足男性性主宰意識的技倆，藉由性服務得到男性的寵幸以達到目的。此外，常可看到她在交媾中會用某些方法達到增進雙方性愛的快感，如第七十二回與西門慶行房之後，主動說要幫他縫一條「白綾帶子」來增加性愛的歡愉，讓西門慶「心中覺翕翕然暢美不可言」，對她而言，追逐欲望是生理上的滿足，而挑戰帶來的成就感是心理上的滿足，因此當她欲求不滿時，不顧倫理尊卑地與僕人、女婿通姦，甚至在王婆家待售時，也無法克制自己的欲望，與王潮兒交媾，試圖利用欲望的釋放，獲取征服感、安全感等心靈上的慰藉，深陷在欲海中不可自拔。

　　反之，李瓶兒對性欲的追求偏向生理性滿足，從身為花子虛的夫人到一心想追隨西門慶的敘述，便好似瘋狂地投奔男性陽具功能的過程，一開始是她與花子虛之間「子虛烏有」的婚姻，接著她經歷了西門慶陽具的洗禮，稱讚其「醫奴的藥一般」，在待嫁落空的情形下嫁給蔣竹山，卻仍舊想要嫁入西門府，但她先是吃了一記悶棍，在重申西門慶是「醫奴的藥」，對他吹捧至極，才讓西門慶消氣，就情節發展來看，可知李瓶兒所在意的對象主要是那能讓她在性事上極盡歡愉的陽具，卻沒想到在進入西門府後，反而成為西門慶發洩性欲的對象。

　　由此可透顯出每個女性的性欲心理似乎不能隨意而論，須旁及其生活遭遇、性格與價值觀，不僅是一種普通的生理需求，而是將深層心理所缺乏的訴諸於性欲上，以性欲達到滿足基本生理需求，藉由赤裸的自然欲望的釋放，交換權力、物質生活，甚至獲取安全感與慰藉，尤其以潘金蓮最具代表性，甚至成為一個著名的文學形象，一個符號化的「淫婦」典型[127]。而傳統妻為天，妾為地的倫理規範，造成女性地位、權力相互制衡的利害關係，更將生子視為情欲目的，以鞏固自身的地位與尊嚴，因此眼紅的潘金蓮見李瓶兒因子得寵，吳月娘因懷孕而得到尊重，讓她只能自尋安置自己的方法。

四、權力情欲的滿足與衝突

　　潘金蓮始終在縱欲的淫海中載浮載沉，但細讀文本可發現她霸攔漢子是為了減少西門慶與其他女性獨處的機會，以避免枕邊私語會動搖西門慶的心，因為她自己也常在此時抱怨、挑撥西門慶與其他女人的感情，如第十八回兩人雲雨後，潘金蓮挑起吳月娘的

---

[127] 自《金瓶梅》遠為流傳後，西門慶就成為淫棍的代稱；與之相對的，就是「首席淫婦」潘金蓮。《金瓶梅典評》（西安市：陝西師範大學出版社，2008年9月），頁58。

諸多不是，讓西門慶聽的心頭一點火起；第十二回的潘金蓮私通琴童，孟玉樓也在西門慶到她房裡，兩人行房後替她說好話。可見在性行為發生前的浪漫氛圍、性欲高漲中，與發生後快樂的滿足時，西門慶皆有求必應，因此就滿足性欲而言，她也不似李瓶兒直接點明西門慶是「醫奴的藥」，而是反客為主的將西門慶視為滿足私欲的工具之一，若無法與西門慶同床共枕，她也可以找尋其他目標。

「權力」內含於「欲望」之中，是由人的內在生起，此種內在是生機不斷，若刻意阻止這種情感的躍動，無形中就等於是對自己生命的壓抑，而儒家講求「配義與道」，就是為了讓生命取得平衡。潘金蓮一方面為滿足一己之私，另一方面將身體做為奪權工具，原所奉行的是人性快樂原則，[128]卻因受到多方阻礙，被迫實行現實的原則，也就是爾虞我詐、明爭暗鬥，為了保存自身、爭寵、獲得肉欲的某種滿足，而失去人性地對他人施行猛烈攻擊，可說是極度膨脹了自己的動物性。簡單來說，性本能與外在的重重困境，受到限制的性欲會使當事者產生勢在必得的心理影響，在傳統家庭的體制下，她的地位不僅無法有所提升，最終也毀滅了自己。可見對於欲望與現實之間的衝突與適應，才是每位婦女追求生命價值中最重要的課題。

對於爭強好勝的潘金蓮來說，她自苦身世卑微，除了美色與才藝外，幾乎沒有所謂的家世背景，而母親的短視無知讓她惱羞成怒，認為她祖護自己的對手又拿人好處，自然難以平息心中的怒氣。[129]由此看出她強烈的自尊心在作祟，林太太有次說出潘金蓮從小在招宣府裡當使女，大家知道林太太與西門慶私通後，潘金蓮大罵林太太「醫家子都養漢，是個明王八」，吳月娘帶有諷刺意味的暗指潘金蓮並無資格罵她，因為她自己從小就在招宣府裡供人使喚，而潘金蓮的反應：

> 那金蓮不聽便罷，聽了把臉掣耳朵帶脖子紅了，便罵道：「汗邪了那賊老淫婦！我平日在他家做甚麼？還是我姨娘在他家緊隔壁住，他家有個花園，俺每小時在俺姨娘家住，常過去和他伴姑兒耍子，就說我在他家來，我認的他是誰？也是個張眼露睛的老淫婦！」（第七十九回）

潘金蓮惱羞成怒，因為她卑賤的過去被攤在檯面上，成了茶餘飯後的笑話，這是典型的自卑心態，也不難想像她的所作所為與張揚的個性，都是為了掩飾內心的脆弱，說到底

128 馮文樓認為「潘金蓮遵循的卻是身體的快樂原則，因而能夠隨時進入一種『狂歡化』的境地。這一『狂歡』擺脫的不僅是文化的束縛和禁忌，而且連性別的等級和權力也一拋棄了。因此，潘金蓮也可以反過來把西門慶當做洩欲的工具。」《四大奇書的文本書化學闡釋》，同註79，頁315-316。
129 《從「性別文化」看《金瓶梅》中的「情」與「義」》，同註92，頁113。

就是為了保護自己,因為人生過去有太多的不得已,對她而言,追求權力與欲望就是她的生命價值,但當她被剝奪或失去了讓她感到安全、有意義的東西時,汲汲營營追求的後果便是不斷出現許多脫序、破壞的行為。

潘金蓮的身體是一個永遠處於激烈狀態的實體,書中女性因為身體的權力不屬於自己,但身體本身又屬於個人在世唯一可利用的資源、唯一的價值根源,因此個人對身體的展現便是其求生之道,從此中尋找自己存在的價值與權力,但對於欲望的支配無法恰到好處時,便可能導致人性的淪喪,呈現出「失衡」的情況。本書將身體的尋找視為獲得權力、滿足情欲與過程、手段,因此在《金瓶梅》中,處處可見「身體」被作為權力鬥爭的核心,個人身體的被利用可內含於欲望的釋放,因為無論是何種行動都須以身體為基礎。例如在第二十一回至第二十六回,宋惠蓮欲與潘金蓮爭寵,不僅以小腳優勢取得西門慶的喜愛,更利用西門慶對己愛而有所要求,黃華:「如果給予適當的技巧,不僅肉體可以用不同的方式來利用和體驗,欲望可以被文化解釋所改變,而且肉體的每一個方面都可以完全改變。人,即使他的肉體,也沒有任何東西足以穩定地作為自我認識或理解他人的基礎。[130]」但若身體無法作為自我認識的基礎,就只是一個被控制、極不穩定的實體。

笑笑生通過社會的黑暗與絕望,揭示世事之醜惡,而張竹坡提出「獨罪財色」的說法:

> 悲夫!本以嗜欲故,遂迷財色;因財色故,遂成冷熱;因冷熱故,遂亂真假。因彼之假者,欲肆其趨承,使我之真者,皆遭其荼毒。所以此書獨罪財色也。[131]

說明財色問題為《金瓶梅》的中心主旨,笑笑生以理直氣壯的筆調為所有橋段作了詳細的鋪陳,以好色縱欲的因果關係,讓人物追尋不同路徑一步步走向死亡;更利用貪財縱欲的追逐過程,暴露人物的醜惡行徑,一切的依據都在情欲上。兩性之間的私密關係被放在枕席間,以財物與身體作為交易,男人的好色與女人的貪財成為文本中大部分性活動的原由,尤其對潘金蓮來說性更是掌握住西門慶身體的工具手段,因此《金瓶梅》中的性描寫不單只是性的描寫,而是立體化、可提供多種角度思考,具有深刻意義與原因。這些看似零散的生活片段,其實各個相互交錯、影響著向前推進,真實展現出團體生活中人與人之間的關聯性。

---

130 黃華:《權力,身體與自我》(北京市:北京大學出版社,2006 年 9 月),頁 86。
131 《金瓶梅資料彙編》,同註 15,頁 57。

　　告子也說：「食色，性也。[132]」「性」雖作為人類不可忽視的自然本能，但隨著社會群體的形成，讓這種純粹的自然表現成社會的自律行為，長期受到道德的調整、宗教的制約、風俗的禁忌等因素，使之充滿文化內涵，從生理欲望變成了文化行為。而晚明的思想帶有身體解放的色彩，身體的解域是當時社會最突出的特點，構成《金瓶梅》的寫實基礎，且因思潮讓身體擺脫了精神的管束，身體本有的自性衝動與欲望，便具有「不得已」的正當性。《金瓶梅》中對於身體欲望的描寫，是在描寫一種文化，一種產生於某個時間、活躍於某個階層中的獨特的身體文化。笑笑生一方面從理性上鞭撻這些欲望，尤其是性欲的惡性發展，一方面從女性深刻的形象描寫上，道出背後客觀的真實，描繪了妻妾之戰中的明爭暗鬥，突出之間的殘酷性，並彰顯女性身體價值的沉淪，反映當時婦女層中倫理觀念及其內涵的審美標準的變遷。

　　此外，對於身體欲望的描述，也可算是寫實的藝術，作家能深入到現實生活中吸取創作的真情實感，就是他能夠創新的泉源，因此張竹坡說：「作《金瓶梅》者，並曾於患難窮愁，人情世故，一一經歷過，入世最深，方能為眾角色模神也。[133]」可見忠於社會生活的客體性，是非常重要的，而這一系列所努力說明和最終體現的就是縱欲，而《金瓶梅》所呈現的死亡悲劇，就是對過度追求身體純粹性欲望追求的必然結果，說明女性若為了自身的欲望滿足，不顧手段與身段將身體導向惡與過度的發展，這是《金瓶梅》在一定程度上反映了社會對扭曲人性的禁欲所持的嘲諷和鞭笞的態度，就是對女性身體書寫的重要價值所在。

132　《孟子·告子》：「告子曰：『食色，性也。仁，內也，非外也；義，外也，非內也。』」十三經
　　注疏整理委員會整理：《十三經注疏·孟子》（北京市：北京大學出版社，2000年12月），頁349。
133　《金瓶梅資料彙編》，同註15，頁81。

第四章 《金瓶梅》中的女性身體觀

「身體觀」雖源於西方[1]，但歷來中國思想家對於身心關係的討論，也具有中國傳統文化的特質，錢穆言：

> 在西方係靈肉對立，因此又有感官經驗與理想思辨之對立，因此而有一個對立的世界觀。在東方人則心身不對立，理性思辨與感官經驗亦不分疆對立。孔子之所謂人，便已兼包理性與情感，經驗與思辨，而不能嚴格劃分。因此東方人對世界亦無本體界與現象界，或精神借與物質借之分。及現象中見本體，及物質上寓精神。因此東方思想裡亦不能有西方哲學上之二元論。[2]

中國人的身體觀是體現於社會人倫，與西方身心二分的觀念有著本質上的差異，如楊儒賓所謂「禮義身體觀」[3]，顯現的是社會價值規範所澈底滲透的身體，並非僅是具有生理功能的自然性身體，而是具有思維能力以進行價值判斷的道德載體，更使身體成為社會價值規範最具體的展現場所，而社會規範自人的外在而內化於心，身體的價值更需要透過自身精神修養才能得到，因此楊儒賓更提出中國身體觀也是一種「精神化的身體」[4]。「身體」是「心」的形體化，而「心」是「身體」的精神化，透過轉化的工夫才能使身體成為一個兼具生理與道德意義的有機體。

本書將所要探討的身體觀，定位於中西方的身體觀之間，不否認西方思想所認為感官與思想的對立說法，但又不得不承認兩者之間密不可分的關係，是必須兼顧內在的情緒感受，與外在物質或社會脈絡所運作的客觀身體，根據人物的經驗與身體自身的感受，對身體所處的環境以及環境所給予身體的影響作用。換句話說，撇開身心間不可避免的相互作用影響，前兩章對《金瓶梅》中女性身體的靜態與動態分析，揭示了環境對女性身體的制約與改變，各種偶然性不斷撞擊著身體，當身體達到某臨界點時，也會反向衝擊並

---

1 黃曉華著：《現代人建構的身體維度──中國現代文學身體意識論》（北京市：中國社會科學出版社，2008 年 5 月），頁 1。
2 錢穆：《靈魂與心》（新北市：蘭臺出版社，2001 年），頁 15。
3 楊儒賓：《儒家身體觀》（臺北市：中央研究院中國文哲研究所籌備處，1996 年），頁 8。
4 《儒家身體觀》，同註 3，頁 129-172。

改變環境,而當中所有的思考與過程就是作者透過文本人物所表現對身體的概念。

羅蘭巴特:「寫作乃自發於身體」[5],作者在時代氛圍的影響下,經由自身在文本中塑造相符的人物身體,因此研究小說文本中的身體,必定能從各種視角窺探作者與該時代的身體觀。人在日常生活中的言行舉止與思維活動,都需要從身體的經驗發生,汪民安:「身體是生命的限度,正是在身體這一根基上,生命及種各樣的意義才爆發出來。」[6]它也是人人必備的資產,在人類生命中占著舉無輕重的地位,更是提供社會知識經驗的基礎,以及與世界溝通的憑藉,生命的真實存在該如何被證明,生命又該如何被延續,就得依賴生物原生的本能。而「情欲」包含了人的喜、怒、哀、愛、懼、惡、欲七種感情與眼、耳、鼻、舌、身、意念所產生的六種欲念,涵蓋了人所有的情緒與欲望。而性與食同是人類生存的基本條件,尤其男女之情更為重要,是真情至性的表現,提及《金瓶梅》絕不能忽視這兩大本能。

本書將情欲與「性」視為一體之兩面,文本中的女性,在傳統綱常的規範下,雖然同樣受到地位與權力的被控制,但「妻」與「妾」間的尊卑之別,加上丈夫不公平的對待,讓看似關係緊密的女性們,在一次次事件中拉長彼此距離,因此本書聚焦於「情欲」與「權力」,梳理出情欲、身體與權力三者密不可分的關係,理解當生理欲望超出所能控制的範圍,形成更為強烈的心理需求時,權力對女性的誘惑與驅使性便更加強烈。故期盼能專注於文本中所提供的「身體」訊息,更深一層討論西門府中妻妾們的身體觀。藉由將前文身體的動態與靜態表現,置於社會——文化的視野範疇下,將身體觀分為「本能」與「功能」兩部分,探討女性身體的本質,其後加以分析男性社會下所主導的女性身體,以彰顯《金瓶梅》中女性身體表現的價值。

第一節　身體的本能論

本能是與生俱來,不需經由學習與教導便能獲得,而身體本能指向人類的行為正是為了滿足身體生存的基本條件,如人類需要食物才能維持身體的機能運作,缺乏食物便會出現飢餓感,飢餓也會驅使人類用盡方法獲取食物,因此即使本能是天生所有,也需要透過學習與教導才能有正向的獲取管道與利用。若單純將人視為「肉體」存在,便發現身體就像個欲望機器,源源不絕的產生欲望的衝動並實現之。單就「性」來看,所表現的初衷是生殖、繁衍,然而在經歷與「性」相關過程的感受中,產生的是與生殖無關

5　羅蘭·巴特著,劉森堯譯:《羅蘭巴特論羅蘭巴特》(臺北市:桂冠圖書公司,2002年),頁206。
6　汪民安:《身體、空間與後現代性》(南京市:江蘇人民出版社,2006年1月),頁23。

的快樂滿足，甚至將性愛活動視為一種滿足精神需求與生理需求的美感享受，性的目的不再只是簡單的繁衍，[7]而是單純為了求得身體快樂的手段，且指向性欲本身。

因此對於《金瓶梅》中所表現的「情欲」，我們不能僅有粗淺的認識，必須以社會文化的觀點，以及「性」同時作為一種生理需求與功能，該如何維持平衡的運作，從以上兩方面對文本中女性對「性」的需求性，做不同的整體評估，有關涉及社會與權力部分的論述，將置於本章第二節討論，以下將分為三部分說明《金瓶梅》對女性性欲的展現，檢視身體如何表現生物的本能性，以導向該書的身體觀：

一、熾熱的激情：作為生命機能之一的快感

(一)快感作為露骨的身體表徵

在《金瓶梅》中，性欲的釋放與自足成為人物行動與情節發展的內驅力，這些性行為描寫赤裸裸的展現在文字上，而放縱情欲的最佳體現就是快感的過度表現，情感支撐的是精神層面的提升，快感則是對肉體的滿足。《金瓶梅》中對於情欲的呈現，卻一面倒向快感，無論何種身分地位的女性，對於身體處於激情狀態時的表現，都是極具快感，以下就妻妾所表現的快感作一整理分析：

人物	快感表現	原文
吳月娘	歡愉	一任其鶯恣蝶採，殢雨尤雲，未肯即休……正是：意洽尚忘縫繡帶，興狂不管墜金釵。（第二十一回）
李嬌兒	無感	無敘述
孟玉樓	無感	口內不住的作柔顫聲，叫他（西門慶）：「達達，你可省往裡去。奴這兩日好不腰酸，下邊流白漿子出來。」（第七十五回）
孫雪娥	無感	無敘述
潘金蓮	歡愉與痛苦	歡愉：騎在他（西門慶）身上，又取膏子藥安放馬眼內，頂入牝中，只顧揉搓，那話直抵褒苞花窩裡，覺翕翕然渾身酥麻，暢美不可言……淫水隨拭流出，比三鼓，凡五換巾帕。婦人一連丟了兩次……（第七十九回） 痛苦：婦人（潘金蓮）在下，蹙眉隱忍，口中咬汗巾子難捱，叫道：「達達慢著些！這個不比的前頭，撐得裡頭熱炎火燎疼起來。」……星眼矇矓，鶯聲款掉，柳腰款擺，香肌半就，口中豔聲柔語，百般難述。（第五十二回）
李瓶兒	歡愉與痛苦	痛苦：李瓶兒道：「達達慢著些，頂的奴裡邊好不疼。」
備註		1. 吳月娘與孟玉樓在文本中出現的性愛場景僅此一處。 2. 潘金蓮因例子過多，此處略舉兩處以作舉證。 3. 文本中雖未對李瓶兒身體所產生的性愛快感有明顯敘述，但從李瓶而在性事上將西門慶視為「醫奴的藥」可確認其快感的歡愉。

---

7 彭春富：〈身體與身體美學〉，《哲學研究》，2004 年第 4 期，頁 59-66。

就連清心寡欲的吳月娘也展現出對性的享受與接受度，此時的她已掙脫傳統禮教的道德枷鎖，毫無掩飾展現自己的情緒感受與對性的渴求，在雙方的相互滿足中，讓身體達到快樂的境界，雖與潘金蓮多次得到性高潮的愉悅有程度上的不同，但其身體所展現的是最自然、毫無遮掩的欲望，是一種對原欲、追求愉悅的感受，享受單純的肉體快感。

孟玉樓、李嬌兒、孫雪娥被歸為「無感」，乃作者有意區分妻妾們快感的有無，孫、李二人的無感源於兩人不受寵，而孟玉樓的無感則是其刻意迴避，因為西門慶所給予的「性資源」，是妻妾們相欲爭奪的快感滿足。[8]而潘金蓮、李瓶兒兩人的快感不時參雜了身體的痛苦，一方面是為了接受西門慶在性事上的求新求變，一方面也是為了自己的身心欲望，[9]讓性愛快感多了另一層意義。

快感不僅是單純的身體表現，同時也是一種傳達情感的媒介。當兩人毫不掩飾地展現自己對性的需求且互相滿足，追求自我身體愉悅的同時，也成就他人身體的快感滿足，當中所傳達的情感或需求，就是快感體現於身體的深層意義。如吳月娘謹遵禮教，在傳宗接代的期待背後，作者也不得不承認性快感對於身體的影響力，而將其真實的態度表現出來。對於李瓶兒，作者更直接將她的人生歸宿以快感滿足為標的，足見快感是身體最真實的表現與其重要性。但在《金瓶梅》中，得到快感的同時也是讓身體處於危險之中，若將性滿足所賦予的快感視為身體擁有物的一種，要獲得期望中的快感便必須利用他人的身體，透過雙方的合作才能通向情欲滿足，甚至非得打破其他人對性快感的期待，因此當潘金蓮無法從西門慶身上獲得快感的滿足，便會將責任推向其他女性並給予反擊，當她看到李瓶兒的受寵，便心有不甘地指桑罵槐，[10]這就是作者藉由妻妾們所獲得快感的差異，彰顯一夫多妻制下女性身體快感的被瓜分，身體的本能一旦無法獲得滿足，匱乏感便會延伸至心理上，甚至作用於身體行為中，造成更多的衝突與心理畸變。

(二)快感與情感的失衡

《金瓶梅》所表現的快感，大部分是為了展現顛鸞倒鳳的縱欲狀態，尤其有關潘金蓮

---

8 凱瑟琳·卡爾麗茨：「孟玉樓盡力使自己從家庭內毀滅性的性交方式逃脫出來，而吳月娘是命中注定她信教比性交更熱心。」凱瑟琳·卡爾麗茨撰：〈金瓶梅以家喻國的隱射〉，收錄於王利器編：《國際金瓶梅研究集刊》（成都市：成都出版社，1991年7月），頁81。

9 如同文中所言，《金瓶梅》中所展現的快感不僅是生理上的快感，更多的是藉由賦予對方的快感，獲取其他需求，李瓶兒的情感、潘金蓮的安全感，以及其他女性的物欲等，讓性愛不僅僅是性愛，也是對其他事物的渴求與手段。

10 第六十回中，官哥被潘金蓮間接害死後，認為李瓶兒以失去讓西門慶疼愛的本錢，指著秋菊罵李瓶兒：「我只說你日頭常響午，卻怎麼今日也有錯了的時節？你斑鳩跌了蛋——也嘴答谷了。春凳折了靠背兒——沒的椅了。王婆子賣了磨——推不的了。老鴇子死了粉頭——沒指望了。」

的敘述，可見其性欲是不分日夜、地點，如同野獸般的受生理性所驅使，[11] 從性本能的衝動，到獲得滿足之過程結果，僅是為了肉體的歡愉，何來情感可言。即使是面對少有的情感表現，也多立足於對快感的追求上，李瓶兒即是最鮮明的一例，若不是西門慶給她狂風驟雨的肉體快感，難保她還會有臨終前深情的表現，而不是與對蔣竹山一樣的厭惡態度，可見她對肉體情欲的渴望延伸至她對西門慶那纏綿的情感，對蔣竹山棄若敝屣的態度就是最好的反證。馮夢龍在《情史類略》中說明了「情」的功效：

> 六經皆以情教也。《易》尊夫婦，《詩》有關雎，《書》序嬪虞之文，《禮》謹聘、奔之別，《春秋》於姬、姜之際詳然言之。豈以情始於男女，凡民之所必開者，聖人亦因而導之，俾勿作於涼，於是流注於君臣、父子、兄弟、朋友之間而汪然有餘乎！異端之學，欲人鰥曠以求清靜，其究不至無君父不止，情之功效亦可之矣。[12]

說明男女之情於人倫之間的重要性，情是極具感染性的力量，是自然而然不求回報的關懷情性，可以改變人之個性與作為，使無情之人得到心靈上的慰藉而轉變為有情之人，但笑笑生卻是藉由性欲的滿足獲得情感的安慰，將人的肉體之欲導向為情性之自然，將情的感染力引向性欲的一面，讓李瓶兒從生理需求，獲得西門慶所給予的「醫奴之藥」後，昇華至精神需求，反而扼殺了真實情感的本質，在此時，文本中的情感終究為快感所淹沒，卻在李瓶兒成為人母後，快感的需求不復見，生命目標轉移至官哥的平安上，反而能完全壓抑身體快感的需求。

　　潘金蓮沉溺於低層的生理欲求階段，其思想作為僅停留在肉體的滿足與欲望的獲得，即使她偶有情感上情緒的表現，[13] 但也是因為欲望抒發受到阻礙與嫉妒心大起，皆涉及淫邪私情，並非「情」的真實表現，否則就不會與他人私會解欲了。相對來看，笑

11　第十六回當西門慶把他與李瓶兒的一夜春宵完整地告訴潘金蓮，她的反應是「淫心頓起，兩個白日裡掩上房門，解衣上床交歡。」第十八回寫她在碧紗帳內舉燭捉蚊時，發現西門慶那話兒「累垂偉常」，又是「淫心輒起」。

12　馮夢龍：《情史類略·序》（長沙市：岳麓書社，1984年4月），頁1。

13　第十二回，西門慶因迷戀上李桂姐而流連忘返，潘金蓮以詞表示閨中寂寞的思念之情。第三十八回雪夜彈琵琶也表現出她淫色之外的情感：「在房內銀燈高點，靠定幃屏，彈弄琵琶。……猛聽的房簷上鐵馬兒一片聲響，只道西門慶來到敲的門環兒響，連忙使春梅去瞧。他回頭：娘錯了。是外邊風起落雪了。』婦人於是彈唱道：『聽風聲嘹，雪灑窗寮，任冰花片片飄。』一回兒，燈昏香盡，心裡欲待去剔續，見西門慶不來，又意兒懶的動彈了。唱道：『懶把寶燈挑，慵將香篆燒。捱過今宵，怕到明朝。細尋思，這煩惱，何日是了？想起來，今夜裡，心兒內焦。誤了我青春年少。你撇的人有上稍來沒下稍！』」

笑生凸顯了身體激情的展現與真實情感的表現並不成正比，如吳月娘發自內心，以妻子之姿盡責地關懷西門慶，是不受任何肉體欲望把持的真正關懷，而孟玉樓的表現在西門府中雖不突出，但從她與李衙內的夫妻生活來看，也是情感重於快感的。

從妻妾的表現來看：

人物	快感與情感	其他影響因素
吳月娘	快感＜情感	傳統道德
李嬌兒	無表現	只重是物質金錢
孟玉樓	快感＜情感	安身立命而壓抑快感的需求
孫雪娥	無快感表現＜情感	不受丈夫重視，只好另覓夫婿
潘金蓮	快感＞情感	生心理欲望的氾濫
李瓶兒	快感＞情感 轉變為 快感＜情感	身為人母與為維護家庭和平而壓抑快感的需求

撤去物質因素的影響，每個人的身體所獲得的快感性質可說是一致的，對情感的表現則立足於該人物的生存目標與價值，但種種因素皆能使所得到的快感程度各有不同。人與動物的不同，在於動物的大腦只具有直觀反射性的運作能力，人類卻獨具有創造性的思維，因此動物的性現象被視為純粹生理規律上的肉體交合，有「性」無「愛」，[14]而人類可以結合「性」與「愛」，並將性行為昇華為肉體與精神合一的愉悅享受，發展出一種情感表現更為強烈的激情。但所謂「愛」與「欲」（「靈」與「肉」）交織的身體表現，在《金瓶梅》中幾乎見不到，作者以情感與快感不平衡的敘述表現，導向她們的人生結局，彰顯情感與快感對身體的作用與影響力。快感雖是身體的本能與需求，一旦需索無度，會直接或間接造成身體的不堪負荷，若能將情感至於首位，便能像吳月娘與孟玉樓一樣，保全身體至終老。

二、情色之累——死亡作為縱欲亡身的句點

「性」與「死」的關係是《金瓶梅》中不可忽視的線索，縱欲與死亡的對等關係是主宰、構成該書的全部情節，[15]無論是被毒殺的武大郎、被氣死的花子虛、血崩身亡的李瓶兒、自縊的宋惠蓮、被武松殺死的潘金蓮，或是貴為守備夫人卻因縱欲過度而死的龐

14　荒耕撰：《性文化》（西安市：西北大學出版社，1992 年 12 月），頁 1。

15　〔美〕楊沂撰：〈宋惠蓮及其在《金瓶梅》中的象徵作用之研究〉，收入於徐朔方編選校閱：《金瓶梅西方論文集》（上海市：上海古籍出版社，1987 年），頁 207-208。

春梅，他們的死因皆直接、間接透露出是源自「性」[16]的介入。「性」是一種生理現象，攸關人的全面生活，如婚姻、生殖等，然而在傳統社會中，女性的身體與情欲被冠上諸多禁忌及限制，被迫壓抑自己的本能需求。性的力量具有未知的神祕性，一旦讓身體有解放性欲的機會，在情欲的無限制催化下，會讓人「為所欲為」、「縱欲成癮」，耽溺於性享樂中，讓性脫離了生殖作用的原始意義，在《金瓶梅》中便成為作者以貪色好欲為人物身體消亡的伏筆。

　　閱讀《金瓶梅》，觸目而來的是一幕幕充滿身體快感的描繪，在情節推展中，這些快感描述似乎又透露出死亡的跡象，作者在第六回便道：

　　　　色膽如天不自由，情身意密雨綢繆。貪歡不管生和死，溺愛誰將身體俢。

儒家對於身體原欲的要求是持肯定態度，認為只要給予有條件的限制與規範，讓身體平衡的發展。[17]笑笑生對情欲的態度也是如此，他將性與死亡結合，表現於妻妾們對情欲的態度，並以此作為影響個人身體結局去向的主因：

人物	對情欲的態度	下場
吳月娘	壓抑	守節終老
李嬌兒	金錢欲大於情欲	回歸妓院
孟玉樓	壓抑	改嫁，生活美滿。
孫雪娥	半壓抑	外遇、自縊
潘金蓮	色欲過旺、欲壑難平	為色而敗壞風紀，間接為色而死。
李瓶兒	不知節制	因性落下病根，血崩而死。

若提及情色之累，甚至涉及身體的死亡，便要聚焦於孫雪娥、潘金蓮、李瓶兒三位的人生[18]。孫雪娥在《金瓶梅》中是最身不由己的女性，雖位居小妾，但她的情欲卻不能像

16　性可分為三個層次：「性」是一切生物中有生殖能力的本能反應，而「性欲」是一種交配本能，出自延續人類的目的而吸引男女的一種衝動和心理過程，「性衝動」則是一種尋求發洩的特殊感覺，基於肉體的需要，往往能變成性解除的手段。而本書此處索取「性」的意義，是從「性欲」導向「性衝動」，從身心理層面出發，看性愛是如何侵蝕身體機能，樂極生悲。彭芃等編譯：《婚姻中的性責任》（北京市：華夏出版社，1995年1月），頁13-14。

17　孟子曰：「人之異於禽獸者，幾希，庶民去之，君子存之。」因為人身是血肉之軀，必與禽獸同有食色之性，而人與禽獸之間那小小的差別，就在於人是有理性的動物，就是道德之所在，造就了人與禽獸間的絕對不同，因此只要好好發揮、存養人的道德心，就可以保存自身。十三經注疏委員會整理：《十三經注疏‧孟子‧離婁》（北京市：北京大學出版社，2000年12月），頁264。

18　因為本部分討論的情色之累，重點放在追求情欲的過程中，身體是如何因情色而有所損傷，甚至邁向死亡。

其他妻妾一樣有正常的抒發管道，身體的不受重視讓她只能退而求其次的尋找自己的可意人兒，此舉卻也帶她走向生命的不歸路。若說她是因情欲而亡，似乎說不過去，當她再度見到被西門慶陷害而遞解回原籍的來旺兒，兩人「欲心如火」（第九十回），熱情鼓勵對方一起遠走高飛，卻遭龐春梅陷害而跌入火坑，最後因情夫殺了陳經濟才自縊身死。回顧孫雪娥的一生，雖然沒有特別的情欲書寫，但從她的作為也可以看到她對於情欲的「半壓抑」，比起吳月娘的完全壓抑，至少孫雪娥可以誠實面對自己的身體，並設法抒解欲望，追求自主情欲，因此她的死亡可以間接歸咎於情欲與自我生存的不正當追求，也可看出身體作為欲望與道德告示板的世誡寓意。

笑笑生在首回就為潘金蓮貪色的性格與下場作了提示：

> 一個好色的婦女，因與了破落戶相通，日日追歡，朝朝迷戀。後不免屍橫刀下命染黃泉，永不得著綺穿羅，再不能施朱付粉。靜而思之，著甚來由！況這婦人他死有甚事？貪他的，斷送了堂堂六尺之軀；愛他的，丟了潑天閤產業。驚了東平府，大鬧了清河縣，端的不知誰家婦女？誰的妻小？後日乞何人占用？死于何人之手？（第一回）

「欲仙欲死」可作為潘金蓮性交表現的最佳註腳，意為將淫欲或無止境的色情與死亡作一連繫，形容性高潮時的極樂體驗，而王婷瑋認為「欲仙欲死」更是意味著男女在魚水交歡之時，身體處於感官享樂與死亡威脅的極端狀態，[19]「潘金蓮醉鬧葡萄架」即是最明顯的一例，原是西門慶有意「戲懲」潘金蓮，[20]用李子挑起潘金蓮的熊熊性欲，直到她求饒才肯滿足她，兩人行事之間，美愛無加，西門慶淫具、淫藥雙用讓潘金蓮「磣死的言語都叫出來」，卻又是「呻吟不已」，完全沉浸於性愛之歡愉中，卻因激情過度，淫具毫無預警的折斷在陰戶當中，讓潘金蓮在鬼門關前走一遭，雖是面臨瀕死的恐懼，卻

19　王婷瑋撰：《性與死：《金瓶梅》的主題探討》（臺中縣：靜宜大學中國語文學系研究所碩士論文，2006年），頁73。

20　第二十七回：「（西門慶）又把一個李子放在牝內，不取出來，又不行事。急的婦人春心沒亂，淫水直流，又不好去叫出來的。只是朦朧星眼，四肢軃然於枕葦之上，口中叫道：『好個作怪的冤家！捉弄奴死了！』鶯聲顫掉……初時不肯，在牝口子來回，播攝不肯深入。急的婦人仰身迎播，口中不住聲叫：『達達，快些進去罷！急壞了淫婦了，我曉的你惱我為李瓶兒，故意使這促，卻來奈何我！今日經著你手段，再不敢惹你了！』西門慶笑道：『小淫婦兒，你知道，就好說話。』……於是就是三四百回……婦人觸疼急跨其身，只聽磕磕響了一聲，把個硫黃圈子折在裡面，婦人則目瞑息，微有聲嘶，舌尖冰冷，四肢收軃，軃於裀席之上矣。尖冰冷，四肢收軃，然於裀席之上矣。……半日，星眸驚閃，甦省過來，因向西門慶作嬌泣聲，說道：『我的達了奴之性命，今後再不可這般所為，不是耍處，我如今頭目森森然，莫知所之矣！』」

也可謂體驗了性愛高峰那種無意識又異常狂樂的高潮。但即使如此，潘金蓮仍無法拒絕這種性欲交織死亡的魅惑，在次回（第二十八回）中，又再度上演。第五十一回，西門慶吃了胡僧藥與淫器的使用，讓潘金蓮「使進去從子宮冷森森直擊到心上，把渾身都酥麻了。我曉的，今日這命死在你手裡了，好難捱忍也。」在情極之下，高潮來臨前道：「五兒的死了」並「一度昏迷，舌尖冰冷，洩訖一度」。第七十三回高潮之後，也是「登時四肢困軟」。可見高潮過後，身體機能會急速下降，並在心跳加倍、呼吸急促下揮別激情，只剩下筋疲力盡，因此種種性高潮會讓潘金蓮險些喪命，這種毀滅性的快感，讓死亡與性愛高潮只有一線之距，一不小心便樂極生悲，尤其在最後第七十九回與西門慶性交，更是「一連丟了兩次」，當她沉浸於自己的享受時，卻在無意間將西門慶送向死神的懷抱。

　　李瓶兒在性欲上對西門慶的依附較其他妻妾更為強烈，我們可以確認她嫁給西門慶是因為他驚人的性能力與性事上突出的表現。當蔣竹山告訴他西門慶是打老婆的班頭，坑婦女的領袖，她不予理會，而早期能忍受花子虛在外尋花問柳，卻在與西門慶通奸後，無法忍受蔣竹山在性事方面的無能，立即將他趕出家門。[21]從第六十二回花子由與西門慶的對話就可以知道崩漏之症是李瓶兒的舊病，甚至花太監還不避嫌地給她專治的三七藥。[22]由此可以推斷，李瓶兒在認識西門慶前早就有婦女病症，在碰上西門慶後，激起情欲的火花，不顧自己的身體狀況，毫無節制的發洩情欲，在已知有孕時，卻還是接受西門慶的「疼愛」，在第五十回中，意識到身體的不堪負荷，依舊拒絕不了西門慶的索求，將身體推入汙血池中，生命隨之沉入其中。雖在生子後展現出前所未有的真情與母性，然而從前對性欲的貪求導致她血崩身亡[23]，隨著經血不停的流失，也代表其生命力漸漸消失殆盡。紅色鮮血的象徵該是充滿熱力絢爛的色彩，意味的是蓬勃生命力，但她卻將生命價值奉獻於情欲中。經血自古以來被視為穢物，因此在第五十回中，以月事未淨，會弄髒西門慶的理由拒絕他的求歡；第六十二回更因下體流血不止，只能在褥上鋪墊草紙，自嫌「屋裡穢惡」，不肯讓西門慶守著她，作者以此作為李瓶兒死於自身旺盛的性需求的諷刺。[24]

21　鄭明娳：大部分的研究者也將李瓶兒對西門慶的情感定位在性欲的追求與依附。〈欲海無涯，唯情是岸——《金瓶梅》的情與欲〉，《聯合文學》第 2 卷第 5 期（1986 年 3 月），頁 142。

22　從許多線索可看出李瓶兒嫁入西門府前與花太監的不倫關係，因為花太監的異於常人，讓兩人的性活動須以許多淫器助陣，間接影響李瓶兒不正常的性需求，甚至將西門慶的性能力視為救命之藥。《性與死：《金瓶梅》的主題探討》，同註 19，頁 63-64。

23　李瓶兒以孽死，便是作者有提示報應的終結。

24　陳婷婷：《論《金瓶梅》的性描寫與男性霸權意識》（上海市：上海師範大學碩士學位論文，2008年），頁 34-35。

從《金瓶梅》所描繪的世俗情狀與人物對性欲的需求可證明，性是實際存在的生理本能，作者也不得不承認，無論男女、貴賤、僧俗皆之，而文本中大部分人物所展現出的性意識竟如動物性般的盲目。潘金蓮見二犬交戀，居然發出「畜生尚有如此之樂，何況人而不如此乎？」（第八十五回）的感嘆，將自己與畜生相喻，因欲亂理，因此孫雪娥評其：「比養漢老婆還浪，一夜沒漢子也不成的，背地裡幹的那些齣兒，人幹不出，他幹出來。」（第十一回）作者也用極大的篇幅對潘金蓮性欲的追求與滿足做詳細描述，[25]顯示縱欲會使身體欲望遮蔽雙眼，走向人性扭曲的惡，尤其她與李瓶兒一樣喜愛刺激的性交方式，[26]讓身體一次又一次接受更大程度的性刺激。史提克曾認為：「對很多女人來說，突然陷入一種獸性的愛中，乃是獲得性高潮的必要條件。[27]」但在毫無限度地身體刺激下，一次次加倍損耗身體機能，最終讓這些縱欲者的身體，不自覺地自我溺滅於情欲之中，走向慘不忍睹的死亡，是為時已晚的生命啟示。而其他人對性欲本能的壓抑，反而保有了身體，彰顯了情欲讓女性因淫陷入家庭矛盾的糾葛中，而死亡的結局表現便是作者對縱欲人物的批判，尤其當性交活動只剩下肉欲的興奮與動物性本能的衝動而無法加以克制，不難想像死神會在一次次過度歡愉的性交活動中，一步步地悄然靠近。《金瓶梅》中，性與死的交纏，指向作者雖然正視身體的本能，卻又屢屢以理性與道德加以檢視女性身體的矛盾態度，然而卻也隱然呼應了屬於中國哲學式身心合一不可截然區別的身體觀。

三、女性身體越界的制裁

在人類進入父權社會並將性行為視為延續種族的目的，加上權力的操作，決定了男性必須是具有征服性的強者，且將性器官作為能力強弱的準則，早已內化為男性心中的制約想法。[28]而女性則被塑造為男性陽具的崇拜者，西門慶即是擁有異人的性能力、性魅力與性權力，讓許多女性為之瘋狂，除了李瓶兒與潘金蓮，就連招宣府中好風月的林

25　從行房次數的表格整理可看出各妻妾對於性欲的滿足程度，其中潘金蓮與西門慶行房次數居冠，不下三十處，其次為李瓶兒，除此之外，潘金蓮更多次因為西門慶未來她房裡過夜而大怒，更加凸顯她對性欲的高度需求，由此可看出作者有意將潘金蓮塑造為一個一生為情欲而活，卻也因貪色致死的人物。

26　從兩人對於淫具喜愛的程度可得知。

27　轉引自王溢嘉：《性·文明與荒謬》一書，史提克敘述一位女子只有在充滿肉欲且粗暴對待的性交才能獲得滿足。王溢嘉：《性·文明與荒謬》（臺北市：野鵝出版社，1996年6月），頁70。而王婷瑋認為極致毀滅性的性愛高潮，不論男女皆嚮往之，但難免稍有不慎而擦槍走火，讓性交的愉悅成為死亡的前奏。《性與死：《金瓶梅》的主題探討》，同註19，頁77。

28　《性與死：《金瓶梅》的主題探討》，同註19，頁23。

太太，對西門慶也是「一見歡喜」，更「見他陽物甚大」，[29]兩人一拍即合（第六十九回）。性愛活動是陽具與陰具對於肉體與精神的征服，彼此的愛撫，而渲染色情的小說對於男子的性能力多誇大其詞：

> 在性小說中，男子「久戰」有兩種情況：一是利己的，所謂「採陰」；另一種則是利他的，那就是對如何讓女子充分享受性快感。在色情小說所描寫的性活動中，除了狐精鬼魅，很少有以「採陰」為目的，絕大部分都以能否取悅女子作為性能力強不強和性活動成功與否的標準。[30]

因此西門慶以李瓶兒的歡愉為基準，與蔣竹山一比性能力的「高下」[31]，據此也可證明李瓶兒對西門慶的依賴。而《金瓶梅》的特殊之處在於部分女性對性的表現較男性突出、主動積極，如李瓶兒與潘金蓮，因此本書利用越界的概念，探討《金瓶梅》中男女性事上跨越性別的非常態表現。

　　從李瓶兒與蔣竹山在性事上的互動來看，蔣竹山希望利用淫具打動李瓶兒的心，但往往不被滿意，更因此心生厭惡，與其說他打動不了李瓶兒的心，不如說是因為滿足不了她的身體，可確認在性事上，李瓶兒反而以男性之姿主導了蔣竹山對性事的配合，顛覆長期以來男性作為操控者的不明文傳統，原本女性作為服務男性性工具的功能，在李、蔣二人關係中已倒置，本書視這種情況為女性身體的越界表現。[32]潘金蓮曾表示自己像個有骨氣的男子漢，並非普通柔弱的婦女，[33]連帶在性心理上有著男性那種進攻和占有的意識，也不足為奇，更以暗自較勁的方式，將自己以外的女人視為假想敵，為的就是征服在性事上處於主導地位的西門慶[34]，讓西門慶對她有所依戀。以下整理出潘金蓮的表現以茲證明：

29　笑笑生曾對西門慶那出眾的陽具做詳細的介紹：「原來西門慶自幼常在三街四巷養婆娘，根下猶束著銀拖就、藥煮成的托子，那話約有六寸許長大，紅赤赤黑鬏，直竪竪堅硬，好個東西！有詩單道其態為證：『一物從來六寸長，有時柔軟有時剛，軟如醉漢東西倒，硬似風僧上下狂；出牝入陰為本事，腰州臍下作家鄉，天生二子隨身便，曾與佳人闖幾場。』」（第四回）

30　王意如：《中國古典小說的文化透視》（上海市：文匯出版社，2006年11月），頁116-117。

31　西門慶曾戲問李瓶兒：「當初有你花子虛在時，也和他幹此事不幹？」（十七回）；更問李瓶兒：「我比蔣太醫那廝誰強？」（十九回）都是有比較意味存在。

32　可參考文本第十九回「草裡蛇邏打蔣竹山，李瓶兒情感西門慶」。

33　潘金蓮曾說：「我是個不戴頭巾的男子漢，叮叮噹噹響的婆娘，拳頭上也立得人，胳膊上走得馬，人面上行的人，不是那腲膿血，搠不出來鱉老婆。」（第二回）

34　包括要求性交與淫器的運用、性姿勢的選擇，如他喜愛採取「後入位」的性交姿勢，如第五十二回，便「令婦人馬爬在床上，屁股高蹺」等，請參見前文。

回數	事因	過程	結果
18	見西門慶醉酒，淫心輒起	叫婦人馬爬（轉而受制於男性）	得到滿足
29	將身體擦的雪白以等候西門慶	蘭湯午戰	得到滿足
52	早早澡牝等候，待漢子上鉤	潘金蓮勉強答應後入位的性姿（轉而受制於男性）	得到滿足
61	主動脫下西門慶褲子，激怒對方使出男性本色	西門慶戲懲潘金蓮（轉而受制於男性）	得到滿足
72	淫情未足，主動品簫，再不離口	咽尿以奪其寵（轉而受制於男性）	得到滿足
72	主動挑逗西門慶的陽物	主動打開淫器包	得到滿足
72	淫情未足，再次挑逗西門慶	主動要求改良淫具	得到滿足
73	主動挑逗西門慶的陽物	睡不多時又欲火焚身	得到滿足
79	見西門慶醉酒，淫心輒起	西門慶由著她掇弄	得到滿足

在李瓶兒有子萬事足後，潘金蓮意識到自己的地位岌岌可危，便時時展現出主動姿態與進攻意識，有意無意扮演了男性的角色，從而具有男性的性心理機制，客觀上衝擊到以男性為尊的封建倫理觀念。[35]在性事方面，潘金蓮的確如她所言，是個「我是個不戴頭巾的男子漢」（第二回）。然而從上述表格可看出，即使一件性事的開始是由她主動挑逗，但在過程中依舊轉為須受制於男性。由於交合過程需經由彼此付出才能得到快感，因此當她產生狂暴的欲望之後，視對象而定也會打斷她越界的的步伐，反而變為對方戲弄的對象，原本錯置的性別表現又回歸正常。

除了性事上的表現可視為身體越界外，女性身體從原本傳宗接代的工具與男性的性工具中脫身而出，轉變為對自己情欲的追求，也是一種越界的表現。文本中可見潘金蓮和西門慶一樣有許多性夥伴，頻繁地與男人效盡魚水之歡，與僕人琴童私通，與女婿陳經濟亂倫，被趕出西門府後又不甘寂寞地與王婆的兒子王潮兒苟合，將人類動物性的原始欲望發揮至極致，性能力與性需求並不亞於西門慶，且她與陳經濟偷情時，也多是她主動要求：「我兒，你娘今日可成就了你罷！趁大姐在後邊，咱要就往你屋裡去罷。」（第八十回）可見其處於主導地位。潘金蓮的表現可視為以陽剛化作為另類的外在包裝，通過扭曲的方式表達自己的被壓抑，利用性反常來迎合西門慶的控制，以引起注意，進

---

35 學者將之視為「性角色錯位」。「性角色錯位」一詞出自於李建中《瓶中審醜──《金瓶梅》色之批判》，意指性心理的性別的不正常表現。他認為在《金瓶梅》中的女性幾乎沒有比潘金蓮更主動積極，以及男性性心理的突出表現，在她身上幾乎看不到女性溫柔、體貼、甘願的性格特徵，反而其好強逞能、兇狠暴戾的程度，可跟西門慶相比。李建中：《瓶中審醜──金瓶梅「色」之批判》（臺北市：文史哲出版社，1992年），頁95-100。

而追尋自身的愉悅[36]。「性」是人類一個神祕而複雜的部分，既是身體上的需要，也是感情上的需要，更一種對幸福的追求，且只能靠與另一個人共同努力才能實現。因此潘金蓮身體的越界表現，也是她展現自身價值的方式之一，無視綱常禮教，主動追求自己的青春與生命，只可惜她過度期盼性欲能輕鬆得到滿足，對愛的渴望的心理價值隨之降低，[37]甚至不顧及對象的選擇，更不受道德與社會規範限制，過度的坦然與瀟灑，反而揭開因性心理的過度錯位而導致種種醜惡發生。

雖然在既定的生理事實上，性別是可以截然畫分，但許多人為界定的文化觀念的界限仍是流動不定，甚至依時代文化而有所不同[38]。就實踐而言，雙方交合時相互從彼此身上得到的快感，是以誰為主體，是為我還是為他？這種快感如何才能免於被剝奪、壓抑或是被利用、被主宰？在傳統觀念中，即使是私密的房事，女性在性活動實踐中，應處於被動的位置，甚至主要被賦予傳宗接代的使命或將女性身軀視為為男性服務的性功能，但情欲本身是強大而不可忽視的力量，具有打破傳統規範、破壞禁忌、倫理秩序的威脅，誰說只有男人的生殖器是頭不可理喻的野獸，女人的陰道也會產生出狂暴的欲望。因此身體越界更可視為女性身體本能的過度放大，當情欲本能無節制的產生，在身體難以控制的情況下，迫使自己去追求，甚至在追求過度中產生超越分際的情形。是以笑笑生顛覆傳統，以女性在性事上身體越界的表現，不僅彰顯女性的情欲問題，同時以她們逾越的身體行為，對於自身情欲的主體追求，在違反常態、情欲過度的追求下，作者也在越界的過度後給予懲罰，導向社會現實的秩序面，因此情欲過溢的潘金蓮、李瓶兒、龐春梅，最後都以非正常的死亡之姿讓世人收到警惕教化之效。

四、小結

笑笑生藉由《金瓶梅》所描繪出的世俗情狀，揭示男女之欲是一種實際的存在，見色起欲是人的生理本能，除非有自我警覺的壓抑，如吳月娘篤信宗教，孟玉樓刻意的自我保護而迴避本能需求，不然大都會受到外在刺激與條件的誘惑而表現出來。在《金瓶

---

36 女性可能會採取某些策略，滿足男性好新奇之心，因此女性利用性反常來迎合男人的控制，或使他相信她的愛和性喚起的強度超過其他女人，以此來迷住男人。〔美〕馬克夢撰、王維東等譯：《吝嗇鬼、潑婦、一夫多妻者──十八世界中國小說中的性與男女關係》（北京市：人民出版社，2001年10月），頁44。
37 哈洛德‧柯依瑟、歐依根‧舒拉克撰，張存華譯：《愛、欲望、出軌的哲學》（臺北市：商周出版社，2007年11月），頁26。
38 如中國傳統的男女大防，限制女性的活動空間，而現今女性不僅行動自由，更有自主經濟的權力之類。

梅》中,身體情欲表現作為女性身體的最佳展示,藉由情感與快感的比較,可提示人物的性格與需求,笑笑生更從快感的表現,延伸出其他社會意涵,除了滿足身體本能的快感外,藉由表現所帶來的附加價值,更是文本所要展現出的言外之意:

> 性快感對於身體來說是極其特殊的,性是身體快感中極少數不能自我滿足的東西,性快感必須依賴對象,身體不能單獨從內部中產生性快感,而必須依賴他者。[39]

當潘金蓮得到的快感越充沛,與她交歡的西門慶也必定得到相同的回報,兩人在得到單純的肉體快感之餘,更能滿足心中對於心理愉悅感受,快感表現越是滿足,代表身體受欲望的驅使更加強烈。[40]作者以人物快感的對比表現,其一展現人類將社會文化內容烙印於本能中,使女性身體的本能未能自主發揮,局限於傳宗接代的功能中,其二凸顯女性發揮本能的方式,彰顯身體本能不僅是自然的存在,將本能轉化為功能,部分女性在追求快感之餘,也以獲得其他利益為目標,如此一來,當背後的利益誘惑大於身體快感,快感就偏向功能性而弱化本能滿足的意義。

身體的本能,是人類基礎的生命機能,但並非人類生存的價值所在,然而,《金瓶梅》中的大部分女性,不是把性欲看成是唯一,如龐春梅對潘金蓮說的一席話:「人生在世,且風流了一日是一日。」(第八十五回)表明欲望的重要,就是僅將身體視為換取美好生活的資本,貶低自身價值,在以上兩種可能中,放縱身體享受淫欲快感。因此笑笑生以性與死的因果論述,讓視情欲為生命的女性,最終會受到因淫意所遭致的惡報,印證在本能之外,若身體無節制的想要滿足原欲,反而會受其反撲,使身體隱沒於欲海中,因為極度快感是具有毀滅的性質,能使身體在性與死所交織的可能性中載浮載沉,無論是直接或間接造成身體的敗亡,這是笑笑生為貪色的男男女女所下的註腳,日日追歡的後果便是「貪色足以亡身」,並藉由血淋淋的死亡場景緩釋性欲場景對讀者的衝擊,以警示讀者正視把握身體所能掌握的生命價值,展現了以平衡的觀念正視本能的身體觀。

以男性為中心的傳統婦德觀念,禁錮了女性身體的原欲與思想,女性身體只是男性凝視下所建構的產物,在性事方面也只能站在被動的角色。《金瓶梅》主要以西門慶的「陽具」為敘事中心,[41]藉女性對男性陽具的崇拜與渴望以建立男性在性生活中的優越地

---

39 葛紅兵、宋耕撰:《身體政治》(上海市:上海三聯書店,2005年),頁124。
40 如西門慶為了表現男子氣概與自己的性能力,會用盡全力讓女性得到高潮,藉以征服女性身體;而潘金蓮、王六兒等人,為了獲取更多物質或其他利益,便利用身體買通西門慶的心與身體,壞他在身心舒坦的情況下有求必應。
41 甚至在水秀才為西門慶唸祝文,其文略曰:「維靈生前梗直,秉性堅剛;軟的不怕,硬的不降。常濟人以點水,恒助人以精光。囊篋頗厚,氣概軒昂。逢藥而舉,遇陰伏降。錦襠隊中居住,團腰庫

位，如李瓶兒主導並嫌惡蔣竹山的性事表現，卻又視西門慶的陽具為「醫奴的藥」，將陽具提升至至高無上的地位。而部分突破舊有體制與心態的女性，在被男性陽物征服的同時，也想要讓自己的陰具在有戰爭性質的性活動中獲得勝利，因此在性心理上帶著男性上場殺敵的進攻意識，甚至在性需求與性能力上，要與男性一較高下，潘金蓮就是一股為了生存與自我欲望所發展出能與西門慶性欲相對抗的陰性力量，[42]先不論潘金蓮情欲展現背後的複雜因素，與最後仍敗於《金瓶梅》中男女失衡的社會狀態下，回歸身體本身，這就是女性身體所展現的越界表現。對於這種將本能放大的身體表現，從下場可知，作者對於女性身體越界持貶抑的態度，西門慶的死亡證明作者「縱欲足以亡身」的身體觀，而女性憑著情欲自主，毫不節制進行身體本能的解放，更進一步試圖挑戰男性權威，讓倫理秩序出現前所未有的混亂，女性發揮自身的本能，表現自身的情趣價值，不僅從潘金蓮身上反映出來，其他女性身體也有程度不同的展現，反映了在男尊女卑的傳統下，藉由本能的反應彰顯女性身體的躁動。

　　身為正妻的吳月娘，將道德感內化於身體，受婦德約束，遇到不滿多採取壓抑的態度，完全符合男權社會建構下的女性形象，然而這個被約束的身體對她而言，卻意外成為她展現最高權力的「必需品」，且讓她在貞節方面始終保有高度的優越感。當吳月娘罵李瓶兒「浪著嫁人」（第十八回）時，讓不能從一而終的潘金蓮與孟玉樓兩人慚愧到無地自容，因為婦德對她們的約束力量依舊存在，只是身體的本能原欲遠遠強過了傳統的道德思想。對女性而言，身體不僅是情欲生成、發揮的場域，除了本體的情欲本能外，就外在的現實利益來論，又涉及到哪些實質助益的考量？必須將身體引導至本能所延伸的功能論述中，印證男女之欲不但是人的本能，也是一種社會現象，[43]與人性的表現、社會思想、道德觀念、婚姻家庭等有著密切的關係。看笑笑生如何以極大的篇幅關注於男女之欲上，將這些描寫與世俗婚姻與長久以來傳統家庭的不平等結合起來，具有鮮明

裏收藏。有八角而不用撓摑，逢虱蟻而騷癢難當。受恩小予，常在胯下隨幫。也曾在章台而宿柳，也曾在謝館而猖狂。正宜撐頭豁腦，久戰熬場，胡何一疾，不起之殃！見今你便長伸著腳子去了，丟下小子輩如斑鳩跌彈，倚靠何方？難上他烟花之寨，難靠他八字紅墻；再不得同席而偎軟玉，再不得并馬而傍溫香。撇的人垂頭跌腳，悶得人囊溫郎當。今特奠茲白淵，次獻寸觴。靈其不昧，來格來歆，尚享！」（第八十回）雖是祭人但更像是詠物，將西門慶化為一個陽具的符號，誇大此符號的功能，充滿了強烈的諷刺意味。

42　性政治中原本便包含給予和剝奪、占有和被占有的風險，因此笑笑生將許多性愛場景比擬為戰爭，使兩性交合如戰事，爭著先征服對方。《身體政治》，同註39，頁124。

43　《金瓶梅》主要以私通的方式表現男女關係，不僅西門慶與眾多女性有所牽扯，連地位較卑下的韓二與王六兒、玳安與小玉、書童與玉簫等都有私通行為，證明在《金瓶梅》中，私通已經成為一種社會風氣。

的時代性，讓作品更具文化內涵，開創以人的本能來表現主題的新局面。

第二節　身體的功能論

　　身體不僅是自我主體，同時也是社會文化的客體，近幾年來，身體領域的研究日趨多樣化，無論從醫療、消費文化或生物科技等方面，都有一定的研究成果。本書以身體動靜態的表現，作為人物社會文化性的參照，以身體本能性與功能性的敘述擴充《金瓶梅》中女性身體的意涵，結合相關的社會理論與文本所提供實質性的情節、人物表現之線索，讓兩者持續對話並有所發展。個人的自我肯定與自我實現，須藉由身體功能的發揮，在與他人互動往來中，獲得眾人的接納，以強化身體的功能性。而女性看待自己身體的方式，以及她們對性、生產功能的看法，都與她們所處的文化環境息息相關，[44]因為身體決定性的處於世界自然秩序和世界的文化安排結果之間的人類結合點上，[45]身體內在的意涵不單只是表面所見的「肉體」而已，而是與文化建構、權力、知識形成的體系都有很密切的關係。[46]

一、生存憑依的工具

　　身體作為生命的物質實現與承載體，正常情況下，人類的所作所為都是為了讓自己的身體能夠順應環境而存活。儒家「安身立命」的觀念，認為只有身體有所依存，生命得到保障，才能發顯生命的價值，尤其對古代傳統女性而言，當男性把持了經濟、社會，有不平等道德體制作為後盾，加上受到父權社會環境的約束，女性的行動力與活動範圍縮小至家庭內，少有機會往外擴展或是私下結識更多人脈，可見「家庭」對女性的重要性，婚姻就是女性最後的歸宿，也凸顯女性身體便是安身立命之本，也是唯一能有所把握的部分。然而，身體肉體性具有一定的相似性，重要的是面對被男性社會操控的生活，女性該如何替自己的生存找尋一個適切的出口，身體又在其中扮演著什麼樣的角色。

　　「適者生存，不適者淘汰」的概念，提示了人類應有的求生本能與意志，爭取存活的機會，在《金瓶梅》中也是如此，不論性別地位，各個身體為了生存，努力爭取各方面的利益。以妻妾來說，西門慶是她們生活的中心，是整個家庭的權威中心，因此與西門

44　依蘭·修華特撰，張小虹譯：〈荒野中的女性主義批評〉，《中外文學》，1986 年 3 月第 14 卷第
　　10 期，頁 96。

45　〔英〕布萊恩·特納著：《身體與社會》（瀋陽市：春風文藝出版社，2003 年 1 月），頁 99。

46　廖炳惠撰：《關鍵詞 200：文學與批評研究的通用詞彙編》（南京市：江蘇教育出版社，2006 年 8
　　月），頁 23。

慶的關係便成為是否能在西門府安身立命的主因,而這層關係,可能是財利的物質世界需求,也可能是性欲或其他精神層次的寄託,是心靈內在意識特定表達工具。不可否認,都是需要藉由身體器官、行為以及各種情緒表現而外顯於外,為自己的生存目標奉獻一份力量。即使我們的心智被社會力量主宰著,但身體主要還是受我們的心智所控制,且心智仍是需要透過身體肉體性有生命的運轉才能運作,因此身體肉體性與思想心智、社會等彼此關係密切,更相互連結成一個網絡,提供各種不同生存型態的可能性,因此我們可從《金瓶梅》中各妻妾的身體展演,探究他們如何以身體作為生存的必要憑藉,以及如何肯定身體存在的價值。

要在這個世界生存,就得以自我的身體為核心,各憑本事。其中家世背景對女性來說也是攸關身體如何生存的主要因素:

吳月娘	李嬌兒	孟玉樓	孫雪娥	潘金蓮	李瓶兒
左衛千戶之女	妓女	賣布商人的寡婦	已故前妻陳氏的丫頭	張大戶、昭宣府之女婢 前武大之妻	前花子虛、蔣竹山之妻

家世背景指的就是人物出場時的地位身分,並能以此作為提升身體在另外一個家庭中的地位,因此吳月娘往往依憑自己的家世清白與婦德操守,不自覺地鄙視小妾,自認在西門府中是一道難得的清流,道德感與貞潔之身讓她能夠提升自信心。而曾是商人寡婦的孟玉樓,對於身體的生存自有其想法,前文曾言,她擅於審度時事,對於妻妾間的情愛仇恨,她儘量置身事外,冷眼觀察各個事件的演變,她明白妻妾間的尊卑之別,所以對於吳月娘大都是禮敬、體貼[47],處處展現圓融的一面,又因身處於明爭暗鬥的環境裡,讓她只能隱藏自己的身體與真實性情,把自己的欲望壓抑轉化為與妻妾和平相處之上,即使再嫁李衙內也是如此,[48]然而儘管孟玉樓沒有招搖的身體,她與李衙內的婚姻,是始於身體無意的被發現,李衙內「有心愛孟玉樓,見生的長挑身材,瓜子面皮,面上稀稀有幾點白麻子兒,模樣兒風流俏麗」(第九十一回)最後也有幸嫁得好人家,可見在《金瓶梅》中,面貌長相是身體作為生存憑藉的主因之一,因此在西門慶與孟玉樓相親時,薛嫂是利用孟玉樓的身家作為吸引西門慶的主因,但到兩人一見面,便極力刻畫西門慶

47　第三十三回中,吳月娘不慎從樓梯上滑了腳,幸有孟玉樓相扶,才不至於摔得太慘,而次日主動到吳月娘房裡探視,得知吳月娘小產之事,也是體貼的給予慰問關懷。

48　第九十一回中,孟玉樓嫁給李衙內後,受到先頭娘子留下的大丫頭百般的言語諷刺,也只是「心頭發昏」、「不言語」。

對於孟玉樓身材相貌的滿意[49]。

　　當女性能掌握的只剩自己的身體，但身體沒有良好的背景作為依靠來源，只得依靠女性是否能正視、追求自身生存的需求。妓女出身的李嬌兒，毫無疑問地是將身體視為生存的憑藉，因為她所掙得每一分錢都是「血汗錢」，即使嫁入西門府，掙錢才是她生存的主要目的，但生存不僅是為了物質生活上的滿足，也需要心靈上的安樂，習慣在風月場所打滾的李嬌兒，似乎認不清自身生存的意義，成了錢奴。而奴婢出身的孫雪娥，受到自卑心理作祟的因素，始終無法突破自身生存的限制，人人對於身體的生存都有一定的嚮往，但真正有勇氣能把握身體、付諸實行的卻在少數，孫雪娥憑藉著別人眼中卑賤的身體，拾回信心，試圖找尋男性為依靠，過著安樂的生活，這也是對安身立命的盼望。安全感是每個女性不可或缺的心理需求，無論身分地位，對於身體生存的追求就是對安全感的追求，為了讓身體有所依歸，各個女性依循自己的方法模式，試圖在西門府中找到屬於自己的安全感。然而，安全感的有無與自信有絕對的關係，因此需要重新檢視自我評價和增強自信，但若像是潘金蓮一樣，把自己的安全感建築在破壞她人安全感的方式下，這就不可取了。

　　潘金蓮出身於社會底層，原本只是個可以任意變賣、差遣的奴婢，尤其變賣她的人正是她的親生母親，更能凸顯潘金蓮的不安全感是自小而來，以及身體無所依歸的不定性與悲哀。直到嫁給武大，才得到身為正頭妻子的自主權，但張大戶的控制欲望，讓她這一點微弱的自主權頓時消跡。進入西門府後，小妾身分的弱勢和李瓶兒的得寵所帶來的威脅等理由，始終讓她有一種無法擺脫的自卑情結，而自卑情結也是來自生活的不安全感，更因為她的好勝心與自尊心勝過其他人，每每遇到挫折的衝擊也較其他人要來的大，並以有意識與無意識的型態表現出來，最明顯的就是攻擊性行為，也就是以具有敵意的行動傷害他人的行為。可見女性為了適應環境的變化，其身體性質會在適應中被改變，以爭取更好的生活環境與安全感，從小聰明伶俐的潘金蓮也會搖身一變為潑辣、兇狠、世故的婦人，在種種逆境中，她的身體變得更加敏感、成熟與機警，而她內心不安全感的最佳證明，就是將壓抑害怕的恐懼延伸至身體的具體行為，轉嫁到比自己弱勢的人身上，如同對迎兒與秋菊、李瓶兒的虐待。此外，作者更不厭其煩地寫潘金蓮聽籬察壁，試圖掌握西門慶的出入情況與說話內容，藉以證明她強烈的敏感度與內心的不安全感。

49　第七回寫到西門慶與孟玉樓頭一回見面：西門慶睜眼觀看那婦人，但見：「長挑身材，粉妝玉琢；模樣兒不肥不瘦，身段兒不短不長。面上稀稀有幾點微麻，生的天然俏麗；裙下映一對金蓮小腳，果然周正堪憐。二珠金環，耳邊低挂；雙頭鸞釵，鬢後斜插。但行動，胸前搖響玉玲瓏；坐下時，一陣麝蘭香噴鼻。恰似嫦娥離月殿，猶如神女下瑤階。」而西門慶果真是：「滿心歡喜」。

各種不同的身體存在於同個空間中，想必會有不同被對待的方式，李瓶兒憑藉著身體所表現的具體行為，在西門府中的生活過程中，根據對象的不同，受到的對待是歡迎與被排擠、被攻擊與被保護兩極化的表現，尤其在生子後，身體憑子獲得地位身分的高升，更因如此找到生存的意義。[50]然而子嗣的有無不僅攸關女性在家中的地位權力，更易招嫉而危及自身生命，李瓶兒曾經倚靠身體達到生存的顛峰狀態，最後卻只安於現狀，不懂得以自己的身體爭取有利的環境條件，處處受制於他人，最後更犧牲了身體。

身體，是人的本體，除了是社會體制與觀念實踐的產物外，更重要的，是它擔負著人體的生存，維繫著人的思維與萬事萬物間的溝通。文本中的婦女大都圍繞著西門慶以求生存，她們有幸占有、享受男性的商業物質、財富，以及男性社會地位所賦予尊敬，並在釋放自身的官能欲望與生理欲求中，體現自身的生存價值，然而，若只有肉體上的生存意識，但心靈無所憑藉，生存的意義便僅停留在物質欲望的貪婪中，無法有所提升，因此缺乏安全感的潘金蓮，會有某些強烈的需求表現以證明自己身體存在的價值，而她選擇表現在性欲上，從情欲之事渴求男性所給予的讚賞，並從中獲得成就感，卻間接死於自己的欲望之下，身體作為生存的憑藉，也因生存而犧牲。

二、資源掠奪的媒介——身體與交換

《金瓶梅》中，女性在僅能倚靠男性生存的情況下，為了搏得其目光與喜愛，身體表現成為爭奪的主要手段，其中以在最後交付獎賞的性活動居多，透過權力的不平衡以付出身體「交換」[51]的方式達到平衡。文本中的女性與西門慶將身體作為交換的必要條件，在交易過程中，往往因所處團體的資源性短缺，而引起各種的人際衝突，間接使身體成為掠奪資源的媒介與手段。當某方特別重視從對方那兒得到的利益，便會傾出所有地提供誘因使對方增添交換條件，文本中往往進行的是給予報酬而誘使對方答應的性行為模式，不僅能證明身體被作為換取物質利益或地位的工具，更能表現出女性甘願受虐心態的順從。人性趨「利」與「欲」是《金瓶梅》所欲突出的特色，在「交換」行為的前提之下，人在社會交往中的滿足，便取決於交往關係所能賦予的附加價值[52]。

《金瓶梅》中大部分的女性皆是看中西門慶的嗜好，願意以色事主，滿足他的快感與病態喜好以獲取「獎勵」。替翟謙作媒一事，讓王六兒勾搭上西門慶，馮媽媽明白地告

50　第五十九回：「我的沒救星兒，心疼殺我了！寧可我同你一答兒裡死了罷！我也不久活於世上了！」官哥死去時，李瓶兒大喊不想活了，忠於丈夫忠於兒子是她最後的生存意義。

51　「交換」是人類物質生活中的重要一環，一定是至少兩個人之間出於主動或被動的自願性，有形或無形的代價與報酬，是一種相互付出、獲得的活動。

52　布勞著：《社會生活中的交換與權力》（臺北市：桂冠圖書公司，1991 年），頁 173。

訴她這當中的獲益，[53]王六兒便毅然決定利用自己擅長的風月手段與強烈的性欲望，利用西門慶開了條生財大道，[54]不久後房子、奴婢、錢財都落在身上，甚至利用自己與西門慶的不正當關係替殺人犯苗青說情以牟利，而她丈夫的態度卻是歡喜不盡地替兩人大開方便之門。[55]宋惠蓮藉由身體的展示吸引男子的注意，對於西門慶的青睞也是求之不得，每一次私通對她而言都是天賜的求財良機，即使只是短暫相處、親個嘴也想要索點好處，[56]雖具有姣好的面貌體態卻地位卑微，使她產生心理的不平衡與委屈感，尤其又染上小市民的虛榮，變成輕佻淺薄，甘願以色事人以換取物質享受，也每每希望能超越她自身所處的階級限制。作者凸顯女性受到金錢、物質的欲望膨脹，讓身體成為能夠帶來利潤的商品，使人們更有理由放縱色欲，導致社會道德淪喪，倫理關係紊亂。

王六兒、宋惠蓮等以色事主的女性，大都是地位卑下，[57]但在《金瓶梅》中表現最為突出的潘金蓮，位居西門慶所寵愛的小妾，卻也多次出現以身體作為交易媒介的情況，使她與西門慶的關係變得更加矛盾，顯示借色求財的主體，她們的身體實際上不因身分而改變，只是間斷性與永久性賣淫的差別，[58]女性身體永遠都是可供變賣的物品，在這種情況下，身體的內涵便被生理性與物質性的滿足給掩蓋，轉變為妓女化的身體。[59]潘金蓮在性愛過程中所提的要求，不僅僅是金錢物質方面的企圖，更多是對其他妻妾或競爭對手所作的言語挑撥與攻擊，藉由與男性的交易提高在男性心中的優勢地位，與在家中呼風喚雨的權力。一次在兩人行房時，潘金蓮趁此挑撥他與吳月娘，作者直述：「饒

53　馮媽媽點醒王六兒：「你若與他勾上了，愁沒吃的、穿的、使的、用的？交上了時，到明日房子也替你尋得一所。」（第三十七回）

54　王六兒對西門慶百依百順，極盡所能地迎合他的嗜好，不僅與西門慶一樣喜愛肛交，看到西門慶喜歡根上束著淫托子，就用自己的頭髮做了一個淫具給他，迎合男人的手段並不亞於潘金蓮，因此經常受到臨幸。除了妻妾外，她與西門慶的交歡次數與性交方式的多樣化皆位居首位，在第三十七、第三十八、第五十、第六十一回等皆有敘述。

55　張竹坡也點出：「寫王六兒者，專為財能致色一著做出來。你看西門在日，王六兒何等趨承，乃一旦拐財遠遁。故知西門於六兒，借財圖色，而王六兒亦借色求財。……色可以動人，尤未如財之通行無阻，人人皆愛也。」〔明〕張竹坡撰：《皋鶴堂批評明代等一奇書《金瓶梅》讀法》（臺北市：廣文書局，1981年12月），頁9。

56　「爹，你有香茶再與我些，前日你與的那香茶都沒了。」又道：「我少薛嫂兒幾錢花兒錢，你有銀子與我些兒，我還他。」（第二十三回）

57　王六兒是夥計之妻，宋惠蓮是僕婦，其他同樣借色求財的還有如意兒、賁四嫂等僕婦階級的女性，就連受寵的龐春梅在第四十一回藉此要西門慶提出服飾上的需求。

58　「這種權衡利害的婚姻，……往往變為最粗鄙的賣淫──有時是雙方的，而以妻子為最通常。妻子和普通的娼妓不同之處，只在於他不是像雇傭女工計件出賣勞動那樣出租自己的肉體，而是一次永遠出賣為奴隸。」轉引自李建中：《瓶中審醜──金瓶梅「色」之批判》，同註35，頁37。

59　妓女化身體意指女性為了某些利益，將身體物質工具化與奴役化。

吳月娘恁般賢淑的婦人，居於正室，西門慶聽金蓮袵席睥睨之言，卒致於反目，其他可不慎哉！」（第十八回）而潘金蓮見西門慶偏聽於己，更加努力引起西門慶的注意與喜愛，甚至願意迎合西門慶的淫欲享樂，屈辱於狂暴的性占有與性虐待，以第七十二回潘金蓮替西門慶咽尿的舉動來說，作者發出一番感慨：

> 看官聽說：大抵妾婦之道，鼓惑其夫，無所不至，雖屈身忍辱，殆不為恥。若夫正室之妻，光明正大，豈肯為也！

潘金蓮展現出十足體貼的態度，做出非一般人能為的誇張行徑，怕西門慶下床著涼，居然幫他把尿一口一口吮接在嘴裡並嚥了下去，作者直言其背後因素當然不止是為了滿足西門慶，妾婦甘願屈身忍辱的意涵在於地位永遠比不上正室，只能借其身體使些小手段以占據丈夫心中的位置，以維護自己的生存權力，[60]但這種舉動也無疑貶抑了自己身體的層次。

從文本可發現，通常在有潘金蓮的性事場合中，都會有口交的動作出現，這也是西門慶熱愛的性交模式，[61]在第七十四回中，她見西門慶的精欲未洩，便主動替他口交，卻在對方將洩之際，停了下來向他討了李瓶兒所留下的昂貴皮襖，原本西門慶想要換一件王招宣府中當的皮襖給她，她卻大叫不依了，讓西門慶只好順從其意，將李瓶兒的皮襖轉手讓她，潘金蓮這才繼續嘴上的工作，讓西門慶「靈犀灌頂，滿腔春意透腦」，在口交過程中，進行了交易，也讓讀者看到了市場買賣上的殺價過程，好不有趣，可見潘金蓮總是在床上，趁男性將快樂交付於她手中時，進行索取之事。但身體偶爾也必須有所犧牲，如其在第五十三回中，在潘金蓮抱怨起對肛交的疼痛與不耐，在西門慶主動提及要送她衣服時，她還多要求一件裙子，在談好服飾的交換條件後，態度轉而成「口中豔聲柔語」，即使性交過後，作者以「腥紅染莖」呈現潘金蓮身體所受的損害，卻因為有了甜頭可吃而噤聲，前後態度差異之大，不禁讓人大嘆在利益的誘惑下，女性身體陷入無可自拔的境地，更烘托出女性身體的沉淪。

觀察其他妾婦的表現，未有如同潘金蓮是在有所求的情況下便出賣肉體，吳月娘與孟玉樓在性事上的表現，僅是一般夫妻間交和的愉快或傳宗接代的目的，不包含任何交

60　馬琇芬認為笑笑生是有意將「有德」與「無德」作為妻妾間衡量妻妾間地位高下的標準，因為嚥尿屬於妾婦「以色事人」之道，而正妻屬於「有德」之人，不須以此道討丈夫歡心，這種說法只是用男性的眼光看待女性的行為，極不公允。馬琇芬著：《從婚姻、嫉妒、性欲看《金瓶梅》中的女性論》（高雄市：中山大學中國語文學系研究所碩士論文，1996年），頁34。

61　胡衍南另外以口的包容與攻擊，解釋《金瓶梅》中口交情形。胡衍南著：《飲食情色金瓶梅》（臺北市：里仁書局，2004年4月），頁220-235。

易關係，即使是李瓶兒配合西門慶變態般的性放縱，卻也只是出自對西門慶的哀求與自身性欲的滿足，未表現出明顯有「出賣」肉體之嫌。《金瓶梅》中的交換，早已遠離原先所設定交換性質的必要幫助，而轉向貪婪的一面，笑笑生以其他地位卑下的女性的身體行為，凸顯潘金蓮以身體交換的目的與過程結果。李建中認為財與色的交換互為因果，可視為等價的交換，[62]但身體是人人生存的主要憑藉，對女性而言更是難能掌握的部分，她們卻願意將自己最重要的身體作為交換物質的條件。換個角度來看，在男權社會下，男性對女性肉體逼迫性的利誘，也就是女性作為最後防線的身體被男性所給予的身外之物所控制，可說是權力失衡的極端情況，配合潘金蓮的背景來看，缺乏金錢與權勢的背景，讓她在其他各有優勢的妻妾面前，更顯得力量的微薄，環境的爾虞我詐，讓她只能退而求其次，以自己唯一的身體資本，在這不安的環境中鞏固自己的力量與實力。女性們都深知在需要依賴男性生存的前提下，若拒絕了西門慶的索求，難保還有機會留住工作或是地位。[63]可見這種交換的性質，實際上參雜了對女性身體予取予奪的暴行。不僅如此，在每場性活動中，進行性交易中的身體會模糊人與人之間的差別，無論是何種階級地位的女性身體，一但進入交易的模式之中，對男性而言，都只是以財物便可換取的洩欲工具。

笑笑生將縱欲狀態的場景與金錢的作用聯繫在一起，進一步將男性的好色與女性的貪財放在一起，[64]一次又一次交易性的性活動模式不斷在文本中出現，沖淡了性描寫的刺激效果，凸顯了女性們提供自己的身體是為了物質上的享受或其他目的，在功利的導向下，女性身體的交換成為賺錢之道。一次潘金蓮因睡鞋髒了，穿了西門慶不愛的睡鞋，果然遭受西門慶的批評並言：「你到明日再做一雙兒穿在腳上。你不知，親達一心只喜歡穿紅鞋兒，看著心裡愛。」（第二十八回）可見潘金蓮一方面把自己作為「物」供人享用，一方面又從他手中所取之物來裝飾自己，藉由裝飾又再次吸引對方，在第二十九回中，她穿新的大紅睡鞋，與西門慶來場蘭湯午戰，最終使自己陷入了「我等同於物」的事實。[65]潘金蓮在風月功夫上用盡心思，如咽尿或是設計自己的身體（蘭湯午戰），[66]不

---

62 《瓶中審醜──金瓶梅「色」之批判》，同註35，頁36-37。

63 如意兒與西門慶行房時，不斷迎合西門慶的癖好，配合說他喜歡聽的話，甚至身上被安了三個燒酒浸的香馬兒，表現出又苦又樂的矛盾反應，一來是性交的苦痛所致，二來是本身也得到性交的歡愉。

64 西門慶只要看見女性身上有動人之處，不論地位身分，都能勾起他的性欲，尤其對下人僕婦，往往會派人送衣服或銀兩以收買對方，而女性往往是歡喜不盡地收下禮物。

65 康正果撰：《重審風月鑑》（臺北市：麥田出版社，1996年12月），頁266。

66 為了避免性行為模式反覆所產生的厭倦感，只要能讓西門慶在性事上求新求變，達到生理心理的高潮快樂，不論時間、地點、方式、對象，只要能提供新意者，都可獲得極大的犒賞。因此若要取悅

容許有人威脅到她的權益，因此將自己的身體作為資源掠奪的媒介，[67]阻擋其他同樣以身體作為交易對象的女性。[68]每當進行身體交換時，我們看到主角們在性的戰場上大秀身體語言，瘋狂、盡情的利用自己的身體，顛覆了傳統對女性身體的概念，所要求的東西越多，身體擺動的越加瘋狂，讓雙方沉浸於感官的快樂之中。但我們應該重新思考的是在這之中，欲望與快樂的矛盾關係，以及對女性身體的重重束縛。無庸置疑的是，一但吸引住西門慶的目光與身體，該女性的身體便具有與平常不同的支配影響力，使她能夠貫徹本體意志的機率大為增加，就是權力的獲得。眾妻妾以不同方式得到支配家庭大小事的權力，根據地位與受寵程度有影響範圍大小的不同，但究竟權力如何在文本中對身體產生作用，便是值得探討之處。

三、權力宣示的場域

《金瓶梅》展現了所有矛盾與衝突皆肇始於在家庭中地位的不安與權力的不平等，其中以地位對女性所造成的箝制最為明顯，吳月娘以合法性正妻的身體地位，高居於所有女性之上，在妻妾間的相處中，更利用「賢淑」的美名掩飾自己的嫉妒之心，合理化自己的行為，[69]試圖展現自己有度量的一面，甚至替各房爭取有平等房事的機會：

> 你這賊皮搭行貨子，怪不的人說你。一視同仁都是你的老婆，休要顯出來便好，就吃他在前邊把攔住了！從東京來，通影邊兒不進後邊歇一夜兒，教人怎麼不惱你？冷竈著一把兒，熱竈著一把兒纔好。通教他把攔住了！我便罷了，不和你一般見識；別人他肯讓的過？口兒內雖故不言語，好殺他心兒裡有幾分惱！（第七十五回）

表面上是替其他小妾發聲，實際上也道出了自己的心聲。西門府中的權力角逐不僅僅是妻妾專屬的遊戲，幾乎不分性別地位都加入這多變化的戰局當中，以身體的快樂擾亂權力結構的分配，主要的依據就是西門慶的目光所至。相較於制度上所認同的地位身分，其他女性則是仰賴著西門慶的寵愛，表現的是純心理受壓迫的被認同，這種權力來自於眾人對主子的恐懼，並非女性本身的實質地位，因此潘金蓮才有撒野的機會，在第七十

他，僅得靠自己的風月手段，潘金蓮便時常在尋求不同的性愛方式以吸引西門慶的注意。

67　更多原因是潘金蓮為了滿足自己那幾乎瘋狂的生理欲望。

68　潘金蓮先後忌妒過李桂姐、宋惠蓮等，而後李瓶兒生子對她所造成的威脅，讓她不顧一切至李瓶兒母子於死地，最後又忌妒如意兒，以自己的小妾地位壓過如意兒的氣勢。

69　全恩淑：《《金瓶梅》中婦女內心世界研究：欲望與現實之間的掙扎》（新竹市：清華大學中國語文學系研究所碩士論文，2001年），頁121。

五回中，便可看到她以下犯上與吳月娘拌了起來，在吳月娘自豪是真材實料的正妻時，潘金蓮反而諷刺其「你是真材實料的，誰敢辯別你」，這是《金瓶梅》中少見小妾敢在大庭廣眾下與正妻頂嘴的例子，潘金蓮以身體賣力展演自己的特別權力，但這是不合法性的權力施展，充斥於《金瓶梅》中，屢見不顯，但從此次西門慶的態度來說，[70]潘金蓮妄想靠著漢子的寵愛達到超越地位權力的盼望，最終仍無法突破現實中的尊卑地位。

從西門慶死後，各妻妾的下場可看出身為正室的操生殺大權，吳月娘以自己的道德規範肅清宅內的不良風氣，因此當李嬌兒偷了財物被潘金蓮發現，她便請了李家虔婆將她打發歸院；潘金蓮與陳經濟苟合被發現，也命王婆領回潘金蓮，等待變賣嫁人；孟玉樓有意「尋上個葉落歸根之處」而改嫁李衙內；來旺盜拐孫雪娥等，都是經由吳月娘的道德衡量後拍版定案，一舉一動無不充斥著權力的意味。吳月娘是唯一具有合法地位，能在西門府中呼風喚雨的女性，但礙於漢子作為其他女性的靠山，讓她始終無法完全施展權力，待西門慶去世後，才明顯看出其內在權力不斷強化。孟玉樓曾說吳月娘「不管事」，但是「不能」管或是「不想」管，就可說不準了，西門慶的死亡代表了西門府權力中心的殞落，也代表西門府落入吳月娘的掌控中。西門大姐的死，吳月娘至公堂向陳經濟討公道，讓讀者首次見識到吳月娘的魄力，藉由權力的施展突出她身體的活動性；在識破陳經濟、潘金蓮與龐春梅三人的不倫關係後，她接受孫雪娥的獻計，將三人趕出，這也是靠她正妻的地位與道德觀，站在公理的一方澈底制伏潘金蓮。為了守住西門慶留下的家業，她不容許有人敗壞門庭，因此採取冷血無情的斷然措施，藉由這些事情的權力施展，突出她身為正室的地位與權力。

從身體的社會性來看，相貌體態只是一種生理性的天生差異，但當這些差異被建構為另一種所指，身體便成為廣義的文本，從中可獲得更多的解讀，人類身體並非生存於時空的真空狀態中，而是無時無刻被社會所影響，不斷地變動。依據所處的領域不同，種種不同形式對身體的規範，展示、建構著對身體的利用性與征服性，其中身體所遭受的約束不僅是肉體上的痛苦，而是更深層次的精神掙扎，一種無法壓抑卻又無法突破或改變現狀的無窮力量，就是權力的約束力。另一方面，權力被想像為一種來自外部的壓迫，讓被壓迫者屈從降級為較低等的人，而女性將權力所產生的壓迫作用轉移至自己的身體上，壓迫自己存在所需依靠的身體，因為對她們而言，權力可提供許多生活物質條件與欲望的軌道，也是人類存在所依賴的東西。換句話說，權力的爭奪始於身體的脆弱性，對於西門慶的妻妾而言，家庭多中心現象造成資源不足與家庭關係的不穩定性，除

70　第七十五回中，在西門慶知道潘、吳兩人大吵後，為了讓懷有子嗣的吳月娘能出一口氣，便說要「往錢邊罵這賊小淫婦兒去」，更說要讓潘金蓮「吃他一頓好腳」。

了男主人具有施予最大權力的合理性外，正妻能對家庭資源、事件有所分配，但在現實生活的實踐中，許多地方是正統的婚姻共同體關係不敵小妾與其他女性，在身體無法有所安定的情況下，身體所展現的將是對權勢無止盡的追求。

人類身體的活動展示出身體的社會性，最重要的是身體本身就是實踐「權力」的具體存在，人不可忽視權力加諸在身體的力量。身體內含的地位與權力，本身就是個矛盾，在重重的規範下，讓身體陷入權力層層的機制中，而權力可作為自我強化的欲望，同時也可作為自我保護的歸宿，[71]當權力攸關身體生存，在不平等的關係中，《金瓶梅》所展現的便是身分認同與權力的不成正比，妻與妾的權力表現在文本中不斷地交互而動，所依據的就是地位。然而，地位只能表面上維持家庭秩序的和諧，另一個能造成家庭風波的，是自古以來男性對於子嗣的傳承都抱持著莫大的期待，西門慶在獲得子嗣後，造成眾妻妾間的明爭暗鬥，因為能否生子是天註定，若大家都無子嗣，權力地位的差異並不大，只是受寵與否的問題，一旦有了子嗣，地位便大大不同，因此潘金蓮光偷聽到李瓶兒有孕，便展現出十足的醋意，尤其看到西門慶對李瓶兒因此更加溫柔體貼而眼紅不已；聽到吳月娘有喜而焦慮加劇，也買藥算計吉日想要懷孕卻失敗，而第七十五回潘、吳兩人起衝突，也見西門慶完全護著吳月娘，讓西門府中母以子貴的現象格外突出，所代表的是身位的提升與權力的擴張，情欲壓力迫使潘金蓮使出種種手段讓自己慢慢陷入瘋狂之中，一切都是為了西門慶的寵愛所能賦予附加權力的價值。

西門府中的人際互動就像是許多權力競賽，追求權力並無對錯可言，對某些愛掌權支配的人而言，追求權力只是她們的正常表現罷了，但在《金瓶梅》中經常可見爭權方法的不當與濫用權威的後果，證明絕對的權力更有絕對的破壞性以及階級地位只能表面上維持家庭秩序的和諧。吳月娘力保自己的地位、權力，為的就是要保有大家對她的敬重與佩服；潘金蓮與龐春梅恃寵而驕，西門慶對她的寵愛轉化為非正當、公認卻不被認同的權力，讓大家對她們又恨又怕；李瓶兒母憑子貴，自有分寸，卻免不了招人嫉妒而死；而孟玉樓小心謹慎，審度時事不與人爭；宋惠蓮僭越大小禮分，為的也是地位權力。日常生活作為生存的基本層面，人人往往身處在許多正反對立的社會關係中而不自知，從某個角度來看故事情節的展開，《金瓶梅》創造了一個權力羅網，任何人都逃脫不了權力的等級，身體成為宣示權力之所，展現了女性們爭權奪力的過程與結果，以及不同

71　Chris Shilling 認為人有自我保護與自我強化兩種激情，在自我強化的激情下，資源的爭奪會造成衝突，使身體陷入無止境的競爭中；在自我保護的激情下，人類會願意尋求和平而主動將權力移轉給最大主權。Chris Shilling 著：《身體三面向——文化、科技與社會》（新北市：韋伯文化國際出版公司，2009 年 8 月），頁 37-38。

出身、性格的人面對權力追求的態度與行動，作者從紛繁複雜的生活表現中，體現在情欲畸變、道德失序的社會文化下，身體作為權力宣示場域時，身體與權力的失衡狀態。

四、小結——現實中身體的衝突與適應

《金瓶梅》創造了一個充斥著物質誘惑的物欲圖景，環境的醜惡扭曲了女性的性格與身體，身體對於物欲、情欲的貪戀與被支配，讓她們的生命追求朝著畸形的方向發展。笑笑生充分表現出女性生存環境的殘酷險惡，在傳統女性缺乏生存保證的生活狀態下，也僅能在夾縫中求生存，而此處所欲探討的，是文本中的女性如何以自己的身體功能開創生命。身體是人類生存憑依的工具，對女性而言，更是唯一的生存資本，然而《金瓶梅》中的女性所展現的是內含了不同層次指涉與意涵的情欲身體，在身體中錯綜交疊著，混淆了各個身體都有其獨特的內涵及生存的意義，也使讀者無法全然以道德判定她們所作所為的對錯，更多是投以同情的眼光體會她們內心所苦所畸變化的身體展現。妻妾們守候著同一個能夠決定她們是否能幸福的男人，其他女性對西門慶所釋出的利益虎視眈眈，且女性在家庭中的地位必須經由身為家庭中心的男性來決定，在僧多粥少的情況下，人人的占有欲與支配欲相互衝突，不管是小妾或是其他女性，只要進入男主人的心中，必然會對這個家庭產生一定的影響與衝擊，一方面正妻必須極力維護自身的權力地位，[72]一方面是妾或其他女性進入後的心態與作為，若是想要掙得一席之地，衝突和矛盾的產生就是必然的。人與人之間的競爭與怨恨，是動物本性的一部分，一旦不堪承受人為的外部環境壓力，人的品行很容易變淪為暴力和殺戮，[73]文本女性身體的展現，便是恃強凌弱的生存競爭，在嫉妒與報復心理的支配下，上演著身體在現實生活中的衝突與適應。

如何適應世界也是身體所能展現的一種功能，需具有極大的勇氣與智慧才能在衝突後全身而退。不安全感讓女性有爭取地位自由的舉動。而《金瓶梅》便是以身體情欲作為女性爭取安全感的主要手段，這揭示身體除了可以提供基本生理需求外，更為物質享受提供一條最簡便的途徑，以及從物質的豐足達到心靈上的依歸。笑笑生由「交換」的角度書寫女性身體，將生理本能轉化驅動為行為功能，在家庭場域中進行資源掠奪時，女性的身體亦淪為貨品，在雙方能滿足性欲時，更同時「以物易物」的換取所需，性生活固然屬於一種隱私，卻是洞察內心世界與所處社會文明的特殊領域，不僅地位卑下的

---

72 第七十五回中，龐春梅越權將吳月娘請來的歌女申二姐趕走，吳月娘在與潘金蓮的爭吵中，便一改往常的忍讓態度，擺出正妻的架勢，讓潘金蓮向她磕頭認錯才結束這件事，這次的爭吵絕不是一般婦道人家的吵嘴，而是一場家庭權力的角逐，而吳月娘果真憑藉著正妻的身分取得絕對的勝利。

73 戴斯蒙德·莫里斯撰，梁豪譯：《男人女人身體觀察》（上海市：上海文化出版社，2002 年 1 月），頁 12-13。

奴僕輩需要藉色圖財，就連位居小妾的潘金蓮也以此道換取不少物質性的滿足，如此交復來往，在財色利害的關係下，破壞了人倫體制，[74]造成男女情愛關係的畸變。而笑笑生更展現因資源不足，女性需大費周章地突破原欲與外在的困境，受限制的性欲反而會使當事者產生更堅定、勢在必得的力量，「模仿支配者，破壞跟自己並處附庸的未的同類」[75]。將男性對女性的支配，轉移至與自己與同性間的支配，如潘金蓮妄想專寵於西門慶，時時與其他女性爭風吃醋，造成家庭關係緊張，側面反應了一夫多妻制下女性生活的可悲。

一般女性盡量在付出與回收之間求取平衡，但若是做得太露骨，就會被批評為精明厲害。若有女人膽敢直接以身體進行交易，沒有經過文明與禮教的包裝程序，那就會被斥之為淫蕩的壞女人，[76]如同惡名昭彰的潘金蓮。但若一味將《金瓶梅》中的婦女心態行為置於道德審判中，勢必無法深刻完整的掌握人物的內涵，必須放眼於作者所創造的多重複雜性的社會中加以分析，才能進一步了解該人物的性格特徵與內在生活根據。吳月娘的不安全感表現在捍衛自己正室的身分的舉動，對於丈夫接二連三地娶新妾，她以隱忍的態度表示自己是識大體、有度量的好女人，僅是為了不動搖正室的地位，因此順從並非她的本性，而是婦德影響使然，且從她在李瓶兒生子後主動求子的動作來看，除了抱持的是不孝有三，無後為大的傳統觀念外，更希望肚皮能替自己保住正室的地位，她的身體承受的是自身生理和心理的矛盾與衝突[77]。身為半主子的孫雪娥，縱使在主子心目中仍是奴才，卻也是具有其主觀意志，以及對情愛追求、生存的渴望，在總總壓迫與歧視下，不甘心的心理驅使身體忍受一切屈辱，試圖改變現狀，身體的適應與衝突，不就是威脅與妥協的反覆過程。當女人不得不以身體做為交易關係的籌碼時，有的女人但求付出、不問回報，發揮犧牲、忍讓、寬容的精神，這就是父權文化下備受讚揚的好女人，如同吳月娘的持重寬厚與孟玉樓的明哲保身，讓她們避開了籠罩在西門府已久的死亡陰影。

笑笑生以女性的本能作為發揮身體功能的基礎，真實展現該時代的市井家庭中，女性的精神面貌與人生追求，更顛覆長久以來女性須遵守婦德、壓抑自我情欲、作為男性附屬品的身體觀，彰顯在被剝奪婚姻自由與人身自由、意志自由的環境中，女性為了生

74　《金瓶梅》中利與欲所展現的狂歡化特質，解構了家庭人倫之道，將儒家所排斥忌諱的情欲追求與鮮少在傳統小說出現的女性情欲世界，發揮到淋漓盡致。林淑慧撰：《從「性別文化」看《金瓶梅》中的「情」與「義」》（臺北市：臺北市立教育大學應用語文學系研究所碩士論文，2005 年），頁 169。

75　顧燕翎、鄭至慧主編：《女性主義經典》（臺北市：女書文化，2003 年 1 月），頁 103。

76　林芳玫撰：《權力與美麗》（臺北市：九歌出版社，2005 年 7 月），頁 72。

77　為了遵從婦德，吳月娘葬送的是自己的青春與歡樂，這是千百年來中國女性的普遍性悲劇。

存只得將身體赤裸裸的攤在男性面前，付出所有，但無論女性身體的功能如何發揮，終究擺脫不了傳統所給予的制度與束縛，且在追求過程中，身體被推向充滿誘惑的漩渦中，證明欲望力量對人性與身體的強大破壞性，展示出傳統社會倫理道德觀念的淡化與金錢交易關係的強化。作為追求主體的身體，反而因受到物欲、情欲甚至是權欲的支配，使自身生存的價值更因對欲望的貪求而不復存在，因此笑笑生對於這些為欲望所淹沒的身體加以譴責，從過度縱欲享樂的女性身體來看，她們的下場不是敗落就是死亡，可凸顯作者對於女性身體的看法依舊是具有道德感的身體觀。

第三節　男性視域下的女性身體

　　《金瓶梅》的藝術成就在明清小說創作史上的影響，是大家有目共睹的，文本中不少男女的荒淫情事與交媾行為之實景，更是明代豔情小說的特點。然而這些描述的創作主旨皆脫離不了明代中後期經濟發展與思想啟蒙運動所造就的時代風氣。《金瓶梅》的突出之處在於有意展示活在男性的視域下，女性如何追尋身體欲望與價值的全部過程，透過各個人物追尋的不同過程，作者微妙地透露其身體觀，其他如《痴婆子傳》、《如意君》等豔情小說，也有展現女性情欲自覺的一面，並以女性身體的角度探求情欲之深淵，但主要為縱情聲色之床笫情事，此類描述便占了大半篇幅，創作目的更以娛樂為重，顯現一種低級的趣味，除了情欲滿足外似乎別無所求，與《金瓶梅》對女性自我身體價值追尋的刻畫相較，顯然內涵與深刻性極為不足。《金瓶梅》中的女性人物極具複雜性，透過女性身體的展演，從中可以揭示其人性的深刻內涵，觀看她們的生活處於被男性掌控的環境下，如何為自我生存作努力，像是潘金蓮的情欲需求與西門慶不分上下，西門慶的荒淫無度，潘金蓮更是有樣學樣，勇於追求自己的情欲，但其為了生存而爭奪與努力的手段，卻往往又只是為了取悅男性。

　　傳統父權體制的社會裡，多數女性是附屬於男性而不被重視，《金瓶梅》便展示女性為了生存急於爭取男性對自己的目光，尤其美色的盛衰、風月手段與子嗣的有無更是攸關往後的生存與尊嚴。西蒙‧波娃在《第二性》中探討女性在男性主控的世界中，淪為「第二性」的他者角色，雖然身體同樣是個看似自由而獨立的存在，實際上卻內含著為男人逼迫得不得已性，因而提出：「女人不是生成，而是形成的」，意味著女性身體的主體性被掩蓋於男權之下。[78]而女性的無從抗拒便是內化自己符合男性社會所建構的形象，如同笑笑生所塑造的吳月娘，必須按照婦德要求，以順從、容忍丈夫為生活的基

78　顧燕翎主編：《女性主義理論與流派》（臺北市：女書文化，2003 年 3 月），頁 83-118。

點，[79]又得壓抑自身的情欲與情緒[80]，喪失了自我獨立的機會。若女性也想要找回自身的主體性，就必須有所覺醒，努力超越被男人所建構的定義標籤與限制其存在的種種要素，脫離身體需要依附與奉獻的生存模式，而文本中的女性雖有所自覺的追求自我所想，卻投入整個身體，完全陷入奉獻於男性的生存模式中，透發出在該文化處境中，女性一味追求生存的自然意義的身體觀。

從婚姻結構來看，一夫多妻制是最普遍的婚姻型態，造成的是配偶的不對等與夫妻地位的差異。《金瓶梅》所展示的便是男權社會中，男性視域所看到的欲望世界，因此文本敘事空間與鋪陳，皆在男權中心的視野中完成，特色就是性別的二分，男性與女性被完全區分開來，雖然書寫女性欲望需求頗為顯著，但在追求的過程中與男權社會的制度下有呼應的關係，笑笑生以男性的主體位置對女性進行「他者」的觀看與書寫，女性角色的塑造是受到男權意識所操控，一旦男性為觀賞者，女性為被觀賞者的角色關係被固定下來，凸顯出女性作為男性視覺意欲占有的對象，更凸顯出長久以來男權體制下女性身體的不得已。[81]且中國傳統的女性身體由於受到三從四德、女教的教化與約束，必須依附於男性之下才能凸顯其存在與價值，然而女性身體的本能與功能在男性形塑的規範制度下被壓抑、扭曲，因此作者藉《金瓶梅》彰顯了禮教對男性的成全，對女性身體的壓制，在社會文化與身體觀的劇變下，試圖破繭而出的女性身體被置於一種矛盾的情境中，她們萌發了稀微主體意識的亮光，以唯一的身體追尋自己的生存價值，試圖讓自己生命有另一種可能，但在人性的道德價值已毀滅的時代社會下，反而透顯了女性們無所依歸的身體觀。因此本章欲分析籠罩在男性視域下的女性，如何依憑自己的身體與社會條件，在現實的橫逆阻隔中衝出自我。

一、男性的附屬品

在自然界的狀態中，兩性間的差異主要以身體與肉體結構的差異為基礎，在整個文明發展的過程，男性根據自己的認定，培養女性發展出服從、百依百順、溫馴、被動、依賴與無法自我思考等特質，並繼續擴大其肉體對女性肉體之支配範圍，其中對女性身

---

79 但吳月娘並非一味地順從，而是當然對西門慶有所勸諫時，西門慶一生氣便口出惡言，甚至給她戴上「不賢良的淫婦」的帽子，因此為了博得丈夫心中「賢妻」的美名，就只能睜一隻眼閉一隻眼的順從。

80 笑笑生為了建構吳月娘是貞節烈女的化身，特地以重視制欲的佛教作為她的精神寄託，以求得心態上的平衡。

81 譚處子撰：〈孰更疏離女性主義視角：《金瓶梅》乎？抑《紅樓夢》乎？〉，收錄於《金瓶梅研究》第九輯，中國金瓶梅學會編（濟南市：齊魯書社，2009年3月），頁154。

體最大的就是所有支配權。《金瓶梅》中可看見對女性的身體買賣，小玉是五兩、秋菊是六兩（第九回）、夏花兒是七兩、如意兒是六兩（第三十回）、錦兒是四兩（第三十七回），就連身為半主子的孫雪娥也僅以八兩賣出（第九十回），女性身體只能像物品般被男性兜售、出賣，無法決定自身的歸宿。除了對女性肉體客體化及占有外，並以此為基礎，對非肉體客體化，也就是以更複雜之文化象徵形式及觀念形式將對女性的支配性與占有繼續擴大，女性幾乎成了不存在也沒有自身主體性的客體，必須依存在男性的觀看下才能顯現，在壓抑女性的社會歷史脈絡下，漸漸遠離自己的身體與欲求。

在財、色、權的交織下，通過西門慶的主宰欲，[82]展現女性的完全被物化與弱勢，作繭自縛般地把自己定位於在男性目光中的女性絕佳形像，為了生存，身體甘於只作為傳宗接代與交易用途，讓男性更理直氣壯的將女性視為附屬品，對其身體為所欲為，作為生存主體的身體，在無止境的欲望生成中，消磨了本體存在的深層意義。第五十回，病中的李瓶兒明知身體不適，卻還是禁不起西門慶的百般糾纏，答應與他性交，過程中只看見男方的暢美，反觀李瓶兒喊著：「頂的奴裡邊好不疼」，就可知道這是場不平等的性活動，此處的李瓶兒是有意識中在半被迫的情況下成為一種洩欲工具和玩物。當吳月娘與孟玉樓被西門慶得罪時，雖然沒有表現出要對方賠罪的意思，但在西門慶無賴的性格下，不顧女性是否願意，便抬起對方的腿，強迫性地開始進行性行為[83]，不得已的接受西門慶以性事作為賠罪的禮物，在此之前作者又特地凸顯女性當時扮相對西門慶的吸引，表明他的情欲無意中被挑起，因此表面上基於內疚的心理給女性一個身心上的安慰，實際上凸顯了女性身體依舊被視為洩欲的工具，男性無時無刻都以自身為主體去操控女性，並不會因為她們是被道歉的對象就改變與男性相比的身體價值地位，仍舊脫離不了身體被置於附屬地位的意義。

每個身體的不同，帶給男性的附屬意義便也有所不同，妻與妾雖地位不同，但除了傳宗接代與洩欲的功能相同外，還有就是社交活動時，妻妾光鮮亮麗的打扮能讓漢子掙足面子，這是一種滿足了優越感的表現，因此西門慶的妻妾都是上得了臺面的，每個身體就像一個藝術品般被主人提供為觀賞之用。女性往往成為男性的凝視對象，形成一種欲望的客體，生命的呈現在此時歸屬於男性的凝視，此處的「凝視」並非字面上所呈現的注視他人之意，而是經由他人看待自我的眼光，設想自身的處境，在意會到他人與自我

82　西門慶在西門府中擁有最高權威，妻妾們對他是絕對的服從，從潘金蓮私僕受辱與李瓶兒的被鞭打，都展現了他最為一家之主的威勢。

83　從吳、孟兩人行房的敘述，可知兩人一開始是沒有很願意的配合，但在西門慶與情欲的驅使下，身體只能乖乖就範。如第二十一回，吳月娘義正辭嚴地拒絕求歡，但西門慶「不由分說，把月娘兩隻白生升腿扛在肩膊上，那話兒插入牝中……未肯即休。」

間所存在的關聯中消磨自己的主體性，被動消極地將男性的凝視視為自我建構的標的。如潘金蓮為了西門慶愛白皮膚的癖好，也將自己的皮膚擦抹的白白亮亮；西門慶喜愛小腳、紅鞋，文本中便發現有多少女性踩著金蓮搖曳風姿，更利用紅色展現風情萬種的性感，女性的忙碌就僅是為了男性的愉悅、快感與權力的自豪感，自動視自己為藝術品供男性欣賞，是對自我身體的矮化。

不同的身體自然有其不同的附屬意義，雖然同具有洩欲的意義，但潘金蓮對於西門慶而言，就是性事上不斷提升，包含征服感與快樂，這是其他妻妾的身體所無法給予的，而她的小腳更是她之所以能吸引目光的焦點，更脫離身體成為西門慶另一個喜愛的性愛世界，依舊脫離不了性的範疇之內，而這性意味的背後，小腳被束紮得越緊，便更顯得在男性觀看的束縛下，女性改造自己身體的悲哀。李瓶兒的身體，從西門慶在她去世後真情流露的表現，可知道在官商場打滾的西門慶，也是需要真情真愛，李瓶兒的身體對她而言，不僅只是孩子的娘，更是具有能夠滿足自己情感的功用，因此在第五十回，他不顧一切的要和李瓶兒睡睡，想要從她的身體得到快感，當中不只是為了洩欲，而是他對李瓶兒身體的想念，不然大可進潘金蓮的房內，何必要懇求李瓶兒？然而，西門慶之所以會視李瓶兒的身體為具有真愛附加意義的因素，在於他所正視的依舊只有自己，若他把李瓶兒的身體看作是重要的，也就不會在她身體不便的時候求歡，可見他最需要的還是性愛，李瓶兒所散發出來的真情，仍籠罩不了她身體作為洩欲功能的工具性。

大部分女性在與西門慶進行性行為時，從來都不是單純地為了滿足生理的欲求，而是在這過程與兩性關係之中，穿插著某種財利與意味征服的關係，女性在行為目的上是主動者，期盼情欲以外的利益，也許是為了獲得物質生活上的權力或其他，但在過程中所代表的是一場性別之戰中，藉由男性自我性能力的炫耀，取得他作為男性力量的證明、一種男性價值的肯定，在肯定的同時卻也代表了女性身體的被征服，無疑是對女性身體的一種降格表現。[84]女性為了對方的享樂而委身於對方，便是把自己降格為一種物品，「這與他自身的人權利相互矛盾，可是，這種狀況只有在一種條件下可以存在，即一個人被另一個人作為物來獲得，而這一個人也同樣地獲得另一個人[85]」。當然，在進行性活動時是兩方互得滿足的歡愉，但從心態與價值來看，女性身體成為男性遊玩的勝地，她們以「獻身」的心態面對男性，但身體是女性的唯一資本，卻願意以自己的唯一為賭注，笑笑生凸顯了女性身體對男性的依附意識，男性對女性身體的控制也更加深刻，進入一

84　張丹、天舒編撰：《《金瓶梅》中的歷史謎團與懸案》（北京市：大眾文藝出版社，1999 年 8 月），頁 186。

85　《愛、欲望、出軌的哲學》，同註 37，頁 152。

種惡性循環當中,讓女性身體自由的夢想破滅。[86]

在男性中心話語的闡釋體系中,男性是統治者、支配者,女性則對於不平等的存在而渾然不覺,一切按造「規矩」行事,「天經地義」地屬於服從與附屬地位,[87]身體被男性操生死大權,而女性對於男性的服從已吞滅了本體作為一個獨特性個體生存的意志,使身體僅僅作為一個附庸的性別符號,陷入無法擺脫的困境中,沒有發揮自身能力的餘地,即使像潘金蓮、孫雪娥一樣表現出一定程度的自我覺醒,試圖把握自己的身體,但受社會結構所限,以及不完全的覺醒意識,她們依舊以男性的標準為標準,無法逃離被男性欣賞、把玩的命運。笑笑生在建構女性身體時,依舊將之置於自主權低落、較卑下的從屬地位,即使有折射出少許的主權意識,卻大都是為了物質官能享受而有所前衛的體現,無法脫離中國傳統將女性視為男性資產的思維,甚至將女性那「工具性身體」發揮的淋漓盡致。在此我們可以挖掘文本中女性作為工具性身體的歷史與文化內涵,以及男性如何透過體制下與本體具有的權力對女性身體進行宰制。

二、身體的規訓與懲戒

(一)身體的規訓

從《金瓶梅》中,可以看到各式各樣被文化傳統籠罩的身體,藉由某些特定社會歷史條件下身體的權力控制,以身體所需的服飾文化來說,它是時代文化、社會經濟活動的產物,更在不同地方展現其不同意義的象徵,就服飾本身來說就只是個客觀的存在,但經由人們的認知與主觀意識的加入,結合成另一種標示地位高低的意義,甚至成為權力的示現者,因此吳月娘外出社交場合時所著的大紅色衣裳、夢中遭潘金蓮所奪的紅袍,顯示了紅色所能彰顯的地位權力,而根據身分地位的不同,對於生活起居所應遵行的制度規範便是身體所受的規訓。就妻妾於社交場合的坐席位置也可看出禮儀文化對身體的規範,身體本身就是乘載各種訊息的場域,當中包括了身分,座位與個人的身分和地位等,根據身分地位的不同,加上座位被賦予的象徵意義,只有正妻能作上位,其餘小妾只能列側兩旁,如第四十一回至喬大戶家作客,笑笑生特地註明讓吳月娘坐首位,這也是文化對於身體的一種規訓方式。可見人類的身體除了是生物體外,在文化中創造了一

86　以獻身說明三綱意識的強化,無論忠孝節義,奉獻自身就是最高境界,但換個角度想,這是另一種強調支配身體權的合法性的說法。

87　《禮記·內則》便有不少相關敘述,如:「凡婦,不命適私室,不敢退。婦將有事,大小必請於舅姑。子婦無私貨,無私畜,無私器,不敢私假,不敢私與。」包括生活空間、行動自由的被剝奪,以及財產權的被侵占等。十三經注疏整理委員會:《十三經注疏·禮記》(北京市:北京大學出版社,2000年12月),頁978。

個可滲透身體與社會中嚴密的權力網絡，而權力透過對社會領域的滲透，形成通過對身體與精神的規訓，人在其中便被塑造、操控為一個溫馴有用的主體，被控制的身體就像一部長期受到社會與文化影響、規訓與改造的活歷史書，因為身體在受權力規訓的過程中，產生了規範化的身體行為與經驗知識。然而女性身體除了要接受習俗禮儀中的規範外，更重要的是必須臣服於男性視域下對女性身體的規訓，故本書藉由分析《金瓶梅》中男性視域下的女性身體，看她們的身體是如何受到規訓，以及若不馴服於規訓，身體會如何遭受懲罰與破壞。

　　《金瓶梅》敘述了兩種截然對立的身體，分別是受禮教貞節觀束縛與反叛禮教的身體，而笑笑生則是以吳月娘的身體表現過程與終老的結局彰顯了女性必得遵守規範的身體觀，如在婚姻上必須以夫家整體家庭家族的利益為考量，若妻子的行為或身體狀況，不能符合於這個考量，夫家或丈夫就可以提出離婚。唐代開始便將《大戴禮記·本命》中提及的「七去」明確地納入法律規定之中：

> 婦有七去：不順父母去，無子去，淫去，妒去，有惡疾去，多言去，竊盜去。不順父母去，為其逆德也；無子，為其絕世也；淫，為其亂族也；妒，為其亂家也；有惡疾，為其不可與粢盛也；口多言，為其離親也；盜竊，為其反義也。[88]

而明代律法中更記載「凡妻於七出無應出之條及於夫無義絕之狀而出之者，杖八十，雖犯七出有三不去而出之者，減二等追還完聚[89]」。七出是古代男子休妻的條件，女性一旦遭受到休妻的命運，便無顏立足於娘家，加上女性無經濟自主權，更需要依賴男性而生存，因此大部分的女性願意隱藏自己的情緒，吳月娘便是如此，對於丈夫、小妾及其他女性則是盡可能的包容，展現她作為正室的度量，更拜神、尋求偏方以延續香火，保有自己的貞節，在內扮演一個溫婉柔順的妻子，在外體現了男性眼中絕佳的女性形象。此外，女性為了男性的變態享受，將自己的肉體塑造為符合男性審美觀的身體，不顧痛苦地虐待自己的雙足，因此宋惠蓮與潘金蓮相爭「第一金蓮」，潘金蓮更為了搏得西門慶的喜愛，將自己的身體擦得跟李瓶兒一樣白皙，甘心讓男性透過權力進行對自我身體的規訓與宰制，展現女性為了爭取身體生存的資本，以身體符合於規訓作為資格，但藉此也看到女性身體失去主體性的悲哀。

　　《金瓶梅》呈現在縱欲與禁欲兩種對立的矛盾思想下，女性身體的無所適從與身體觀

88　方向東撰：《大戴禮記匯校集解》（北京市：中華書局，2008 年 7 月），頁 1305。
89　〔明〕姚思仁註解：《大明律例註解》卷 6（臺北市：漢學研究中心，1990，明刊本，影印至日本內閣文庫）

的錯亂。繁雜的戒律在積非成是下，遂被大眾所「認同」，不但體現男性高等的權威，甚至成為女性身體最高價值的標準依據。然而，除了吳月娘對於倫理是戰戰兢兢的遵守外，《金瓶梅》中的女性大都以不馴服的身體對抗傳統價值的規訓，她們的肉體性身體不願意受制於規範中，為了對抗便將自己的欲望表現出來並尋求滿足，如潘金蓮與孫雪娥，為了自己的欲望，一次又一次以違反道德的方式展現反抗的意志，分別與女婿、僕人通姦，無法直接衝撞西門慶的權威，只能暗自從規訓中掙脫出來，然而，原本就處於卑微地位的女性，以微弱的力量，用身體衝撞著傳統籠罩在女體上的規訓，卻落入男性專制的另一個威權中，也就是能標明權力的懲罰工具。而笑笑生藉由文本中女性身體的被懲罰，展現女性身體的翻身之難，因為她們衝出規訓體制外的表現，就是對男性的挑戰，在弱勢的情況下，勢必遭受男性強烈的懲罰，並以此懲罰作為對其他女性的借鏡，使女性身體藉由懲罰作為被利用者，因此下文探討笑笑生對於女性身體的懲戒方式與效果，從中找出其懲戒意涵以窺見其身體觀。

(二)身體的懲戒

在《金瓶梅》中，妻妾身體被懲戒的方式有許多種，大略整理如下：

人物	吳月娘	李嬌兒	孟玉樓	孫雪娥	潘金蓮	李瓶兒
懲戒方式	冷戰	冷落	無	冷落 打罵	打罵 性愛	打罵

根據權力施加在女性身體上的方式不同，與西門慶的權力交互關係也就不一樣，張竹坡曾說：「嬌兒是死人[90]」，李嬌兒的身體很少顯現於文本之上，就像一個花瓶般被靜置於西門府中，所受到的是冷漠的對待，就像被囚禁在一個冰冷的監牢中，遭受的是心理上的折磨；而對吳月娘的懲戒就是冷戰，因為李瓶兒一事，讓西門慶與吳月娘兩人「彼此覷面，都不說話。」（第十八回）從第二十一回吳月娘採取低姿態，主動燒香求丈夫的回心轉意便可知道，她希望兩人能夠停止冷戰，恢復以往生活。而文本中最普遍的是對身體的直接懲罰，身體懲罰是同時對精神與肉體的羞辱，潘金蓮與李瓶兒都曾被剝光衣服毒打，這可說是一種極端方式肉體精神的被羞辱，在家庭中，妻妾必須完全認同西門慶在家庭中的至高地位，接受他在家中掌握權力並可使用暴力的合法性，同意以懲罰形式來對付有「罪」之身。但強迫女性一絲不掛地接受鞭打的處罰，讓肉體面對最直接的折磨，藉由殘忍的折磨讓女性感受到痛苦與恐懼，卻是宣告男性至高無上的權力與女性被馴服的身體。從另外一個角度來看，懲罰對於他人具有警示的作用，雖然潘金蓮與李

90　《皋鶴堂批評明代第一奇書《金瓶梅》讀法》，同註55，頁14。

瓶兒的受辱是在私密的房間中，但還是會被大家所知，因此當孟玉樓聽到潘金蓮受辱之事便急於探望她，然而對與潘金蓮原本就是死對頭的李嬌兒、孫雪娥而言，潘金蓮的受辱是他們最快意的事，但對潘金蓮而言無疑又是精神上的一個打擊。

孫雪娥則是被給予不同於潘金蓮一樣的肉體上暴力的對待，三番兩次在大庭廣眾下被痛毆，最激烈的便是第十一回中與潘金蓮起了爭執，而西門慶的反應：

> （西門慶）走到後邊廚房裡，不由分說，向雪娥踢了幾腳，罵道：「賊歪剌骨！我使他來要餅，你如何罵他？你罵他奴才，你如何不溺胞尿把你自家照照！」那雪娥被西門慶踢罵了一頓，敢怒而不敢言。

> （西門慶）復回來，又打了幾拳，罵道：「賊奴才淫婦！你還說不欺負他？親耳朵聽見你還罵他！」打的雪娥疼痛難忍，西門慶便往前邊去了。

> （西門慶）採過雪娥頭髮來，儘力掙短棍打了幾下。多虧吳月娘向前拉住了手，說道：「沒的大家省事些兒罷了！好交你主子惹氣！」西門慶便道：「好賊歪剌骨！我親自聽見你在廚房裡罵，你還攪纏別人；我不把你下截打下來，也不算！」

可見孫雪娥身體的不受重視，與奴僕無異，她行為舉止的不經大腦，遭致暴力常常施展於她的身體上，在第十八回中，潘金蓮被酒後不悅的西門慶踢了兩腳，也是因為她不懂得看人臉色才會受到如此懲罰。此外，潘金蓮更多次被以性愛手段與過程的滿足作為懲罰手段：

> 初時不肯，在牝口子來回，攝擺不肯深入。急的婦人仰身迎播，口攝中不住聲叫：「達達，快些進去罷！急壞了淫婦了，我曉的你惱我為李瓶兒，故意使這促，卻來奈何我！今日經著你手段，再不敢惹你了！」西門慶笑道：「小淫婦兒，你知道，就好說話了。」（第二十七回）

> 幾句說的西門慶急了，摟個脖子來，親了個嘴，說道：「怪小淫婦兒，有這些張致的！」于是令他吊過身子去，隔山拗火，那話自後插入牝中，把手在被窩內，接抱其股，竭力搗礪的連聲響嚨。一面令婦呼叫大東大西，問道：「你怕我不怕？再敢管著？」（第七十二回）

潘金蓮被以性的懲罰方式作用在女體之上，是妻妾中最為特別、私密的懲罰方式。在性歡愉之際，快感的被中斷會使身體異常的難受，尤其對極重性欲的潘金蓮來說，更是一大折磨。然而，懲罰的真義在於其否能達到懲戒後的預期效果，就文本來看是不如預期，

在懲罰的當下也許有收到效用，只是短暫的順從，不久後便復態故萌。女性肉體的被懲罰大都是源於情欲的出軌，[91]潘金蓮的依然故我，放縱情欲、日夜生事，甚至最後間接為欲而亡，代表的便是懲罰效果的不足，展現了被懲罰者的頑固性，頑固性的的背後，是由女性身體承認自身生存方式的合理性所支持，也就是作者所欲彰顯女性身體的主體性，更是女性身體對現有社會意識的觀念態度。

在《金瓶梅》中，雖然眾妻妾的身體在其中各有不同權力的施展與活動空間，但以父權為基礎的家庭型態，女性身體任意的被行使責罰、打罵、買賣，當中肉體被懲罰的次數與方式的不同，可作為女性地位權力的根據之一，以李瓶兒、潘金蓮、孫雪娥三人來看：

人物	潘金蓮	孫雪娥	李瓶兒
次數	四次以上	四次以上	一次
方式	性愛、打罵	打罵、冷落	打罵

李瓶兒尤其在生子之後更是備受疼愛，唯一一次受辱，只是因為先嫁蔣竹山，讓西門慶的面子掛不住，成為西門慶展示權威與控制力的工具；而孫雪娥如奴僕般的被踢打，可見權力地位之低下；而潘金蓮多以「性」的手段對身體進行懲罰，以第二十七回的醉鬧葡萄架最為明顯，可見她與妻妾爭奪性權力的同時，自己的身體也被以此道來作懲罰。

由此可見，在傳統社會中，男性灌輸「男尊女卑」的不平等概念，成為女性的主宰者，無節制的將權力加諸在女性身上，並發揮自以為賞善罰惡的力量，康正果以西蒙·波娃的話來說明女人的劣勢是因為陷入了內在性，是一種約束與囚禁，將女性身體規訓為一個屈從的角色，限制於「性」之中，阻礙了女性生命形態的發展。[92]笑笑生藉由女性身體的被懲罰，尤其以「性」作為手段的處罰方式，呈現男權宰制下女性身體客體化的悲哀。但從懲戒效果而言，他也不得承認欲望的力量讓女性產生面對懲罰的勇氣。然而在這不平等的對待中，女性要如何把握住自己的身體與生活，就必須靠自我意識的覺醒。

91　潘金蓮與李瓶兒是因為與其他男性有關係，孫雪娥雖然是由於自身不被喜愛，但在第二十五回中，也是因為與僕人來旺有首尾，被西門慶打了一頓，又扣留了她的衣服頭面，不許她見人，從此地位更加卑下，只能與家人媳婦一起行動。

92　康正果：「用西蒙娜·德·波伏瓦的話來說，男人的優是具有『超越性』，而女人的劣勢是由於陷入了『內在性』。前者標誌的無拘無束的存在，它使男人享有創造和開拓的自由。後者是一種約束與囚禁，它使女人肩負缺乏創造性的職責，始終從事重複性的工作。」康正果撰：《女權與文學》（北京市：中國社會科學出版社，1994年），頁8。

三、女性自我意識的崛起

　　《金瓶梅》是一部具有強烈揭露性與批判色彩的社會小說，提示了該時代好色好貨的人性思潮，商業經濟發達促進了人民意識形態的急速轉變與享樂風氣的盛行。在一夫多妻的制度下，資源分配不均會造成女性間的矛盾，因此僅能在壁壘森嚴的男權社會中，利用各種手段獲得自身的快樂，當中所展現的意義，不僅僅是物質上的獲得，更能標榜的是女性的身體、生命意識與自由權益、自身欲求的自我發現。雖然女性依舊圍繞西門慶生活，但最明顯的是她們已發現了自我身體的欲求，並且能衝破從前被迫以沉默與壓抑表現的道德枷鎖，作者塑造了一個自詡為「不帶頭巾的男子漢」的潘金蓮，在第七十八回中，潘姥姥哭訴在潘金蓮小時就「往余秀才家上女學去」，自豪對潘金蓮的培養：「七歲兒上女學，上了三年，字倣也曾寫過；甚麼詩詞歌賦唱本上字認不得的！」笑笑生特地強調潘金蓮的才識，而從她身上也看不出傳統女性無才便是德、輕聲細語的嬌羞模樣，而是從她高度的企圖心與生命力，展現了她試圖以身體創造出一個能與父權並駕齊驅、能夠自我揮灑的空間。

　　明代商業經濟繁榮造成享樂風氣大盛，對人性有顯著的影響，在金錢的誘惑下，人類的價值觀必產生變化。從前在家相夫教子，符合忠、孝、貞的女性，從被動接受與強迫服從內化為主動接受與願意承擔的身體，像吳月娘一般自覺並死守於道德規範中的人物，在《金瓶梅》中是少之又少。即使《金瓶梅》是一部以男性為對象的作品，原始欲求籠罩了整部作品，但表現了女性身體如何從社會邊緣漸漸走向權力中心，由內向改為開放，主動展示自己的美貌，以獲得男性與眾人的目光，多的是崇尚肉欲、物欲的享受，極盡爭寵獻媚淫蕩之能事，公然挑戰傳統男權社會下所建構女性形象，以堅強姿態把握現有生活，一改千年來以來中國傳統女性的隱忍壓抑，以極端的身體表現另一種生存景象。不僅地位卑下的小廝、奴婢們暗自偷情，就具有一定身分地位的女性，也耐不住寂寞，三番兩次與西門慶發生不倫。人對性的欲望無窮無盡，若無以社會文化的健全制度來維繫，以強制的規定約束婚姻與性的發展，必會造成極大的混亂，[93]而中國傳統道德對於兩性間不平等的約束，造成女性千百年來的痛苦與不滿，在層層的壓抑下，勢必會有衝撞反抗的行為出現，就是自我意識的發現。

　　而自我意識覺醒的最佳證明，就是自主權的掌握，本書從女性的身體自主權與性自主權作說明：

93 　謝瀛華撰：《性心理手冊》（臺北市：遠流出版事業公司，1987 年），頁 122。

(一)身體自主權

身體自主權指的是「一種權利與選擇的能力，並可以為自我身體情況作合理判斷的一種權力」[94]。當中包含了肉體、心理、行為與思考等種種身體的內涵與外延。身體是人與生俱來的私有財產，而傳統女性卻必須毫無保留的奉獻給男性，因而在《金瓶梅》中，我們才對女性的自我意識表現，發出一聲讚嘆。《金瓶梅》顛覆了男性視域下女性應守貞節的體制，展現女性對身體歸宿的自主權，明代商賈地位的提高，改變了女性對生命歸宿的看法。大多人期盼能嫁給有勢力的男人，想以身體換取、占有與享受男性的物質生活，並從依附男性的過程中實現自身價值，因此孟玉樓先是自我作主嫁給西門慶，最後又選擇李衙內為終身伴侶，逍遙一生；李嬌兒為了錢途，不肯安份的在西門府守寡，寧願回歸老本行，也是對自我身體的做主。

孫雪娥為了追求情欲，不分尊卑與來旺偷情，更為了追求婚姻的幸福，主動提議要與來旺私奔（第九十回），不料失敗後被賣入守備府遭龐春梅虐待，種種遭遇令人同情，因為她不像李瓶兒一樣忍氣吞聲，無聲無息，而是心直口快、睚眥必報，更不像潘金蓮放縱情欲，殘害他人身體，有的也只是為了掌握自己的身體與生命，不懂察言觀色、保護自身權力地位的愚蠢手段。在西門慶生前，她就是一個沒時運的侍妾，在西門慶死後，年輕守寡，又無子女，在家中也無地位，種種因素促發她追尋美好生活的嚮往，因而慫恿來旺私奔：

> 你外邊尋下安身去處。往後這家中過不出好來，不如我和你悄悄出去，外邊尋下房兒，成其夫婦。你又會銀行手藝，愁過不得日子。

可見孫雪娥企求的不是一個錦衣玉食的富貴生活，而是有一個自由的身體，可掌握自己的命運，選擇終身伴侶的機會，甚至願意與丈夫一同靠著手藝打拼，只求溫飽的簡單願望，卻沒想到這個願望在一夕之間完全破滅。

而潘金蓮作為武大妻時，一見到武松，心想：

> 一母所生的兄弟，又這般長大，人物壯健，奴若嫁得這個，胡亂也罷了。你看我家那身不滿尺的「丁樹」，三分似人，七分似鬼。奴那世裡遭瘟，直到如今！據看武松，又好氣力，何不教他搬來我家住？誰想這段姻緣，卻在這裡！（第一回）

可見潘金蓮對於身體的歸宿有自己的想法，自認有管理、運用自己身體的權利與能力，更毫不考慮的開始進行勾搭武松的行動；李瓶兒的一心一意地要把自己託付給西門慶，

---

94 何春蕤撰：〈色情與女性能動主體〉，《中外文學》，1996 年第 4 期，頁 6-40。

原本被家庭所規範，應符合儒家正統文化的身體，因為女性對身體自主權的覺醒，打破了父權體制所渴望「妻子」、「女人」美好形象的幻想。作者藉由她們對自我去向的主動追求，凸顯了在享樂主義與情色氾濫的生活氛圍下，身體本能的被放大，造成身體觀的突變，她們釋放了身體，利用生存之名，享受到對肉欲、物欲的貪戀。

(二)性自主權

　　《金瓶梅》以男女之欲相互制約成為情節發展的主線，不分地位，潘金蓮、李瓶兒、龐春梅等人以唯一的身體作為資本以改變自身的命運，想藉此爭取自己的幸福與權力，但性是隱藏在身體深處的某種具神祕性與本源性的力量，隨時可能如洪水猛獸般衝破人可控制的能力界限，若像潘金蓮一般只靠著身體欲望得滿足，用激烈手段鞏固自己的地位與性權力，才能獲得心靈的安適與感受自身的存在與快樂，就是一種對肉欲的沉迷，是另一種新型價值觀的極端體現。馬克思曾說：

> 吃、喝、性行為等等，固然也是真正的人類的機能，但是，如果是這些脫離了人的其他活動，並使他們成為最後的和唯一的終極目的，那麼，在這種抽象中，他們就是動物的機能。[95]

潘金蓮不就是一個只剩下動物生理性機能的人，甚至張竹坡更批評其「不是人」[96]，身體是人賴以維生的基礎，而人性是人的本質也是最深層的東西，此時從潘金蓮的身上已發現不到任何人性的光輝，但是：

> 當我們評價潘金蓮「於情可恕，於法難容」的時候，這個「法」永遠滯後於一切對女性不公正的對待和壓抑，或者說「法」的存在是把女性逼回男性中心社會為她們規畫好的軌道上，扼殺那些飛出男性天空的瘋狂的身體。潘金蓮的悲劇在於她太急於言說自己而忘記了身體的重量，最終狠狠砸落在男性們的地平面上。[97]

即使《金瓶梅》負載了女權意識的覺醒，但從文本所提供的線索可看出覺醒能量的不足，只要男性仍位居統治中心的地位，就不可能允許女性脫離自己的勢力，加上女性不管在政治、經濟、社會上，依舊只能依附於男性，以低姿態的方式追求自己的欲望，想要獲得身體自主權便是遙不可及。如潘金蓮為了討漢子歡心，貶低自己的身體行使妾婦之道，只是將自己身體的所有權、使用權交付於男性所掌控。因此笑笑生讓我們看到女性身體

95　馬克思、恩格斯撰：《馬克思恩格斯全集》第 42 卷（北京市：人民出版社，1979 年），頁 94。
96　《皋鶴堂批評明代等一奇書《金瓶梅》讀法》，同註 55，頁 14。
97　《論《金瓶梅》的性描寫與男性霸權意識》，同註 24，頁 26。

反映了在中國傳統文化下，受男權壓制而不由自主的悲哀，女性各自以有限的力量試圖顛覆原有的生活型態，將自己的身體轉化為發揮生命價值的原動力，但受典型環境的制約，各自養成特殊的性格，產生錯誤的態度，造成各個身體的悲劇。作者以女性的身體本能、功能彰顯了身體的自主權，又以她們的身體陷入無可自拔的欲望中而失去生命的光彩，說明若只是追求人欲的解放，缺乏一定的方向目標與正確方法，身體終究還是會被摧毀，成為一場空夢。

女性身體在傳統倫理中的多舛命運，影響女性以來生活的不美滿，《金瓶梅》以極大的熱情專注於婦女的命運，各女性對於自身命運都有不同的認知與理想。在理學的性別觀念中，對於性別偏見的進一步強化，建築在女性身上的是更為密不透風的牢籠規範與更為鮮血淋漓的制度枷鎖。受明末經濟發達的影響，社會文化因素成為婦女各種欲望產生的根源，也意味她們開始正視自己的身體，甚至是心靈的需求，但仍必須透過男性社會地位的反射與注目，才能真正感受到自我身體存在的價值，因此在這種現實的身體實踐下，女性身體仍屬於受制約的有意識身體，更因如此才不斷地試圖衝出禁閉身心的牢籠，以身體本能的「性」為主要，酌以自認優越的條件，如眾女性的身材相貌、潘金蓮的才華等先後天優勢來自我表現，以此得到在性事上自我表現的機會，更在其中突破了男尊女卑的文化限制，不管如何，一旦女性展現出主動的思想行為，就是自主意識的發現與強化。

四、小結

(一)淪為附庸的身體

在傳統不平等的婚姻關係中，女性將自身所有完全託付給男性，卻只能獲得對方一部分的愛與資源，甚至無情愛可言，僅被視為一件物品或延續香火的工具，因此在《金瓶梅》中，可見各個小妾就像一個微不足道的藝術品，提供身體欣賞、洩欲與傳宗接代的功能，身體所能擁有、展現的權利與權力更是無情的被分割成幾個不等量的部分，另一方面也被迫以爭寵作為擁有丈夫更多關注的手段，而這當中的期望便包含了對個人身體權利／權力的追尋，卻也造成家庭關係各種大大小小的衝突，當中更有著女性在其中所透露被玩賞、占有的盲目喜悅，讓男權視欲下的女性身體逐漸扭曲化，男性操縱著這些為了爭寵肩負苦樂的身體，無論結果是失意或是獲得寵愛，父權始終凌駕於女性身體之上，所謂的寵愛也不過是一時虛假罷了。

因此在《金瓶梅》中，主宰兩性關係的不再是情愛等感情因素，也不是傳統的道德規範，而是承載著滿滿情欲，又帶有濃烈銅臭味的身體，各種金錢利益等物質因素，澈底滲入兩性關係中，無論是女性將身體視為取得性快感之外附加利益的工具，就連西門慶與孟玉樓的婚姻，不也是建築在金錢上，孟玉樓在尚舉人與西門慶之間，毫不考慮選

擇有雄厚財勢的西門慶。而金錢在西門慶與李瓶兒之間更起了不小的作用，李瓶兒將手中的財物與身體都奉獻給對方，[98]當西門慶害怕受到親家陳洪的牽連而閉門不出，李瓶兒還誤以為自己受騙而感到十分後悔，心想：「況且許多東西，丟在他家，尋思半晌，暗中跌腳。」（第十七回）在成功嫁入西門府後，又奉獻了更多財物給西門慶，[99]可見李瓶兒不僅以姿色與性事吸引西門慶，豐厚的物資也是主要吸引的手段，以換取自己後半生的幸福，可見錢財作為維繫兩性關係的重要性。

　　《金瓶梅》中的丈夫與妻子之間是一種支配與被支配的不平等關係，西門慶掌管著家裡的所有財產以及對女性擁有絕對之配的權威，即使是夫妻關係，若有一方掌握了絕對財勢，弱勢的一方也不得不接受支配，甚至因此以身體作為交換品，凸顯兩性關係成了赤裸的買賣關係，同時也是一種相互妥協的關係，潘金蓮就是最好的例子。在第五十二回中，必須以自己較無法接受的性姿讓西門慶滿意，讓對方願意以更多的生活物資作為報酬；在七十四回中，更在行房後，直接向西門慶索取李瓶兒留下的昂貴皮襖，從吳月娘因此發出不平之聲可知，同樣有索取這件皮襖的機會，且李瓶兒的財物原本就由吳月娘保管，卻因為潘金蓮對西門慶投其所好，在性事中達成這筆交易，吳月娘也只能乾瞪眼，致使在第七十九回中夢到潘金蓮與她爭奪紅袍，可見掠奪也形成妻妾之間矛盾的來源。更因如此，女性不需被以暴力威脅的手段強迫屈服，貪財圖利的生存觀讓她們輕易地被收服，無論是如意兒、王六兒、宋惠蓮等，皆不顧道德淪喪，付出最重要的身體與貞節以換取財物，就像地下交易一般，凸顯出女性身體的可卑，即使發出些微自主的光芒，也不得不被男權偌大的勢力範圍所掩蓋。

(二)規訓懲戒與女性附庸性身體的辯證關係

　　中國婦女在傳統社會根深蒂固的「男尊女卑」意識下，遭受不平等的對待，長久下來，女性習慣於被壓抑，尤其明代將禮教推至最高峰，落實為大眾的意識型態，對於人欲的扼殺，[100]讓女性的處境雪上加霜，失去獨立自主與自我思考的能力，僅能遵循禮教規範而行。[101]《金瓶梅》中大部分的女性，相對於傳統婦女自我意識的薄弱，他們的表

98　李瓶兒：「奴這牀後茶葉箱內，還藏着四十斤沉香、二百斤白蠟、兩罐子水銀、八十斤胡糊椒。你明日都搬出來，替我賣了銀子，湊着你蓋房子使。你若不嫌奴醜陋，到家好歹對大娘說，奴情願只要與娘們做個姊妹，隨問把我做第幾個的也罷。親親，奴捨不的你！」（第十六回）

99　「（李瓶兒）一面開箱子，打點細軟首飾衣服，與西門慶過目。拿出一百顆西洋珠子與西門慶看，原是昔日梁中書家帶來之物。」（第二十回）

100　傳統禮教本是為了維護社會運作制度所制定的行為規範，到了宋儒口中卻變成只具有形而上意義的道德範疇，至明代更落實於女性的貞節操守，強調「餓死事小，失節事大」，尤其「存天理、滅人欲」，彰顯理性本體作為主宰的命令作用。

101　吳月娘屬於該時代的傳統道德養育下的典型婦女，因此她所表現的有情有義都是僵化的，張竹坡更

現與傳統婦女截然不同，[102]不僅有自己的思想，更握有某些自我的決定權，對於自身處境的選擇也有自己的看法與作為，而這些過程表現了她們對自我身體的看法，展現該時代社會女性的身體觀。《金瓶梅》大部分女性的身體表現，彰顯了男性的特權以及女性身體處於被損害的地位，男性特權愈加強大，女性愈是被奴役化，甚至被視為私產並處於附庸地位，將身體作為對男性的奉獻，以換取生存的需要，然而文本中的女子大都欣然接受並變本加厲地爭寵奪愛，[103]顯示女性身體的自主權與對尊嚴感的生活的渴望，皆被社會文化、性愛觀念所扭曲而產生種種變態作為。

在社會文化所加諸於身體的規訓下，揮之不去的是女性身體的附庸性，潘金蓮敢於發出牢騷與悖逆反抗，當西門慶在外肆意放蕩，她卻也在家中偷養小廝與女婿，換來的還是西門慶對於身體的懲罰，挨的是一鞭鞭的馬鞭之威，身體被用來彰顯男性的權力，即使她有伶牙俐齒，有與西門慶冷嘲熱諷的勇氣，反映了家庭中男女關係的微妙變化，但從另一方面看來，女性身體籠罩於男性的控制下，即便她們想要衝撞現有體制，突破傳統桎梏，對傳統體制而言，她們的身體就是一個不穩定、會破壞制度的危險份子，當女性的所思所為與封建禮教制度產生矛盾衝突時，所受到的就是規範體制下所賦予男性權力的懲罰，且往往都是直接的肉體懲罰，透過肉體的痛苦，展示權力直接加諸在個人身體之上的過程。[104]

當權力機制透過規訓、規範的手段塑造、改造身體，身體卻在改造過程中失控，勢必得有一個嚴格的處罰機制以進行更好的指導與監督，但過度的壓抑始終會引發被壓迫者更多的不滿，為了顛覆男性的權威，女性人物一次次以違反社會規範的方式展現反抗意志，表現出來的便是像潘金蓮一樣共有著反抗與附庸的矛盾表現，[105]她那動物性的性欲身體已突破傳統體制，很少受制於規範，是不穩定的身體，但另一方面，傳統社會文

因此認定其非出乎真性靈，是一虛假人物。而她所用來打發寂寞的生活方式，就是誦卷唸經，看似符合社會規範，但實際上也只是被傳統社會的道德觀所控制。

102 除了吳月娘之外，吳月娘在《金瓶梅》中可說是最賢淑的婦女，謹守婦德，憂心香火，丈夫死後更堅決守寡。

103 換句話說，妻妾爭寵是傳統封建婚姻制度下的特有產物，是女性追尋自身權力與意識的扭曲形式與必經過程，在各女性身體互動的觀照下，我們才能更清楚地看清人物性格的複雜性。

104 因此在西門府中，西門慶具有絕對的權威，他是「打老婆的班頭，降婦女的領袖。」（十九回）靠著拳腳與馬鞭子，讓眾妻妾對他只有絕對的服從。

105 「根據伊里亞斯的觀點，『不文明的身體』很少受制於行為規範，會馬上把自己的情緒表達出來，並且尋求欲望的滿足，而不去克制或考量到其他人的福利。」Chris Shilling 撰：〈身體與差異〉，收入〔英〕Kathryn Woodward 編，林文琪譯：《認同與差異》（新北市：韋伯文化國際出版公司，2005 年 10 月），頁 157。

化位女性提供的生存空間實在過於狹窄，她意識到自身的生存權仍掌握在男性手上，經濟上必須倚靠西門慶才能盡情地享受物質的奢華，在欲望上又無法離開與西門慶間的肉體歡愉，因此要突破現況，就得將主動性牢牢抓在手中，變本加厲地利用姿色與放蕩，順從西門慶的愛好，藉以窩盤住西門慶，看似玩弄了男人的弱點，卻反而在過程中使身體更加屈從於附屬地位，因此《金瓶梅》寫的是市民階層與世俗的享樂生活，卻通過女性身體的表現，真實的反映女性悲劇性的命運。

(三)《金瓶梅》中女性意識的彰顯

明代重視人的感性生命，思想的解放表現在情感領域，讓人理直氣壯地追求自我的幸福，笑笑生將這種思想置於小說中，一以貫之，在《金瓶梅》透露了不少女性萌發自我意識的線索。李瓶兒曾對自我的境況作一生動的比喻，說自己一個婦道人家，是「沒腳蟹」（十四回），深深體會到自己的不自由，卻還是有勇氣地迎奸附會，忍受妻妾們的嫉妒與辱罵，為的就是得到心中所嚮往的天倫之樂，即使最後在絕望中死去，但畢竟是自己根據自身價值取向所選擇的婚姻。潘金蓮的爭強好勝與價值取向，以及與西門慶相互以色欲控制的關係，更是女性意識彰顯下的反叛作為，即使最後未能從性飢渴中擺脫出來，甚至淪為性交動物，脫離不了女性的工具地位，卻不可忽視在每一幕縱欲畫面與淫蕩爭寵之事的背後，展現的是她所意識到自身強烈的生理需求與自我中心主義，而總總欲望背後那旺盛的生命力與與作為，皆是社會、家庭環境影響下的演變與發展。

又如孟玉樓，相較於潘金蓮的激烈手段，孟玉樓雖然無爭無欲，卻很有自己的想法，自我選擇託付終身的對象，從她最後與李衙內傾心相與，共享愛欲歡樂的結局，可見思想解放始終能讓女性得到爭取自由幸福的機會。在男性視域下，《金瓶梅》展示各個女性的生存困境與不同女性的意識與需求，真實的對扭曲人性與人際關係進行生活化的透視與觀察，從文本中對於女性日常生活、心態、欲望的挖掘與發現，更可體會到笑笑生對女性生活的關注，從人物不同的結局與因果報應來看，作惡多端之人始終會受到懲罰，而女性若急於跳脫出男性的附屬地位，不斷在傳統道德之外進行反叛行為，只是膨脹了人性之惡，違背了基本的人情義理，最終會墮入萬劫不復的深淵當中。

第四節　結　語

一、本能與功能的辯證關係

在《金瓶梅》中，笑笑生點出女性本能情欲的問題，更從妻妾間性資源的掠奪中，凸顯權力地位的不平等，即使潘金蓮擁有西門慶最多的性照顧，但她的地位依舊比不上

有子嗣的李瓶兒與身為正室的吳月娘。女性憑藉身體的功能追尋自身的欲望，顯示女性身體是一種多重所屬，包含了身體主體、權力與情欲，三者的交集顯現了相陳相因的密切連繫，尤其身體作為生存的根本，又是所有訊息的承載體，人生存於社會之中，身體必會與權力有所結合，以影響力與支配力的作用與被作用設定各個身體間的互動性與功能，讓身體不再受到生物性的制約，能進一步提升至較具內涵的精神層次。

　　情欲長久以來被小心謹慎地封藏起來，使作為實踐性的身體也面臨遭迴避的窘境，中國傳統多以身體作為道德實踐的依據，重視的是如何修身、養氣，如何利用身體將生命發光發熱。因此當我們看到《金瓶梅》對身體與情欲毫不避諱的描述，皆大為驚奇，將身體表現置於權力與情欲兩大範疇中作論述，發現對文本中的女性來說，情欲是何等的重要，不僅關係了自我身體的生理滿足，更左右了個人在家庭、社會上的地位與權力。「妾的身體存在，是為了滿足婚姻制度中，所賦予妻的權力與各種需求。妻的身體除了代表正統外，也可以對妾有所支配與掌控。[106]」簡單來說，妻妾制度所代表的是一種不對稱的社會關係：

在丈夫有納妾的權力與正室地位的壓迫下，小妾的生活自然不如外人想的風光幸福，僅能依靠自己的努力與手段，但在追求過程中，如同潘金蓮為各種欲望所綑綁，李瓶兒為情欲所束縛，凸顯女性判斷自我身體價值的失衡，讓身體成為男性直接控制的所在。在明代的淫靡風氣下，婦女雖有發現自我本能的意識並加以追求，彰顯了應正視本能的身體觀，但不知節制的下場，就是難逃因果報應的法網，為自己所造的孽償罪。

　　身體本能所延伸的，除了是男女之間的權力問題外，情欲也算是根植於人人身上的資源與力量，提供女性無限的潛能，讓她們能夠從男性權力模式的脈絡中，透過男性得到另一個權力施展區塊的資源，這也是妻妾相欲爭奪的部分，因此情欲不僅僅是身體的滿足感的來源，更關乎的是如何利用它達到生理之外的成就感，讓自己的生命更加豐富。因此充滿情欲力量的女性是最有衝勁的，無時無刻利用情欲的力量讓自己深入生活中的其他領域。潘金蓮是《金瓶梅》中最危險的女人，除了就像一顆不定時炸彈一樣，不知何時會無意點燃她嫉妒、怨恨的引線，她還擅於利用性活動掌握西門慶的心，試圖超越吳月娘，成為對西門慶影響力最大的女人，以宋惠蓮之事來說，吳月娘再三向西門慶勸

---

106 熊秉真，余安邦撰：《遂欲明清——遂欲篇》（臺北市：麥田出版社，2004 年），頁 217-218。

解，別讓來旺的事驚動官府，西門慶卻將她斥退，讓吳月娘羞赧而回，並對眾人說道：

> 如今這屋裡亂世為王，九條尾狐狸精出世。不知聽信了甚麼人言語，平日把小廝
> 弄出去了！你就賴他做賊，萬物也要個著實纏好。拿紙棺材糊人，成個道理？恁
> 沒道理昏君行貨！（第二十六回）

可見吳月娘心知肚明整件事都是西門慶與潘金蓮主導，但肇因還是西門慶與宋惠蓮偷情，來旺實屬無辜，卻因西門慶偏聽於潘金蓮，自己處於弱勢之下，只能羞愧而回，展現了權力場域自個人身體延伸至他人，甚至是家庭的社會性中，是同性之間、妻妾之間，甚至是整個家庭的問題。

　　根據妻妾們各奔東西的結尾所起的作用，除了是宣告西門府的敗亡外，笑笑生更提示作為身體本能的情欲與身體功能間的辯證關係，本能與功能，在身體的發展過程中是互為因果，由文本可見情欲對女性的重要，而情欲的重要性不僅展現於生理上的滿足，更能在身體功能上發揮極大作用，然而作為生存憑藉的身體，卻也是因為情欲在本能與功能上的過度發揮而陷入泥淖中，笑笑生對於女性很少流露出褒貶臧否的態度，但對於吳月娘卻能不加掩飾的給與讚美予肯定，便是提醒世人身體的層次與價值，文本中的女性多將身體的層次侷限於生理性而無法有所突破，對於自身的價值也依附於男性之上，就是間接的自我矮化。

二、身體作為權力支配的場域

　　在《金瓶梅》中，女性將身體視為媒介，透過身體的實踐尋求生存，受到外在權力運作的影響下，女性利用、控制自己的身體去迎合男性，在此同時也使自己的身體成為被規訓的身體。引起潘金蓮、宋惠蓮相爭的「三寸金蓮」便是受男性規訓下的產物，她們纏繞自己的腳掌，以小腳做為取悅於男性的媒介工具，男女性同時成為權力的施加者，而小腳成為具有生理層面的媒介性，也是可操作的權力場域，這便是作為生理性支配的最佳例證。文本中可見潘金蓮除了性事上對西門慶的占有外，身體的欲望驅使她要霸占住西門慶的心，因此接二連三用了許多計謀攻擊她人來凸顯自己對西門慶的包容與關愛[107]，可見身體的生理性在進入權力場域的同時，也就是進入人為框架並被賦予另一種認知系統[108]，作者表達了在女性意識到身體的自主性同時，心理也會產生對他人支配或影

---

107 如在李瓶兒未入門時，潘金蓮以自己知事禮的一面攻擊吳月娘的不通人情，造成吳月娘與西門慶之間的冷戰，另外，在宋惠蓮事件中，潘金蓮都表現出對西門慶的體貼，並獻計去除來旺兒。
108 周慶華撰：《身體權力學》（臺北市：弘智文化出版社，2005 年 5 月），頁 31。

響的企圖，當權力場域移轉至不可見的心理層面，只能藉由肢體語言反應內在的要求與欲望，並傳達給周遭人，甚至藉由肢體語言的觀察，可以獲得大量人性的知識訊息，[109] 如同我們藉由故事人物的靜動態表現，描繪出她們內心對自我身體的看法，甚至可視為是權力的施展，身心理的關係是無法截然畫分的，因為人類身體的存有涉及多種層面，不僅僅只是物質性的一種，更有著情感與思想的運作，兩者必須相互合作，人生才能有所開展[110]。

藉由身體的被懲罰與規訓，也看出身體作為權力的場域性。《尚書·舜典》：「鞭作官刑」，指的是以「鞭」作為管理之用，是權力的象徵，因此也成為家庭中，男主人的權力象徵，以鞭打的方式懲罰女性。在《金瓶梅》中，鞭子也展現出男權意識的根深蒂固，[111] 李瓶兒與潘金蓮被剝光衣服鞭打，不但無法抗拒，更不能有所抱怨，更甚的是，女性只能無言地接受，讓男性基於本能的衝動，不分嚴重性的控制、破壞自身身體，導致自己在心理上，有被奴役、羞辱的痛苦。西門慶多次以陽具的不進入「懲罰」潘金蓮：

> 初時不肯，在牝口子來回，擂擂不肯深入。急的婦人仰身迎播，口擂中不住聲叫：「達達，快些進去罷！急壞了淫婦了，我曉的你惱我為李瓶兒，故意使這促，卻來奈何我！今日經著你手段，再不敢惹你了！」西門慶笑道：「小淫婦兒，你知道，就好說話了。」（第二十七回）

然潘金蓮沒有以這種態度對付過西門慶，最多是以自己的身體作為與西門慶交易的籌碼，因為她與西門慶的過夜權是得來不易的，且還可以得到其他的物質享受，但無論是懲罰或交易，她的支配性依舊比不上男性，如同前文所言，最後還是會為了自身欲望而屈伸於對方，因此她在性事上的支配性，只能轉而表現在其他僅提供洩欲功能的男人身上，如陳經濟等。

在《金瓶梅》中，每個身體都是社會性權力場域的重要環節，經由人物互動所引發的關聯性，隱藏了許多權力關係，從西門慶相對於女性，訴說的是性別間的權力；而正

---

109 《男人女人身體觀察》，同註73，頁12-13。

110 周慶華：「（心理性）會侵占或跨越生理性權力場域的局部，而使得彼此可以『共謀』為權力欲求效勞。」《身體權力學》，同註108，頁37。

111 「鞭」本身具有男性陽具的象徵意涵，對西門慶而言，李瓶兒與潘金蓮兩人被處罰的原因，是她們對自己陽具的背叛，一個與小廝偷情，一個欲嫁他人，這讓習慣以性征服女性的西門慶情何以堪，因此先以其象徵意義的鞭子懲罰兩人不貞的肉體，再以自己的陽具找回兩人對自己「性」上的臣服與依賴感，因此當李瓶兒再次說出「你是醫奴的藥一般，一經你手，叫奴沒日沒夜只是想你」（第十九回），西門慶立即消了火，因此無論是平日生活起居或是性事上，《金瓶梅》大都以展現男性威權為主要，正因如此，潘金蓮與李瓶兒在性事方面上的主動與支配性才為顯眼。

妻吳月娘相對於小妾及其他女性，關係的是地位階級的權力差異，無論透過性別或是地位階級，透過身體可以對他人產生支配與影響的作用，而這種影響力不僅是單一事件，而是集體性的觀照。身為萬物之靈的人類能夠透過思考，遠離動物界自然生理性的習性，進而追尋自身的生存意涵與存有之理，然而如同荀子的禮義觀所呈現社會化的身體，強調人之本質、身體與社會的建構密不可分[112]。因為身體是每個人最真實的存在，不論它所指涉的層次為何，藉由身體五官所感、動於心的，都是人在獨處時唯一可掌握的，透過對於身體的思考與認知，可通向對於自我意識的主體性確認，人是一種社會性的存在物，因此更需進一步思索如何與萬事萬物共存，以及如何運用身體與他人交往的道理。

當我們將一個個身體放大來看，其社會性身體的實際狀態，無不與當代文化有著密切的關係，身體如同一部活歷史，蘊含了文化的價值觀，文化性的歷史累積遠比社會性更有深度，不僅同時影響了生心理，更主掌了整個社會的意識形態與價值觀。《金瓶梅》中不論男女，無一不受到金錢物質文化的誘惑而在其中載浮載沉，展現一片物欲橫流的社會景象，表現出身體的可變性，「社會歷史才能不斷地改變身體，不斷地在身體上刻上某種印痕，不斷地讓身體發生某種變化，正因為身體具有可塑性，社會和歷史才可以反覆地作用於身體之上。[113]」也因為情欲觀的不同，提高女性對於性自主權的欲望，對自我身體的價值觀也隨之改變，從前被禁錮於三從四德的道德倫理觀念之下的女性，在《金瓶梅》中屈指可數，大都以希望找到自己真正的歸宿為主，從前那種願意以守節來顯現出自己的貞節，也大概只有吳月娘一人。

藉由文本分析可知，女性身體所屬的相貌、身材、姿態、服飾，甚至是姿勢動作、意識形態等，都可列入權力的範疇之中，根據所欲得到的權力不同，各自成為獲得權力的條件，如潘金蓮渴望掌握對西門慶的性權力，性觀念的相似，與在性事上與肉體上大費周章，為的就是籠盤住西門慶的身體；吳月娘身為正室，雖擁有較其他女性更多的地位與權力，但她的貞節觀與西門慶的性愛觀相牴觸，在性事上也只能被壓抑，而從其他如身體的姿態與服飾展現自己對權力的占有。而權力的獲得，攸關於身體的順從與逾越，簡單來說就是身體主體的控制與被控制，透過可以直接、間接操弄的生、心理性場域，再提供社會性與文化性的權力場域特性對身體進行模造，使身體本身不僅作為一個權力場域，還可以深刻化的連結所有權力向度，以豐富身體中權力的內涵。在女性身體展現中，笑笑生凸顯了在不可理喻的晚明時代，身體是每個人獲得存在的意義，但在存在之

---

112 如同周慶華所言：「身體的社會性的權力場域是將身體的生理性的權力場域延伸出來限定的。」《身體權力學》，同註108，頁39。

113 汪民安撰：〈日常生活、身體、政治〉，《社會學研究》，2004年第1期，頁111。

中不可避免成為權力施展的工具與所在，女性身體的不得已與無奈，藉由情節與性格的複雜性，女性壓迫自己身體同時也壓迫了他人。

三、身體的支配與交換

女性身體是被封建觀念與父權制度下的時代犧牲品，在前文中所說女性自主意識的增強，包括了性自主與情愛自主等，為了爭求自己的生活空間與出路，他們用僅存的身體自我奮鬥，對抗積習已久的父權生活型態，在明末煥然一新的生活型態與價值觀，驅使著人人欲望的形成與追求，尤其對女性而言，更是千古來的大轉變，因為對唯一的身體價值觀也隨之改變，因此我們看到了潘金蓮的外放，宋惠蓮的掙扎，不同於傳統良家婦女的個性與道德為上的價值觀，意識到了因匱乏而導致需求的欲望，從日常生活中主要的欲望來看，以物欲、情欲為主，當中也參雜了對於安全感的渴求，縱使人人的欲望有百種千種，依照個人的性格與背景也有所不同，但有的很大的共通點，就是身體的被支配與交換。女性以僅有的身體向男性交換物質或是心靈上的利益，無論怎麼看都是極不划算，當中還有些許被支配性的交換心態。在《金瓶梅》中，多數性事的場面可看到「使用者付費」，無論是如意兒、賁四嫂或是其他偷情對象，都可以在雲雨過後得到西門慶的財物以作為補償。[114]

從女性願意服從、百依百順的態度來看，在交換的起點上，就已經形成不平等了，就連不服輸的潘金蓮，每當有求於西門慶時，也刻意展現自己溫馴的一面，對西門慶軟硬兼施，因此西門慶道：「你又求人，又做硬兒！」（第七十四回）而在性活動過後，潘金蓮也如願拿到她夢寐以求的皮襖。[115]尤其在第五十二回的性事中，潘金蓮又向西門慶多索取一條裙子，尤其在性事過後，作者特意以「猩紅染莖」帶過，證明潘金蓮所承受的肉體疼痛，顯示在這場性交易中，女性的不堪。女性身體除了可換取更好物質生活外，也可以像李瓶兒一樣，藉由身體換取自身想像的美好婚姻，或是像潘金蓮一樣為了奪得漢子的希寵，甚至可說是為了權力地位與安全。，然而，「如果你的命運要靠適應及取悅支配者來決定，你自會全神貫注在支配者身上。[116]」在這種情形下，容易錯估自己的能力與情勢，如李瓶兒全心全意的對待西門慶，對於攻擊自身的明槍暗箭皆不予理會，

---

114 西門慶的權力無人可比，他大可視女性為禁臠，不需交付任何報酬就能得對方的身體，可見在表現自己性能力的同時，也藉由施捨財物的手段，展示自己的財力，自我誇耀。

115 西門慶：「好心肝，你叫著達達，不妨事。到明日，買一套好顏色妝花紗衣服與你穿。」一方面誘之以利，一方面又極具支配性的指使潘金蓮，讓潘金蓮「回首流眄叫道：『這裡緊著人疼的了不的，如何只顧這般動作起來了？我央及你，好歹快些丟了罷！』」（第五十二回）

116 《女性主義經典》，同註75，頁102。

因此丟失了性命。透過女性身體的支配與交易，曲折地反映作者所處的社會環境、女性對生活的認識與處事的哲學，以及對自我身體的觀念。文本中的妓女各個見錢眼開，出身妓女的李嬌兒，在當了小妾後還是不改貪財的習性，作者藉由對其他女性身體書寫，以另一種模糊的身體交易掩蓋了女性身體妓女化的事實，從交易過程中，受到男性的虐待與百般要求，也是作者所展示女性身體作為交易工具所應付出的代價。

第五章 結論——《金瓶梅》女性身體書寫的生命內涵

　　在明代多元的社會環境影響下，出現大量專講世態人情的小說，世情小說發展多元化，呈現各種不同的豐富內容，男女情愛、神鬼、倡優等素材的加入，以及「情」與「欲」觀念的混亂，提及「情」便自然而然聯想到男女之情中的情色之「欲」，大致上讓世情小說發展出兩種不同的樣貌：一種是轉而更加專注於男女之間的荒淫情事，作品描寫以性愛行為為主，有明顯的宣淫意念的豔情小說，[1]包括《肉蒲團》、《如意君傳》、《癡婆子傳》等。以小說的生產與功能性而言，豔情小說將故事主軸建立在男女性愛上，呈現的是一個肉欲的世界，肉欲既是生命的出發點，也是最終目的。主要是透過文字的書寫，刺激讀者的視覺感官以引發讀者的想像，透過故事情節中交媾的完成來滿足欲望，對於文本中男性的陽具更是有違越常情的描述，[2]對於女性身體不僅沒有細節化的描述，更無法脫離性欲的範疇進行探討，而文本中描述的交媾行為，比起《金瓶梅》可說是更加豐富與赤裸穢褻，因為主要以直奔性欲滿足為主題，對於世間百態的描述與反省，便遠遠不如《金瓶梅》所刻畫的還要深刻。[3]即使是善於說理的《肉蒲團》，試圖以「以淫

1　吳禮權：「作品的創作高峰期，長篇的、短篇的、白話的、文言的，皆在明代中晚期；作品的敘寫內容，多專注於男女的荒淫情事以其市民階層男女之情感糾葛；作品的描寫筆觸，常常喜涉性愛行為之實，有明顯的宣淫之意念。」吳禮權撰：《中國言情小說史》（臺北市：商務印書館，1995年3月），頁185-186。

2　如《如意君傳》特別強調薛敖曹過人的陽具，最後還以武后的角度比較幾位男寵的陽具，說出「此數人肉具，皆極人間之選，然不如我如意君（薛敖曹）遠矣。」陳慶浩、王秋桂主編：《思無邪匯寶第貳拾肆冊‧如意君傳》（臺北市：臺灣大英百科出版社，1995年5月），頁59。

3　如《如意君傳》描述武則天自從納入後宮，得寵於太宗、高宗，而後廢中宗，自立則天皇后，在進而稱帝的過程中，與張氏兄弟、懷義、薛敖曹淫亂宮廷的故事，當中超過三分之二的篇幅在描寫武則天的性欲需求男女交媾行為與感受。其中一段形容武則天年事已高，卻「姿容愈豔，齒髮不改……酥胸半露，體態妖嬈」而張昌宗見武后是「兩頰如桃花，巧笑美盼」，心動不已，武后的身體在《如意君傳》中儼然已變為一個情欲的身體，是一個充滿無限誘惑的欲望符號，而不見其威嚴。陳慶浩、王秋桂主編：《思無邪匯寶第貳拾肆冊‧如意君傳》，同註2，頁59。胡衍南也認為《如意君傳》在比例上已可說是「著意所寫，意在性交」，《金瓶梅》的性描寫篇幅可說是遠遠不及。胡衍南：

止淫、因果報應」的方式達到警示世人的效果，但全書瀰漫了肉欲橫流的敘述，以及作者對縱欲人物結局的寬容，多少沖淡了作者藉以警示世人的公信力，也暴露了作者對於縱欲為享樂行為的心理認同。

另一種類型是遵循著反映社會整體與眾生群像的世情小說，如《林蘭香》、《醒世姻緣傳》、《紅樓夢》等，從《金瓶梅》到才子佳人小說類的《林蘭香》再到《紅樓夢》，可說是將兩性之間的關係由色欲轉向為情欲，無論是《林蘭香》或是《紅樓夢》，他們所描述的是具有現實意義的社會百態，身體不再是欲望的身體，而是具有情感意義的身體，[4]迴避在《金瓶梅》或是豔情小說色欲薰心的身體描寫，而轉為抽象化、輕描淡寫的誘惑描述，[5]利用另一種截然不同的藝術力量來感染人心。[6]而魯迅言：

> 《金瓶梅》作者能文，故雖間雜猥詞，而其他佳處自在，至於末流，則著意所寫，專在性交，又越常情，如有狂疾。惟《金瓶梅》意想頗似李漁，較為出類而已。其尤下者則意欲媟語，而未能成文，乃做小書，刊布於世，中經禁斷，今不多傳。[7]

《金瓶梅》的特色在於它毛髮畢現，除了反應明代中期主要流行的審美觀，也彰顯了女性身體與權勢或金錢的聯繫與關係，更直接通過女性身體的書寫展現傳統女性鮮有的生存意識，以及身體欲望不可控制的可怕，因此，縱使《金瓶梅》毫無羞澀感地描寫情色內容，但當中關於女性身體書寫的思想意義是值得被提出研究，妻妾們對於性的不同態度，可作為各自生存鬥爭的對照，笑笑生對於她們生活的精采描寫，除了揭露了傳統婚姻制

《金瓶梅到紅樓夢——明清長篇世情小說研究》（臺北市：里仁書局，2009 年 2 月），頁 72。

4　《金瓶梅到紅樓夢——明清長篇世情小說研究》，同註 3，頁 298-299。

5　如《林蘭香》第二十一回：「耿朗見春畹滿身是雨，背心衫子貼成一塊，肩背的柔軟，腰支的纖細，一目了然。裙邊上淋淋漓漓，滴水不止。想弓鞋內衣必皆透入。耿朗道：『今日此雨，方可謂與梨花洗妝矣。』春畹笑而不語，用手去整雲鬟，頭上的花片兒紛紛拂肩而下。耿朗手接著花片兒，在鼻上嗅道：『花香真不及美人香也！靈犀一點，畹娘獨無意哉！』春畹正色道：『穠桃豔李，固屬東君。而秋菊夏蓮，亦各有主。君家總有所私，妾不敢有所背也。』是時雨少止，春畹便要下亭。耿朗道：『油衣在此，何不穿去？』春畹道：『以侍婢而衣主人之衣，將置主母於何地耶？』言罷，冒雨往東廂而去。」描寫肉體與服飾時，不涉及淫詞穢語，春畹身上更散發出一點點性的誘感力，而面對耿朗情不自禁地挑逗，春畹依舊保有主僕之禮的以迴避代替拒絕。隨緣下士撰：《古本小說集成·林蘭香》（上海市：上海古籍出版社，1990 年初版），頁 403-404。

6　也就是「意淫」，「意淫」讓色情行為脫離了動物本能的、肉體的性交，而專注於精神上的色情活動。《紅樓夢》第五回便提及：「天分中生成一段痴情，吾輩推之為意淫。意淫二字，惟心會而不可口傳，可神通而不可語達。」曹雪芹、高鶚著：《革新版彩畫本紅樓夢校注》（臺北市：里仁書局，1984 年 4 月），頁 94。

7　《中國小說史略》，同註 1，頁 185-186。

度的醜惡與不公，更展示了身體本質的需求不滿，更藉此隱喻晚明社會的人欲橫流，讓讀者感到這是一幅真實的人生圖畫。

　　《金瓶梅》女性身體書寫的生命內涵，主要是通過不同的身體欲望需求與滿足來展開，雖然文本架構主要以西門慶為中心，但若沒有女性群眾身體所施展的欲望，挑戰戒貪戒淫的綱常人倫，該書也發揮不出應有的光芒，足見《金瓶梅》中女性身體的重要。身體本身是個多重面向的複雜議題，透過以上層層推進的各章討論，我們可以了解《金瓶梅》中女性身體的表現與意涵，藉此表現從她們的行為上提出身體與社會思想相互作用的過程與結果、意義，以下分別由女性身體書寫的文本表現、身體相關深層意涵的挖掘，及其所涵攝之身體觀三個角度，聚焦於《金瓶梅》女性身體書寫所呈現之生命內涵，以幾點作結以凸顯笑笑生的身體觀。

第一節　《金瓶梅》女性身體的意涵投射與書寫

　　小說對身體直接書寫的方式，就是服飾的置換與身體動靜態的描述，服飾雖然是身體之外的物質表現，但自古以來被冠上「分尊卑、別貴賤」的功用，影響了人類的穿著心理與時代風尚。本書認為作者在《金瓶梅》中，以權力與情欲兩大面向的驅使性，突出了服飾與女性之間的關係，不僅展現了穿著身分、地位、人物性格與服飾間的交互作用，更顯現了鮮明的時代性，也就是僭越風氣與裸露風氣。另一方面，透過前幾章所作的人物與文本分析，更能肯定《金瓶梅》中女性身體與權力、情欲間的相因關係，因此本節結合身體內外表現以權力與情欲兩方面作結：

一、身體所投射的權力意涵

　　身體本身就是權力施展的場域，受到社會階級、性別的建構，在人際互動中，每個身體自然也有發生權力僭越，進而產生衝突的可能，前文已對權力如何透過身體進行表述作一探討，而《金瓶梅》主要展現的就是身體的衝突性，看女性在緊張的妻妾關係中如何自處，藉由各個身體的表現，一一試探身體在衝突中能全身而退的可能性，因此我們看到了權力隨著身體表現的不同，在各個女性的身體中生生滅滅。身體同時也是一種權力的隱喻與符號象徵，可以落實權力的支配與控制，因此從身體所產生應機性的動態表現，更能使人強烈地感受或宣示身體所產生支配與被支配的作用與企圖，《金瓶梅》中妻妾所產生的權力問題，便是想藉由身體得到在家中的掌控權，以確認自己身體生存的可能性與安全性。因此笑笑生藉由文本中妻與妾之間的權力衝突，展現階級是身體權力的媒介向度之一，在傳統社會與文化因素的建構下，以特意強化吳月娘身為正室的驕

傲意識的方式,彰顯妻與妾之間地位與權力的現實差別,而這種差別是很難被彌平的。

(一)服飾的投射

　　服飾隨著時代的推進而有所改變,一代之興,必有一代的服飾制度,並能由此發展出該時代的社會與文化特色。明王朝對於服飾的規定甚嚴,連民間百姓的服飾也都有些具體條文的規定,但等級制度一旦被打破,僭用服飾也就隨之習以為常,而僭越之風首起於縉紳內官,大張於教坊婦女,其風流被民間百姓。[8]尤其對照《金瓶梅》所出現的服飾,無論是形式、色彩、材質,大都不合當局法令,如:條文規定民間男女不能越級使用金繡、錦綺、綾羅;不得用大紅、鴉青及黃色;所穿的足服,不得裁製花樣,不能用金錢裝飾;佩飾,如頭飾、手鐲等不許用金玉珠翠,只能用銀⋯⋯等。服飾的意義可說是在某種特定文化、歷史脈絡與社會環境下交互作用所產生的,作為一種社會文化的現象,必受到當時所處的政治、文化與經濟的影響下有其符碼意指,在《金瓶梅》中,便出現許多以服飾問題所引起的衝突與掙扎,可見服飾可做為某種權力或是個人理念的展示,更可藉此深入了解婦女對於服飾的執著,如第四十一回,龐春梅向西門慶抱怨衣飾的不足,會惹人家笑話,足見衣飾價值的高貴性,成為可以宣揚身分的主要奢侈品,但光見春梅、玉簫等西門慶收用過的女婢,穿戴都僭越了奴婢的身分,奴婢的服飾就如此招搖,更別說是地位較高的妻妾們,情形可想而知。

　　除了透過《金瓶梅》中的服飾展現,說明西門府的極盡奢華與該時代的僭越之風外,服飾更在刻畫女性人物性格與身分地位方面起了很大的作用,笑笑生尤其將服飾的內在意涵發揮得淋漓盡致,不僅作為權力地位的首要展示,更具有兩性之間情愛關係的催化作用,可見服飾在《金瓶梅》的作用是極具象徵性的,女性將身體價值寄託於上,吳月娘也是個年輕少婦,但為了凸顯身分的不同,她必須保有莊重、雍容華貴的服飾儀容,才能與其地位相稱,因此如同在第十五回元宵賞燈時,小妾們穿的都是「白綾襖兒」,只有她一人是「大紅妝花通袖襖兒」,尤其在第七十九回夢見潘金蓮與她搶大紅袍一事,證明了服飾具有權力的代表性,也表示:

> 古代對於服飾的過分推崇所造成的直接後果就是對人的本真肉身的迴避和遮蔽,
> 從而也就將身體自身的結構特徵與文化屬性,部分甚至全部讓給了服飾。[9]

簡單來說,《金瓶梅》強化了服飾所展現出的權力象徵,而忘卻身體身為主體的可貴性,

8　陳寶良撰:《明代社會生活史》(北京市:中國社會科學出版社,2004 年 3 月),頁 202-203。

9　魏紅豔:《《金瓶梅》身體文化研究》(西安市:陝西師範大學中文系碩士論文,2007 年),頁 10。

原本是「人穿衣」，以服飾作為修飾自身身體的附屬品，在《金瓶梅》中，「服飾」卻成為主體，甚至比人的「身價」還高，誘使女性汲汲營營地追求身體之外在價值，如同用以展示服飾的假人模特兒，身體被當作玩物般、有目的的裝飾，只為了凸顯服飾的炫耀功能。

(二)身體動態的權力投射

　　身體有意出示的表情、行為舉止，都是以挾著情緒的方式向他人宣示自身身體的媒介意義與背後隱藏的相關影響、支配與被支配的作用與企圖，在這之中，權力作為主要的影響力與支配力，人所生存的空間中更是隱藏著無形的權力網絡，藉由《金瓶梅》中所提供的女性身體動態表現與情節發展的重要線索，讓我們可以進一步窺探其內心世界，甚至探索其身體所象徵的權力意涵。文本中有由各組不同人物所交織而成各種權力中心，西門慶無疑是家中的核心，由他為中心，分化出若干關係較小的權力點，各個權力中心就像月球繞著地球般的被作用著，幾乎所有宅內的女性身體都無法逃離這個環境的支配，在權力的壓迫下，被壓迫者屈從降級為較低等的人，受壓迫者更往往將自身所受的壓迫作用轉移至自己的身體上，進行轉化再加以壓迫自己存在所需依靠的身體，甚至對他人進行壓迫，因為對文本中的女性而言，權力是可以提供許多物質條件與欲望的軌道，是可以豐足她們生命內涵的力量，因此身體的本身就可作為權力的象徵。然而無論是生子的李瓶兒或是利用征服男性的情欲為手段的潘金蓮，只要越靠近西門慶所主導的權力核心，就得適應權力所帶來在鬥爭關係的互動中被改變的遊戲規則，為自己的身體謀尋出路。

　　正因如此，《金瓶梅》描寫許多因權力所造成極度緊張的妻妾關係，甚至影響至整個家庭，如潘金蓮威脅小玉與玉簫刺探吳月娘的隱私，就是將妻妾的戰火延燒至奴僕階級，分析文本中的人際互動關係，就像欣賞著各種權力使然的大小競賽，然而，不能以權力的追求斷定誰是誰非，人人都有追逐更好生活的權力，但在追求權力的過程中，使用非法、不道德的手段，利用使他人肉體、心理受難的方式來證明自己的權力，如同潘金蓮一樣，隨意毆打秋菊、迎兒，陷害宋惠蓮、間接害死李瓶兒母子，滅絕人性，女性對於生存的戒慎恐懼，導致爭權方法的不當與濫用權威，也說明權力具有絕對的破壞性，讓身體在追求過程中產生畸形化的轉變，從笑笑生對這些畸形化身體，利用報應不爽的方式來作處置，彰顯女性在權力欲望膨脹下，將身體置於危險的境地之中。我們從《金瓶梅》中的身體書寫所梳理出的權力意涵，並非只是淺薄的權力欲望的展示，而是從身體與權力的複雜糾葛，揭示了每個身體自然生命最本能的一面，啟發了個人對於身體生命的關注。

二、身體所投射的情欲意涵

(一)身體的情欲誘惑

《金瓶梅》所凸顯女性服飾的另一種功能，便是與肉體結合所產生的魅惑力，將女性身體與性緊緊地結合在一起，不分地位身分，女性為求漢子喜愛而裝扮自己以增進身體魅力，爭奇鬥豔，成為吸引丈夫與妻妾之間相互較勁的工具。然而文本中最突出的表現就是對「三寸金蓮」的描寫，包含了小腳本身與蓮鞋，尤以「蓮鞋」的描寫刻畫為多。對於「三寸金蓮」的刻畫即使並非始於《金瓶梅》，但《金瓶梅》可說是藉由「三寸金蓮」，將女性魅體發揮的淋漓盡致，且其所象徵的不僅是人類審美觀的標誌，也是最隱性的生殖器的外延、與性的符號、化身，更是權力許諾的間接象徵，西門慶與潘金蓮之間性關係的存在，便是「三寸金蓮」居中牽線，而潘金蓮也藉由自己的「三寸金蓮」以奪其寵，讓「三寸金蓮」成為獲取性權力的一個媒介，更藉由寵愛在西門府中顛寒生熱。

除了「三寸金蓮」能展現女性身體的誘惑性外，西門慶愛白皙的女性，因此潘金蓮努力讓自己的皮膚變的白皙異香，以討漢子歡心，可見《金瓶梅》中女性的魅惑力，也是在爭寵之戰中展開，但從根本上來說更是在性的欲求上所展開，在第二回中，西門慶與潘金蓮初次相遇，透過西門慶的眼睛對潘金蓮的身體進行全面展示，表面上是描寫潘金蓮的美豔，實際上混含了情欲的誘惑，僅是一面之緣也能讓他往更深層的生理欲望做聯想，甚至直達女性的禁忌之地，讓肉體有了最淋漓盡致的展現，經由兩人當下的互動，傳達了雙方身體的欲望需求。但性的欲求不能僅僅視為一種單純的生理欲望，也有可能如潘金蓮、王六兒等人，在性欲求的根本上，享受著肉體被賞識、誇讚與被擁有的自信和踏實感，無形中賦予身體另一種功能、工具性的使命。

(二)放蕩的情欲書寫

透過對於文本中情欲書寫的敘事表現與敘事手法，更可意識到女性身體甘願違背社會價值的認同，只為了拴住男性的心與滿足自我情欲所作的身體奉獻，女性必須藉由男性對自身身體的占有來驗證自我存在的價值，這種透過肉體所得來的價值感，也僅侷限於肉體的層面，而缺少最重要的靈魂。《金瓶梅》大肆張揚情欲的書寫，展現了情欲的膨脹，每個女性所象徵的是不同的欲望符號，以情欲的放縱與壓抑作區分，放縱情欲者占大多數，雖然塑造了各個不同的出身背景與遭遇，但笑笑生以共有的特色──貪婪作為情欲放蕩的根由，一味地追求超乎尋常的性欲與物質生活的滿足，在過程中使盡渾身解術，步步為營，展現了寡廉鮮恥、貪嗜淫爛的縱欲形象，潘金蓮的悲慘下場，就是她過欲熱衷追求變得無恥狠毒又不思改進的後果。在《金瓶梅》能壓抑情欲者是少之又少，除了吳月娘的謹守道德與孟玉樓的明哲保身外，李瓶兒能從欲海中超脫出來，是極為難

能可貴，但過去的沉淪卻也讓她付出青春與生命的代價，從縱欲與壓抑的下場來看，作者對於女性情欲膨脹的觀點也呼之欲出，若僅是動物性的私欲發洩或金錢、貞操兩者間的交易而給予身體不擇手段的對待，女性身體上將會看不見絲毫人性光輝的存在。另一方面，《金瓶梅》對於女性身體，大量大膽直露甚至粗俗的敘述，還原為以生物本能為主、最自然、具快感的身體，除了藉由偷窺、潛聽的敘事手法，從竊聽者與偷窺者的眼耳中恣肆鋪陳，增加另一種描摹性活動聲態的審美趣味外，在性活動展開時，最受關注的就是身體的敞開將如何被描寫，因此作者用力描寫性交的過程與方法，身體如何被凝視以及性愛的敘述方式、性愛姿勢的放大，更以臨幸篇幅的整理歸納，分析女性情欲的滿足與否，觀察性欲如何作為身體與權力的中介嵌結點。

　　無論身體呈現何種內在意涵或層次，不可否認的是，服飾已成為眾人溝通的媒介之一，笑笑生對女性的服飾形容與舉止行為都作了極細微的描繪，從中不僅表現其不同思想性格，更顯示出她們之間微妙的矛盾關係。本書透過對西門慶妻妾們現實生活中身體動靜態的表現，其中身體欲望所產生的矛盾與經歷過程的分析，與行為背後權力因子的操縱，展現出中國婦女在傳統中國根深蒂固的男尊女卑與一夫多妻制度下的不公平，如纏足所具的內涵已超出審美情趣，成為一種對於女性的束縛與壓迫，異化為性封閉的一種反向的衝擊，[10]可見無論身體、思想皆被套上層層枷鎖，自我意識的薄弱，無法獨立自主，僅能依附於男性成其附屬品。因此笑笑生有意讓文本中的女性脫離一成不變的單調生活，讓她們試圖自我發展欲望，更看到各個身體在人性本能的需求上與他人產生的衝突，人格更因此產生變化扭曲。

第二節　欲望與現實交織下的身體畸變

　　《金瓶梅》以世俗女性為描寫主體，所創造的不僅是一個充滿財、色、權交織的汙濁世界，文本中的女性，在她們或多或少的姿色中都摻雜了世俗的俗氣，個性的汙點反而在這群平庸的婦人身上煥發出情欲的活力。[11]眾妻妾的特別之處在於身分上的多重特殊性，中國傳統的婚姻常以兩家的社會地位為考量標準，男女雙方的意愛程度往往是不被考慮的，[12]然而除了吳月娘之外，妾婦們原本的角色不外乎是妓女、婢女、小妾或寡婦，

10　徐海燕：《悠悠千載一金蓮——中國的纏足文化》（瀋陽市：遼寧人民出版社，2000 年 3 月），頁 47。

11　康正果：《重審風月鑑》（臺北市：麥田出版社，1996 年 12 月），頁 262。

12　《禮記·昏義》：「昏禮者，將合兩姓之好，上以事宗廟，而下繼後世也。」說明了古人對於婚姻的期待與目的性。十三經注疏整理委員會整理：《十三經注疏·禮記》（北京市：北京大學出版社，

在嫁入西門府後，從前處於低層階級的自卑與對美好生活的嚮往，讓她們各有不同的欲望與滿足欲望的方法，在過程中，身體充滿了權力施展的意味。而本書先將焦點置於西門慶的妻妾上，「君子之道，造端於夫婦，及其至也，察乎天地」[13]夫婦是一切倫理的開端，而男尊女卑、妻妾有序又是中國傳統的倫常秩序，西門府表面上仍維持的一定的尊卑秩序，但實際上藉由縱欲風氣的渲染下，展現了《金瓶梅》世界中所表現的大量權力與情欲的問題，為了展現與追求家庭內外地位、權力與獲寵的欲望，欲望與現實之中，女性不斷地碰撞傳統體制以及與他人產生衝突，將自身身體的自處逼入絕境之中，笑笑生以此揭示了女性的欲望需求是無法完全被權力所操控，以及女性對純粹的身體價值追尋的落空，可以看到在這樣矛盾複雜的糾葛中，女性道德與身體的墮落，更可以看到她們已扭曲的身體與人生，在表現過程中，透露出與傳統道德思想相違背的思想意識。

從較宏觀的角度來看，西門府保有封建一夫多妻、以丈夫為中心的家庭結構與特點，但與一般家庭比較，這個家庭過於崇拜權力、金錢與現實利益，導致她們不顧倫理道德的追求自身享樂，使身體的本能與功能產生畸變，從文本上來看，狂風驟雨的快感成為露骨的身體表徵，女性身體也出現越界的表現，無止盡地對於身體情欲的追求，以及有意無意地帶著男性的性心理機制，試圖霸占男性在性事上的主導地位，客觀上衝擊到以男性為尊的封建倫理觀念，這些表現了作為生命機能的身體就只在快感的追求中不停打轉，停留，造成快感與情感的失衡，藉由失衡與女性身體越界的敘述，以死亡作為貪淫嗜欲的警示，彰顯了快感對身體的作用與影響力，性雖然是實際存在的生理本能，但也需要有節制的發洩與正常的抒發管道，因為縱欲會使人走向扭曲的惡，更會使身體在毫無限度地刺激下，加倍損耗身體機能，最後自溺於欲海之中。

身體作為生命的物質實現與承載體，同時也是女性賴以維生的資本主體，更是生存憑依的工具，各種不同的身體存在於各個空間中，會有其不同被對待的方式與相應之道，而《金瓶梅》中的女性僅能依靠著西門慶以求生存，在抒發雙方的生理欲求中，體現自身的生存價值，但這種方式只會讓身體與生命生存的意義停留在物質欲望的貪婪中，甚至藉由付出將身體作為換取物質利益或地位的工具，以達成交易的方式，有意無意中物化了身體，尤其在有限資源的掠奪中，女性身體往往更被無所不用其極的使用，文本中的女性，為了自身利益，願意以色事主，甚至甘願受虐，極為順從，這種取決於「利」

2000年12月），頁964。而孟子曰：「不待父母之命、媒妁之言，鑽穴隙相窺，踰牆相從，則父母國人皆賤之。」說明了古代傳統婚姻制度，無法追求愛情的自由，反觀《金瓶梅》中的婚姻關係往往是不合傳統規範的。十三經注疏整理委員會整理：《十三經注疏・孟子・滕文公》（北京市：北京大學出版社，2000年12月），頁195。

13　朱熹撰：《四書集注・中庸》（臺北市：國家圖書館，清同治四年（1865）刊本）。

與「欲」的交往關係，更加凸顯了《金瓶梅》所展現的「利欲」橫流，另一方面，也揭示了身體所能賦予的權力來源、意涵的變化，透過非正當的手段達到權力的控使權，讓作為權力宣示場域的身體更加複雜化。

吳月娘原以合法性正妻的身體地位，高居於所有女性之上，但卻因為其他女性多以非正當的方式介入、掠奪其生存資源，使她必須想盡辦法維護自身的權力地位，如雪夜燒香、求子的舉動；潘金蓮的掠奪，除了利用性事上的優勢，更以西門慶為靠山，造成不少傷亡，證明權力的作用影響是一種連帶關係。以妻與妾之間的相處來說，正室展現應有的架勢與權力，而妾婦在產生矛盾與衝突之中，從本質上扭曲了各種人際關係，因此潘金蓮以極端的方式來攏絡西門慶，穩固自己的生存地位；李瓶兒反其道以溫柔大方的性格與軟性交際方式在西門府中廣結善緣，人人都有各自一套適應衝突環境的方法，但不論立足點與結果，對於《金瓶梅》中所展示的妻妾生活，都可視為是追尋身體存在的價值與意義的過程。

透過此追求的過程，不僅讓人物形象與情節更加複雜飽滿，更可彰顯作者的創作主旨與身體觀，在層層禮教約束下的女性身體，無法追求人性自然需求的自由，因此有壓抑自身欲望、恪守禮教者，也有違背禮教而順欲望發展之人，然而作者據此將「有德」與「無德」作為妻妾地位的衡量標準，凸顯西門慶妾婦的屈身忍辱，以及身體被視為丈夫的財產一般，可隨意為之，毫無地位的保障，藉以對比恪守婦德的吳月娘，據此鞏固自身權力地位與自我榮耀，這是婚姻架構失調下的女性恐懼與悲哀。《金瓶梅》中的身體書寫，雖然被性描寫掩蓋其所發出的光芒，不可否認性欲是人最直覺的本能與衝動，但從另一個角度來看，其所能展現的是人的原始生命意義與追求的力量，但透過情節段落的聯繫與仔細的閱讀分析，將文本中的情欲描寫置於一種特定的時空環境下，可以看到當中對於身體的書寫並非只是淺薄的欲望展示，在展現了身體、欲望作為人之自然生命最本能的一面之餘，更構成《金瓶梅》身體、情欲與權力三者交互作的深刻意義。

第三節　女性身體價值的追尋與沉淪

《金瓶梅》敘述明代晚期社會風俗人情、衣著首飾，反映均相當具體真實，該書反映西門府內部的婚姻制度等等，內部的種種醜惡皆是為大社會的腐敗風氣所影響。人性趨「利」與「欲」的現象是《金瓶梅》的特色，其描寫的晚明時代是一個黑暗腐朽，淫風恣肆，人欲橫流的恐怖世界，金錢的力量開始沖毀等級地位與道德榮譽，個體的獨立意識與對物質利益的追求，使原本壓抑的自然人性得到強烈釋放，傳統的倫理道德被無情踐踏，人性的表演似乎只有個體的貪欲與享樂，人與人的互動除了金錢交易與肉體滿足外，

幾乎不再剩下什麼。豪紳家庭中的妻妾大都在爭寵鬥強，迎奸賣俏，作弊養漢，甚至與家僕私通，這種頹廢腐朽的社會環境，絕對會影響到下層的奴僕階級。人性是人的本質，也是最深刻的東西，當時普遍的社會思潮是好貨好色，崇尚享受，膜拜金錢，在各種金錢魅力的誘惑與刺激下，人們的價值觀念和人生追求發生了重大改變，將人性中欲的成分發揮到極致，男性極力追求金錢與女色的占有，而女性汲汲營營的追求享受男人的財富。因此文本中的女性使出各種手段來攏絡西門慶，在享受男人財富的同時，也在物質的貪婪中釋放女性自身的官能欲望與生理欲求，看似受制於男性，事實上是依附、享受男性所給予的一切以實現自身的人生價值。

消費文化的改變，讓女性身體逐漸被展示為消費的載體，社會地位也與可見的身體自我外表相互連結，人們以往認為女性「比男性更具生物性、更富肉體性、更為自然」，較適合私領域，而非公領域。[14]但在此同時，女性的身體在男權盛行下物化的更為嚴重，金瓶梅中的女性，已不是單純的女為悅己者容，而是具有目的性的助長對於外貌行頭的重視。在男性的眼光中，女性身體成為展示情欲的物品，是用於縱情娛樂的性物品，因此面對男人的色情凝視，女性身體不僅被物化，而且被邊緣化為「她者」，代表的是其身分價值地位的喪失。在封建時代社會中，女性主動或被迫犧牲色相以侍奉男性是習以為常的，尤其貌美的女婢更容易遭受主人覬覦，有幸者同孫雪娥一樣能成為偏房，不幸者充其量就只是個性工具，但對西門慶而言，不論是女婢或是小妾，都是可供洩欲的工具，如第五十回中，李瓶兒忍痛與西門慶交媾，就只是單方面地替西門慶紓解性欲，並非是為了雙方愉悅而進行。而在《金瓶梅》中較特殊的現象是犧牲色相竟不引以為恥，反而在同夥面前擺出高姿態，這種病態的優越感，以出賣肉體為炫耀資本的作法，是一種沉淪的表現，而這在《金瓶梅》中或是明代晚期社會似乎也是少見多怪的情況。

馮文樓提及：

> 潘金蓮遵循的卻是身體的快樂原則，因而能夠隨時進入一種「狂歡化」的境地。這一「狂歡」擺脫的不僅是文化的束縛和禁忌，而且連性別的等級和權力也一拋棄了。因此，潘金蓮也可以反過來把西門慶當做洩欲的工具。[15]

然而，細讀文本便可發現，西門慶對於性事方面有些不合理的要求，而潘金蓮是勉為其難，甚至可說是把自己的尊嚴踐踏在地，其中的原因，推究應與權力有關，內含了權力

---

14 Chirs Shilling 著，國立編譯館主譯：《身體三面向——文化、科技與社會》（新北市：韋伯文化國際出版公司，2009 年 8 月），頁 4。

15 楊儒賓、何乏筆主編：《身體與社會》（臺北市：唐山出版社，2004 年 12 月），頁 315-316。

的追求與期待，因此潘金蓮一方面為滿足一己之私，另一方面也是將身體做為奪取權力的工具。她首先奉行的是人性快樂原則，但這方面受到多方阻礙，於是被迫實行現實的原則，為了爭寵奪愛、保護自身，對他人施行猛烈攻擊，因此有了縱欲與兇殘的強烈性格特徵，如果她身處的是兩性平等的時空之下，不需爾虞我詐、明爭暗鬥，有獨立的經濟能力與自我揮灑的空間，她的生命景象就不會成為人性扭曲變形與惡性發展的歷史。傳統的性別制度對女性有著層層的限制，在時代更迭的變化下造成社會、思想的反動，《金瓶梅》中的女性居然敢於男權社會中，為了物質、官能的享受而一反傳統的道德觀，她們追尋身體價值的過程可說是對於男權社會的挑戰。

　　經由《金瓶梅》中核心人物潘金蓮的身體展示與下場，綜觀其一生，所追求的一種生理上的滿足，甚至病態到即使是遭受蹂躪與虐待，她也會達到一種被賞識的快感，認為身體的價值在於受男人喜愛與使用，而不是如同名譽等更高層次的追求，在這種低價值的身體追求中，造就她淫蕩、可悲的一生，因此可以發現笑笑生透過女性身體彰顯了自然生命的欲望並非身體生存價值的全部，人們對於個體生命的追求應有更深層的價值意義存在，並非僅侷限於自然生命「純粹的身體」的價值與意義中。回歸性的原點來看，它是人的本能，除了可以找回自由快樂、兩性平權、溝通與自我的開始，生殖更是它最大的功能，但在文本中所觀察到的性關係已不是如此，而是成為一種區隔兩性、顯現階級、不對等的一種存在形式，而《金瓶梅》中直露的身體書寫，雖然給讀者另一種強烈的視覺體驗，卻改變了身體所賦予的意涵。[16]不可否認，也許是歷史文化沉澱、演化與其他外力因素如社會文化規範下的各種權力結構的介入，讓中國的性史文化一改面貌，使性的自主性格發展為扭曲變形的行為結構，連帶影響人對於身體的觀感與態度。

　　《金瓶梅》寫了許多潘金蓮式的邊緣人物，刻畫他們悲索又卑微的生活與心態，彰顯了在不平等的社會結構中，她們必須更加努力求存，為了自我利益只能委屈求全，免得陷自己於絕境中，縱使想要追求、決定自身的命運，然而這些人物對於命運的關注，卻無外乎是財色欲望的滿足，在身體表現的寫作上便非刻意追求高尚，而是無所顧忌的追求驚、俗、豔、駭，[17]對於性愛過程鉅細靡遺的刻畫，性器官超乎常人的表現，與男人對女性的性占有與性虐待，看似為豔情小說的庸俗面，但就讀者所能接受到的效果與反應，是多層次的，首先是赤裸裸的情欲被攤在陽光下，讀者得到的是臉紅心跳的快感，隨著情節的開展，便發現情欲不僅是被發洩，更多是被壓抑的可能，在壓抑與發洩的交替輪轉中，可見身體在欲望與現實中所造成綱常倫理的崩潰，女性對性自由的強烈追求，

16　曾陽晴著：《色情書——中國性學報告》（臺北市：皇冠出版社，1994 年 8 月），頁 174-175。

17　中國金瓶梅學會編：《金瓶梅研究》（濟南市：齊魯書社，2009 年 3 月），頁 170。

甚至是家庭權力結構的被破壞,當場景寫的越歡樂,性愛活動越達到極樂,生命的狂歡最後還是會帶來淒涼的結局,盛極而衰,落差越大,作者欲顯現的主題便越加明顯、成功。不管如何,《金瓶梅》中大量的性描寫使得作品沉溺於性愛過程的展示而不能自拔,然它「意不在事,不避鄙穢」暴露了世情的缺憾,也驚醒了人們的情夢。

參考書目

(依出版年份排序)

一、原典

(一)金瓶梅

張竹坡：《皐鶴堂批評明代等一奇書《金瓶梅》讀法》，臺北市，廣文書局，1981 年 12 月

王汝梅：《新刻繡像批評金瓶梅・前言》，臺北市，曉園出版社，1990 年

蘭陵笑笑生原著，梅節校注：夢梅館校本《金瓶梅詞話》，臺北市，里仁書局，2007 年 11 月

(二)古籍

江盈科：《雪濤小說》，臺北市，國家圖書館，清順治丁亥四年（1647）兩浙督學李際期刊本

朱熹：《四書集注》，臺北市，國家圖書館，清同治四年（1865）刊本

阮元校刻：《十三經注疏》，臺北市，藝文印書館，1960 年

徐珂：《清稗類鈔》，臺北市，臺灣商務印書館，1966 年 6 月

葉夢珠：《閱世編》，臺北市，木鐸出版社，1982 年 4 月

曹雪芹、高鶚著：《革新版彩畫本紅樓夢校注》，臺北市，里仁書局，1984 年 4 月

馮夢龍：《情史類略》，長沙市，岳麓書社／新華書店，1984 年 4 月

李如珍：《鏡花緣》，臺北市，文化圖書公司，1991 年 1 月

張廷玉：《明史》，北京市，中華書局，1995 年 3 月

馮夢龍編：《警世通言》，臺北市，建宏出版社，1995 年 3 月

陳慶浩、王秋桂主編：《思無邪匯寶第貳拾冊・巫山豔史》，臺北市，臺灣大英百科出版社，1995 年 5 月

王先慎撰：《韓非子集解》，北京市，中華書局，1998 年 7 月

十三經注疏整理委員會：《十三經注疏》，北京市，北京大學出版社，2000 年 12 月

李漁：《閒情偶寄》，臺北市，明文書局，2002 年 8 月

許慎著，段玉裁注：《說文解字》，臺北市，萬卷樓圖書公司，2002 年 8 月

趙崇祚輯：《花間集》，北京市，北京圖書館出版社，2003 年 6 月中華再造本

方向東：《大戴禮記匯校集解》，北京市，中華書局，2008 年 7 月

二、專書著作

(一)小說相關

1.金瓶梅相關

孫述宇：《金瓶梅的藝術》，臺北市，時報文化出版事業公司，1978 年

魏子雲：《金瓶梅散論》，臺北市，臺灣商務印書館，1980 年

魏子雲：《金瓶梅的問世與演變》，臺北市，時報文化出版事業公司，1981 年

吳晗、鄭振鐸等著，胡文彬、張慶善選編：《論金瓶梅》，北京市，文化藝術出版社，1984 年 12 月

魏子雲：《金瓶梅原貌探索》，臺北市，臺灣學生書局，1985 年

黃霖編：《金瓶梅資料彙編》，北京市，中華書局，1987 年

徐朔方編選校閱：《金瓶梅西方研究論文集》，上海市，上海古籍出版社，1987 年 7 月

鄭慶山：《金瓶梅論稿》，瀋陽市，遼寧人民出版社，1987 年 11 月

魏子雲：《小說金瓶梅》，臺北市，臺灣學生書局，1988 年

黃霖、王國安編譯：《日本研究金瓶梅論文集》，濟南市，齊魯書社，1989 年

潘承玉：《金瓶梅新證》，合肥市，黃山書社，1999 年 1 月

霍現俊：《金瓶梅新解》，石家莊市，河北教育出版社，1999 年 1 月

王利器編：《國際金瓶梅研究集刊》，成都市，成都出版社，1991 年 7 月

吉林大學中國文化研究所編：《金瓶梅藝術世界》，長春市，吉林大學出版社，1991 年 7 月

陳東有：《金瓶梅文化研究》，臺北市，貫雅文化事業有限公司，1992 年 11 月

李建中：《瓶中審醜——金瓶梅「色」之批判》，臺北市，文史哲出版社，1992 年 12 月

張業敏：《雙姝怨對金瓶梅——金瓶梅作品賞析》，臺北市，開今文化，1993 年

王仁銘、邱勝威著：《笑笑生話金瓶：市井風月》，臺北市，亞太圖書出版社，1995 年

張丹、天舒編著：《《金瓶梅》中的歷史謎團與懸案》，北京市，大眾文藝出版社，1999 年 8 月

陳詔：《金瓶梅小考》，上海市，上海書店，1999 年 12 月

曾慶雨、許建平：《商風俗韻——金瓶梅中的女人們》，昆明市，雲南大學出版社，2000 年 12 月

周中明《金瓶梅藝術論》，臺北市，貫雅文化事業公司，2001 年

程自信著：《金瓶梅人物新論》，合肥市，黃山書社，2001 年

周中明：《金瓶梅藝術論》，臺北市，里仁書局，2001 年 2 月

尹恭弘著：《《金瓶梅》與晚明文化——《金瓶梅》作為「笑」書的文化考察》，北京市，華文出版社，2001 年 5 月

曹煒、甯宗一：《《金瓶梅》的藝術世界》，臺北市，文史哲出版社，2002 年 12 月

田曉菲：《秋水堂論《金瓶梅》》，天津市，天津人民出版社，2003 年 1 月

梅節校勘：《《金瓶梅詞話》校讀記》，北京市，北京圖書館出版社，2004 年 1 月

胡衍南：《飲食情色金瓶梅》，臺北市，里仁書局，2004 年 4 月 15 日

黃霖：《黃霖說金瓶梅》，臺北市，大地出版社，2007 年 6 月

陳清華：《金瓶梅典評》，西安市，陝西師範大學出版社，2008 年 9 月

胡衍南：《金瓶梅到紅樓夢——明清長篇世情小說研究》，臺北市，里仁書局，2009 年 2 月

中國金瓶梅學會編：《金瓶梅研究》，濟南市，齊魯書社，2009 年 3 月

甯宗一：《金瓶梅可以這樣讀》，北京市，中國文史出版社，2009 年 9 月

陳益源主編：《2012 臺灣金瓶梅國際學術研討會論文集》，臺北市，里仁書局，2013 年 4 月

2.其他小說論著

浦安迪著、沈壽亨譯：《明代小說四大奇書》，北京市，中國和平出版社，1993 年

矛盾、傅憎享等著，張國星主編：《中國古代小說中的性描寫》，天津市，百花文藝出版社，1993 年 3 月

葉朗：《中國小說美學》，臺北市，里仁書局，1994 年

丁峰山：《明清性愛小說論稿》，臺北市，大安出版社，1994 年 8 月

吳禮權：《中國言情小說史》，臺北市，臺灣商務印書館，1995 年 3 月

康正果：《重審風月鑑》，臺北市，麥田出版社，1996 年 12 月

齊裕焜：《明代小說史》，杭州市，浙江古籍出版社，1997 年 6 月

向楷：《世情小說史》，杭州市，浙江古籍出版社，1998 年 12 月

魏飴：《小說鑑賞入門》，臺北市，萬卷樓圖書公司，1999 年

〔美〕馬克夢著，王維東、楊彩霞譯：《吝嗇鬼、潑婦、一夫多妻者：十八世紀中國小說中的性與男女關係》，北京市，人民文學出版社，2001 年 3 月

陳益源：《古典小說與情色文學》，臺北市，里仁書局，2001 年 9 月

劉苑如：《六朝志怪的常異論述與小說美學》，臺北市，中央研究院中國文哲研究所，2002 年 12 月

馮文樓：《四大奇書的文本書化學闡釋》，北京市，中國社會科學出版社，2003 年 5 月

魯迅：《魯迅小說史論文集》，臺北市，里仁書局，2006 年 9 月

王意如：《中國古典小說的文化透視》，上海市，文匯出版社，2006 年 11 月

張廷興：《中國古代豔情小說史》，北京市，中央編譯出版社，2008 年 1 月

傅耀珍：《明代豔情小說研究》，臺北縣，花木蘭文化出版社，2008 年 9 月

(二)歷史文化相關

王宇清：《中國服飾史綱》，臺北市，國立歷史博物館，1978 年 10 月

荒耕：《性文化》，陝西，西北大學出版社，1992 年 12 月

嵇建珍：《人類性文化縱觀》，南京市，南京出版社，1993 年

樊雄：《中國古代房中文化探秘》，南寧市，廣西民族出版社，1993 年

鍾雯：《四大禁書與性文化》，哈爾濱市，哈爾濱出版社，1993 年 7 月

彭芃等編譯：《婚姻中的性責任》，北京市，華夏出版社，1995 年 1 月

高羅佩著，李零、郭曉惠等譯：《中國古代房內考》，上海市，上海人民出版社，1996 年

李銀河著：《中國女性的感情與性》，北京市，今日中國出版社，1998 年 1 月

馮爾康：《古人生活剪影》，北京市，中國社會出版社，1999 年 11 月

徐海燕：《悠悠千載一金蓮——中國的纏足文化》，瀋陽市，遼寧人民出版社，2000 年 3 月

葉大兵、葉麗婭：《頭髮與髮飾民俗》，瀋陽市，遼寧人民出版社，2000 年 3 月

吳存存：《明清社會性愛風氣》，北京市，人民文學出版社，2000 年 6 月

錢金波、葉大兵等編：《中國鞋履文化辭典》，上海市，上海書店，2001 年 10 月

衣若蘭：《三姑六婆——明代婦女與社會的探索》，臺北市，稻鄉出版社，2002 年 2 月

王強:《遮蔽的文明──性觀念與古中國文化》,臺北市,文津出版社,2003年4月

熊秉真,余安邦:《遂欲明清──遂欲篇》,臺北市,麥田出版社,2004年

高羅佩著,吳岳添譯:《中國豔情:中國古代的性與社會》,新北市,風雲時代出版,2004年

翟學偉:《中國社會中的日常權威》,北京市,社會科學文獻出版社,2004年1月

陳寶良:《明代社會生活史》,北京市,中國社會科學出版社,2004年3月

胡宏霞,劉達臨:《性文化七十七夜談》,珠海市,珠海出版社,2005年5月

潘建華清:《雲縷心衣──中國古代內衣文化》,上海市,上海古籍出版社,2005年7月

曾陽晴:《色情書──中國性學報告》,臺北市,皇冠出版社,2007年6月

劉達臨著:《性史圖鑑》,北京市,中央編譯出版社,2008年1月

(三)理論相關與其他

馬克思、恩格斯:《馬克思恩格斯全集》,北京市,人民出版社,1979年

謝瀛華:《性心理手冊》,臺北市,遠流出版事業公司,1987年

王溢嘉:《性·文明與荒謬》,臺北市,野鵝出版社,1996年6月

布勞著,孫非等譯,陳小薇校閱:《社會生活中的交換與權力》,臺北市,桂冠圖書公司,1991年

傅科著,劉北成、楊遠嬰譯:《規訓與懲罰──監獄的誕生》,臺北市,桂冠圖書公司,1992年

丹尼斯·朗著,高湘澤、高全余譯:《權力──它的形式、基礎和作用》,臺北市,桂冠圖書公司,
    1994年

康正果:《女權與文學》,北京市,中國社會科學出版社,1994年

徐光國:《社會心理學》,臺北市,五南圖書公司,1996年

楊儒賓:《儒家身體觀》,臺北市,中央研究院中國文哲研究所籌備處,1996年

張旭春譯:《身體形態──現代社會的五種身體》,瀋陽市,春風文藝出版社,1999年6月

羅綱著:《敘事學導論》,昆明市,雲南人民出版社,1999年7月

徐光國:《社會心理學》,臺北市,五南圖書公司,1999年9月

布萊恩·特納著,馬海良等譯:《身體與社會》,瀋陽市,春風文藝出版社,2000年3月

錢穆:《靈魂與心》,新北市,蘭臺出版社,2001年

馬歇爾·麥克盧漢著,何道寬譯:《理解媒介》,北京市,商務印書館,2001年

柯夫曼著,謝強、馬月譯:《女人的身體,男人的目光》,臺北市,先覺出版社,2002年

羅蘭·巴特著,劉森堯譯:《羅蘭巴特論羅蘭巴特》,臺北市,桂冠圖書公司,2002年

戴斯蒙德·莫里斯著,梁豪譯:《男人女人身體觀察》,上海市,上海文化出版社,2002年1月

〔英〕布萊恩·特納著,馬海良等譯:《身體與社會》,瀋陽市,春風文藝出版社,2003年1月

顧燕翎、鄭至慧主編:《女性主義經典》,臺北市,女書文化,2003年1月

顧燕翎主編:《女性主義理論與流派》,臺北市,女書文化,2003年3月

羅洛·梅(Rollo May)著,朱侃如譯:《權力與無知》,臺北市,立緒文化事業公司,2003年9月

葛紅兵、宋耕:《身體政治》,上海市,上海三聯書店,2005年

華梅:《服飾社會學》,北京市,中國紡織出版社,2005年3月

周慶華:《身體權力學》,臺北市,弘智文化出版社,2005年5月

〔英〕喬安妮·恩特維斯特爾著著,郜元寶等譯:《時髦的身體──時尚、衣著和現代社會理論》,
    桂林市,廣西師範大學出版社,2005年4月

林芳玫：《權力與美麗》，臺北市，九歌出版社，2005 年 7 月

劉大杰：《中國文學發展史》，臺北市，華正書局，2005 年 8 月

林文淇：《認同與差異》，新北市，韋伯文化國際出版公司，2005 年 10 月

汪民安：《身體、空間與後現代性》，南京市，江蘇人民出版社，2006 年 1 月

廖炳惠：《關鍵詞 200：文學與批評研究的通用詞彙編》，南京市，江蘇教育出版社，2006 年 8 月

黃華：《權力，身體與自我》，北京市，北京大學出版社，2006 年 9 月

哈洛德・柯依瑟、歐依根・舒拉克著，張存華譯：《愛、欲望、出軌的哲學》，臺北市，商周出版社，
　　2007 年 11 月

黃曉華：《現代人建構的身體維度——中國現代文學身體意識論》，北京市，中國社會科學出版社，
　　2008 年 5 月

王璦玲、胡曉真主編：《經典轉化與明清敘事文學》，臺北市，聯經出版社，2009

Chris Shilling 著，謝明珊、杜欣欣譯，國立編譯館主譯：《身體三面向——文化、科技與社會》，新北
　　市，韋伯文化國際出版公司，2009 年 8 月

〔加〕約翰・奧尼爾著，李康譯：《身體五態－重塑關係形貌》，北京市，北京大學出版社，2010 年
　　1 月

三、期刊論文

張贇贇：〈試分析《金瓶梅》中的女性形象——以月、瓶、梅、蕙為例〉，《古典文學研究》，基礎
　　教育版，出版年不詳

依蘭・修華特著、張小虹譯：〈荒野中的女性主義批評〉，《中外文學》，1986 年 3 月第 14 卷第 10 期

魏子雲：〈金瓶梅婦女的財色世界〉，《聯合文學》，1986 年 3 月第 2 卷第 5 期

鄭明娳：〈欲海無涯，唯情是岸——《金瓶梅》的情與欲〉，《聯合文學》，1990 年 8 月第 6 卷第 10 期

魏子雲：〈《金瓶梅》這五回〉，《中外文學》，1994 年 4 月第 27 卷第 11 期

陳柏衡：〈《金瓶梅》論源〉，《中國文化大學中文學報》，1995 年 7 月

何春蕤：〈色情與女性能動主體〉，《中外文學》，第 25 卷第 4 期，1996 年

林麗月：〈衣裳與風教——晚明的服飾風尚與「服妖」議論〉，《新史學》，1999 年 9 月第 10 卷第 3 期

陳家楨：〈三寸金蓮中隱含著的畸變心態——兼談西門慶的足（鞋）戀傾向〉，《株洲師範高等專科
　　學校學報》，2001 年 2 月第 6 卷第 1 期

張金蘭：〈「誰把纖纖月，掩在湘裙摺」——試析《金瓶梅》中的三寸金蓮〉，《中國古典研究》，
　　2001 年 6 月第 5 期

黃俊傑：〈中國思想史中「身體觀」研究的新視野（評楊儒賓《中國古代思想中的氣論及身體觀》）〉，
　　《中國文哲研究集刊》，2002 年第 20 期

吳敢：〈20 世紀《金瓶梅》研究史略〉，《古典文學知識》，2002 年 5 月

李志宏：〈論《金瓶梅》的情色書寫及其文化意味——以潘金蓮的情欲表現為論述中心〉，《臺北師
　　院語文集刊》，2002 年 6 月第 7 期

林景蘇：〈西門慶與西門府中的性王國〉，《南師學報（人文與社會類）》，2003 年第 37 卷第 2 期

劉孝嚴：〈社會、家庭和人生的全景觀照——也談《金瓶梅》的思想意義〉，《明清小說研究》，2003
　　年第 1 期

胡衍南：〈《金瓶梅》非淫書辯〉，《淡江大學中文學報》，2003 年 12 月第 9 期

劉連德：〈中國婚姻制度與潘金蓮的性悲劇〉，《安康師專學報》，2003 年 12 月第 5 卷

汪民安：〈日常生活、身體、政治〉，《社會學研究》，2004 第 1 期

彭春富：〈身體與身體美學〉，《哲學研究》，2004 年第 4 期

陸雪芬：〈飲食・男女——論《金瓶梅》中的食欲與色欲〉，《中正大學中國文學研究所研究生論文集刊》，2004 年 5 月第 6 期

胡衍南：〈《金瓶梅》「世情小說」論〉，《淡江大學中文學報》，2004 年 6 月第 10 期

何春蕤：〈天生我體，自在面對〉，《蘋果日報》論壇，2005 年 9 月 26 日

徐志平：〈身體研究——當代文學研究的新趨勢〉，《教師之友》，2006 年 12 月

鄭毓瑜：〈身體表演與魏晉人倫品鑑——一個體現自我的角度〉，《漢學研究》，第 24 卷第 2 期，2006 年 12 月

魏紅豔、高益榮：〈論《金瓶梅》中服飾與身體的文化關係〉，《濟南師範學院學報》，第 23 卷第 1 期，2008 年 1 月

陳葆文：〈魏晉志怪筆記小說之身體敘事初探——以搜神記 搜神後記為例〉，第十一屆文學與美學國際學術研討會，2009 年 5 月 9 日

曾鈺婷：〈隙中窺情——論崇禎本《金瓶梅》繡像中的「情色窺視」〉，《思辨集》，第 13 期，2010 年 3 月

李曉萍：〈《金瓶梅》婦人媚道研究——以潘金蓮、吳月娘為例〉，《靜宜人文社會學報》，第 5 卷第 1 期，2011 年 1 月

四、學位論文

馬琇芬：《從婚姻、嫉妒、性欲看《金瓶梅》中的女性論》，高雄市，中山大學中國語文學系研究所碩士論文，1996 年

莊文福：《《金瓶梅詞話》人物形象研究》，臺北市，中國文化大學中國語文學系研究所碩士論文，1997 年

洪正玲：《《金瓶梅詞話》之原型研究》，臺北市，國立臺灣師範大學國文學系研究所碩士論文，2000 年

全恩淑：《《金瓶梅》中婦女內心世界研究》，新竹市，清華大學中國語文學系研究所碩士論文，2001 年

李曉萍：《《金瓶梅》鞋腳情色與文化研究》，臺中縣，靜宜大學中國語文學系研究所碩士論文，2002 年

藍桂芳：《從成長背景探索《金瓶梅》婦女心理與行為》，彰化市，國立彰化師範大學國文系在職進修研究所專班碩士論文，2002 年

梁欣芸：《《金瓶梅》「男女偷情」主題研究》，臺中市，國立中興大學中國語文學系研究所碩士論文，2004 年

王碩慧：《從性別政治論《金瓶梅》淫婦的生存》，高雄市，國立高雄師範大學國文教學碩士班論文，2005 年

林淑慧：《從「性別文化」看《金瓶梅》中的「情」與「義」》，臺北市，臺北市立教育大學應用語言文學研究所碩士論文，2005 年

潘嘉雯：《《金瓶梅》人物論》，新竹市，玄奘大學中國語文學系研究所碩士論文，2005 年

王婷瑋：《性與死：《金瓶梅》的主題探討》，臺中縣，靜宜大學中國語文學系研究所碩士論文，2006 年

魏紅豔：《《金瓶梅》身體文化研究》，西安市，陝西師範大學中文系碩士論文，2007 年

陳婷婷：《論《金瓶梅》的性描寫與男性霸權意識》，上海市，上海師範大學碩士學位論文，2008 年

王明儀：《《續金瓶梅》之身體研究》，臺中市，國立中興大學中國語文學系研究所碩士論文，2008 年

張品：《情與欲的辯證：從《金瓶梅》到《紅樓夢》》，臺北市，淡江大學中國語文學系研究所碩士論文，2010 年

附 錄

附錄一、西門慶妻妾的服飾整理

(一)家庭（包括家庭聚會）

※因李嬌兒與孫雪娥的部分著墨不多，獨列於附註當中。

回數	吳月娘	孟玉樓	潘金蓮	李瓶兒
9			換了一套豔色衣服。（新婚）	
11		銀絲䰀髻，露著四鬢，耳邊青寶石墜子，白紗衫兒，銀紅比甲，挑綫裙子，雙彎尖趫，紅鴛瘦小。	銀絲䰀髻，耳邊青寶石兒，露著四鬢，墜子，白紗衫兒，銀紅比甲，挑綫裙子，雙彎尖趫，紅鴛瘦小。	
13			兩根翻紋底板、石青填地、金玲瓏壽字簪兒，乃御前製造，宮裡出來的，甚是奇巧。（李瓶兒送）	
14	大紅緞子襖，青素綾披襖，紗綠紬裙，頭上戴著䰀髻，貂鼠臥兔兒。	丁香色潞紬雁唧蘆花樣對襟衫襖兒，白綾豎領，妝花眉子，溜金蜂趕菊鈕扣兒，下著一尺寬海馬潮雲、羊皮金沿邊挑綫裙子；大紅緞子高底鞋，妝花膝褲，青寶石墜子，珠子箍。	丁香色潞紬雁唧蘆花樣對襟衫襖兒，白綾豎領，妝花眉子，溜金蜂趕菊鈕扣兒，下著一尺寬海馬潮雲、羊皮金沿邊挑綫裙子；大紅緞子高底鞋，妝花膝褲，青寶石墜子，珠子箍。	
	金壽字簪兒。（李瓶兒送）	金壽字簪兒。（李瓶兒送）	金壽字簪兒。（李瓶兒送）	
18			銀絲䰀髻上帶著一頭鮮花兒……白紗團扇兒。	
19			白紗團扇。	大紅衣服。（上吊）

回數	吳月娘	孟玉樓	潘金蓮	李瓶兒
20	金觀音滿池嬌。			大紅遍地金對衿羅衫兒，翠藍拖泥妝花羅裙。
				金玲瓏草蟲兒頭面，并金纍絲松竹梅歲寒三友梳背兒。（潘金蓮）
21	大紅潞紬對衿襖兒，軟黃裙子；頭上戴著貂鼠臥兔兒，金滿池嬌分心。蟬髻鴉鬢楚岫雲。（西門慶）			
24	大紅遍地金通袖袍兒、貂鼠皮襖，下著百花裙，頭上珠翠堆盈，鳳釵半卸。	白綾襖兒、藍裙子。	白綾襖兒、藍裙子。	白綾襖兒、藍裙子。
25			高底鞋。	大紅底衣。
27			白銀條紗衫兒，蜜合色紗桃綾穿花鳳縷金拖泥裙子；銀紅比甲，羊皮金滾邊，妝花眉子，惟金蓮不戴冠兒，拖著一窩絲杭州攢，翠雲絲網兒，露著四鬢，上粘著飛金，粉面貼著三個翠面花兒。	白銀條紗衫兒，蜜合色紗桃綾穿花鳳縷金拖泥裙子；大紅蕉布比甲，羊皮金滾邊，妝花眉子。
28			一窩絲攢上，戴著銀絲鬆髻，還墊出一絲香雲。鬆髻內安著許多玫瑰花瓣兒。	
			一方細撮穗、白綾挑綫鴛鴦燒夜香汗巾兒。（贈陳經濟）	
29		玄色緞子鞋，使羊皮金緝的雲頭子。周圍拿紗綠綾鎖出白山子兒，上白綾高底鞋。（納鞋）		大紅光素緞子白綾高底鞋兒，鞋尖兒上扣繡鸚鵡摘桃。（納鞋）
34			丁香色南京雲紬撲的五彩納紗喜相逢天圓地方補子，對衿衫兒；白碾光絹一尺寬攀枝耍娃娃挑綫拖泥裙子；胸前撲帶金玲瓏	鍍金鐲釧子

回數	吳月娘	孟玉樓	潘金蓮	李瓶兒
			領兒，下邊羊皮金荷包。	
35	珠翠冠，身穿錦繡袍。	珠翠冠，身穿錦繡袍。	珠翠冠，身穿錦繡袍。	珠翠冠，身穿錦繡袍。
40			蜜褐色挑繡裙子。	
			把鬏髻摘了，打了個盤頭揸髻；把臉搽的雪白，抹的嘴唇兒鮮紅，戴著兩個金燈籠墜子，貼著三個面花兒，帶著紫銷金箍兒；尋了一套大紅織金襖兒，下著翠藍緞子裙。（服飾異化）	
			簪子、鬏髻。	
	一件大紅遍地錦五彩妝花通袖百獸朝麒麟補子緞袍兒，一件玄色五彩遍地錦葫蘆樣鸞鳳穿花羅袍；一套大紅緞子遍地金通袖麒麟補子襖兒，翠藍寬拖遍地金裙，一套沈香色妝花補子遍地錦羅襖兒，大紅金枝綠葉百花拖泥裙。（做衣服）	大紅五彩通袖妝花錦雞緞子袍兒，兩套妝花羅緞衣服。（做衣服）	大紅五彩通袖妝花錦雞緞子袍兒，兩套妝花羅緞衣服。（做衣服）	大紅五彩通袖妝花錦雞緞子袍兒，兩套妝花羅緞衣服。（做衣服）
51			一方玉色綾瑣子地兒銷金汗巾兒；一方嬌滴滴紫葡萄顏色四川綾汗巾兒，上銷金，間點翠，十樣錦，同心結，方勝地兒，一個方勝兒裏面一對兒喜相逢，兩邊欄子兒都是纓絡珍珠碎八寶兒。（做汗巾，李瓶兒出錢）	一方老金黃銷金點翠穿花鳳汗巾；一方銀紅綾銷江牙海水嵌八寶汗巾兒；一方閃色芝麻花銷金汗巾兒。（做汗巾）
52		白銀條紗對衿衫兒，鵝黃縷金挑綫紗裙子，戴著銀絲鬏髻，翠水祥雲鈿兒，金纍絲簪子，紫英石墜子，大紅鞋兒。	白銀條紗對衿衫兒，鵝黃縷金挑綫紗裙子，戴著銀絲鬏髻，翠水祥雲鈿兒，金纍絲簪子，紫英石墜子，大紅鞋兒。	白銀條紗對衿衫兒，鵝黃縷金挑綫紗裙子，戴著銀絲鬏髻，翠水祥雲鈿兒，金纍絲簪子，紫英石墜子，大紅鞋兒。
56	柳綠杭絹對衿襖兒，淺	鴉青緞子襖兒，鵝黃	銀紅綢紗白絹裡對衿衫子，豆綠	素青杭絹大衿襖

回數	吳月娘	孟玉樓	潘金蓮	李瓶兒
	藍水紬裙子,金紅鳳頭高底鞋兒。	紬裙子,桃花素羅羊皮金滾口高底鞋兒。	沿邊金紅心比甲兒,白杭絹畫拖裙子,粉紅花羅高底鞋兒。	兒,月白熟絹裙子,淺藍玄羅高底鞋兒。
58			大紅緞子新鞋兒。	
59	金簪兒。			金釵墜地
62				紅綾抹胸兒。
				大紅緞遍地錦襖兒、柳黃遍地金裙丁香色雲紬妝花衫、翠藍寬拖子裙;白綾襖、黃紬子裙。(亡)
				綁身紫綾小襖兒;白紬子裙;大紅小衣兒;白綾女襪兒,妝花膝褲腿兒。(亡)
				四根金簪兒綰一方大鴉青手帕。(亡)
				大紅遍地金鸚鵡摘桃白綾高底鞋兒;紫羅遍地金高底鞋,也是扣的鸚鵡摘桃鞋。(亡)
63	孝髻,頭鬏繫腰,麻布孝裙。	孝髻,頭鬏繫腰,麻布孝裙。	孝髻,頭鬏繫腰,麻布孝裙。	勒著鴉青手帕。(亡)
				珠翠圍髮冠,大紅通袖五彩遍地金袍兒,百花裙,衢花綾裱,象牙軸頭。(寫影)
				頭戴金翠圍冠,雙鳳珠子挑牌,大紅妝花袍兒。(寫影)
75	六根金頭簪兒,戴上臥兔兒;也不搽臉,薄施			

回數	吳月娘	孟玉樓	潘金蓮	李瓶兒
	胭粉，淡掃蛾眉；耳邊帶著兩個金丁香兒，正面關著一件金蟾蜍分心；上穿白綾對衿襖兒，下著柳黃寬襴挑繡裙子；襯著凌波羅襪，尖尖趫趫一副金蓮，裙邊紫錦香囊、黃銅鑰匙，雙垂綉帶。			
76	銀鼠皮襖，遍地金襖兒，錦藍裙。		臥兔兒，錦緞衣裳……。	
78	翡白縐紗金梁冠兒，海獺臥兔，白綾對衿襖兒，沈香色遍地金比甲，玉色綾寬襴裙，耳邊二珠環兒，金鳳釵梳，胸前帶著金三事攃領兒，裙邊紫遍地金八條穗子的荷包，五色鑰匙綾帶兒，紫遍地金扣花白綾高底鞋兒。	海獺臥兔兒，白綾襖兒，玉色挑綫裙子；綠遍地金比甲兒；頭上戴的都是鬆髻；環子；下邊尖尖趫趫顯露金蓮。	海獺臥兔兒，白綾襖兒，玉色挑綫裙子；紫遍地金比甲兒；頭上戴的都是鬆髻；青寶石墜子；下邊尖尖趫趫顯露金蓮。	
	已摘了首飾花翠，止戴著鬆髻，撇著六根金簪子，勒著珠子箍兒，上著藍綾襖，下著軟黃綿紬裙子。		花妝粉抹，翠袖朱唇。	大紅遍地金袍兒，錦裙綉襖，珠子挑牌。（潘姥姥）
86			一對金碗簪子，一套翠藍緞襖、紅裙子。（孟玉樓送）	
			兩根金簪兒。（小玉送）	
備註	有關李嬌兒出現的服飾敍述： 第 14 回：李瓶兒贈金壽字簪兒。 第 24 回：白綾襖兒、藍裙子。 第 35 回：頭戴珠翠冠，身穿錦綉袍。 第 40 回：大紅五彩通袖妝花錦雞緞子袍兒，兩套妝花羅緞衣服。 第 63 回：孝髻，頭鬚繫腰，麻布孝裙。 有關孫雪娥出現的服飾敍述： 第 9 回：（西門慶）與孫雪娥戴了鬆髻，排行第四。			

回數	吳月娘	孟玉樓	潘金蓮	李瓶兒
第 14 回：李瓶兒見他妝飾少次於眾人；贈金壽字簪兒。 第 24 回：白綾襖兒、藍裙子。 第 25 回：兩方綾汗巾，兩雙裝花膝褲，四匣杭州粉，二十個胭脂。（來旺贈） 第 35 回：頭戴珠翠冠，身穿錦繡袍。 第 40 回：兩套妝花羅緞衣服。 第 63 回：孝髻，頭鬚繫腰，麻布孝裙。 第 90 回：換了慘淡衣裳；撮去了鬏髻，摘了髻兒，換了豔服……一對翠鳳，一對柳穿金魚兒；一包金銀首飾，兩件緞子衣服；一包釵環頭面；一個銀折盂、一根金耳斡、一件青綾襖、一件黃綾裙。（私奔）			

(二)社交場合

※孫雪娥鮮少外出，另列於備註中

回數	吳月娘	李嬌兒	孟玉樓	潘金蓮	李瓶兒
15	大紅妝花通袖襖兒，嬌綠緞裙，貂鼠皮襖。	白綾襖兒，藍緞裙；沉香色遍地金比甲。	白綾襖兒，藍緞裙；綠遍地金比甲。	白綾襖兒，藍緞裙；大紅遍地金比甲；頭上珠翠堆盈，鳳釵半卸，鬏後挑著許多各色燈籠兒……帶著六個金馬鐙戒指兒。	
20					大紅五彩通袖羅袍兒，下著金枝綠葉沙綠百花裙，腰裏束著碧玉女帶，腕上籠著金壓袖，胸前項牌纓珞，裙邊環珮玎璫，頭上珠翠堆盈，鬢畔寶釵半卸。紫瑛金環，耳邊低掛；珠子挑鳳，髻上雙插，粉面宜貼翠花鈿，湘裙越顯紅鴛小。
43	大紅五彩遍地錦百獸朝麒麟緞子通袍袖兒，腰束金鑲寶				

回數	吳月娘	李嬌兒	孟玉樓	潘金蓮	李瓶兒
	石鬧妝；頭上寶髻巍峨，鳳釵雙插，珠翠堆滿；胸前繡帶垂金，項牌錯落；裙邊禁步明珠。				
46	貂鼠皮襖。		貂鼠皮襖。	青鑲皮襖。（不是原有的）	貂鼠皮襖。
75	白縐紗金梁冠兒，海獺臥兔兒，珠子箍兒，胡珠環子，上穿著沉香色遍地金妝花補子襖兒，紗綠遍地金裙。	白鬏髻，珠子箍兒，用翠藍銷金綾汗巾兒搭著，頭上珠翠堆滿；銀紅織金緞子對衿襖兒，藍緞子裙兒。	白鬏髻，珠子箍兒，用翠藍銷金綾汗巾兒搭著，頭上珠翠堆滿；銀紅織金緞子對衿襖兒，藍緞子裙兒。	白鬏髻，珠子箍兒，用翠藍銷金綾汗巾兒搭著，頭上珠翠堆滿；銀紅織金緞子對衿襖兒，藍緞子裙兒。	
	銀鼠皮襖，藕合緞襖兒，翠藍裙兒	貂鼠皮襖，白綾襖兒，紫丁香色織金裙子。	貂鼠皮襖，白綾襖兒，紫丁香色織金裙子。	貂鼠皮襖，白綾襖兒，紫丁香色織金裙子。	
78	施朱傅粉，插花插翠，錦裙繡襖，羅襪弓鞋，妝點妖嬌。	施朱傅粉，插花插翠，錦裙繡襖，羅襪弓鞋，妝點妖嬌。	施朱傅粉，插花插翠，錦裙繡襖，羅襪弓鞋，妝點妖嬌。	施朱傅粉，插花插翠，錦裙繡襖，羅襪弓鞋，妝點妖嬌。	
84	頭戴孝髻，身穿縞素衣裳。（宋江）				
91	滿頭珠翠，身穿大紅通袖袍兒、百花裙，繫蒙金帶。		金梁冠兒，插著滿頭珠翠，胡珠環子，身穿大紅通袖袍兒，繫金鑲瑪瑙帶，玎璫七事，下著柳黃百花裙。（出嫁）		
92	身穿縞素，腰繫孝裙。				
96	盛妝縞素打扮：五梁冠兒，戴著稀稀幾件金翠首飾，耳邊二珠環子，金攛領兒；上穿白綾				

回數	吳月娘	李嬌兒	孟玉樓	潘金蓮	李瓶兒
	襖，下邊翠藍緞子織金拖泥裙，腳下穿玉色緞高底鞋兒。				
備註	有關孫雪娥出現的服飾敘述： 第 75 回：白髮髻，珠子箍兒，用翠藍銷金綾汗巾兒搭著，頭上珠翠堆滿； 銀紅織金緞子對衿襖兒，藍緞子裙兒。 第 75 回：貂鼠皮襖，白綾襖兒，紫丁香色織金裙子。 第 78 回：施朱傅粉，插花插翠，錦裙繡襖，羅襪弓鞋，妝點妖嬌。				

(三)閨房

※對於閨房內的服裝敘述，文本僅對吳月娘、潘金蓮與李瓶兒三人有著墨，李嬌兒與孫雪娥無，孟玉樓少有，因此李、孫二人不列入表格中。

回數	吳月娘	潘金蓮	李瓶兒
12		金裹頭簪子；錦香囊股子葫蘆兒。（贈與琴童）	
13		兩根番紋底板、石青填地、金玲瓏壽字簪兒，乃御前所製，宮裏出來的，甚是奇巧。（李瓶兒贈）	
19		沈香色水緯羅對衿衫兒，五色縐紗眉子。下著白碾光絹挑綫裙子，裙邊大紅光素緞子白綾高底羊皮金雲頭鞋兒。頭上銀絲鬏髻、金鑲玉蟾宮折桂分心，翠梅鈿兒、雲鬢簪著許多花翠。（西門慶）	
20			金鑲鴉青帽頂子（做一對墜子）；金絲鬏髻（因上房沒有金鬏髻而重打一件金九鳳鈿根兒，每個鳳嘴唧一挂珠兒與他大娘正面戴的、金鑲玉觀音滿池嬌分心。）
23		睡鞋裹腳。	
27		腳下穿著大紅鞋兒，手弄白紗扇兒搖涼。	紗裙內罩著大紅紗褲兒。（西門慶）
28		薄繡短襦；紅紗抹胸兒。 大紅四季花嵌八寶緞子白綾平底袖花鞋兒，綠提跟兒，藍口金兒。 紗紬子睡鞋兒，大紅提跟兒。	

回數	吳月娘	潘金蓮	李瓶兒
29		大紅光素緞子白綾平底鞋兒，鞋尖兒上扣繡鸚鵡摘桃。（納鞋）	
		紅綃抹胸兒，蓋著紅紗衾。（西門慶）	
		新做的兩隻大紅睡鞋。（西門慶）	
40		去了冠兒，挽著杭州攢，重云粉面，復點朱唇；挽起雲髻。	
51		金簪子；睡鞋，紅褲。	
52		除去冠兒；剛三寸、恰半釵大紅平底睡鞋兒。	
67		黑青回紋錦對衿衫兒，泥金眉子，一溜攛五道金三川鈕扣兒；下著紗裙，內襯潞紬裙，羊皮金滾邊。面前垂一雙合歡鮫綃鸂鶒帶；下邊尖尖趫趫錦紅膝褲下顯一對金蓮；寶髻雲鬟，打扮如粉妝玉琢，耳邊帶著寶石墜子。	身穿糁紫衫，白絹裙。（夢）
		頭上戴金赤虎分心，香雲上圍著翠梅花鈿兒，後鬢上珠翹錯落。（西門慶）	兩套遍地金緞子衣服，底下是白綾襖，黃紬裙，貼身是紫綾小襖、白絹裙、大紅緞小衣。（潘金蓮）
71			霧鬢雲鬟，淡妝麗雅，素白舊衫籠雪體，淡黃軟襪襯弓鞋。（夢）
72		摘去冠兒，挽著雲髻，淡妝濃抹；摘去首飾，換了睡鞋。	
73		解鬆羅帶，卸退湘裙，坐換睡鞋，脫了褲褲。	
		大紅綾抹胸兒	
74		攛上兩個大紅遍地金鶴袖，襯著白綾襖兒。	
79	我日裡看見他王太太穿著大紅絨袍兒，我黑夜就夢見你在李大姐箱子內尋出一件大紅絨袍兒，與我穿在身，被潘六姐劈手奪了去，披在他身上。教我就惱了，說道：「他的皮襖你要的去穿了罷了，這件袍兒你又來奪！」他使性兒，把袍兒上身扯了一道大口子。（月娘夢到金蓮搶紅袍）		
82		摘去冠兒，半挽烏雲，上著藕絲衫，下著翠紋裙，腳襯凌波羅襪。	
備註	第 19 回地點為花園，但因只有西門慶與潘金蓮二人在此行房，故歸入此處。 第 27 回地點為葡萄架，但因只有西門慶與李瓶兒二人在此行房，故歸入此處。 有關孟玉樓出現的服飾敘述： 第 75 回：穿著大紅綾子的繡鞋兒。		

(四)其他補充

潘金蓮、孟玉樓、李瓶兒未入西門府中的服飾　※（　）中數字為回數

	原文
潘金蓮	描眉畫眼，傅粉施朱，梳一個纏髻兒，著一件扣身衫子。（1）
	雲鬢半軃。（1）
	重勻粉面，再挽雲鬟，換了些顏色衣服穿了。（2）
	頭上戴著黑油油頭髮鬏髻，四面上貼著飛金，一逕裡墊出香雲一結，周圍小簪兒齊插。六鬢斜插一朵并頭花，排草梳兒後押，難描八字彎彎柳葉，襯在腮兩朵桃花。玲瓏墜兒最堪誇，露賽玉酥胸無價，毛青布大袖衫兒褶兒又短，襯湘裙碾絹綾紗。通花汗巾兒袖中兒邊搭剌，香袋兒身邊低挂，抹胸兒重重紐扣，褲腿兒臟頭垂下。往下看，尖趫趫蓮小腳，雲頭巧緝山牙；老鴉鞋兒白綾高底，步香塵偏襯登踏，紅紗膝褲扣鴛花，行坐處風吹裙袴。（2）
	雲鬢疊翠；上穿白夏布衫兒，桃紅裙子，藍比甲。（3）
	雲鬢半軃。（4）
	巾帕（信物）。（4）可意裙釵。
	從新妝點，換了一套豔色新衣。（4）
	〈沉醉東風〉：「可意裙釵，裙拖著翡翠紗，衫袖挽泥金搽，喜孜孜寶髻斜歪。」（4）
	老鴉緞子鞋兒，恰剛半扠。（4）
	素淡衣裳，白布鬏髻。（武大喪）（6）
	濃妝豔抹，穿顏色衣服，打扮嬌樣。（6）
	薄襯短衫；紅繡鞋（打相思卦）；金頭銀簪子（8）
	換了一身豔色衣服。（9）
	換了孝，戴著新鬏髻，身穿紅衣服，搭著蓋頭。（嫁武松）（87）
孟玉樓	只聞環珮叮咚，藍麝馥郁，婦人出來。上穿翠藍麒麟補子妝花紗衫，大紅妝花寬欄，頭上珠翠堆盈，鳳釵半卸。（7）
	二珠金環，耳邊低挂；雙頭鸞釵，鬢後斜插，但行動，胸前搖響玉玲瓏；坐下時，一陣麝蘭香噴鼻。（西門慶）（7）
	一對三寸、恰半扠，一對尖尖趫趫金蓮來，腳穿著大紅遍地金雲頭白綾高底鞋兒。（7）
李瓶兒	夏月間戴著銀絲鬏髻，金鑲紫瑛墜子，藕絲對衿衫，白紗挑綫鑲邊裙；裙邊露一對紅鴛鳳嘴……手中正拿一隻紗綠潞油鞋扇。（13）
	摘了冠兒，亂挽烏雲，素體濃妝。（13）
	拔下兩根（金簪兒）遞與西門慶。（13）
	羅衫不整，粉面慵妝。（14）
	穿白綾襖兒，藍織金裙，白苧布鬏髻，珠子箍兒來與金蓮做生日。（替花子虛戴孝中）（14）
	金壽字簪兒。（14）
	一套金重絹衣服。（西門慶送）（15）
	花冠整齊，素服輕盈。（16）
	摘去孝鬏髻，換了一身豔服。（16）

附錄二、西門慶妻妾的裸露性身體描寫

(一)整體敘述

回數	吳月娘	孟玉樓	潘金蓮	李瓶兒
9		貌若梨花，腰如楊柳；長挑身材，瓜子臉兒，稀稀多幾點微麻，自是天然俏麗。惟裙下雙彎，與金蓮無大小之分。（潘金蓮）	眉似初春柳葉，常含著雨恨雲愁；臉如三月桃花，暗帶著風情月意。纖腰嬝娜，拘束的燕懶鶯慵；檀口輕盈，勾引得蜂狂蝶亂。玉貌妖嬈花解語，芳容窈窕玉生香。（吳月娘）	
10			〈西江月〉：「紗帳輕飄蘭麝，娥眉慣把簫吹，雪白玉體房幃，禁不住魂飛魄蕩。玉腕款籠金釧，兩情如醉如癡。」	
11			烏雲散亂，花容不整，哭得兩眼如桃。	
12			光赤條條，花朵兒般身子。（西門慶）	
			雲鬢不整，花容倦淡。	
			黑油一般好頭髮。（李桂姐）	
18			仙家體態玉貌……慌的陳經濟扭頸回頭，猛然一見，不覺心蕩目搖，精魂已失。	
			款傍香肌，輕憐玉體。	
25		紅粉面對紅粉面，玉酥肩并玉酥肩。兩雙玉腕挽復挽，四肢金蓮顛倒顛。（盪鞦韆）	紅粉面對紅粉面，玉酥肩并玉酥肩。兩雙玉腕挽復挽，四肢金蓮顛倒顛。（盪鞦韆）	
			雲鬢不整，睡搵香腮。（西門慶）	
28			雲鬢斜軃，酥胸半露，嬌眼乜斜，猶如沉醉楊妃一般。（西門慶）	
			雪白玉體透簾幃，口賽櫻桃手賽薑。	
29	面如滿月；唇若紅蓮；十指春蔥。淚堂黑痣，眼下皺紋。（吳神仙）		髮濃鬢重，光斜視以多淫；臉媚眉彎；面上黑痣；人中短促。（吳神仙）	皮膚香細；眼光如醉；媚靨漸生；臥蠶明潤而紫色；體白肩圓。（吳神仙）

回數	吳月娘	孟玉樓	潘金蓮	李瓶兒
38			羞把菱花試粉妝，為郎憔瘦減容光……羞把菱花來照，娥眉懶去掃。	
51			把身子斜軃在衽蓆之上，雙手執定那話，用朱唇吞裹……或舌尖挑弄蛙口，舐其龜弦，或用口嚌著，往來哺摔；或在粉臉上偎揸，百般搏弄。	
52			赤條身子。星眼朦朧，鶯聲款掉，柳腰款擺、香肌半就。	
67			朦朧星眼、款抱香肩。	亂挽烏雲，黃憮憮面容。（夢）
60				容顏頓減，肌膚消瘦，而精采風標無復昔時之態矣。
75		酥胸、香乳、粉項、白生生的小腿兒。		
76	五短身材，團面皮兒，黃白淨兒；模樣兒不肥不瘦，身體兒不短不長；兩道春山月鈎，一雙鳳眼纖長；春笋露甄妃之玉，朱唇點漢署之香。……			
90	五短身材。（小張）	長挑身材。（李衙內）長挑身材，有白麻子。（小張）		
91		長挑身材，瓜子面皮，臉上稀稀有幾點白麻子兒，模樣兒風流俏麗。（李衙內）從頭看到底，風流實無比；從頭看到腳，風流往下跑。（陶媽媽）		

回數	吳月娘	孟玉樓	潘金蓮	李瓶兒
備註	第九回：潘金蓮見李嬌兒「生的肌膚豐肥，身體沉重。」 第二十五回：李嬌兒辭以「身體沉重」。 第二十九回：李嬌兒「額尖鼻小；肉重身肥。」（吳神仙） 第九回：潘金蓮見孫雪娥「五短身材，輕盈體態。」 第二十九回：孫雪娥「體矮聲高；額尖鼻小。（吳神仙） 第七十五回：孫雪娥「生的清秀，又白淨，五短身子兒。」（如意兒）			

(二)面貌

回數	吳月娘	孟玉樓	潘金蓮	李瓶兒
9	生的面若銀盆，眼如杏子。（潘金蓮）			
11		粉妝玉琢，皓齒朱唇。（西門慶）	粉妝玉琢，皓齒朱唇。（西門慶）	
19			紅馥馥朱唇，白膩膩粉臉（西門慶）	
21	粉妝玉琢銀盆臉。（西門慶）			
27			粉面油頭，朱唇皓齒。	
28			黑油般頭髮。（陳經濟）	
43		粉妝玉琢。	粉妝玉琢。	粉妝玉琢。
58			柳眉剔豎，星眼圓睜。	
61				面色蠟渣黃。
62				眼眶兒也塌了，嘴唇兒也乾了，耳輪兒也焦了。（吳月娘）
63				黃懨懨的，嘴唇紅潤可愛。（已故） 白馥馥臉兒。（畫）
67				黃懨懨面容。（夢）

(三)肌膚

回數	吳月娘	孟玉樓	潘金蓮	李瓶兒
12			白馥馥香肌。（被西門慶打）	
20				瑩白的皮肉兒。（玉簫）
21				一身白肉。（潘金蓮、孟玉

回數	吳月娘	孟玉樓	潘金蓮	李瓶兒
				樓)
27				玉骨冰肌。（西門慶） 愛好你個白屁股兒。
29			暗暗將茉莉花蕊兒攪酥油定粉，把身上都搽遍了，搽的白膩光滑，異香可掬。身體雪白。	
50				雪白的屁股兒。
51		婦人香肌。（西門慶）		
67				對著如意兒說：「你原來身體皮肉也和你娘一般白淨，我摟著你，就如同和他睡一般。」
75	白淨肉身兒。（如意兒）	白淨肉身兒，只是多幾個麻兒。（如意兒）	好模樣兒，也中中兒的紅白肉色兒，不如後邊大娘、三娘白淨肉色兒。（如意兒）	「你達達不愛你別的，只愛你這好白淨皮肉，與你娘的一般樣兒，我摟著你，就如同摟著他一般。」如意兒笑道：「還是娘的身上白。」（西門慶、如意兒）
82		香肌。		

(四)四肢軀幹

回數	吳月娘	孟玉樓	潘金蓮	李瓶兒
15			露出那十指春蔥。	
19			露見美玉無瑕，香馥馥的酥胸，緊就就的香乳。	
21	兩隻白生生腿。			
27			兩隻白生生腿兒。（西門慶）	
34				雪藕般玉腕兒。（書童兒）
52			白生生腿兒。	
53	纖纖細指。			
62				胳膊兒瘦的銀條兒相似。

回數	吳月娘	孟玉樓	潘金蓮	李瓶兒
73			纖手。	
75		「你達不愛你別的，只愛你這兩條白腿兒，就是普天下婦人選遍了，也沒你這兩隻腿兒柔嫩可愛。」（西門慶）		
80			柳腰款擺。	
76	玉腕、青蔥。			
82			染了十指春蔥。	
87			白馥馥心窩。（武松殺嫂）	

(五)私處

回數	吳月娘	孟玉樓	潘金蓮	李瓶兒
27		‥‥	（雙腳）吊在兩邊葡萄架兒上，如金龍探爪似，使牝戶大張，紅鉤赤露，雞舌內吐。 牝屋者，乃婦人牝中深極處，有肉如含苞花蕊微拆。	

(六)其他補充

原文	說明
自幼生得有些顏色，纏得一雙好小腳兒。（1）	
出落的臉襯桃花，不紅不白；眉彎新月，又細又彎。（1）	作者敘述潘金蓮
酥胸微露。（1）。	
黑鬢鬢賽鴉翎的鬢兒，翠彎彎的新月的眉兒，清冷冷杏子眼兒，香噴噴櫻桃口兒，直隆隆瓊瑤鼻兒，粉濃濃紅豔腮兒，嬌滴滴銀盆臉兒，輕嫋嫋花朵身兒，玉纖纖蔥枝手兒，一捻捻楊柳腰兒，軟濃濃白翎臍肚兒，窄多多尖趫腳兒，肉奶奶胸兒，白生生腿兒。更有一件緊揪揪、紅縐縐、白鮮鮮、黑裀裀，正不知是什麼東西！（2）	西門慶巧遇潘金蓮所見的容貌
粉面生春。（3）	王婆家
酥胸微露，粉面上顯出紅白來。（4）	西門慶與潘金蓮偷情
尖尖趫趫剛三寸、恰半扠一對小小金蓮。（4）	

一個將朱唇緊貼，一個粉臉斜偎。羅襪高挑，肩膊上露兩彎新月；金釵斜墜，枕頭邊堆一朵烏雲。誓海盟山，搏弄得千般旖旎；羞雲怯雨，揉搓的萬種妖嬈。恰恰鶯聲，不離耳畔；津津甜唾，笑吐舌尖。楊柳腰，脈脈春濃；櫻桃口，微微氣喘。星眼朦朧，細細汗流香玉顆；酥胸蕩漾，涓涓露滴牡丹心。（行房）（4）	
比初見時越發標致：吃了酒，粉面上透出紅白來；兩道水鬢，描畫的長長的。〈沉醉東風〉：「動人心紅白肉色」（4）	
牝戶上并無毳毛，猶如白馥馥、鼓蓬蓬、軟濃濃、紅縐縐、緊揪揪、千人愛、萬人貪，更不知是何物！（4）	
粉項；香腮。（6）	
生的長挑身材，一表人物。打扮起來，就是個燈人兒。風流俊俏，百伶百俐。（7）	薛嫂推銷孟玉樓
長挑身材，粉妝玉琢。模樣兒不肥不瘦，身段兒不短不長。面上稀稀有幾點微麻，生的天然俏麗；裙下正映一對金蓮小腳，果然周正堪憐。（7）	西門慶初見孟玉樓
生的五短身材，有姿色。（8）	作者敘述孫雪娥
生的五短身材，團面皮，細彎彎兩道眉兒，且是白淨。（10）	吳月娘初見李瓶兒
人生的甚是白淨，五短身材，瓜子面皮，生的細彎彎兩道眉兒。（13）	西門慶
這一個玉臂忙搖，那一個金蓮高舉……戰良久被翻紅浪，靈犀一點透酥胸；鬥多時帳拘銀鉤，眉黛兩彎垂玉臉。（13）	迎春
生得白淨，身軟如棉花瓜子。（13）	西門慶
臉誑的蠟渣也似黃。（14）	李瓶兒
粉般身子。（16）	李瓶兒
紗帳香飄蘭麝，娥眉輕把簫吹。雪白玉體透簾幃，禁不住魂飛魄颺。一點櫻桃小口，兩隻手賽柔荑。（17）	作者
懶把娥眉掃，羞將粉臉勻。滿懷幽恨積，憔悴玉精神。（17）	李瓶兒等不到西門慶
粉妝玉琢，嬌豔動人。（17）	蔣竹山看李瓶兒

附錄三、行房／同眠次數整理

※細明字體與括號為說明，部分作者以詞帶過，部分有詳細敘述，或以歇息帶過，未標明地點者為在該人物房內。

※整理範圍以與西門慶相關之妻妾為主，將入門前的行房行為歸入偷情一類，置於備註中；李嬌兒與孫雪娥因敘述極少，整理於備註中。

回數	吳月娘	孟玉樓	潘金蓮	李瓶兒
7		連歇三夜（無過程，但有詩為證）		
9			a.如魚似水，美愛無加。（新婚，無過程） b.如膠似漆，百依百隨，淫欲之事，無日無之。（作者描述）	
10			有品簫過程，有詞為證	
11			洗畢澡，兩人歇了。（效魚水之歡，無過程）	
12		玉樓房間宿歇。（替金蓮求情）當晚無話。	a.枕蓆魚水歡愉，屈身忍辱，無所不至……是夜與他淫欲無度。（無過程，枕邊話） b.是夜與他歡會異常。（西門慶要髮） c.過了一日兩，兩日三，似水如魚，歡會異常。	
13			香薰鴛被，款設銀燈，豔妝澡牝，與西門慶展開手卷，在錦帳之中，效于飛之樂。（畫冊助興，有詩為證）	
14		往玉樓房中歇了。（各房有人）		
16			兩個白日裡掩上房門，解衣上床交歡。（勉鈴助興，無過程）	
18			有過程，有詞為證。（主動求歡、枕邊話）	
19		往後邊孟玉樓房裡歇去。	曲盡于飛。（有前戲、枕邊話）	
20				a.鸞鳳和鳴；香氣薰籠，好似花間隻蝴蝶

回數	吳月娘	孟玉樓	潘金蓮	李瓶兒
				對舞。（有詞為證） b.一連在瓶兒房裡歇了數夜。（引起金蓮不滿）
21	a.要與月娘上床宿歇求歡。（有過程，有詩為證） b.在月娘上房歇了。	在玉樓房中宿歇，不題。		
24				李瓶兒房裡宿歇。
27			葡萄架下行房。（有過程）	翡翠軒內行房。（有過程，潘金蓮偷聽）（有孕）
28			a. 二人淫樂，為之無度。（有過程，有詩為證） b.雲雨做一處。（有詞為證）	
29			蘭湯午戰。（有過程，有詞為證）	
30				在李瓶兒床房中歇了。（產子）
31				往六娘房裡去。
33		在玉樓房間歇了。	薰香澡牝，夜間陪西門慶同寢。（李瓶兒叫西門慶過去）	
35				往李瓶兒房裡睡去了
38			李瓶兒見他這等臉酸，把西門慶攛掇過他這邊歇了。	
40			兩個如被底鴛鴦，帳中鸞鳳，畫樓燕語，不肯即休，整狂了半夜。（金蓮扮丫頭）	
41				西門慶在李瓶兒房中。（金蓮怒）
43			上床歇宿不題。（李瓶兒叫他過去）	
50				有行房過程。（勉強瓶兒、藥助興）（金蓮進讒）
51			有行房過程。（淫器、藥助興）	

回數	吳月娘	孟玉樓	潘金蓮	李瓶兒
52		孟玉樓房中歇去了，一宿無話。	有行房過程。（淫器助興）	
53	暢美的睡了一夜。（藥丸＋仙丹）		a.這個是小淫婦了！方纔待走進來，不想有了幾杯酒，三不知走入大娘房裡去。 b.徑撇了玉樓，玉樓自進房去。西門慶按金蓮在床口上，就戲做一處。 c.就睡在金蓮床上。	
54				伴李瓶兒睡了。
55	a.進月娘房裡宿歇 b.在月娘房裡歇了，兩個是久旱逢甘雨，他鄉遇故知，歡愛之情，都不必說。			
58	月娘房中歇了一夜。	徑往玉樓房中歇了一夜。		在李瓶兒房裡歇了一夜。
59				a.一連在他房中，歇了三夜，枕上百般解勸。 b.入李瓶兒房中，陪他睡。夜間百語溫存。
61			顛鸞倒鳳，又狂了半夜，方纔體倦而寢。有行房過程。	當夜就在李瓶兒對面床上，睡了一夜。
62			遂過那邊金蓮房中去了。	
67			有行房過程。（書房）	
68			歸潘金蓮房中歇了一夜。	
71				上床雲雨，不勝美快之極。（夢、枕邊話）
72	往月娘房裡歇了，一宿題過。		a.有行房過程。（咽尿） b.殢雨尤雲，纏到三更方歇。（枕邊話） c.淫情未足，頑耍一番。（淫器、藥助興）	
73			有行房過程。（淫器助興）	
74			接上回。有行房過程。（討皮襖）	

回數	吳月娘	孟玉樓	潘金蓮	李瓶兒
75	在上房睡了一夜。	有行房過程。（枕邊話）		
76			睡到次日。	
78			潘金蓮便陪西門慶在他房內。（秋菊偷窺）	
79	西門慶就在上房歇了。		有行房過程。	
備註	一、李嬌兒與孫雪娥的部分：				

一、李嬌兒與孫雪娥的部分：
　第46回：西門慶於李嬌兒房裡睡。
　第58回：走入後邊孫雪娥房裡來。西門慶也有一年多沒進她房中來。
　　　　　打發安歇，一宿無話。（因各房房間都有人，不得已）
　第69回：歸李嬌兒房中宿歇，一宿無話。
　第76回：只得往李嬌兒房裡歇了一夜。（吳月娘命令）
　第76回：在後邊雪娥房中歇了一夜。
　第78回：往後邊孫雪娥房裡去了，晚間教他打腿捏身上，捏了半夜。
　　　　　一宿晚景題過。

二、潘金蓮未入西門府的相關敘述：
　第4回：a.偷情，作者以詞帶過。（王婆家）
　　　　　b.偷情，作者以雙關詞帶過。（王婆家）
　　　　　c.偷情，作者以詩帶過。（王婆家）
　第5回：偷情，僅用「做一處」帶過。（王婆家）
　第6回：a.偷情，僅用「做一處」帶過。（武大家）
　　　　　b.偷情，「顛鸞倒鳳，似水如魚，取樂歡娛。那婦人枕邊風月，比娼妓尤甚，百般奉承。」作者以詞帶過。（武大家）
　第8回：a.偷情，「如顛狂鷂子相似，盡力盤桓，淫欲無度。」（武大家）
　　　　　b.偷情（和尚的視角）

三、李瓶兒未入西門府的相關敘述：
　第13回：a.偷情，「上床交歡」。（迎春的視角）（有詞為證）
　　　　　b.偷情，「兩個廝會，不必細說。」
　第16回：a.偷情，「顛鸞倒鳳，淫欲無度」。
　　　　　b.偷情，「李瓶兒好馬爬著」（有過程）
　　　　　c.「與婦人歇了一夜」。
　　　　　d「兩個歡愉飲酒過夜」。
　　　　　e.偷情，「翻來倒去，攪做一團。」（有詩為證）
　第17回：偷情，「雲雨一回……與他品簫。」（有詞，有過程、枕邊話）
　　　　　夢，「綢繆繾綣，徹夜歡娛。」

國家圖書館出版品預行編目資料

《金瓶梅詞話》女性身體書寫析論
——以西門慶妻妾爲論述中心

沈心潔著.– 初版.– 臺北市：臺灣學生，2014.09
面；公分（金學叢書第 1 輯；第 14 冊）

ISBN 978-957-15-1629-5 (精裝)

1. 金瓶梅　2. 研究考訂

857.48　　　　　　　　　　　　　　　103011451

《金瓶梅詞話》女性身體書寫析論
——以西門慶妻妾爲論述中心

著　作　者：沈　　　心　　　潔
主　　　編：吳　敢、胡　衍　南、霍　現　俊
出　版　者：臺　灣　學　生　書　局　有　限　公　司
發　行　人：楊　　　雲　　　龍
發　行　所：臺　灣　學　生　書　局　有　限　公　司
　　　　　　臺北市和平東路一段七十五巷十一號
　　　　　　郵 政 劃 撥 帳 號：00024668
　　　　　　電　話：(02)23928185
　　　　　　傳　眞：(02)23928105
　　　　　　E-mail：student.book@msa.hinet.net
　　　　　　http://www.studentbook.com.tw

定價：精裝 16 冊不分售
　　　新臺幣 20000 元

二 〇 一 四 年 九 月 初 版

ISBN 978-957-15-1629-5 (本冊)
ISBN 978-957-15-1615-8 (全套)

金學叢書 第一輯